铁路之子

◎崔石平　著

天津出版传媒集团

图书在版编目（CIP）数据

铁路之子 / 崔石平著. -- 天津：百花文艺出版社,
2025. 1. -- ISBN 978-7-5306-8723-9

Ⅰ. I267

中国国家版本馆 CIP 数据核字第 2024J9U953 号

铁路之子

TIELU ZHI ZI

崔石平　著

出 版 人：薛印胜

责任编辑：邱钦雨　　**装帧设计：**蔡露滋

出版发行：百花文艺出版社

地址：天津市和平区西康路 35 号　　**邮编：**300051

电话传真：+86-22-23332651（发行部）

+86-22-23332656（总编室）

+86-22-23332478（邮购部）

网址：http://www.baihuawenyi.com

印刷：山东临沂新华印刷物流集团有限责任公司

开本：787 毫米×1092 毫米　1/16

字数：341 千字

印张：21.5

版次：2025 年 1 月第 1 版

印次：2025 年 1 月第 1 次印刷

定价：68.00元

如有印装质量问题，请与山东临沂新华印刷物流集团有限责任公司联系调换

地址：山东省临沂市高新技术产业开发区新华路 1 号

电话：(0539)2925886　　邮编：276017

自序

本来已请朋友作了序，但没想到这本集子由于种种原因拖了十年才最终定稿；这期间又增加了不少内容，文章重心也发生了偏移，显然原序就不大合适了。考虑到最了解书内容的应该还是作者本人，所以我决定自己说几句吧。

首先，中国铁路是一个既历史悠久、体量巨大，又能神奇转身、系统革命的行业。自一九四九年来，它一直是国民经济的先行者，如今竟能织出“八纵八横”高铁网，运行速度令全世界惊叹！这些成就本应大书特书，尤其应好好研究那些似乎是特殊力场塑出的铁路人，但也许正由于铁路的体制和管理具有特殊性，内部结构及规章非常复杂，加之隔行如隔山，铁路题材的文学作品数量不是很多。而笔者生于铁路家庭，长在铁路宿舍，就读于铁路小学、中学，之后又在铁路系统工作了几十年，虽然二〇〇五年所在单位并入了央企，但主营还是铁路施工，因此笔者对铁路的了解比常人更清楚，所以写起来不会只限于某个修理车间、某个乘务组，或某条铁路线、某个车站，也不会囿于当时的事情与矛盾。

铁路工程建设，在整个铁路工作中属于最艰苦、风险最大的一部分。它常因拆迁等阻滞而工期非常紧迫，工作人员到了后期真的是争分夺秒，以命相搏。在铁路干线大提速和铁路枢纽改造中，一个施工段的工作人员就多达上千人，全线必须环环相扣，确保铁路按时开通，还要确保行车安全和人身安全。这时如果出了事故，有人员伤亡或财产损失以及对铁路运输全局的影响很可能非常之大，甚至会上媒体头条。因此，施工单位、建设单位必须像打仗一样精心部署。即使是见多识广的记者，也会被其宏大炽烈、高度紧张的施工场面所震撼。唯期本书能给读者提供一个身临其境的机会。

其次，无论是过去还是现在，铁路人与社会都有着千丝万缕的联系。笔者对历史和当代社会生活的感触，虽然内容和体裁多样，但都指向一个目标，就是期望世界安宁、社会和谐、生态健康、人民享受到更多实实在在的幸福。由于笔者所掌握的多为第一手资料，且视角又较为独特，料想题材不易与他人撞车。

再者，笔者喜欢收藏，虽没收到什么珍罕之物，也没有这方面的奢望，但从中学习到了不少有益的知识，并给生活增添了很多趣味。笔者还很喜欢异地采风，持一张铁路免票，进出各地车站如自己家；几乎每天晚上在单位或棋摊下围棋，曾创过连续五十多个小时不吃不喝、六十盘决胜负的纪录；花甲之年，居然像年轻人一样，开了个网上书店，和全国书友有了来往，也许本书的某位读者还曾给过本店好评呢——笔者想借此书和读者广泛交流。

本书不设后记，笔者便在这里表达一下心底之情。若没有北京铁路局、中铁六局同仁的激励以及同学们的支持，没有我妻子的付出与牺牲以及我弟弟妹妹的帮助，这本书肯定夭折了。我都不知怎样感谢他们，心情真是无以言表！

目录

扶轮篇

行吟篇

铁路之子

扶轮篇

我为什么要写作

有时自己也奇怪，上学时自己最喜欢画画，除了学校布置的作业和黑板报，从未写过其他内容的文字；参加工作后一心学技术，好几年的业余时间几乎都耗在了专业书或工程图纸上。可某一天的晚上，我却在笔记本上写出了类似抒情散文的东西，而后又不断尝试写了一些诗歌，且这些习作表达的均不是个人的小情趣。

我为什么突然对文学感兴趣了？

直到退休后我才捋清，这不是一般的爱好转移，而是我所参与的铁路建设经历深深感动了我。虽然我只是其中的普通一员，但由于自己全身心投入，产生了电工学上所说的“谐振”。

铁路工程可以让施工者直接看到自己劳动产生的巨大成果：新线一开通，火车驶到哪里，哪里便由萧寞走向繁荣；站场一改造，列车编组时间马上缩短，铁路运能明显增加；线路一提速，火车便似插上了翅膀；高铁再一开行，许多城市由远亲变成了近邻。孙中山先生呕心沥血设计的中华铁路网早已实现，而且神州大地上还出现了绝无仅有的大面积高速铁路网。各铁路局的《铁路列车时刻表》过去大概每年一更新，现在铁路运行图隔俩月就变，纸质的《铁路列车时刻表》已跟不上形势，只能通过互联网随时更新了。

施工者通过铁路大动脉，能时刻听到祖国心脏跳动的声音。为了国家强盛和人民幸福，为了满足时代迅猛发展的要求，铁路工作者必须全力以赴，争分夺秒忘我拼搏，完成各项艰巨任务。火热的工地生活、壮观的工作场面、辉煌的工作成绩，使施工者能够深切感受生命的意义和价值。

在铁路施工单位供职的几十年里，我的心灵无数次受到冲击，产生的回波叠加交织，自动被刻成了光盘。每当我坐在车窗前，那一根根掠过的电杆、一股股闪亮的轨道、一孔孔桥梁桁架、一个个既有共性又个性的车站以及许多随之变化的城市、乡镇和村舍，都会使我心潮激荡，泛起回忆、思考和遐想。

由于工作关系，我经常接触一些铁路行业的先进生产者和工作者，有时还直接下笔总结他们的事迹，使自己受益匪浅。他们也都是普通人，即使上了光荣榜、当了劳模，绝大多数也不为国人所知，但他们用辛勤的劳动、默默无闻的发明与创造，解决了无数施工难题。他们有时对上级的要求也有疑问，甚至有怨言，但在工作中没有任何懈怠，就像执行军令一样，在所谓平凡、枯燥的工作中几十年不走样。在关键时刻，他们不惜任何代价甚至牺牲个人，只为保护国家和人民的利益不受损害。正是这些骨干带头，才为单位创造了不平凡的施工业绩。通过与他们的交流，我不仅增加了对铁路各个工作环节的了解，并且进一步增强了写作的欲望。

没有想到的是，我只是努力尽职尽责——当工人时努力干好活儿，争取不出纰漏；当干部时努力完成上级交办的任务，有空闲就写一些文章——后来也被评为了“先进工作者”“重点工程功臣”。虽然自感并无突出成绩，但可能铁路建设那种磅礴的气势与我渴望大有作为的性情相吻合，在工作中确实百分之百地投入，有时还能蹦出一些不俗的点子。不知不觉中，我融入了铁路建设，我在讴歌铁路建设的同时也是给自己点赞。

中国铁路是一个神奇的领域，是一片充满生命力的新大陆。它纵有百年风云，横有百万名职工分布在十几万公里的铁路线以及无数正在施工（铺新线、建桥梁、修隧道……）的平原、丘陵、大山和江河上。中国铁路的历史可以看作中国现代工业发展史的缩影，它是中国当代跻身世界交通强国的最佳前锋。我认为，即便一百位重量级作家同时来写，也未必能够完全展现中国铁路建设的风貌。我仅是肤浅地表达了一些感受，真希望年轻人更深入地体验、调查、研究，从唐廷枢、张之洞开始，一直到目前的“一带一路”“八纵八横”，写一部卷帙浩繁的史诗。

说到底，我只是铁路路基下一块普通的石砟。我感谢铁路建设，它使职业与我“谐振”——通过写作，我的生命函数产生了最大振幅。

铁路之子

有一年我和爱人去南方转了半个多月，都是坐火车。中途，爱人病了，主要是在车上睡不好觉，夜里冷，白天乱，一天到晚总是晃。而我呢，一上车精神儿就来了，窗前一坐便是两三个小时；看到某些景观时，我甚至出现了耳顺之年似乎不该有的亢奋，仿佛山里人第一次到了北京天安门广场或上海南京路。

想睡时，我躺下就呼噜声不断，管它白天黑夜；不仅能睡，也能吃，比在家里吃得多，而且还能喝点儿刺激的，和乘客海聊，聊多久喝多久；治气管炎的药也忘记喷了，却始终精神饱满，不知疲倦，思绪飞扬。

爱人不无嫉妒地说："你一到火车上就像到家一样。"

我很得意，道："这回知道我的功夫了吧——我在铁路上待了四十多年啊！"

说完不到一分钟，我便觉得有点儿不对劲儿，想了想，觉得这个理由可能不充分——在不少与我工龄差不多的同事眼里，火车无非就是交通工具中的一种，出行坐什么都无所谓。有的似乎更喜欢坐汽车或自己开车；有的好像更渴望坐飞机；即使对火车也有亲切之感，但没听谁说过像我这样明显。

细究起来，这是一个看似简单其实并不简单的问题。我觉得应当追溯和分析某些相关历史，包括我并未也不可能亲历的事情。

火车是我的摇篮

我的父母均为铁路职工，无论因公因私，他们坐火车的频率都比一般人要高。铁路职工的家属也跟着沾光，能坐火车时决不考虑汽车或飞机。

有了上述条件，我从小就成了火车的粉丝。

三岁以前的事情，我只记得跟着姥姥坐火车。姥姥的娘家在江苏，姥爷原籍在广东。我在学龄前主要由姥姥照顾，听父亲说她每次去南方都会把我带上。

印象中有一次坐火车的时间很长。车窗外面都黑了，旅客们大多睡觉了，火车还在不停地开。好多窗帘拉上了，灯光也暗下来了。我不想睡觉，就偷偷溜下铺，在车厢里逛起来。车厢的连接部引起了我的好奇：地面上有两块铁板，它们一上一下，经常移动，吱吱地响。列车一拐弯，它就转，虽然转来转去，却很严实。脚踩在上面挤不着，人也不会滑倒。真好玩！不过，铁板两侧有缝隙，能看到火车下面不断有东西掠过，黑乎乎的。乍一看，瘆得慌，令人浑身发冷，我却觉得很有意思，看了半天才离开。

父亲说我曾经在三伏天跟姥姥去广州，弄了一身痱子。但在我的脑海中，从没有任何与铁路相关的痛苦回忆。

火车情结可能与生俱来

父亲有段时间在长春铁路车辆段当检修工。他每天跟着火车走，车一停，他便拎起一把榔头快速敲打每个车轮，听其声音，判断它们是否出现裂痕。青春年华，叮叮当当，一路音符。我的母亲原在江南，后来辗转来到河北省，铁路一招工她就成了石家庄车站的服务员，每天都要欣赏来往车辆的铿锵奏鸣。

随着解放大军南下的脚步，铁路大动脉需要尽快恢复运能。铁路不少技术工人从东北到了华北，父亲被调到了石家庄车辆段。

凡车辆段离车站都不远，估计有红娘牵线，父亲与母亲很快相识并建立了亲密关系。不久，战火烧到了鸭绿江边，父亲毅然参加了中国人民志愿军。在朝鲜，他仍守着铁路。美国飞机天天来轰炸，他和战友们天天抢修。掉道的机车要迅速顶上来，炸坏的车厢要马上拖走，他们要确保钢铁运输线的畅通。胜利归来后，父亲和母亲喜结良缘。

他们几乎每天同火车接触，火车的声音、辐射、烟尘、震动等，会对身体产生某些影响吧？假如有，他们的基因必然会将其传给后代。之后我在母亲腹中，对火车又有了亲身体验。由此猜想，我与火车有着比常人更深的关系。

火车是我看不厌的风景

据父母说，我五岁时随他们离开石家庄，举家迁到了天津。母亲在火车站检票，我没上幼儿园，自然成了车站的常客。

上小学后，站台仍是我的主要游玩处。

那时的火车头都是蒸汽机车，粗黑威猛，吞云吐雾，它在远处一露头，地面便开始哆嗦。客车车厢一般不超过九节，速度很快，不一会儿便开到眼前。有的直接掠过，有的停下几分钟。旅客们匆忙上下车，我可以看到平常难以见到的面孔、服饰、行李，可以听到许多听不懂的方言甚至外语。他们来自四面八方，唤起了一个孩童的种种好奇。

铁路货车除了早晨的零担车（快递），多是一条长龙，上面装着各种东西，我能认出来的有汽车、拖拉机、煤炭、化肥等，有时还有牛、羊、猪等牲畜，甚至还能见到书上画的坦克、大炮以及带枪的军人。

火车过来时人不能离它太近，它裹着的风能把人卷进去，喷出的热气能让人打个跟头。它不仅隆隆地响，咣咣地响，像暴风骤雨夹着雷，有时还突然拉响长长的汽笛，尖厉刺耳，越来越大声，可能是催促前面轨道上的行人或车辆迅速离开。这汽笛连声带汽，本应直冲云霄，如果被站台雨棚挡住，来回撞击、回荡，那就更有杀伤力了——我耳朵里老半天都是蝉鸣，母亲喊我，我都听不见。

火车头不全一样，有的三个大轮，有的四个，还有五个的！五个的车身更长，整个圆溜溜的，活像一条大鲨鱼！它特别有劲儿，往往拉着许多货，照样开得很快。高高的大铁轮连成一串，飞快地转动，咣咣咣咣，似乎能把铁轨压碎。还有一种车头，不常见，它身上包着几道铜箍，闪闪发光，脊背上有一个大铜铃铛，走起来丁零当啷，走快了叮叮当当，加以车轮声伴奏，雄浑而高亢，闻者无不驻足而观！司机从驾驶室探出头，一脸的自豪。

我还喜欢看调车员挂钩。不知是谁研究出来的车钩，两个一碰，两个“舌头”就狠狠咬住了，铁棍从上面一插，车怎么晃也分不开，比家里的门闩还灵便。而且车的前后都能挂，似乎不分左右。我用两只手比画了好几天也没弄明白。

不写作业时，我常常坐在站台的长椅上，从车头前的大灯看到最后一节守车，看车尾上的人怎样晃信号旗，一直看到车厢消失在防护林的绿色中。我曾梦到自己成了哪吒，比他还要勇猛。不同的是，我踩的不是风火轮，而是一对火车轮子。

铁路是我最敬仰的行业

有一天在车站，我遇到了舅舅。舅舅在铁路机务段当司炉，当时二十岁左右，身体非常结实。据姥姥说，他每天能往锅炉里填一座煤山。舅舅睡觉时，姥姥总是提醒我声音小点儿，说舅舅明天跑车，千万别影响他休息。

一个火车头单独停在站台旁，我爬上高高的驾驶室，发现里面的空间比想象的要大，有许多阀门和仪表。舅舅挥起一把巨大的锃亮的铁锨，铲了满满一锨煤，扭过身来，锅炉的门自动打开了——呼！烈焰刺眼，热气扑面。舅舅脖子后面满是汗水，工作服湿乎乎地贴在背上。我很奇怪，舅舅的铁锨一到锅炉前，炉门就乖乖打开，好像铁锨上有股魔力。舅舅笑着给我揭秘，原来地面有个开关，舅舅一踩，“阿里巴巴”就开门！没一会儿，我就跑了，怕被烤熟了。真不知舅舅和司机们一天天是怎么忍受的?！但我兴趣更浓了——铁路工人真是了不起，两三个人就能把这么大的一个铁家伙摆弄起来，产生劈山斩海的力量！

我的小学是在天津铁路一小上的，同学百分之九十为“铁二代”甚至“铁三代”；中学进的是天津铁路一中，这个学校曾叫“扶轮中学”，学生大多数来自铁路小学。从学校的南墙翻过去，便是我家所在的铁路宿舍。这样的环境使我不经意间，对铁路的许多事情有了了解。我知道仅一个铁路分局就有几万名职工，他们分布在多条铁路线上：机务段管火车头，车辆段管车皮，车务段管中小车站，电务段管通信和信号……天津站是枢纽，南仓站是编组站。火车听分局调度室指挥，各个单位必须保证列车按计划安全正点运行，丝毫不能马虎，否则就会出事故，甚至是车毁人亡的大事故，铁路大动脉可能会被中断，国家建设和人民生活都要受影响。因此，铁路职工总体素质要高。就拿我父母来说，他们上班从不迟到，几乎没请过假，一切以工作为重。

我在中学毕业前夕参加了学校组织的学工劳动，巧的是去机务段，这给了我切身体验铁路工作的好机会。我们班几十个人被分在修理火车的各个车间里，整整一个月接受“工人阶级再教育”。我在轮蒸车间学习修理逆止阀，说白了，就是保证火车的控制系统正常，想加力时加力，想刹车时刹车，关键时刻不能掉链子。天天用砂纸研磨阀口，我几天就烦了，于是借喝水上厕所玩去了。而师傅们总是有一股劲儿，即使汗流浃背，最多原地喝口水，继续闷头干，不达标准决不交活儿，而且还要完成一定的数量。我到其他车间溜达，发现别的师傅也是如此，修水泵、修发电机、修车轮……没有一样是糊弄过去的。当时我没怎么琢磨，后来我换位思考，如果自己坐在火车上，想平安到达目的地，一定会意识到铁路职工的工作态度和工作能力是多么重要！

机务段还有一件事对我触动很大。有个乘务组在北京遇到了事故——他们驾驶的火车头拉着一列客车车厢，出站不久，迎面冲来了一列不该出现的列车！司机看到了，他完全有时间跳出车头，这样做至少有一半生存的希望。但他没有离开岗位，而是抢时间将锅炉的火势和气压降到最低，尽可能减少两车相撞时造成的损失。他们驾驶的是蒸汽机车，相撞后驾驶室瞬间就被挤没了，司机当场牺牲；副司机被甩出窗外，司炉是个二十五岁的小伙子，下半身被铁板牢牢夹死。当救援队含着泪想切割铁板时，他微笑着说了最后一句话："先救别人吧。"在他的心里，同事和旅客们的生命更重要。

在我眼里，他们就是和平时期的黄继光、邱少云，就是中国的保尔·柯察金。平凡与伟大，就像铁路上的钢轨，不只是平行，有时也相交。

铁路建设使我找到人生支点

不久，中学毕业分配，我幸运地走进了铁路单位的大门。所去的铁路工程单位，恰合我意。因常年野外作业，流动分散，条件较为艰苦，当干部也要下工地，同去者后来有不少调走了，而我始终是积极的、乐观的，一直干到离岗，整整干了四十年！尽管后来我所在的单位脱离了铁道部的管辖，令我有些伤感，但因主要工作还是修铁路，很快就又适应了。

这四十年间，我接触过许多国家重点工程，常常为其规模宏大、团结协作、紧张有序的劳动场面而感动。这些经历使我能够清楚地看到个人与国家、集体的关系是那样紧密，能够真切体验到人生的意义和价值。我觉得，置身于梦寐以求的伟大事业中是无上的光荣，自己必须全身心投入，毫无保留。

我当过多年工人。有好几项工程，我几乎是从头到尾参与。铁路自身的发展，铁路给地方带来的变化，施工者流的汗、流的血，使我刻骨铭心，以至于不少感怀被升华为笔下的文字。

到机关工作后，我加深了对铁路的整体了解。在对青年职工进行的“爱国爱路爱企业教育”中，我在深入研究基本教材的同时，查阅了许多相关书籍，如《从鸦片战争到五四运动》《中国近代经济史》……我为百年来中华民族所受外强的欺侮，清政府的腐朽无能以及无数志士仁人的沥血抗争而难眠。在轮训的课堂上，我结合许多事例向青年职工讲述了中国引进铁路、自建铁路、维护路权的艰难，讲述了孙中山的宏大构想、詹天佑的爱国情怀以及中华人民共和国成立后铁路工人不畏艰难修建宝兰线与成昆线的英雄壮举，并讲述了中国目前铁路的密度、营业里程等与发达国家的差距，有力地激发了他们干好本职工作、当好先行、振兴中华的责任感。

职业生涯的后二十年，我主要从事宣传和企业文化建设工作。所在单位承建的重点工程我都要深介其中。工程一中标，我就要仔细阅读《设计说明书》和投标文件，了解该工程的特点以及工期、质量、安全、文明、环保等要求，然后协助项目部编写《工程简介》，及时广泛进行宣传，让全体工作人员都做到心中有数，同时，我还要指导项目部搞好工地和驻地的布置，使其充分体现企业精神。每到施工决战时，比如线路工程的大要点施工，我都要带着宣传组每天进行采访，快速出小报，出图片宣传板，鼓舞士气，提振精神；关键时刻还主动参加突击劳动和安全防护，与员工、民工兄弟一起挥汗如雨。有时只顾他人的安全，自己却险些出事。

有的工程规模大、涉及面广，多数要搞开工仪式或开通典礼。像京九铁路天津至霸州联络线、京山线电气化改造、天津蓟港铁路、京秦客专等工程的礼仪活动，在公司领导的直接指挥下，组织得都很成功。内燃机车被我们装扮得披红挂绿，剪彩后在爆竹的烟雾中启动。刺破云霄的汽笛长鸣，从一个个不同颜色的方队发出的欢呼声，与军乐队演奏的进行曲，汇成了一部动人心魄的交响乐。您想，当我今天看到火车，看到铁道旁的景物，能和别人的感觉一样吗？

我似乎天生不愿只待在一个地方，喜欢到各地走走看看；我不想做一个碌碌无为的人，希望用劳动价值赢得社会的肯定；我既喜欢一个人静思默想的独处时光，又喜欢千军万马轰轰烈烈搏杀的大场面；我有时会对行业或企业的某些举措产生疑虑，但始终坚持做好每一项本职工作，从不把个人情绪转嫁到工作当中;我知道一个人的力量再大也拉不动火车,必须注重团结协作;我个人的生活作息比较随意,但同志间、朋友间永远重诺守时。我觉得铁路最适合我,或者说铁路塑造了我,我注定要在铁路工作一生,奋斗一生,快乐一生,就像火车一样,永远离不开轨道。

离开工作岗位多年,如今我一坐火车就兴奋,这极有可能是源于深埋的情愫被激活。我宛如脱缰的骏马,一下子回到了莽原。

寄寓沧州

大约是暮春，我跟着父亲从天津去了河北沧州。晚上七点多到站后，火车很快离开了。四周空荡荡的，站台上光线黯淡，外面黢黑，远处也见不到多少灯火；路旁的草丛里簌簌直响，可能有大老鼠！我打了个寒战，怪不得把林冲发配到这儿来呢……我越想越惶恐：自己到这儿可不是玩两天，而是上学来了！

那是一九六三年，我八岁多，在沧州铁路小学接着读二年级。班主任是位女老师，姓甄，脸比较黑，说话挺和气。同学们很欢迎我，尤其是班长，胖乎乎的，叫张志钢。他拉着我的手说："有什么事就找我，谁敢难为你我决不饶他！"有个瘦巴巴的男生笑着对我点头，表示赞同。张志钢介绍瘦巴巴的男生是班委，也是他哥们儿，叫李绍华。我自然很感动。

这里用的课本和天津一样，学习进度差不多，说话口音也相差不大，没两天我就习惯了。记得第一堂语文课讲的是春天欣欣向荣的景象，生词里有"黄鹂"两个字。我这个初来乍到、不爱表现的人，竟主动举手回答问题。甄老师也许正想了解我的情况，优先给了我机会。我回答正确，得到了表扬。之后，我又因写字工整，横平竖直，得到了表扬。甄老师将作业本高高扬起，旋转着给大家看，弄得我脸直发热。课后，和我说话的同学增多了，他们打听天津的情况，交流学习方法。张志钢说他家附近有的鸟比黄鹂还漂亮，我要是喜欢他带我去看，一起想法逮两只。李绍华又笑着点头，意思是真的。我谢谢了他们，但没有去——父亲不让我远走。

放学后写完作业，我就自寻开心事了。我住在行车公寓，它是专为跑车的铁路职工服务的，我本该老老实实地待着，可我到处乱窜，看门兼做卫生的杨大爷总盯着我，怕我惹事或出事。他把我盖的被子叠得整整齐齐，把地面擦得干干净净，我非但不感谢人家，还给人起外号。他岁数大了，牙要脱落，我想起了神话中的青面獠牙，顿时来了灵感，再见面时喊他"杨大牙"。杨大爷哈哈一笑，然后大张獠牙向我扑来，我早有防备，一溜烟跑了。我叫了几次就不叫了，一是父亲训了我，二是自己看书受了教育。

闲逛时我发现了新大陆——铁路图书馆！那时我很爱看小人书，这里虽然没有小人书，但一些字书也能看出大概意思。张孟良写的《儿女风尘记》给我印象最深：在旧社会，一家贫苦农民的孩子们为生活所迫，漂泊四方，历尽艰辛。这书使我懂得自己的生活尽管有些不如意，但总体仍是幸福的，并让我认识到困难如影随形，做人应当不怕困难。我还选读了《冀中一日》《志愿军英雄传》等书，当然有些吃力，不过都是现代题材，也能理解。它们告诉我如何爱祖国爱人民，告诉我普通人与英雄之间没有鸿沟。由于图书管理员的优待，我可以随便借书，乃至多卷本的《红楼梦》也可拿来翻翻，这不仅消除了我的寂寞，更重要的是领我走进了包罗古今中外的大世界。

可我毕竟是小孩子，总得有点儿玩儿的。父亲单位的一个叔叔晚上带我看电影。原来这儿还有一个铁路工人俱乐部！不知是因为人多还是天热，银幕挂在露天。我记得第一次看的是《春雷》，讲的是进步青年反对封建礼教、追求自由平等的故事。结局很悲惨：一个姑娘被家族顽固势力绑在梯子上，慢慢沉入了水塘。我紧紧地攥住叔叔的手腕。他安慰我说正义终将战胜邪恶。

不知不觉一个多月过去了，父亲被调回天津，我也要跟着回去。临走那天上午，我戴着刚领到的鲜艳的红领巾，和同学们告别。大家纷纷拿出纪念品，有日记本、作业本，还有铅笔盒、圆珠笔。有的同学家庭条件不好，竟将本子的空白页都撕给了我，总之没有一个空手的。我胸前的东西堆到了下颌。张志钢问我能否下午走，他说他妈妈准备给我蒸包子吃。当时菜不好买，他回去时从树上摘些槐花，做馅更好吃。李绍华仍是对我点头，但没有笑，眼里亮晶晶的。我觉得喉咙堵了个疙瘩，说不出话来。最后，我答应返津后立即给同学们写信并经常与他们联系。

回津后，我认真地写了一封信，表达了自己的感谢，不料由于某种原因，这封信未能寄出去；之后时间一长又不知再说些什么，便一直没有与他们联系。同学们，这篇稿子就算迟到的信札吧，尽管说一万个“对不起”也没有用了，但你们从内容里可以看出，我确实把你们以及所有爱护我的沧州人珍藏在心里，永远感谢走到哪里哪里就是家的铁路，永远感谢教我帮我的铁路职工及其子弟！

（2009 年发表于《沧州晚报》）

铁路宿舍大院

那样的环境如今可能很少了，甚至根本没有了。那是少年的天堂啊！

我五岁时，父亲把家搬进了天津铁路第八宿舍。

第八宿舍是个长方形大院，前门吕纬路，后门律纬路，贯通两条街，院内皆平房，竖向排列，最左边一溜儿略有参差，但俯瞰也是四路纵队。

院落不小，可只有四十二户。房子有大小之别。大房子间数多，面积相当于如今的三室。大房子是用很光滑的大红砖砌的，好像也高一些，显得很气派。小房子是青砖垒的，质量也很好，有的砖都烧出了瘤子，黑亮黑亮的。房子结构是日式的，零零碎碎，能住人的屋子只有两间，用木格糊纸的拉门分开。我家是小房子，我和二弟睡在大屋的阁子里，要想安静些，可以拉上门。在纸门内侧我们可以任贴东西，记得有张年画《穆桂英与杨宗保》，漂亮极了。阁子上边那层放了些杂物，也可爬上去玩，还可顺势钻到黑乎乎的顶棚里探险。

大小房子有相同之处：一是都有地板，三伏天阁子里闷热，我们便睡到地板上；二是都有厨房、卫生间、杂物间等，很配套；三是都有前后门，前门下有平台上有雨檐，下雨时，颇有园林中“榭”的味道，我常独坐那里品雨。大房子的卫生间较大，有大澡盆。小房子没有，这是个缺憾。记得当时我找朋友准备出去玩，他正洗澡，只好先隔着纱窗聊一阵。

大小房子都是两家一栋。整个大院布局很合理，排与排距离较大，栋与栋距离较小，但也做不到焖大虾忘搁糖了邻居能提个醒儿。大院前门有警卫室，雇了一个大爷看门，不让外人拿大院当马路随便通过；同时严防外面胡同里的人进来转悠，顺手牵羊。从大门一进来是花坛，花坛两侧是两条主通道，一直到后门。当时社会治安情况较好，院里住户又都是老邻居，所以大多数人家没有圈篱笆垒院子，因此大道很宽畅，横向岔路也好走。

对于孩子们而言，平时玩耍的空间足够大了。家门口很适合玩弹球，在水泥台阶一撞，球跑到大道牙子的隔砖旁，往回弹，靶子正好都在射程内。大房子的台阶上还能打乒乓球，悠着点儿劲儿，没问题。大道上，赛跑、推铁环、踢毽子，好多运动都可进行。那时的“飙车族”是骑自行车，撒开车把，两手揣在怀里，车轮风驰电掣，满院子转，只要见到老人时留点儿神就行。女孩儿跳皮筋、跳房子，经常好几拨人同时玩。到了冬天，有的地方结了冰，不怕冷的便制作小雪橇，在冰上溜着玩。有人说，现在不少小区里面也有场地啊。不错，但别忘了那是在楼群中，空中有多少双眼睛！下边的能活动的，都是动物园里的猴子。晚上更有意思了，玩藏猫猫，有的躲在跟前房子的转角处，伺机用背心将脑袋一蒙，箭一般射出去；有的干脆躲在远处看乐子，永远不会被罚站岗。

大院的绿化也很好，有很多大树，槐树、柳树，还有长着豆角般的叶子、开粉红色绒花的树，我们不知它的学名，就管它叫绒花树。大树不仅给了我们好空气和阴凉，而且给了我们欢乐。初夏，胆大的我们爬到槐树上摘槐花，大家一起品尝香甜。大树上经常有蜻蜓小憩，哪个树梢爱落“轱辘钱儿”，哪个树枝爱落“黑煤鬼儿”“红辣椒”，我都了如指掌。买粘子、粘竿是我的一项主要开支。我常常晒得黝黑满院游弋，捕获当然不少，有的蜻蜓非常漂亮甚至珍稀。父亲说，大门口的花坛处过去有几棵桃树，我小时候常去抠树胶，想用它粘蜻蜓。我曾经那么幼稚吗？我只记得和二弟晚上藏在花坛的美人蕉里，用弹弓“伏击”过往的同学和大娘、阿姨。由于家家门前都有空地，因此绝大多数人家都种些东西：让太阳晒不到人干着急的葡萄架，钻进人不见踪影的向日葵，口渴了低头就摘的黄瓜、西红柿，开花如火的石榴，我们总想尝尝却羞于下手的无花果……品种多不胜数。我家和邻居窗下一片碧绿，说那是“洋姜”，自打搬来就有。我特羡慕住在大院边上的人家，他们可用的地方更大、更神秘。围墙边上长着野草开着小花，有人走过便会惊起蚂蚱或蛤蟆；老墙缝里猫着一些重量级蟋蟀；树上来的鸟不止麻雀和“柳叶儿”；夜里偶尔还有猫科动物从墙头悄悄来访……这些足以和鲁迅家的百草园媲美。

大院既有天时、地利，又有人和。住户们大多是铁路分局的职工，少数是铁道部设计院、铁路局直属单位、部队负责军运的军代表等，相互间都很熟悉。偶尔有新搬来的也不陌生，甚至是老同事、老朋友，所以关系一般都很融洽。大人关系近，小孩就亲，更何况好多又是校友。铁路子弟绝大多数都上铁路学校。各校按居住地点招生。院里有好几家，大的和我同年级或同班，小的和我二弟同窗。这关系能不铁吗？家属间相互照顾，很多困难迎刃而解。记得父亲在沧州工作时，我有一段时间天天在邻居贾姨家吃饭。三弟两三岁时就自己在屋外玩，只要不出院子，绝对出不了事。二弟好串门儿，机灵活泼，谁都喜欢他，路子蹚得比我还熟。我这老大很省心，管好自己就行了。

干部家庭多数都有一些藏书，孩子们大多也爱看书。我和二弟都是书虫，看书速度极快，为了满足需要，我们常常找院里人借书；借来的书又转借别人，互通有无。有时我们没弄好，书丢了，很害怕，不知怎样收场，没想到说几句道歉的话，人家也就不追究了。至今我仍深深感谢那些将好书不断、无偿地借给我们的非常宽厚的邻居和同学。

住平房好处多多，没有上下楼的麻烦，想出门拔腿就走。除了玩耍，我们还可以聊天、听别人讲故事、说家长里短，即使一个人静静地数星星看月亮也很好。我陪同学奚志强给他父亲领军人伤残补贴，路上聊起了打仗，他说他爸爸抗日时是敌后武工队队长。我看过小说《敌后武工队》，便质疑："武工队队长不是魏强吗？"奚志强乐了，说："你以为那时敌后武工队只有一支？"弄得我很不好意思，不过确实长了学问。再如，有时谁家突然来了个大哥，格格不入的，大娘们知根知底，说这是某大爷进城前的媳妇生的，一直在农村，说那个媳妇离婚未离家，还跟婆婆一起过呢。这让我们又了解了一些书上没写的内容。

我们的大院不是独此一家，铁路系统在津有许多铁路宿舍。它们大多在河北区，主要因为车站、工作单位及医院、学校等集中在这一片。我们第八宿舍后门的对面，便是第九宿舍和第十宿舍，往右不远一拐弯就是第四十四宿舍；往左过了中山路，走两站地，就是七宿舍；再走三站地，第十一宿舍、第十二宿舍、第十三宿舍挤在一堆，同学、熟人可多了！这些宿舍都是大院，有的和我们院像一个模子刻的。我们各宿舍之间经常来往，交流切磋，取长补短。有一阵子流行养热带鱼，我的"红箭""朱砂箭"和"墨尾孔雀"，都是从别的宿舍软磨硬泡得来的。我家常来同学，他们将拉门挖出一个个眼儿，用弹弓和纸片枪对射，玩得不亦乐乎。不用担心，父母下班之前，我们再给它糊好就是了。

少年时期是我人生中最快活的阶段，这得益于一个宽松自由的生长环境。

老师，我不敢再看您的眼睛

小学一、二年级时，我所在的班别提多乱了。换了两三个老师，我记得有一个在课堂上被气得直哭，上了半节课就拜拜了。

我们班有点儿特殊。天津铁路分局职工子弟第一小学所招的基本是铁路职工子弟，不知是谁的主意，我们一年级一班几乎都是干部子女。校方可能是想来个集合，重点培养，将来个个做栋梁，成为学校的招牌。

岂知我们这帮学生很不好教。老师想管吧，又不敢往深说，更不敢找家长。一个普通的小学老师，敢对某局长、某处长说您的孩子缺少管教吗？大概人人都这样想，所以这个班似乎是没法管了。

不过，刘校长可不是吃素的。一个有名的重点校，怎能无法无天?！三年级一开学，我们班来了新的班主任，叫李书慧，三十多岁，身体很结实。她也是女老师，可脸上有棱有角，尤其是一双眼睛，黑森森的，感觉很严厉。

李老师主教语文。没听多长时间，有几个男生便开始交头接耳扯闲篇。李老师暂停讲课，法官似的瞪着他们。直至课堂鸦雀无声，她才开口道："上课时不许讲话，知道吗?！"

过了一会儿，挑头的"皮蛋"又说了起来，估计是想试试新老师的本事。我们谁也没想到，李老师几步跨到教室后边，一把将他拽了起来，连推带搡，弄到门外了，她大声说："你不是很想说话吗？到外边说吧，课堂里没你的位置！"然后"砰"的一声，她关上门，说"继续上课！"

这下子，调皮鬼们老实多了。

当然，有的心里不服，还变着法捣乱，或者上别的课时"轻松"一把。李老师决不放过他们，对需要找家长配合的坚决找家长，不管对方多大架子。其实李老师也没什么后盾，她爱人就是一名普通的铁路干警。我记得时间不长，我们班就成为全年级秩序最好的班了。

李老师也同时教过一段时间的算术，不管教什么，她讲课都很认真。每节课都使我们有了扎扎实实的进步，因此我们越学越爱学，以至于常常下课铃响了好一阵，师生还意犹未尽。我到讲桌前看过，李老师讲课有教案，写得很详细，字迹也很工整。

与其他老师不同，李老师善于将书中的内容与课外的历史故事、成语、谚语等相结合，生动形象地讲学习之重要、时间之宝贵。“近朱者赤，近墨者黑”“一寸光阴一寸金”，这样的格言，成了我一生的座右铭。

李老师有很多高招。比如，《曹冲称象》这篇文章，开头第一句是“在三国时期……”课还没讲，她就向学生提问：“三国是哪三国？谁知道，请举手。”我唰地一下第一个举起了手。其实平时我不大爱表现，但由于《三国演义》小人书六十本我全看过，就突然来了冲动。魏蜀吴、五虎上将、诸葛亮司马懿……这些人物我熟到天天一起吃饭睡觉了。李老师笑着表扬了我。有几个男生也举了手。李老师说，课前最好进行预习，上课时就能理解得更深，另外课余在完成作业后，最好能看一些课外书，扩大知识面。李老师的话激发了大家读书的兴趣。

我们班不少同学上过幼儿园，在那儿就学过一些知识，起点较高，而且家里都有不少书，如今又有了一位好老师，整整带了我们三年。到了五年级，我们班在全年级七个班里考试成绩总是第一。虽然学校没公布排名，李老师也没明说，但经我们分析不难得出结论。我们的数学成绩绝大多数时候是一百分，语文拿九十分以上的不止一个。须知一般情况下，九十分犹如龙门啊。期中和期末考试不是班主任自己判卷，必须合议，甚至校长、教导主任还要过问。

我们五年级时，李老师好像升为年级组长了。她笑容多了一些，但对我们的要求依然很严格；特别是对“两头儿”，更是重点关注。我记得三年级时，她认为我的一篇作文写得不错，尤其是其中一句话，于是下课坐到我面前，笑着问我这句话是怎么想出来的。她的牙齿洁白整齐，眼神也不严厉了，甚至有自家姨妈的那种温情，反而弄得我不敢直视她了。说到底，我也有点儿心虚，因为那句话恰恰是从一本书里抄的。她说这句话很有诗意，照这样写下去，我肯定很有作为。那时不能讲成名成家，只能说到这一步。从此，我不再盗用别人的佳句了，需要引用时，必加引号。我可以说自己的话，我有很多话要说，我觉得自己也能写出被别人羡慕乃至摘录的文字。李老师给了我压力，更给我了动力。

语文逐渐成了我的强项。不过有时，我会飘飘然忘乎所以。一次作文考试之后，李老师利用我们自习的时间在课堂判卷。我发现她皱着眉，眯着眼，用一种很奇怪的目光看着我。一开始我不知所措，之后马上就明白了：作文出了问题。她微微摇摇头，低头给了分。下次语文课，李老师重点谈了作文之大忌，首先要看清题目让写的是记叙文还是议论文、说明文，然后切记不要跑题。头两条我全占了。李老师对我很留情，给了七十五分。说实在的，能及格就算我走运了。即便如此，这个分数对我而言也算奇耻大辱，这事在班里算当日头号新闻了。此后我凡写文章都要反复审题，再没犯过此类错误。

有一次看完展览写观后感，自己确实有感而发，竟得了全年级最高分。李老师不但在班里做了讲评，而且推介到其他班进行“范文”学习。我知道这是一项殊荣，因为别的班有个女生的作文写得好，曾被李老师拿到我们班来赏析，令大家非常羡慕。这下子我在年级出了名。大概李老师认为我是可塑之才，学校少先队大队部换届改选之际，让我当了“三道杠”。这可不是闹着玩的，一个学校的大队委，总共十来个人，五年级只有三个！大队辅导员用人所长，我成了宣传委员。我和六年级的一个女生，把学校所有的墙报都包了，主要摘抄《少年报》上的精彩文章。此外，我还经常带头参加学校组织的活动。这些实践使我开阔了视野，提高了能力，特别是积累了宣传工作经验，以致后来到中学、到企业，工作总围着“宣传”转。它俨然成了我的看家本领，使我终身受益。

李老师对学习或纪律较差的同学下的功夫可能更大，她要对每个学生负责，不愿一个学生掉队。我感觉原班同学中贪玩的、调皮的，都有明显变化。但从别的班调来的“老油条”，虽然不得不收敛一些，但观念和习惯的改变则需要下更大功夫了，这就使李老师每日都要操心。李老师有两个孩子，都比我们小，也在本校上学。我记得有一次小男孩不慎摔着了，同学们赶紧到教研室找李老师。李老师好像正在研究思想工作，一听情况不严重，开完会才去看他。她把心思几乎都放在学生身上了。

对李老师来说，当老师就要有老师的风范。每次学校大扫除，她都和同学们一起干。在高处擦玻璃这样有危险的活儿，往往是她的专属。我们班还负责公厕卫生区的清扫，有的同学嫌脏不愿上手，她就带着大家去。记得有一次在男厕所，泄小便的地沟眼儿堵了，臭烘烘一堆东西，看着就恶心。我们就站那儿愣着，李老师来了，毫不犹豫，几下就疏通了。

李老师很少谈自己的生活,我们也从未听过她埋怨过什么。我不爱登门拜访,有一回破例随同学到了李老师家里。常见的那种胡同,两间普通平房,炕上坐着两个老太太。我觉得奇怪。同学告诉我,一个是李老师的老娘,一个是李老师的婆婆,都在一起过。“哎哟——每天谁做饭?”“当然是李老师了。”没想到李老师在外忙了一天,回家还有更艰巨的任务。两位老人笑呵呵的,身体看着很硬朗,生活肯定很幸福。李老师在我心里的形象更高大了。

原本李老师很可能把我们一直带到毕业,送我们走上人生的康庄大道,那是多么理想的学涯!然而,我们不仅六年级没上,后两年也白搭了。

后来有一次,我和许多同学一起到学校去,碰到了李老师。

一个“老油条”朝她骂了起来。大概是记恨过去老师对其管得太严了,曾找过家长,使他挨了训甚至挨了打。现在他可自由自在了,可以扬眉吐气了。令人不解的是有不少人跟他一起骂,可过去李老师对他们挺好啊。我觉得不应该,这是人格侮辱,就没有参与,但也并未制止。

李老师没有任何回应,只是冷眼相向,也许已经习惯了。但当她发现人群里有我时,目光马上变了。那是一种什么目光啊?!惊讶?惋惜?失望?过后回想,那与她过去评判我蹩脚作文的眼神相似,但还有更深的内容。疑惑?悲伤?愤懑?

我不由得低下了头。从那时起,我不再去学校折腾了,生怕再看到李老师的眼睛。我上中学没经考试,好像是从家直接去报到的,因此免了尴尬。却没想到,与母校一别竟是四十多年!

之后,我曾安慰自己,在那个时候,稀里糊涂的人至少占百分之八十,再说我也没做太出格的事情,但马上又自我否定了:那时有些同学就没瞎掺和,在家里拿哥哥姐姐用过的课本继续学习。他们牢记老师讲的知识的重要性。当大学恢复招生时,他们顺利通过文化考试,有了掌握更深更广知识的机会。而像我这样的,甭说数理化了,就连汉字都写得无法见人了。尽管多数人浪子回头,重新惜时如金,但理想彻底成为泡影,无法达到老师期望的高度了。我想,如果我及时向老师请教,与正直睿智的知识分子接触,可能会清醒一些,现在或许会有所不同。近朱者赤,近墨者黑,一点儿不假,尤其对少年而言。我们当时就是和愚昧盲从为友,才走错了路。当自己似乎全明白时,已是胡子花白了。

后来,听说李老师还记得我,问过我的情况。我只是心中感激,但还是觉得没有脸面再见老师。

再后来,听说李老师成了学校的领导,我一点儿不感到意外,办学就需要李老师那样的人。李老师是真正的人民教师,李老师决不会辜负校长室门口那庄严的使命:忠诚党的教育事业。

我的中学时代

我们上中学不是考上的。一九六八年秋天,我们天津铁路一小五年级被"连锅端"进了天津铁路职工子弟第一中学,即扶轮中学。

那时小学也停课。十几岁的少年懂什么,跟着瞎起哄,游荡了足有两年多。现在复课了,我们男生大多安不下心来,一些人甚至根本不想再学了。前几届学生上山下乡已走得差不多了,我们不久后也得扛锄头耕地去,读书还有什么用?!然而,大家还得硬着头皮去学校,毕竟没到分配的年龄;再说,天天在家待着父母也不答应呀。

于是,男生们把课堂变成了"逍遥宫"。

早晨,大伙儿都是掐点儿来。我家就在学校隔壁,翻墙头是我的拿手好戏。上课预备铃一响,老师从办公楼出来,我从家出来,每次进教室比老师还快一个肩膀。上课后,愿意听就听两句,不愿听就玩:画画、看闲书、传纸条、耍弄昨天逮的蛤蟆或菜花蛇……累了就趴桌上睡一觉。课程安排得不少,而我只对化学感兴趣。倒不是想掌握一些农药知识,主要觉得课堂实验有意思,比如做火药的硝化棉一沾火"噗"一声就没了,听起来很吓人的TNT却怎么点也不爆炸。另外讲课的张老师相貌、举止和言谈,颇像电影里的军官,讲起核聚变来大有驾飞机去投原子弹的劲头,契合了我仰慕军人的心理。语文、数学、物理、农业基础等知识我一概左耳进右耳出。其他人也大同小异。

一晃到了冬天,我们不得不早点儿到校。学校那两座石头楼看着很厚实,据说过去挨过炮弹也只掉点儿渣,但皆为东西向,西北风一来就成了冰窖。教室里有铁炉子,但没套胎,也没劈柴,楼外只有一堆煤灰和煤矸石。我们可没古人雪里读书的功夫,于是找一两把不大结实的椅子,"哐哐"两脚踹散了,再加几脚,靠背和椅子腿儿就成了劈柴。等炉盖烧红了,大伙儿才勉强能坐住,不过最多上两节——那些煤鬼才能点着,男生们自发罢课了。

剩余的时间"八仙过海,各显其能"。有的去滑冰,有的凿冰窟窿淘鱼,有的干脆回家了，谎称放学早……不少人到同学家去玩儿，首选父母为双职工的。至今好几个同学还记得，我家就是他们的一个“根据地”。日式房子，间数多。他们把纸糊的拉门掏出枪眼儿，然后用“驳壳枪”、弹弓开始“战斗”。玩累了，玩腻了，便聊天，连吼带唱，“吞云吐雾”。

大概过了一年，学校管理才像回事了。我们也好像懂了些道理，觉得总这样不行，不管将来干什么，浪费的青春都是自己的。于是，多数人想学点儿知识了。那时没有正式课本，教材是油印的篇子。我当时认为内容应该更贴近革命和建设的实际，把知识狭隘地理解成干活儿的工具，拿来就能用，并认为老师讲课也应生动易懂，可能是我听评书看小人书习惯了，不想费脑筋。为此，我居然写了书面建议。班主任未采纳，所以我在学习上一直未提起精神。

学校大概认为我们需要思想改造，之后一年安排了多次劳动，让我们与工人、农民、解放军以及知识青年模范相接触。谁知我们的心更散了：有的直接联系黑龙江生产建设兵团，认为那儿实行供给制衣食不愁，还能挣工资，比到生产队里挣工分强得多；有的觉得兵团离家太远，不如找亲戚，就在河北省或天津市郊区插队，回来方便。我虽然也到兵团联络站去过，但理想是在大企业里当工人，最好是铁路。由于信息的封闭，我不知中国有李四光、钱学森，不知外国有罗蒙诺索夫、爱因斯坦，更不知美国的“阿波罗号”正从我们头上飞往月球。

虚度光阴是要付出代价的。毕业时，我连一般的方程都不会解；所干的工作稍一深入，便被基础知识拦住；渴望系统学习时，高考大门犹在火星之上。在事业的马拉松竞赛中，尽管自己不断加力，但毕竟起步太晚了。

若干年后，我到母校参加了校友会，才知道主席台上的国际数学大师陈省身、南极考察站站长郭昆就是从这儿毕业的。知名作家赵大年也笑容可掬地坐在台上，学校夸他写了反映抗日战争时期学校向大后方撤退，莘莘学子不畏艰难刻苦学习的长篇小说。

如今想来，往事不堪回首……

（2010年发表于《天津工人报》）

力量的挽歌

我们男生正厌烦上课时，学校工宣队安排我们连到天津机务段劳动，大伙儿差点儿振臂高呼。我既高兴又担心。高兴的是我从小就爱看火车。母亲在天津北站当检票员，我是车站的常客，过往的火车是我看不腻的风景。我敬仰蒸汽机车那粗大威武的躯体、庄重深邃的颜色以及龙腾虎啸的气势，尤其是包铜箍带铃铛的“毛泽东号”拉响汽笛声时，我恨不得像铁道游击队一样飞上去，跟它日行千里、叱咤风云。担心的是我舅舅就在机务段开火车。他不喜欢我，嫌我瘦弱且性格怯懦，见面他准得又嘲弄我。

好在我被分到了轮蒸车间，离大车上下车头的地方比较远。我和于新中在一起，学习修理逆止阀；其他同学有的修水泵，有的修电机……奚志强等高个儿到了包修库，跟着拆卸连杆和大轱辘，尽管有天车配合，这个活儿大概也是最累的。

我很羡慕工人师傅的体格。一个个外貌似乎只有魁梧和敦实之分，手都很粗大，摸人像钢锉，抓物如铁钳。那时，负责修理的工人们也很需要力气——从火车上拆下的都是金属，除了仪表，哪有分量轻的？往车间运，或到镪水池除锈，主要靠小车推或扁担抬，没劲儿绝对玩不转。开火车更不是体格不好的人能胜任的。舅舅当司炉时我爬到驾驶室看过，那大铁锨比家里的土簸箕还大，磨得锃亮，他一次出乘添的煤能堆座小山。司机、副司机都得从司炉一年年熬出来的。有的工人为了强身健体还练武功。我们学校的工宣队员都来自机务段，管我们连的师傅三十多岁，彪形大汉，脸比较黑，却爱戴白手套，经常活动手腕，据说他能在车头上抓着汽笛单手倒立。原来我们年级的一些男生总爱捣乱，以致有时课都上不下去，学校派高年级的学生当“辅导员”，天天盯着，稍一眨眼就翻江。后来学校进了工宣队，师傅们只在教室门口随便转转，屋里就没人敢炸刺儿了。

工人师傅的责任心和纪律性也令人钦佩。我们组的负责人董师傅说，我们修的逆止阀是火车输汽的阀门，里面的活盖，给汽时汽将它顶起来，不给汽时盖即落下，阻止汽再回来。我们的主要工作就是研口，不让活盖漏气，一漏气压力就不足了，火车便不能正常运行。一听这工作很重要，我和于新中便认真学着干了起来，用研磨砂一遍一遍磨。先用粗砂再用细砂，磨完一件又一件。磨了几天我俩就有同感：太枯燥了！于是，没合格便想交活儿，不是上厕所就是喝水，一走走老半天。那时正是夏天，工厂自制的清凉饮料很不错，我俩边喝边聊，不喝成雨后的蛤蟆决不回来。其实我们谁喜欢劳动？主要是嫌学校里憋闷，到外边玩玩寻开心罢了，混些日子然后像前几届学生一样上山下乡。

而人家董师傅和徒弟总是闷头干，工作服上经常透出汗渍。他们偶尔坐下端起大茶缸子喝点儿水，喘口气，不一会儿又接着干起来。研不到玻璃一般光洁决不交活儿。董师傅是堂堂的七级钳工，按说什么都干过，但为什么天天研口他也不烦呢？我和于新中自我安慰："人家挣工资，当然得这么干了。"不过我要真到这上班，百分之九十干不下去。后来我明白了，这里有个认识问题：在董师傅心里，一个零件的状况不仅会影响一列火车，而且可能牵涉整条铁路的运输安全。修理工作看起来很平凡很单调，但和开车一样，神圣而伟大。作为一个工人，不管厌不厌烦，都必须忠于职守，严肃认真。

工人师傅的无私无畏更值得学习。火车一开起来风驰电掣，铁路若出问题首当其冲的就是车头上的驾驶人员。我们劳动时正赶上机务段宣传队排练一个特殊节目。前不久在北京，由于信号错误等原因造成了一起重大事故：一列不该出现的火车突然向天津机务段的蒸汽机车正面冲来。天津的罗司机发现危险后没有逃生，而是迅速拉了死闸，关上炉门，尽力减少国家损失。冲撞瞬间，驾驶室被挤成了一条缝，罗司机当场牺牲；在车窗协助瞭望的副司机幸运地被甩到了外面；而李司炉下半身被夹得死死的。救援人员一来就掉泪了：只有切割铁板才能使他出来，但一出来人就完了。李司炉当时还能说话，他忍着剧痛要求人们不要管他，先救别人。机务段大力宣传他们大公无私、先人后己的崇高精神，合唱的旋律催人泪下。

学校当时让我们总结劳动收获，干脆我再加点儿体会，作为答卷补交吧。

一想起那铿锵的车轮声、那肌肉凸起的臂膀，我就联想到电影《泰坦尼克号》中炉火通红、工人们奋力挥铲的生动场面以及万吨巨轮乘风破浪的壮观景象，那是创造了无数惊天动地奇迹的机器工业时代！繁重的体力劳动，锻造了强健的体魄和顽强的意志；密切的劳动协作，培养了团结意识和奉献精神。尽管它有些粗野，也不完善，但它是朴实的，也是伟大的，因为它的主旋律是劳动与创造。

电子信息时代到来，城镇化迅猛发展，城市中许多工人升为工头，农村来的人成了真正的打工人。打工人流动性很大，大多没有严密的组织。工厂劳动多是流水线，工程施工多用机械，火车也不用烧煤了，敲键盘、看手机、开电动车、扶方向盘，成了重体力劳动，人们工作起来绝对更轻松了。

但现实生活就不需要力量了吗？

我走在雪路上

二十岁出头时，我有过一个险坠深谷的夜晚。

单位大杂院里面有一个杂用楼，平时楼里有办公的，有单身住宿的，还有地震后房屋坏了在这儿暂住的职工家属，加上负责院内平房搞试验、放电影、看管家具备品的一些职工，还算比较热闹。但这天院子里阒然无声，死了一般。

人们该走的全走了，能走的全走了。

今天是大年三十。整个楼、整个院子除了传达室值班的，大概只剩我了。

我可以回家，家也不远，但我不想回去。我想自己待着可能还舒服些。

天色发暗时，窗外"乒哩乓啷"响起来，闪出爆炸的火光，真乱，但没办法挡住。因我在三楼，以前又觉得没什么怕被看的，所以没安窗帘。如今发现窗帘还有其他功能。生气也没法，似乎也不该生气，你没心思过年，别人也不过了？

唉，自己年少时每逢过年多高兴！这个时间正是带着弟弟冲出家门放炮的点儿。憋了好几个月，存的各式各样的"弹药"终于派上用场了！先点燃导火索般的"滴滴筋"，边走边甩；再把"吱吱"乱钻的"呲花老鼠"扔向女孩子脚下；看看"窜天猴"能不能冲到月亮上；放几个牛皮纸的"大雷子"，让老太太们以为玻璃碎了；细细品味姹紫嫣红的礼花弹；最厉害的"二踢脚"瞄准同学的家门……随后，我们在大院里一边用单发的鞭炮打仗，一边欣赏别人的重炮连珠炮、巨花新式花，过后回家吃饺子，真是快活无比！

"小小少年很少烦恼，无忧无虑乐陶陶……随着年岁由小变大，他的烦恼增加了……"我不由想起了这首歌，并觉得歌词说得还不够——成年后的烦恼不仅与日俱增，而且有的让人难以排遣。

面对白墙和灯影，我打开了六十七度的老白干，倒了满满一杯。酒水一口进肚，浑身便烧了起来，我赶紧嚼花生米、火腿肠，没有蔬菜，没有水果，干巴巴地吃着，喝着。那时屋里没有电视，即使有电视也没春晚，能陪我说话的只有收音机。

新闻我不听，这时候无非是国家领导人准备宴请谁，和我毫无关系；相声也不听，有什么可笑的？哈哈，纯粹是噱头，低级、无聊！广播剧《永恒的爱情》更是胡说八道！这世界上还有爱情？永恒？只有传说中的孟姜女、祝英台和书里的卓文君能坚贞不渝。我灌了一大口酒，胸中像点着了汽油。收音机若不是自己花钱买的，我非砸了不可。那一时期，我最讨厌的字眼就是“爱情”，与其有关的介绍对象等话题一概免谈。我最想做的事情就是旅游，越远越好，熟人一个见不到，家里人也甭想找到我。

嘴不想说话，耳不想听声，手不用剥螃蟹爪之类的东西，大脑也无须分神，不断地喝，机械地喝，没多久杯子便见了底。虽然我酒量不大，但不喝酒干什么呢？于是我又喝了一杯。

眼前的一切飘忽起来，耳鸣个不停，我觉得身体正迅速膨胀，很快就像高压锅里的蒸汽憋到了极限。我想大叫，但不知叫什么，又觉得叫也没用。我想砸什么东西，可眼前只有白云和棉花。我坐着没动，却像在满屋子乱撞，找不到出气孔。恍惚间我想起了枪，真想端起一把冲锋枪。

我这人比较随和，对事情一般不大计较，但若欺负或欺骗我过分了，我是不会容忍的。即使当时没法回击，日后也不会忘记，不定什么时候就会报复；并且，一旦出手便毫不留情。当时我最佩服的人便是基督山伯爵。

我开始构思一个“复仇”方案。我打开窗户，硝烟涌了进来，味道真好！

不知想了多久，计划成形了，明天就能行动了！不对，是今天——现在可能已是凌晨了。

眼皮耷拉了，却不想睡，我随手又打开了收音机。这时似乎夜已深，因为鞭炮声变得稀稀拉拉了。这时，收音机里有人说了几句话，声音很温柔，听着很舒服，引起了我的兴趣，大意是虽然正值万家团聚、辞旧迎新之际，但仍有一些人由于工作等原因，坚守岗位，孑然凄清，甚至羁旅异乡，孤独寂寞。让我们送上一组温馨的外国音乐，以表示真诚的问候和祝福。

第一首歌曲是《走在雪路上》。年轻的女播音员轻轻朗诵了中文歌词，那令人伤感的内容立刻打动了我：

城镇里飘满雪花，

我走在雪路上，
伤心的往事涌上了我的心房，
我走在雪路上。
从遥远的地方来到这里，
我的美好愿望，我的美好愿望，
何时来到我身旁？
使我幸福微笑，让我心里充满阳光。
…………
有谁知道我心里多么惆怅，
我的满怀寂寞，我的满怀寂寞，
总是祈求上苍，
给我幸福之光，把美好的钟声敲响。

歌声轻轻地从收音机里飘了出来。她的每句歌词、整个旋律都仿佛发自我的内心，并如潺潺流水，环绕在我的周身。

之后播出的是《蓝色夏威夷》，敞亮天地，给人以博大、祥宁和灿烂……

这组音乐使我突然想到，世界上有许多人此刻也不欢乐，甚至有些比我还要难过。如正在播音的电台工作人员，他们不也在独自过年吗？他们若没有忧伤的记忆，怎么会如此理解听众，选播了这样的内容？！特别是歌曲的创作者，肯定是从无尽的痛苦和哀怨中发出了心声。

但他们没有自暴自弃，而是把忧伤作为养料，培育出绚丽的艺术之花，奉献于人类，在升华中得到了崇高的快乐。

我胸中的烈焰逐渐熄灭了。

我冷静地思考了，自己受到的伤害实际上没有多大，更没必要采用极端手段来解决。无德者，多行不义，自然会受到惩罚。另外，谁没有犯过错误呢？我是完美的吗？只能别人对我宽容吗？

后来，《走在雪路上》的歌谱被我找到并珍存。我开始经常听音乐，哪怕是听得吃力的交响乐，如贝多芬的《命运交响曲》、斯美塔那的《我的祖国》。我常为年轻时的幼稚和短视而惭愧。

老崔在朝鲜

一听到人们叫我“老崔”，我心里就不舒服。倒不是自己长得年轻，而是觉得时间真如白驹过隙，倏忽一下就是几十年！做过了不起的事情吗？写过有影响力的作品吗？一件也没有。除了皱纹和白发与时俱进，再无可称道的了。

您可能认为我多事：好多人不都这样吗？——这倒让我更郁闷了。我介绍一位也曾被称作“老崔”的人，您也许就能理解了。

那位老崔赶上了一个生机勃勃的时代，或者说他和同辈参与创造了一个大气磅礴的时代。一九五〇年，中华人民共和国刚刚建立不久，当经济建设、军事国防还非常脆弱时，当时的世界头号强国不仅欺负了邻居朝鲜，还把炸弹扔到了鸭绿江边。国内不少人原来崇美、羡美，一下子又变得恐美。但伟大领袖毅然决定出兵，天不怕地不怕、只怕老百姓受罪的彭德怀挑起了重担。前去保家卫国的战士们不光有刚打完仗的老兵，还有来自各行各业自愿入伍的新兵——老崔告别铁路车辆段时刚满十七岁。他恋人的妈妈想让他和恋人先把婚结了，老崔想了想说“还是等等吧”，然后毅然参军跨过了鸭绿江。

志愿军用人所长，铁路来的还干铁路。老崔所在的救援队，主要任务是迅速处理掉道或被炸坏的车皮。他们在线路交会的介川到龙源里“二十九公里地段”，在著名的清川江大桥旁与美国飞机较量。你没日没夜地炸，我没日没夜地修。你想让前线的志愿军没弹没粮，束手待擒；我千方百计豁出命也要运过去。开始大家也害怕，炸弹坑摞进一辆大卡车还富裕，从介川到龙源里的路基土都炸没了，全是枕木和血肉码起来的。野马战斗机低得气流能抓起帽子，它找不到大目标时便拿单人当靶子，杀伤弹弹片几乎擦着地皮飞；还经常使用定时炸弹，水缸那么粗，有的露个尾巴，有的钻进了地下，在工作地点旁潜伏着，不知何时起爆。若害怕就不干活儿了，那能行吗？于是，老崔他们工作时反穿着白里棉袄，飞机来了就坐在雪地上仰望着天。炸弹要是长的，便不理它；如果是黑点，就赶紧起身。对定时炸弹只是留点儿神罢了，干活儿尽量快点儿，让车皮离它远点儿。

开始的两年，天空上没有自己的“小燕子”，地面上没有苏联援助的“喀秋莎”，志愿军异常艰难。他们不仅要面对高爆弹、子母弹、细菌弹、凝固汽油弹等新武器的攻击，还要受到原子弹的威胁，他们知道这种高科技的毁灭性。但有彭老总做表率，有黄继光、杨根思、杨连第等英雄做榜样，有四亿多父老乡亲做后盾，他们正义在胸，无所畏惧。

一次，救援队沿着线路行进，突然定时炸弹响了——一节几十吨重的“闷罐车”车厢从老崔头顶飞了过去！前面有人被车门扣住了，后面有人被石块砸死了，老崔的胳膊麻了。他一看，里外两个洞，突突冒血：一块弹片胳膊穿过去了。救援队剩余的人继续战斗。老崔胳膊还吊在胸前，就返回了前线。

不久，老崔当了干部，后来还参与了《中国人民志愿军政治工作总结》的材料收集，“打不烂、炸不断的钢铁运输线”这一节成为现代战争史上的光辉篇章。志愿军战士的大无畏精神，使不可一世的美国人不得不在谈判桌上规规矩矩签了字。

一九五三年秋天，老崔戴着军功章胜利归来，休假结婚。一年后，他有了第一个孩子——那就是我。当同事叫父亲老崔时，他已就职过若干铁路单位，仅用一两年，就使这些单位的面貌大有改变。而今，父亲虽然迈步都很费劲儿，但嗓门还像过去那样洪亮，想做什么只一句话——“就这么定了！”

（2008年发表于《中国中铁》）

家国

父亲走了。

“五七”那天，我们兄弟姐妹一起到公墓烧纸，给父亲送衣物。

父亲的黑帽子很旧了，前几个月还戴着呢，现在仍要给他送去。父亲的皮带磨得都开线了，让修鞋的轧了轧，又用上了。从前我给了他一条新皮带，他很高兴，但没等用上，不治之症便把他拽走了。父亲所有好点儿的衣服都是女儿、儿媳添置的。要依他自己，能对付过去就行。

衣服、帽子、皮带……父亲的遗物在烈焰中渐渐地、渐渐地化作了灰烬。我的泪水不断流淌。

我哀悼的不只是一种宝贵的亲情的失去。

迷离中，我脑子里闪出了南唐后主李煜的两句词——四十年来家国，三千里地山河。

父亲崔广余，河北抚宁人。其履历表上填的籍贯是“榆关公社小李庄大队”，后来他说实为福新庄，离那儿不远。父亲所在的崔氏大家庭，祖上没有家谱传世，只知祖坟在什么地方。由于家境贫寒，父亲虽是家中最小的孩子，属于家里的重点培养对象，但只读了五年私塾便交不起学费了。为改变生活窘况，三代人一合计，铺盖一卷，闯关东去了。

钻山林卧冰雪，苦干数年，刚在皮货和药材生意上有了点儿“发”的意思，父亲的爷爷、大爷爷就被绑架了。旧社会的东北，人参不好挖，土匪遍地有。人赎出来了，家庭经济状况又回到了冰点。那时，一家人落脚在长春——即日本侵略者打造的伪满洲国“国都”。父亲又随家人饱尝了亡国奴的滋味。好不容易熬到光复，战乱、饥饿、疾病交织，到了一九四九年，一大家子只剩了父亲和两个姐姐。

代表劳苦大众的新政权、新国家终于诞生了！父亲很快有了工作，在长春车辆段当检车工。终于能吃饱饭了，能吃白米饭了，父亲能不高兴吗?！直至暮年，一提国家，父亲还是会亲切地说：“咱们国家……”

好日子刚过了一年多，战火又烧到了鸭绿江边。新生的、贫弱的中华人民共和国要和世界头号强国美国对抗，那得有多大的决心和魄力！不光领袖睡不着觉，老百姓也嘀咕。然而，看到国家受到威胁，父亲主动报名参了军，成了真正的“志愿军”。他放弃了铁饭碗，告别了恋人，毅然去了朝鲜。那时叫“抗美援朝，保家卫国”。我问父亲：“您那时知道美国有原子弹吗？”他感到很奇怪：“怎么不知道啊！”他说，那时别说原子弹，美国所有武器装备都比中国先进得多，志愿军好多拿的还是“三八大盖”呢。说起这段经历，父亲很少谈自己吃过什么苦、怎么受的伤。他记得最清楚也最爱说的，是志愿军怎样用集体的智慧和勇气保证铁路运输，比如单向排空、顶牛过江、赶羊式运输，抵挡住了美机的狂轰滥炸。他也谈朝鲜三千里江山与祖国九百六十多万平方公里土地唇齿相依的关系。

父亲援朝时入了党，提了干，回国后经过一年的进修学习，开始担任领导工作。从站段到分局，从分局又到站段，车务段、电务段、车辆段、地区党委、学校……仅我知道的单位就有七八个。地点也不一，从长春到石家庄，到天津，而后去沧州，最后才稳定在天津。

父亲坚决服从组织分配，说他从未提过任何条件。这很不容易，因为他去的基层单位多是比较落后的，甚至是让领导头疼的“老大难”单位。而且业务生疏，隔行如隔山。当然，他不是哪儿都愿意去的，尤其知识分子多的地方，他觉得自己文化程度不高，底气不足，但上级的安排就是命令，必须服从。自己是党员，又做过多年的组织和干部工作，有责任指哪儿打哪儿，并且只能成功，不能让工作受阻、领导失望。父亲不仅马上到位，而且说自己没带一个人。他相信那里的干部和职工是有觉悟的，只要设法调动他们的积极性就行了。

怎么去调动？首先得带头啊。我记得二十世纪七十年代时，每天一大早，他就骑上那辆“老飞鸽”走了。他一到单位就换上工作服，扎到车间、班组或食堂了，晚上不一定几点回来。家里的事只有非他不可时，如套炉子、打烟囱，他才早点儿回来。家里还常有职工来访，父亲一个个耐心谈，晚饭成了消夜。

父亲是几千人单位的负责人，不仅要带领职工完成好任务，生活上有提高，而且还要对铁路大动脉的行车安全负责，一旦过专列，夜里还要盯岗。有一次半夜睡着觉，他被一通电话突然叫走了；天亮回来了，洗漱一番，扭头又去单位了。后来得知，当时某国国家元首坐火车路过天津，铁路信号出了故障，而父亲身为电务段党委书记,必然要迅速赶到现场。父亲那时所承受的压力可想而知。

单位面貌一改变,父亲又该换地方了。那时候,报酬与业绩不挂钩,工资不涨,奖金没有,其他补偿也没有,只是级别提升了,责任更重了。父亲不爱夸自己,但近来两次说分局长老范曾经夸他:“小崔啊,你是个万金油呀!”过去有一种外用药叫万金油,哪儿疼一抹它就好。职工的满意、领导的赞许,父亲大概觉得这是最高奖励。

退休之后,他最关心还是铁路发展等国家大事。由于我在铁路施工企业工作,一去看望他,他就问新线修到哪儿了、某个车站改造成什么样了。即使到了生命的最后七十天,虽然每天在痛苦中煎熬,自感时日不多,他谈论的主题仍然多是家庭之外的事情。父亲常常回顾以往的工作,尤其是干部的选拔和任用,对一些教训还在琢磨原因。譬如某单位需提拔一名新段长,上级有关部门倾向于一名进厂时间不长的年轻干部,主要原因是其为大学生,这很符合当时的潮流。在调查摸底时,父亲说他明确反对:一是专业不懂,二是能力不强,三是作风不实。其他班子成员和部门负责人对此也很清楚,可能有的不敢亮明观点,有的是见风使舵。结果那人火箭式晋升了,干了没半年,好好一个单位就乱得没法收拾了。没辙,只好又调整了。那人还非常委屈,说自己不适合当领导,最初就提出不愿干、干不了,可非得让干。父亲说,人们为什么对工作不负责任呢?出了问题为什么又没人追究责任呢……诸如此类,一件件往事令父亲至今感到痛心。我开玩笑道:“等您好了发挥余热,写一本《组织、干部工作研究百例》。”父亲说:“我原来确实有过想法,唉……”他长叹一声,摇摇头,缄口不言了。

父亲对于权力的使用很有原则。一九六七年一月,父亲成了分局领导班子重要成员。按说位置提高了,他应高兴啊,可我的继母看他每天回家后都绷着脸,便问他怎么回事。他说分局有的新任领导想把自己的老婆、亲戚也弄到铁路系统里来,没工作的有工作,没文化的管文化,让父亲出头办这些事。父亲说从未有过如此先例,组织程序也不允许,他坚决反对。新任领导能满意吗?我记得父亲那时总头疼,吃“正痛片”,吃得胃又难受,有时恶心得呕吐。不久,父亲便去“劳动改造”了,种稻子,干农活。他说自己宁可下台,也不助长不正之风。记得父亲过去不爱吃肥肉,但从干校一回来就对我继母说:“炖肉,来点儿肥的!”父亲说他在干校时虽然生活条件很艰苦,心情却很舒畅。

父亲对自己要求很严，可以说廉洁到底。就拿住房来说，二十世纪六十年代到九十年代，他一直住在单位分配的平房里，开始还算宽绰，后来孩子多了，仍然挤在一起凑合。小区改造楼房时，过渡比较困难。当时父亲为铁道职业技术学院党委书记，也是北京铁路局党委委员。还没到“点”，父亲就主动提出退休，说自己身体不好，应当早点儿让位，别耽误工作。局领导颇为感动，问他有什么困难。父亲笑着回答：“一切都好，什么也不需要。”如果想借机改善一下住房，凭父亲的资格与关系应该没问题，但他就是不提。小区改造后，单位只给了一个小偏单和一个独单，父亲虽然觉得面积没增加多少，毕竟条件有所改善，也没吱声。五个孩子的婚后住房有四人是自己解决的，只有刚上班的小妹没条件分房，且为了照顾老人，才住在跟前的独单里。父亲一贯公私分明，很少向上级提个人困难，能凑合就凑合。

父亲对改革开放很拥护，认为这一国策确实加快了国家发展和社会进步；但对后来出现的一些不良现象很忧虑，譬如奢侈浪费及腐败。他说自己在车辆段时，路局来检查工作，想沏茶招待人家，连茶叶都没有，结果赶紧派人从天津站贵宾室寻了点儿花茶来。“过去领导手里一分钱也没有！”父亲对高层与职工的收入相差悬殊非常惊讶，“以前分局长的工资不超过两个八级工，处长收入和一个火车司机差不多。”

父亲病重时，总怕瘫在床上。他说：“最好死得痛快些——活着没有意义了。光吃粮食干不了事，白领国家报酬，给儿女添麻烦。”对于后事他也很明确：“衣服我准备了。我从来不穿西服，有一套中山装，没怎么穿，就穿它吧。还有一件大衣，也能穿，别再买了。丧事要俭办。”

父亲去世后，按照他的意思，我的两个弟弟将丧事操持得既文明又节俭，只是来吊唁的人多了些。这没办法，学院领导赞誉父亲“德高望重”。父亲身上覆盖着党旗，他应当感到高兴吧。

家国、国家，家就是国，国就是家。家与国密不可分，国比家更重要。舍生忘死，保家卫国；鞠躬尽瘁，报效祖国。父亲的人生哲学就是这么简单，父亲的意志就是这么坚定。父亲是真正的共产党人，他的入党誓词是从心里发出的，他的终身职责就是新华门影壁上的五个金色大字“为人民服务”。

父亲走了。

厚物载德

母亲走了。

送葬回来，我们走的是另一条路。汽车从公铁立交桥上经过天津北站时，我的心突然扑腾一下，刚干的眼睛又湿润了。

立交桥的右下方，正是天津北站的主站房。在空旷的站台上，我仿佛看见母亲依然站在那里，向远处张望。她瘦小的身躯，只穿着薄薄的铁路蓝布制服，在冷峭的风中抖动……

天津北站是清末修建的，据说是北洋大臣为了去官邸方便，并避开天津总站附近的外国租界的监视而特设的一个下车点。也有人说它是为了推进洋务新政，建设河北新区而开辟的通道。不管当时目的如何，它给当地百姓确实带来了方便，工程质量也是真正一流的。至今已逾百年，它基本没变：站房虽几经修缮，还是老样子，老远就能看到那座钟楼；深灰色的钢桁架老天桥，还那么结实，只需每年除除锈，刷刷漆，再过一百年也许还能用。京山铁路电气化改造时，天桥不够高，也只是往上抬了一米多，并未拆除。正因如此，许多电影、电视剧的导演，都到这里拍摄取景。

我少年的不少时光也和北站缠在一起。

二十世纪五十年代，父亲、母亲带着我由石家庄迁到天津，母亲便成了天津北站的客运服务员。学龄前的我在家玩腻了，便到北站散心；一、二年级时，放学后有时也去转一圈儿。虽然我是个还算老实的孩子，但凡是好奇的事情总想探个究竟，愈有刺激的地方愈想去试试，也不知道什么叫害怕，有时就难免过火。

我知道主站房的候车室旁有一间服务员休息室，现在也应如此。那时我一般先去那里“报到”，然后按照母亲的要求，规规矩矩地坐着，玩废火车票，摆弄检票剪子，分享阿姨们带来的小吃，可没一会儿我就待不住了。

母亲不可能总盯着我，她得检票，有时这个口刚检完，那个口又放人了。她还要去站台上接送、引导旅客，白天闲暇时间不多，时常沏的茶水都凉了也没空喝。天热时看着外面有卖冰棍的，她也不能出去买——车站有纪律。而我就自由多了。

车站前面那座老天桥，就像一座观景台，是我最爱去的地方之一。在桁架的拐弯处，我从铁网边上钻出脑袋，便可看到火车从远处的弯道驶来，越来越近，有的慢慢停下了，敞篷车厢里的东西我看得一清二楚：有的装的是牛啊，猪啊，羊啊，拱来拱去；有的装的是机器，还有坦克、大炮和背着冲锋枪的军人。这和电影里不一样，这是真的！在家哪能看到这些？有的火车不想停留，急匆匆地从天桥下面钻过去，还突然喷出浓浓的白烟，我仿佛一下子成了神仙。最诱人的还是火车头，我常为它们排山倒海的力量所震撼。当时最常见的火车头顶上，前面一个烟囱，后面有两个亮亮的大钢盔，我非常好奇里面装了什么。是火药吗？

有时，我偶然发现母亲在一站台上左右张望，那多半是在找我——小祖宗又窜哪儿去了?!

可我没法回答，火车的嗓门比我大，母亲只能干着急。现在想起来，她肯定是非常担心的——站台与铁道之间没有任何阻拦，火车又南来北往，一会儿一趟，尤其出站口附近有个平交道口，工作人员和旅客有时也走那里，由于远方没有预警防护，很容易出事。有一次听说火车在那儿撞了人，我赶紧跑去看。跑半截儿，我的胳膊被人拽住了：“小祖宗啊！”原来是母亲。她又气又急，硬把我拽出了车站，吼道：“赶紧回家！我的心脏都不跳了！”

我觉得没有玩够，便向右一拐，进了车站对面的派出所。这里的叔叔都认识我，有的相貌不那么凶，闲暇时还有耐心逗我玩。我一看里面没有外人，便和一个叔叔聊了起来。其实醉翁之意不在酒，我很想摸他的枪套，看看里面是电影里小兵张嘎缴获的“撸子”，还是松井用的“王八盒子”……

那几年，我给大人添了不少麻烦。后来回想起来，母亲那时就有白头发了，而且好像开始抽烟了，有时还喝酒。

汽车不知驶了多久，也许一两分钟，或者只有十几秒，便从北站的上方下来了。当它刚刚走到立交桥的桥头，一种习惯的力量又将我的视线马上扭到了左面。

左面是天津铁路分局机关大楼。所谓“大楼”是早先的叫法，因为那时旁边几乎没有比它更高的建筑。尽管它只有三层，但横向展开，而且每层比一般楼房要高，再加上外面有混凝土和花岗岩罩面，顶上有天线等设备，所以外观给人感觉很气派，似乎有点儿苏联的风格，也许是二十世纪五十年代初建造的。

大楼外面有一道围墙，原来只有一人来高，正门就开在靠近立交桥这面（早先没有立交桥）。二十世纪六十年代，我每次去找父亲都从这里进去。虽然当时父亲是分局干部部的负责人，但我也得规规矩矩在传达室小窗户前登记。

在我印象里，父亲在机关时很少笑。他晚年对我讲，当时他职位虽然是副部长，可部长已经等着退休了，他要负全责，而他只有三十岁出头，资历不深，原来又主要搞组织工作，因此压力较大。全分局上百个单位，其主要领导的提拔、干部任免他都要给意见、到党委会上讨论——必须提前深入调查研究，一点儿不能马虎啊！

父亲总要晚一些下班，为了使他能回家按时吃饭，每当下雨或可能下雨时，我都会去给他送伞。分局机关的楼道里地面很光滑，不是大理石的便是水磨石的，如果是在学校，我非得像滑冰一样溜几下。楼道里各屋的门都很高，又是深棕色的，显得很肃穆；开门后它又能自动关上，且无一点儿声音，更加深了楼道里的幽深与静谧。这里教会了我轻轻推门。父亲在二楼，每次看见他，他都在办公桌前神情专注地看文件或写东西，对我只是说“把伞撂那儿”，然后让我马上回家，至多嘱咐我“过马路小心”。有时他不在办公室，大概去开会了，我也撂下伞就走，因为父亲叮嘱过，机关是办公地点，需要安静，尤其是三楼有调度所，事关铁路行车安全，绝对不能去。

唯有一次，我见父亲笑了。那是机关休息时，父亲在地下室打乒乓球。地下室里很亮，空气也很舒服，没有那股潮湿发霉的味道。过去不少单位的地下室一下雨就积水，而分局的地下室却一点儿也不漏。父亲和我打了几个球，对我准确的抽杀感到惊喜，不过告诉我这是最后一次。我恋恋不舍地离开了。

我参加工作后的几十年，每逢路过天津铁路分局的前院，都会想起分局革命委员会成立那天，父亲站在庆祝仪式的队列里微蹙眉头的表情。

那天天气极冷，父亲穿了一件多年压在箱底的皮大衣出了门。上午大约十点来钟，我也来到分局门口，看里面举行的仪式。传达室屋檐上结的冰凇出一排大鲨鱼般的獠牙，乐队鼓号齐鸣。人们虽然个个冻得脸色通红或青紫，但似乎大多数人还是面带喜悦的，而站在队列前排的父亲看似没什么表情，但我知道他的眉间一有褶皱，不是忧虑便是惆怅，肯定不是冻的——父亲来自东北，这个温度对他不算什么。回家后，家里人问他仪式搞得怎样，他只说了一句："天够冷的，唢呐都哑巴了。"

过了可能不到一年，父亲便又"跌到地上"，到五七干校劳动去了。父亲晚年告诉我："我和他们尿不到一个壶里。主任想把他的什么亲戚和朋友从农村直接弄进铁路系统，我说没有这个先例；如果有特殊需要，也得向路局打报告，咱们没这个权力。他不高兴。我没法干啊。最后只能走人。"

我问："您一开始就感到以后会产生摩擦吗？"

父亲点头："一辈子与人打交道，有些人一眼就能看出来。"

"您那些日子够难熬的。我记得您总头疼，吃'正痛片'把胃都吃坏了——我看厕所里有您吐的东西，深色的，是胃液吧？"

父亲苦笑："要是一个人，不干就不干了，还有一大家子呢！我要是也出事，你们怎么办?！"

我这才知道，父亲无论何时都惦记着家人，尤其是尚在成长中的孩子们。我也终于知道了父亲当时不高兴的原因！

汽车在右前方拐了个弯，便到了老院儿——天津铁路第八宿舍的原址。我们早先的家就在这里。我突然发现，天津北站、天津铁路分局和早先的家，从空中连线看，正是一个三角形——一个不大的等腰三角形！底边很短，两腰也不长。恍惚中，我看见父亲拽着我的左手，母亲攥着我的右手，一同向家走去……

这个三角形决不是偶然产生的。父亲由石家庄调到天津，铁路分局就成了中心；住处也基本定了，住在天津铁路第八宿舍。母亲跟着调来了，她还干本行，当然是天津北站最方便了。他们为了家庭幸福一定做了认真的筹划与运作。

尽管他们后来分手了，给我的生活带来了负面影响，我与他们也产生过隔膜，但我成家后便逐渐消除了心理障碍，按照新的格局去适应，去生活。现在，我的认识更为精准了——父母不仅给了我生命，而且抚育、陪伴我平安度过了身心最脆弱、最容易遭到伤害、性情最容易出问题的时期，并以其健康的基因、正直坚毅的性格、细致严谨的工作作风,潜移默化护佑我稳步走过几十年,走到了今天。虽然父亲、母亲都离世了,我无法再尽孝感恩,但我有必要将这些想法传给下一代,为家族增添一点儿凝聚力。

转而又想,假如根本没有天津北站,或者早就废弃了,被拆除了,母亲那时肯定到别的单位工作了。也许会到天津站或天津西站,也许为了离家近改行干别的了,比如到行车公寓当服务员,拆洗被褥。如果那样,我还能经常看见火车吗?我还会在铁路一小上学吗……我的生活八成是另一番样子了。

由此,我联想到一个令社会头疼了多年的问题:工程建设(包括拆迁)。现在不是说人民生活水平提高了不少嘛,如果再建房屋,就少建那些寿命不长、外观也不美的平房、楼房吧!尤其公共设施,更要视为百年大计去精心设计、精心施工。面对老建筑,凡是年代久远或有纪念意义的,一定要慎动铲车:修缮或再造时就按专家说的:“修旧如故,以存其真。”因为一座建筑,它不知涉及多少人的命运,承载了多少人的情思!

如今有句先贤的话很受人们尊捧,叫“厚德载物”,我觉得反过来也成立——厚物载德。

刃上春秋

天黑黑，风飕飕，前方晃着几个黄幽幽的路灯，像快要熄灭的打火机。左面的路上没有人影，右面的长墙如隐卧的恶犬。“嘎——”，一个惊雷从少年脚畔炸开，闪电带着和弦撕裂大地。他只是一激灵，继续向前走。

狭长的湖面上，唯有这个男孩。冰层骇人地开裂，他并不知会不会坍塌，但他毫不在乎。他决不是悲观厌世，相反，他有着自以为很宏大的理想，宏大到只能内心收藏，免得别人讥笑。

他不喜欢过平淡的生活，一个固定的环境再好也是牢笼。他曾沿着凡尔纳的幻想去过《神秘岛》，遨游过《海底两万里》……后来，他虽然没机会参军，但生活仍给了他足够的挑战。

中学临毕业时，学校仍不太平。我们在地下室里同女辅导员聊天，聊得一激动，我的手指摸到了裸露的电线——一个插座被人揪走了，只剩了线头——“嗖”的一下，电流从手指到了肩头。我还算机敏，猛一甩，手离开了，然后胳膊软成了面条。事后得知，如果再晚零点零几秒，电流一到心脏，我想甩也甩不开了，结果不堪设想。由此我体会到人的反应速度一秒钟超过三十万公里。

被分配到了铁路上，并且是工程单位，恰合我意：可以走南闯北，周游四方。然而没想到单位让我当电工！我领教过电的脾气，心有余悸，不过没好意思提出换工种。

我到工地报到的第一天，电工活儿便给了我一个下马威。我随着师傅拽倒链，拔一根半截的旧电杆，木头的。倒链都拽不动了，电杆还纹丝未动，比鲁智深拔的垂杨柳顽固多了。于是又加人拽倒链。只听“嘣”的一声，电杆于地面糟朽处拔断了，它一怒跳起，空中一摆，便向我的脑袋撞来。多亏我神经早已绷紧，急速闪开，避免了凶多吉少的一劫。惊魂甫定，期待安慰，谁知师傅只是略微一笑：“中午让食堂做顿捞面吧。”而后大家接着干活儿，好像从未发生过这件事。

之后我明白了，只要人工作业，这种危险就会经常发生，所以国家提出工业要实现机械化。

在电杆上作业，稍有不慎便会掉下来，因为你得踩着脚扣一步一步爬上去，高的要爬十几米甚至二十多米，上边像树梢，一动弹能晃出半米。有一次冬天上杆，电杆冻得又硬又滑，我从杆顶唰地溜了下来，比电梯还快，好在有安全带拢着，但鼻子狠狠撞在了杆上，鲜血如雨点洒向地面。后来我的一个鼻孔总不通气，到医院一检查，是鼻甲严重弯曲。

我当单位的团支部书记时，到瓦工班找青年商量工作。他们正用大锤砸片石，一块石屑弹丸般射向我的脸。这回没躲开，石屑打在了两眼之间，脸上顿时麻木，一团液体涌到嘴里，吐出一大口血！真是万幸！如此力量若打在眼上，威力肯定堪比开花弹。不一会儿，青年们便把我围了起来，问我为什么脸肿得和鼻子一样高。

我当电工总计不过四年，遇险不止六七回。但有些工友运气不好。一九七五年我帮队里起草过五份悼词：有的高空坠落，有的遭物体击打，有的中毒，有的先受伤后长肿瘤，有的突然不适一瘫就起不来了。即使这样，我也从未动过跳槽的念头。那时终归还是年轻，认为人生就得在刀刃上行走。

到单位机关工作后，安全系数自然比天天在施工现场高了，可出去也得注意。工程队经常在铁路营业线旁施工，机关干部不但要到现场检查工作、慰问职工，还要协助进行安全防护——火车一来，提醒工作人员下道避车。有时在编组站施工，不止一个方向同时来车，就必须四处留神。有一回我记不清在哪儿了，只记得那天有雾。火车一露头就快到跟前了，而几个工人仍在线路上干活儿，我急忙大声喊起来。怕其听不见，我还跑了两步。他们赶紧跳了出来。嘈杂中我觉得又有喊声，一扭头看到有人向我大幅摆手，嘴张得老大，我下意识地朝身后一看，哎哟！另一列火车冲我来了，离我最多三十米。好在那时腿脚利索，死亡与我擦肩而过。

火车凶悍，汽车也不温柔。我工作的单位曾在古冶施工，因工地离火车站较远，所以有时派汽车到车站去接职工。我有一次凑巧赶上了这辆车。那时没有大轿车，能坐卡车也不错了。我贴在一侧的车帮上，怡然欣赏着煤尘飞扬的山坡，庆幸自己没去跋山涉水。高兴不久，“呼——”，一辆卡车从我面前擦过！车上顿时叫骂声一片。我以为是偶然的，往里挪了挪。未想“呼——”的一声，又是一辆！一问，吓了一跳：原来司机是替班的，他平常开的是小吉普，很少开大卡车，左右掐量没准儿。那还不玄乎！大概司机也出了身冷汗，车速慢下来了。好在是白天，自己调整即可，但夜里就不由一方了。我在工会工作时，有一次从荒僻的农村办完事情返回，天已黢黑。村民开一辆三轮摩托车送我们去火车站，别看路上一个灯也没有，车子却勇猛飞奔。村民怕我们担心，笑着安慰：“这阵子一般没啥车。”正说着，前边来了响声，没等反应过来，对面车辆轰地一下从身旁掠过。我摸了摸，耳朵还在。下车后我们哈哈笑了一阵，同伴说：“差点儿永别。”

说归说，笑归笑，该出去还得出去。不过，原来不该自己去时也毛遂自荐，想借机玩一玩；后来能不出去的决不出去。现在一出去多走高速公路，个个风驰电掣，有时你不撞他他撞你，天热车胎还容易爆胎，弄不好就玩侧空翻……

光阴荏苒，有险无伤，我觉得非常幸运。在现代社会里，危险四处潜伏，稍不留神就会被它吞噬；有时防也没用，就该你倒霉，能完整、健康活下来就该知足了。至于生活中的扬抑臧否，我早就不当回事了。理想也膨胀到了蒸发，甚至怀疑即使实现了又有何意义，因此一般不再冲动。过去不愿听的四个字如今觉得很是深刻，那就是“平安是福”。

一个大熔炉

一九七〇年，我刚参加工作，那时真是什么都不懂。

按理说，初中毕业，应具备一定的文化水平。但那时学校里老师们战战兢兢不敢教；学生们大多也不愿学，认为迟早得上山下乡，当农民用不着太深奥的数理化知识，语文、外语、政治等更是学不学两可了。我上学期间多次交过白卷。

没想到我们这一届基本留城，我还进了梦寐以求的铁路行业。

铁路工作是“铁饭碗”，不仅待遇高，而且管理正规，只要好好干，肯定有前途！虽然我进的是工程单位，不是热门的机务段、车辆段、电务段之类，但从接触面更广、流动性更强来说，似乎正适合我“好男儿志在四方”的想法。

但一碰实际，我才发现当“好男儿”可不像喊口号那么容易。

单位将我分配到一个工程队的电工班，我一听就害怕了。自己曾经挨过电，知道它的厉害；上学时又没好好学，连欧姆定律都不懂，能干好吗？队长笑着说：“没关系，现场和学校不太一样。学电工不错，干吧。”

我嘀嘀咕咕去了工地。单位当时正在修建北京附近的一条铁路，工程队驻在黄村车站，我报到那天的上午就跟着师傅们干活儿去了。中午吃完饭，天很热，师傅们都在工棚里休息，唯独我跑到车站里转悠。干什么去了？捡烟盒。

我无意中发现线路上有一些过往旅客扔下的烟盒，有我从没见过的“大婴孩”“三门峡”，还有什么“哈尔滨”“满天红”，都很漂亮，我足足捡了一中午。下午上班时，我眼前总模糊。这就是那时的我，已经参加工作了，还没分清干活儿与收藏哪个重要。

师傅们没有数落我。当时工程队青黄不接，老工人对年轻人非常爱护。他们不善讲理论，主要以自己的行动影响晚辈。班长将每天的工作安排得满满的，各个小组都努力完成任务，没做完的加班也要完成。一天下来，累得我有时打饭都懒得去。没几日，我自己就不玩了。

我虽然腰上也挎起了钳子套，但什么都不会干，而且理解得慢。有个绳结稍微有点儿复杂，师傅教了我三遍，我还打不好。师傅在电杆上干活儿，我在下面拴东西，师傅一拉绳子，绳扣就开了，瓷瓶差点儿砸着我的脚。师傅好像叹了口气，下杆后对我说："干电工这行必须心细，一旦出事了不得。"

好在我自尊心强，下班后反复练习，转天就不闹笑话了。不久，我买了《电工学》《电气安装手册》，每天对照实践进行学习。师傅们一边耐心指导，一边给我打气："年轻人有文化，一点就通。"师傅们大多文化程度不高，电路图却记得非常清楚，接线很少发生错误。最令我敬佩的是他们在电杆上干活儿，既麻利又守规范，并且讲求美观。导线平行时，齐如一排琴弦；导线拐弯时，弧线又非常优美，像芭蕾舞剧《天鹅湖》里的四小天鹅。我曾问他们："下面有人注意吗？"他们说，不管有人看没人看，干出的活儿就得像人干的。

我亲眼看到，经过师傅们一天天的紧张劳动，立电杆，架线，安装变压器、配电盘，安装各种设备，一合闸，原来一片黑暗的永定河河谷瞬间改变了模样！碘钨灯、探照灯交相辉映，现场亮如白昼！钻孔机、卷扬机隆隆旋转起来，电焊机、对焊机迸出灿烂的礼花……一座铁路大桥飞跨两岸，火车载着繁荣与幸福高歌而来。

在师傅们的引导下，我很快喜欢上了这行。由于下功夫钻研技术，仅两年，内外线的一般安装、常用电气设备的故障排除，我基本能胜任了。又过了两年，我一个人能盯工地了，便先后经历了新建铁路工程、既有线改造工程、与铁路配套的房建工程、通信信号工程等十几个大小工地的施工，俨然是个老电工了。

随着工作自信心的增强，我参加集体活动也多了。在黑板报的撰稿、编排和美化上，自己显露了比一般青年更厉害的写作和绘画能力。一九七二年，团组织不仅吸收我为团员，而且只过了半年便选我为团支部组织委员。我不得不抛头露面，牵头搞一些活动了。说心里话，那时本职工作没多少闲空，我真不想分出更多精力，可团工作也很重要，不能不管啊。不过这样一来，我的组织能力得到了锻炼。

我觉得，上级领导关注着每个职工，你有一点儿变化他都知道，甚至在未来发展上比你自己都看得清。

一九七四年，我被任命为工程队的专职团支部书记，负责组织团员青年参加活动。这个团支部有团员九十一名，青年一百五十人。如果那时知道有吉尼斯世界纪录这一说，我也许就申报“世界最大团支部”了。另外，这些团员青年分布在各个工地，既分散又流动，不大容易组织管理，一开始我并没有信心能挑起这个担子。

队领导鼓励和启发我：“只要大胆实践，依靠群众，没有克服不了的困难。”他教我首先抓好班子，充分调动和发挥委员们的积极性和创造性。

我就照他说的那样做了。于是，团支部委员均成了我的得力助手。他们抓好团小组长，保证各个工地、各个班组都有人负责，使各项工作都能落到实处。我们的团员青年在生产中经常发挥突击作用，协助队里保工期保质量。有时响应团支部号召，他们早晨五点钟便来到工地，进行义务劳动，干得汗流浃背。两年后，我们团支部成了铁路局先进团支部。

在铁路单位，我觉得一般是不会埋没人才的。它有完善的组织机构和制度，为了企业的健康和长远发展，会不断培养、提拔和使用年轻人。当我觉得自己才刚进入角色，公司工会就遴选了我，让我负责劳动竞赛、劳动保护和职工教育。这可是更大的挑战！共青团工作没有硬指标，而工会许多事涉及职工切身利益，政策性很强，我必须从头学习。

那时公司正式职工达三千多人，而且多数工地有协作的民工队伍，他们的安全和教育也得管。工会主席和多数工会干事的岁数比我父亲还大，好几位还参加过解放战争，但他们从不摆架子，从基础开始教我，我出了纰漏他们也不责怪，而是和蔼地给予指点。以他们为后盾，我所负责的工作较快打开了局面。之后，在单位支持下，我系统补习了文化知识，通过了高教自学考试，参加了多种学习班、培训班。素质的提高肯定带动了能力的提高。

二十世纪九十年代初，我到了单位的党委宣传部。老同志的传帮带，使我较快熟悉了新岗位。新单位隶属于北京铁路建设集团，集团党委组织部、宣传部的同志对我们这些基层的同志总是非常体谅，有问题耐心帮助指导，有成绩和经验及时推广传播。他们忠诚无私、举贤荐能的精神令我至今难以忘怀。

…………

今昔对比，我自身的变化很有意思。一个曾经爱捡烟盒的半文盲，居然成了精益企业文化的研究者；一个连保险丝都不会勾的学徒工，竟然成了引导职工爱岗敬业的宣传干部。这不是自夸，也不值得夸，远的不提，就说与我年岁相仿的一些同事(包括我的同学),多数肩负了更重要的责任。比我小的一些年轻人(包括我的徒弟),他们就更厉害了,有的当了单位的书记或副书记,有的成了副总,他们在不少大工程中都做出了突出贡献。他们最初也不过是个普通工人或中专生。

我觉得,铁路行业如同一座大熔炉,只要你是一块矿石,它肯定能把你变成钢铁。在它不断地冶炼下,整个队伍成为一支钢铁队伍。

险绝中见豪迈

—— 忆一九七〇年永定新河铁路大桥之战

手底的活儿还没利索，又来了急茬儿的。永定新河大桥马上开工！没商量，天津铁路工程段迅速向北塘调集精锐。

在列车上，老工人抽着自卷的“大炮”，豪气撞了满车厢：

“听说这是路局重点工程。”

“一样干。兵来将挡，水来土掩！”

“就是，咱们天津段什么活儿怵过头?！”

“……”

不料，现场一看，十有八九哑了口。我还头一次见到这种恢宏热烈的场面——宽广的盐碱滩上，窝棚密密麻麻，已经绵延到天边，无数民工推着独轮车插着红旗还在往里开。喇叭震地，歌声裂云。我们工程段的区区几百人顷刻消失在浩海之中。

领导对形势做了介绍。

几十万民工按照根治海河的部署，立刻要开挖永定新河。永定新河将穿过京山铁路，把威胁天津的洪水引来，由北塘直接泄入渤海，意义十分重大。我们的任务就是抢在第二年汛期之前，修好永定新河铁路大桥，保证京山线畅通无阻。

明年汛期——顶多到明年七月一日吧?大桥能完工吗?不少职工一盘算，扑哧笑了:

“弄不好，咱这一百多斤就得撂在北塘。”

“不死也得脱层皮！”

“……”

这是一个两端相差许多的不等式。

从战备出发，要建两座单线桥，均为五百多米;加上引线和附属工程，按常规进度起码得干两年。它是天津工程段迄今遇到的最大任务。而现在已经十月下旬，到明年七月一日通车，总共只有八个多月的时间。

这是一个绝对没有退路的战场：

时任国务院副总理明确指示，明年汛期之前，必须达到“三成”：河成、堤成、桥成。

这又是一个八方瞩目的擂台。

面对前所未有的巨大压力，谁还能保持从容余裕的神气？

不过，我们这支队伍有个传统：不向任何困难低头！

骁勇的先头部队

北塘建桥的主力——三队和六队（那时叫三连和四连）抓紧建驻地，运材料。

打前站的住在北塘车站旁几排垦荒部队丢下的破营房里。他们每天步行七八里，到未来的宿舍区搭工棚。茫无际涯的荒滩，没有一株比人大腿高的植物。雨夹雪凶猛袭来时，他们无处躲避，也不想躲避，扣紧草帽继续干。中午，浑身冰凉，也只能吃早晨带来的干粮和咸菜。没有水喝，有人咬一口饼，饼上一个红月牙儿。傍晚，他们又在黏脚的泥中，带着一身疲惫返回，到家时已是满天星斗。

即便如此，大家照样完成当日任务。

老工人把艰苦当成家常便饭：“咱们干的就是这一行，大马路、闹市区用得着修铁路吗？”

年轻人都以此为荣。他们经常听师傅们讲历史。“那年，我们大战青龙桥，就是早先詹天佑修铁路那个地方……你们没去过雷庄吧？嗬，那地方……”神情犹如老红军讲腊子口、大渡河。年轻人渴望哪一天自己也有资格讲讲过去。参加工作不久，我便赶上了这样一个大工程，正是锻炼的好机会呀！

一天晚上，北塘车站到了三车枕木，车站要求赶紧卸下来，工地也急着用。三队领导为难起来——大伙儿忙了一天，现在正吃饭，真不忍心让他们再干活儿。没想到，人们知道消息后，马上撂下饭碗，争先恐后向站台跑去。殷忠慈、吴志强、鄂宝生等共青团员率先登上车顶，汗珠同灯月交辉，身影与朔风共舞。仅仅一个半小时，两千多根普通枕、岔枕就全部落地。

一队电工班、水道班负责全段的水电大活儿，北塘建桥自然少不了他们。

水电是施工的命脉。他们的口号是“全力当好先行，不让工期晚点”！

电杆一垛垛，水管一堆堆，工地没有吊车，也没有汽车，他们勇敢地“练”起了肩膀。八九米长的黄桦松油浸电杆，六米长、二十厘米粗的铸铁管，哪个重量不超过五百斤？

四人一组，高矮不同。跨线路、过沟坎，每人瞬间承受的重量绝对不只四分之一。

第一天，肩膀就红了。

第二天，肩膀肿得像馒头，火辣辣地疼。

食堂改善生活，卖小炖肉，水道工蒋金良风趣地说：“咱们省了，吃自个儿的‘扁担炖肉’吧！”

有人闪了腰，有人崴了脚，却都咬着牙继续抬。

天气骤然变冷，绒衣绒裤一夜间成了薄纸。电工们在电线杆上直打哆嗦。为了早一分钟送电，班长刘同炎下令：“不达到灯亮滚子转，谁也别回家取棉袄！”眼见工人们一个接一个地感冒，他只好让大家分批走。谁知，没有一人离开战场。

先头部队快速突破，只一个月出头，宿营地、铁路施工便线、临时高低压输电线路、临时供水干管的建设便基本完成。

艰难的钻孔桩之战

路局对永定新河大桥工程相当重视，局面一打开，就在工地设立了前线指挥部。北京工程处(那时叫工程总队)及时抽调了工程技术人员和特种工种人员协助天津工程段作战。另一个好消息是，河北省滦南、丰润、乐亭三个县的数千民工听从路方指挥。

天津工程段信心倍增，立即召开动员会，上上下下表决心，很快便攥成了一个拳头：“完也得完！不完也得完！”

在此背景下，十二月初，桥墩基础正式动工。首先在桥墩位置下钻孔，以灌注混凝土桩。每个墩要有六根直径一米多、长三十多米的钢筋混凝土桩来支撑。

天津工程段原来使用“大锅锥”钻孔，完成一个孔少说需要一星期，这个速度显然不行，于是在北塘决定采用较为先进的五〇〇型钻机和磨盘钻。

现在看这些设备没什么神秘的，可当时我们费了好大劲儿才驾驭自如。

拿磨盘钻来说吧，它是从南方现买的，没有图纸，没有师傅。三队、六队一家两台，自己攒，自己开。

一次，三队线三班卸钻杆，十几个工人排成一溜儿，用绳子拽。带班的路工嗓子都喊哑了，大棕绳都拽断了，也没卸下来。钻杆接头是反扣着的，越钻越紧。钻杆时没有脱扣之忧了，卸杆时可犯了难。工人们开头用十八磅大锤砸，几个人换班砸，卸根钻杆起码半小时。时间一长，泥浆管就冻了。大伙儿又得耍龙灯似的抖泥浆管；抖一阵，再用大锤敲。十几分钟，里面才往外一节节掉“冰糕”。这么折腾，一个孔三天也钻不出来。

班长王树宽吃饭时对着筷子相面——见棱见角的筷子和钻杆一样。他想，要是在上面焊一块鱼尾板再拴上大绳拽，会不会卸得快点儿?

一试，时间缩短了，但还是挺费劲儿。

后来，他和开卷扬机的吴志强同时提出：用钢丝绳在鱼尾板上绑“猪蹄扣”，用卷扬机拉……一次又一次的摸索，终于解决了卸钻杆问题。

钻孔桩的质量直接关系到承载力，半点儿不能马虎。两个队总共只有四名技术人员和六名测工。六七台钻机一起开动，有时能同时钻出三个孔，有时难兄难弟般接连出问题，迫使他们日夜在现场盯着。尽管工地离宿营地不过十分钟的路，他们还常常托人捎饭，铺盖卷一连几天闲着，困极了就在现场值班室眯瞪一会儿，草帘当被地当床。四队技术员徐绍辉，有一次由于劳累过度，竟掉进了刚钻完的孔里。多亏他那时年轻，赶紧抓住一根枕木爬了上来。不一会儿，棉衣和棉鞋就被泥浆浸透，正值寒冬，冻得他嘴唇青紫。别人劝他回去换换衣服，他执意不肯，在一个油桶炉子前烤了烤，又回到井口测算，唯恐哪个环节出问题。

一往无前的英雄气概

六月下旬，一场暴风雨又打乱了重排的工期。

雨从后半夜就下，工棚轰轰作响。早晨八点多了，天还黢黑。十米外的景物得借助闪电才能看到；平地的积水没了膝盖；几百根脚手杆绑起来的桥墩混凝土灌注架被掀翻了；临时输电线路东倒西歪；许多材料被泡了……

形势严峻到了极点。

永定新河上游和出海口均已挖完，只甩下京山铁路几十米的一段。永定新河里的水节节上涨，大桥再不通车就会出现两种结果：一是洪水冲断京山大动脉；二是上游分洪，淹掉大片农田甚至村庄、城镇。

时任铁路局副局长的王振山和队长、书记一起，顶着冰雹般的雨点儿到现场巡视，越看，眉头锁得越紧。早晨一拉电门，灯没亮，副总指挥蒋明浩便直接到了配电室。他眼睛红肿，不知多久没好好休息了。

配电室里只有两人在检修开关柜，电工班副班长杜学斌早已率人去抢修线路了。

高压输电线路近一半的电杆歪了。可上面仍然通着一万伏的高压电，不少瓷瓶正滋滋放电。电杆成了水柱，杆下的土已被泡松，必须上人拴绳才能把它正过来。

老电工姚洪昌一声不吭扎上了安全带。

“我来！”实习生王玉仲抢过脚扣。

明知这是向死神挑战，可他们全都挺身而出。

与此同时，四队装吊班重绑灌注架。九级大风把人刮得在空中打转。老班长周连仲险些飞进十几米深的泥潭里。

下午，风还在肆虐，雨还在逞凶。

电源一恢复，搅拌机便咆哮起来，一袋袋速凝水泥倒进灰斗。线路工来了，瓦工、木工、铁工来了，医生、会计、炊事员、守卫人员来了……段领导带领文艺宣传队也来助战了。一辆辆小推车满载着灰浆，在长长的坡道上奋力登攀。汗水混着雨水，滚滚下淌。

三队那边，全力以赴运石砟，配合架桥机架梁。人们把一筐筐石砟从路基下抬到路肩，由路肩再举到桥梁上，个个成了泥人。

一个小时、两个小时、五个小时……十小时！职工们还在干。跌倒了，爬起来；累昏了，醒来后又冲到一线。我们铁路职工就是这样，压力越大，反弹越强；每当肩负党和人民赋予的重任时，便爆发出惊人的勇气和神奇的力量。

王局长露出了微笑：“搞工程的，就得有一股炸碉堡的劲头！”

一九七一年七月一日，天津工程段献出了一份厚礼——永定新河铁路大桥按时通车。

在震耳欲聋的鼓乐鞭炮声中，列车穿过缀满松枝与鲜花的彩楼，徐徐驶入了上行线大桥。激流在桥下奔涌，腾起一片赞歌。

次日，职工们在《天津日报》上看到了通车报道，兴奋之情溢于言表。

一名于一九五三年参加工作的老工人说："天津工程段的名字上报纸，在我印象里还是第一次。"

好多人接茬儿："有第一次就有第二次！"

（1993 年发表于《筑路人的足迹》）

我的“芳华”

好的艺术作品的确能够拨动人们的心弦,电影《芳华》弄得我几天没睡好觉。

年轻时最真实、最浓烈、最留香的情景不时涌入脑海,和电影镜头搅在一起,来回穿越。如果那些年少伙伴也看了《芳华》,八成会一起嗔怪我:“咱们那些经历也应该写写啊!”

其实,我一直想把那段生活“晒”一下,却担心现在的人们不接受,白折腾。感谢《芳华》勇往直前,劈开了一条路。

一九七二年初夏,我带着潮白河大桥按时通车的庆功喜悦,去了一个班长说更能锻炼人的新工地。那时我差三个月十八岁,是铁路工程队的一个电工,虽然学徒不到两年,就掌握了二级工的“应知应会”,但有许多东西没有接触,还不能独当一面。我很高兴,希望趁机好好学习,尽快成为一个对国家有用的人。

我的行李很沉,主要因为塞了一大摞书本,除了《电工学》《电气安装手册》等技术书,还藏着两本借来的小说:一是《林海雪原》,一是《铁流》。此外,父亲在抗美援朝时获赠的一个赭红色硬皮日记本也一直伴随着我。我在里面新加了奥斯特洛夫斯基的名言:“人最宝贵的是生命。生命每个人只有一次。人的一生应该这样度过:回首往事,他不会因虚度年华而悔恨,也不会因碌碌无为而羞愧……”

这个新工地很神秘,远离铁路却又与铁路有着密切联系。走过茫茫庄稼地,穿过高高杨树林,在一个普普通通的村子旁,先来者用铁丝网圈下了一片沙土地。瓦工班雇用当地民工,在里面挖出了一个大坑,估计能装下两个篮球场。我在工地配电室撂下行李,已进点一个多月的师傅刚要说说情况,现场就有人找。我们马上出去给水泵接电源——坑里已经出水,汩汩地流,必须抽水,否则不仅没法继续挖了,边上还会塌方。直觉告诉我,这里要建地下室。

果然,这是一个非常重要的隐蔽工程。工程队领导专程来工地召开了动员会,大意是为了政治、经济和军事的保密,决定把铁路通信线路全部改走地下电缆。我们承建的这个地下室，据说是某个铁路通信增音站，作用是减少电缆传输中信号的衰减，使长途电话保持声音清晰。该工程技术复杂，质量要求很高，绝对不能出错，而且工期很紧，没有回旋余地。领导强调，大家一定要树立工人阶级的责任感和使命感，充分发挥积极性和创造性，圆满完成这项光荣的任务。

我一句不漏地听着、记着。起初很兴奋，后来开始紧张，散场时竟然坐着没动。我之前去过几个工地，虽然规模都很大，但派驻的电工也多，又有班长或高级工顶着，我只是跟着干一些具体活儿，不用负多大责任。而这个工地，别看场地集中，难度可不小！关键是只有两个电工！师傅年逾五十，四级工，听说技术水平一般；我呢，尚处学习阶段，又头一回接触这种工程。就算师傅经验多，没问题，但不可能天天在现场盯着吧？我能顶住吗？

不过转念一想，我又活跃起来：压力就是动力啊！钢铁是怎样炼成的？

宿营地的宣传栏上挤满了青年职工的决心书。那时人们怎样说就怎样做，一进工地我就融入了大干的氛围。尽管宿营地离施工地超不过一里地，但为了安全和便捷，我和师傅都住在配电室里。配电室守在基坑的西北角上，是木结构的临时建筑，半个屋子被开关、仪表所占据，它们控制着工地的命脉。除了吃饭、开会，我们一般不离现场。

这种工地绝对不能断电，这是一大困难。因条件所限，工地的电源来自农村的供电线路。那个线路容量不大，由于负荷剧增，难以承受，导致经常停电，有时一停多半天。不管白天黑夜，工地肯定不能坐等着，配电室旁有一台大功率发电机，一有需要马上启动。烦人的是，我们不仅经常倒闸，切换电源，还要饱尝柴油机的喧嚣——发电机房与配电室只隔一层篱笆和一层苇席。柴油机启动时冲击最大，嘣！嘣！嘣！嘣！犹如地震。我们的床铺是两张条凳加一块铺板，桌子是条凳上放个木箱子，它们马上随之“跳舞”。柴油机转起来后，便“轰轰轰轰”不断了。虽然调门低了些，但频率很快，拽着你的心跳一起跑。白天还好说，反正人不会总在屋里待着，夜里就难熬了，睡不着，想听收音机，还得贴到耳朵上。

某天早晨，我一出配电室，差点儿踩上一只鞋。黑不黑，蓝不蓝，一个破旧的“三寸金莲”。“哈，拿这个吓唬我？”我顺脚将它扫到一旁的水沟里。旁边的民房里近日死了一个老太太,那个老太太是个卧床不起的孤老户,据说她很不理解:“房后来了什么家伙,比炸弹还厉害?”

走不远就是木工房,我撞到了金庆。他是唐山来的那拨学生里的积极分子,学习认真,干活儿勤快,还主动向我负责的黑板报投稿。他嘿嘿直乐,那张大红脸红得发亮,活像水果店玻璃上画的大苹果。

“好小子,原来是你埋的雷!”

他虽默认了,但压低嗓门对我说:“听说那个老囡子是被发电机震死的。你最好把她的鞋扔到房顶上。”我扑哧一笑:“为什么?”他睁圆了眼睛:“避邪啊!”

“要扔也是扔发电机!”我没接这个茬儿,扭头走了。

这事儿也怪。我师傅又干了七八年,没到退休人就没了。因我已到机关工作,详情不知;不久又听说操作发电机的那个复员军人也不长寿,颇为震惊。我不由回想起来,师傅好像说过自己血压高,有时还得吃药。他的床铺靠里,离发电机更近。机器的噪声多少会对他有影响吧?

不过,那时施工条件较差,如果像现在这样时时处处讲环保,好多活儿没法干了。人们能凑合就凑合,不想凑合也没辙。施工这样忙,能把发电机弄走吗?弄远点儿也不现实,还得临时征地,不用时谁看着……我觉得团课上讲得很好:“苦不苦,比比长征两万五;累不累,想想革命老前辈。”

再一个困难是我们必须保证所有照明和设备正常使用,有了故障应当立即排除。这个工程“麻雀虽小五脏全”,各个工种都有,并且隔一阵子还会冒上来新装备。比如,铁工房起初只有交流电焊机,三个线圈四条线,后来增加了直流电焊机,结构明显复杂了,标牌上甚至没有电路图。师傅凭经验很快接上了线。一合闸,能工作,师傅就满足了。我心里却不踏实,如果里面出了问题,我们能很快解决吗?解决不了就得停工啊。

师傅没上过几年学,岁数也大了,不能再依靠他钻研了。我自己正年轻,应当主动往前闯。于是,当机器休息时,我就抽空去研究,把它的箱板打开,探进头去仔细看都有什么器件,线路是怎样连接的,一一画在小本上;然后对照书里讲的,弄清它的原理和薄弱之处以及故障处理方法。有的地方看不清,书里又没介绍,我就给厂家写信,请他们给予帮助。自己花钱邮寄信札,怕人嫌麻烦不理睬,还在信里夹了邮票。

我的宗旨是“防范在先，克之必胜”。经过不断努力，问题解决率大大提高。我仍不满意。因为有的事会影响全局，就像踢足球，一个漏洞就会输掉整场比赛。有一次，发电机怎么转也发不出电了。它原则上不归我们管，我们似乎不用插手，等机修所来人修就行。可工地负责人、工班长、正在干活儿的工人们不这样看，他们围了一圈儿，盯着师傅和我，意思很明显：只要与电有关，你们都应负责。当时，我觉得自己的脸在发烧：从大局出发，我们应当马上介入，别管权限不权限；但是，我从没摸过这个发电机，确实不懂！看样子师傅也玩不转，我只好拿权限当盾牌。

好在时间不久，来电了。两个小时后，机修所的专家到了。他独自待在屋里，十来分钟就解决了问题。临走时，他只告诉我们发电机的“励磁系统”出了毛病，别的没说。我们也不好意思问——行里的规矩谁都知道。

我开始翻书，仔细看发电机的章节，然后趁发电机空闲时，征得管机器的师傅同意，从其铭牌、接线盒到控制屏，逐一观察和记录。经过反复琢磨，我觉得找到了病根儿。

时隔俩月，发电机旧病复发！当时，师傅没在，只能自己拿主意了。我想了想，没给机修所打电话，决定自己试试。

正好发电机房里的电瓶有电！我接上导线，将另一头抻到发电机前，打开接线盒，看准了励磁系统的正负极，准备把削好的两个线头同时往上点。

我犹豫了一下——这种方法行吗？如果错了，会不会短路，爆炸或是起火？那发电机就完了，我也同归于尽了。

柴油机隆隆地吼叫，硕大的飞轮疯转着，催促发电机快点儿醒来，但它就是不理，死了一般。工地没有任何声音。人们似乎都盯着我，等着我。我什么都不想了，将线头坚决、快速地往上一点！

有人喊：“有了！有了！”

我向发电机的控制屏扭头一看：仪表有反应了！

之前，电压表、电流表、频率表的指针个个横躺着，现在都争先恐后向上仰起。很快，电压就升到三百八十伏以上。我成功了！

整个工地恢复了生机。各种机器合奏出宏大的交响乐。

还有一个困难，就是这个地下建筑由于长期使用，自身需要配备许多永久性的电气装置。它的线路不是等建筑的主体完成后在明处铺设,而是都走暗线,埋在墙壁和屋顶里。这个地下室的屋顶是一米多厚的钢筋混凝土,上面还要砌一米多厚的片石,然后再覆土。技术员说这是为了保证两百多公斤的炸弹直接落上也没问题。它的墙壁也很厚,尤其是外墙,全是密密麻麻的钢筋,一般的炸药也无可奈何。两个出入口都是厚厚的钢筋混凝土门,而且不是一道,以防炸弹强大的冲击波。

我们必须随着主体施工的进行,及时做好各种塑料管的铺设及配电盘、闸箱、接线盒等位置的预留,既不能忘了,也不能错了,否则无法补救;还得盯着混凝土灌注,不能让钢筋、振捣棒等把塑料管砸坏了,否则将来穿线穿不过去。

班里要是再来些人就好了,班长一分工,一拨负责维修,一拨盯着安装,我们就轻松多了。现在呢,里里外外就这两位!哪吒多好,摇身一变,三头六臂。

我也只是随便想想。我知道别的工地也很忙,修桥、铺路、改造车站,电工也不够用。中国的铁路建设欠账太多了,重点工程一个接一个,哪个都不能耽误。我们只能自力更生,自己想辙了。

有时内外一起有事,确实忙不过来。

某天,领工员老张找我,说基坑下面不够亮,希望增加照明。我同意了,但找他要两个帮忙的——我说师傅今天上电业局办事去了,即便在这儿也爬不了电杆。很快,从瓦工班来了两个小伙子,一看就是唐山来的那批学生,看着都挺利索,一个还穿着黑弹力衫,像打篮球的。我挑了两根粗点儿的杉篙,让他们扛到离基坑不远的地方,并挖了两个深坑,将杉篙立了起来,然后拎来两个探照灯。我问他们,会爬电杆吗?两人都摇头。我登上脚扣,慢慢攀了上去,给他们做示范。穿黑衫的胆儿大,在另一根杆上尝试,好容易爬到一人多高,“哗啦”一声又掉下去了。我一看,别愣赶鸭子上架了,叫他找个梯子,搭在杆上,协助我作业。另一位在下面拴东西。两人配合不错。

很快,横担安上了,探照灯也就位了。晚上,一合闸,基坑里突然亮如白昼,正绑钢筋的男男女女都叫了起来。有人笑着埋怨:“我上哪儿去尿尿啊?”

这事启发了我:我们生活在一个大集体之中,大伙儿可以互相帮助啊!

某天,钢筋加工跟不上了,老张立刻组织人支援铁工。我那时白天也满负荷工作,但看见铁工房晚上还在对焊,便放弃了休息,也去帮忙了。正好还有一套电焊工具,小王对我进行了两分钟培训,我就上岗了。小武特意过来嘱咐:"小心点儿,别灼眼!"他俩和我同城同届,上班比我还晚两个月,此刻也成了主力,领着一群人干这干那。听说他们和师傅都没吃晚饭,汗流浃背,一直在这鏖战。

我以为电焊比较简单,谁知没焊半分钟,焊条就黏在钢筋上了,使劲一拔才下来。我挪开面罩一看,焊点是一个疙瘩;再焊,不一会儿又黏上了。一着急,焊枪没离开我就挪开了眼罩,弧光刺啦一闪,我的眼睛突然什么都看不见了,过一阵子才恢复。我揉揉眼,继续焊,直到午夜才停止。前后眼睛至少被灼了三次。后来顺当一些了,虽说焊口都不漂亮,但符合质量要求。

转天早晨,我的眼便开始疼,跳着疼,且愈来愈重。师傅说已经红肿,让我歇歇。哪能歇着呀?我忍痛坚持工作。我们工地没有医务室,只在图书室里放了一个小医药箱。我觉得可能没合适的药,就没去找。谁知中午,食堂管理员邢姐给我送药来了!

准是师傅传的消息,让人知道了。可我和邢姐不熟啊,只在买饭票时说过两句话。她比我大,知青选调来的,平时待人看不出很热情,今天却露出灿烂的笑容。她端着一个酒盅,小心翼翼地走到我跟前,说她以前听说人奶能治眼病,她一打听,旁边的村子里有的妇女正给孩子喂奶,于是就找人要了一盅。她让我每次蘸一些,涂在眼球上,一天涂几次,也许就好了。

我很不好意思。师傅说,既然拿来了就试试吧。

我只抹了一天,似乎有点儿效果,不知是真有疗效还是心理作用。转天奶的气味儿不对了,我也就不抹了。

岂知这事给那帮小子提供了素材。某天,天津知青李森凑我跟前,看看左右,故作神秘地对我说:"我听他们说,小邢把她的奶挤出来,给你治眼……"

工地这些年轻人,别看来自不同地方,由于每天二十四小时摸爬滚打在一起,三五天就熟了,熟了就经常互相逗弄。

技术员宝林,铁路工程学校毕业,工地的技术工作主要由他负责。知青乃杰,到铁路工作不到一年,就成了装吊班的一个能人。他不仅自己学会了开车、开拖拉机,还要设计一个建筑材料电动升降架。他俩都大我几岁,专业各异,竟也很快凑到一起了。

我们经常晚下班，太晚了伙房就关门了，即使还有饭菜也凉了，更别想吃到熬鱼、炖肉、烧茄子这些抢手菜了。我们就想了个办法：谁下班早谁就负责多打两份，有好的买好的，其他的看着办。结果效果不错。开始，我们轮流“坐庄”，不久，我们即使下班都不晚，也凑到技术室一起吃。饭票也集中了，随便用。我们边吃边谈，新消息、新打算、高兴事、烦心事……话题大多与施工有关。

有一次，我们不谋而合，想放松放松。于是，晚饭地点便被改到了配电室，队伍也扩大了。我们到村里的合作社去搜罗：酒只有“白玫瑰”，管它是白酒还是果酒，来几瓶；糕点，看着干巴巴的，也弄了一大包。伙房当晚做的几种菜，我们一样没漏；有人还把从家里带来的大桃和红枣也兜来了，力求丰盛。师傅去宿营地打扑克去了，我们占山为王，就在配电室门口，用图板当餐桌，用大茶缸当酒杯，开始畅饮。

这时的话题自然会跑到个人生活上。

“乃杰，你一大早就洗裤衩，怎么回事？”

“嘿嘿，没勒住，跑马了。”

“哈哈哈哈！”

“宝林，你前两天突然回去，有点儿不对头，交代！”

“我上设计院核对图纸去了……不信？”

“信！也不信。准是借机谋私。”

宝林笑了笑，说：“确实有人给搭桥……提的这人你们可能都认识。”

大伙儿七嘴八舌，弄得宝林脸都红了。

崔英群说机械班新来的几个姐姐有模样不错的。小朱子马上自告奋勇：“我帮你勾搭勾搭！”

老焦不干了：“你们经过谁允许了？那是我的地盘儿！”

我因岁数小，当时没考虑这类问题，只是跟着乐。但心里也想过，将来找个什么样的对象。

崔英群几天前给了我一张电影画片。那天他独自躺在工棚的床铺上，睁着眼，一动不动。我以为他不舒服，谁知他突然冲着屋顶喊了起来：“李炳淑！我向你喊话——我喜欢你！”

李炳淑，谁都知道，革命现代京剧《龙江颂》里的女主角，长得挺好，遗憾的是看剧情她似乎一直是单身。好了,这下有人追她了!

崔英群本来很喜欢那张画片——上面有一个非常漂亮的姑娘,《五朵金花》中的女主角杨丽坤,还有一段歌谱:“美丽的姑娘我见过万千,唯有你最可爱……”崔英群看我拿着不撒手,只能割爱:“给你吧,谁让咱俩是一家子呢!”

“这就对了,你不能朝三暮四啊。”

那时,这类东西我只能夹在笔记本里,偶尔悄悄看看,让美湿润一下干燥的心。

我们从晚霞如画一直喝到天黑如墨。若不是探照灯惹了祸,油壳螂、蚂蚱和小虫子不断俯冲,越来越多,我们不知会聊到何时。

自主体施工进入高潮后,我们便没有这种机会了。地下室的地面坚硬后,就要绑钢筋,支墙体模板,然后进行混凝土灌注。混凝土达到强度后,再支屋顶模板,绑钢筋,灌注——必须环环相扣,一气呵成。

这时,不仅电工,所有工种的人员都不够用了。即使相互支援,或临时从别的工地调人,也得经常加班加点。并且天气越来越热,那年北方又是大旱,整个夏天工地没见一滴雨,职工们每天都与烈日干风拼意志。

金庆在基坑里支模板,脸颊通红,汗水直流,肩上搭的白毛巾早成了抹布。乃杰绑了半天脚手架,浑身是土,工作服被杉篙挂了一个三角口,大得能钻进一条狗。崔英群脑袋上扣了一个草帽圈,往坑里倒运钢筋,听说手和胳膊被钢筋烫了一堆泡。

施工水管突然没水了,水道工小董跑到配电室找我借雨衣。我很奇怪。他说得到临时水塔上看看,是不是水泵出了问题。我还是不解。小董告诉我,水塔上面有个大马蜂窝!他把身上裹严了,又戴了一副墨镜。十几米高的梯子,他爬上去,折腾了老半天。下来后他一脱雨衣,我就乐了:“不花钱,洗个澡。”

这个工地由于工期不长,没建浴室。那时也没有太阳能热水器,享受不到淋浴。身上脏了,出汗多了,大家只能用湿毛巾一点儿一点儿擦。

记得一天中午,得了点儿空闲,我想睡一小觉。太阳把配电室薄薄的荆芭草帘屋顶晒透了,床铺成了饼铛。那时甭说空调,连电风扇都没配,怎能睡着呢?我不得不出去转悠,试了几个地方都不行,最后看见卷扬机棚子正好在白杨树的树荫底下，虽然遮得不很严，还有一些光线钻进来，但觉得可能会比别处凉快一些。我爬上去，一躺，后背感觉进了锅底——煎鱼的铁锅。汗，呼呼地溢了出来！

趁着还没熟，我赶紧溜下来，又回到配电室，脱得只剩一条裤衩了。用凉水擦了一遍身子，我还是坐着看看书吧。

《铁流》正讲到红军穿越沙漠。不知不觉间，我加入了郭如鹤的英雄队伍。我觉得他们所处的环境更艰苦。除了炎热，还缺粮、缺水，大批白军、哥萨克骑兵进行围堵……我们遇的这点儿困难算什么？

我们大多数年轻人的家离工地不是很远，又有通勤票，但不经常回家。我觉得工地比家里有意思。我曾两个月没回家，若不是必须回去取粮票，恐怕还会逍遥下去。那次回家我终生难忘。水道班的振坡正巧也走，他是铁路工程学校的实习生，比我至少大五岁，身体很结实。我俩性格完全不同，居然也合得来。我经常逗他，挖苦他，他装作听不见，但有时会瞪着眼数落我，说我对这个事有点儿偏激，说我对那个人应该有分寸……我当时听不进去，但过后觉得应该接受。他确实比我老练。那天晚上，我俩回到市区后，他没回河东区，我也没回河北区，一起跑到和平区看电影去了——《鲜花盛开的村庄》！两人抢着掏钱，又买了一大堆点心和八瓶“山海关”汽水，喝得我肚子要爆炸，直打嗝。他也说撑得够呛。

这个酷暑，我们在工地被晒成了鱼干儿！好容易见到了水塘、大河，还不喝个痛快?！若干年后，振坡成了公司副经理，多次提及此事，仍咧嘴大笑。

当工程主体开始施工后，铁路通讯段的技术人员也介入了。将来，里面的通信设备统由他们组装，这时也得盯好电缆的孔洞和设备的基座、线槽。我没想到，有一天我的父亲也到工地来了。其实很正常，他当时是通讯段的党委书记，应当关注这个重点工程。父亲与师傅见面后，说对我该怎么教育就怎么教育。师傅说我进步很快，请他放心。父亲看我胯上别着钳子套，一副老电工的样子，满意地笑了。过后，有人提示我：“你要到通讯段去，一句话的事！”我淡然一笑：“在这儿好好的，我到那儿干吗去？”

“咦？咱们东奔西跑，风吹日晒，人家是固定单位，又在室内工作，比咱舒服多啦！”

“我就喜欢大自然，喜欢壮观的场面！”

这是我的心里话。工地在我眼里，常有诗情和画意。雄阔的调车场、蜿蜒的大桥、栉比的高楼自不用说，即使眼前这个不大的地下工程，也总让我心潮奔涌，特别是夜晚。我们用水银探照灯的白光、碘钨灯的黄光，编织了既透亮且柔和的纱帐，地下室被模板等遮掩，变得朦胧，仿佛一个婴儿在熟睡。抽水的泵群发出甜美的鼾声。白杨树哗哗地给它扇扇子，不知名的鸟儿哼着摇篮曲。

当年我在日记本里，写了一首《青年电力工之歌》：

头戴金柳帽，手握红钢钳，迎着火红的朝阳，我们飞架银线。踏遍祖国的千山万水，把革命的意志磨炼更坚。

啊，不怕风雨雷电，我们是勇敢翱翔的海燕！伟大领袖毛主席，指引我们奋勇向前！

铁塔穿云雾，彩虹跨蓝天，用我们青春的双手，装扮祖国的河山。为人民献出光和热，我们心中赛过吃蜜甜。

啊，历史的马达飞转，让幸福的银河落人间。伟大领袖毛主席，指引我们奋勇向前！

现在看来，这首歌的思想性、艺术性都谈不上好，但含有一种平凡中寻伟大、转瞬间求永恒的激情。这种激情是如今的年轻人经常讥笑的。当他们所处的环境长时间断电，一片黢黑，电脑也不能用了，可能才会悟到一点儿什么。

对地下室的墙壁分部进行混凝土浇筑时，师傅因家中有事突然走了，不知几天才能回来，把一切交给了我。我必须保证搅拌机不停地转动，卷扬机、振捣器随时能使用，施工现场灯火辉煌，宿营地伙房的鼓风机也不能断电，不能让职工吃夹生饭。模板中敷设的电线管、开关盒也得完好无损。

似乎早有准备，问题不大，但有一项还是没考虑到。

我二十四小时盯在现场，实在困极了只能回配电室打个盹儿，不一会儿又得出去。两天后，我突然脑袋向前一沉，险些栽倒，而后浑身发抖，四肢无力。我觉得自己像是发烧了，凭经验，温度还不低。医药箱不管用——不打针，我的病好不了。

混凝土浇筑必须连续进行，否则就会出现缝隙，将来地下水会向里涌入——出这样的事故，那还了得?！我必须坚持，不能倒下！

我一会儿到东边催促发电机发电，一会儿到西边换保险丝，每日昏昏沉沉，有时似在梦中；一口饭也吃不下，走路晃晃悠悠，若不是别的班的青年伙伴扶着拽着，我很可能掉进基坑的钢筋丛里，或栽倒在铜片裸露的大石板电闸上。

熬了整整两天，墙体浇筑按计划完成了。单位专门派来一辆车，将我接到了天津铁路医院。扁桃体发炎，高烧近四十摄氏度，我只能住院治疗。

未等身体完全恢复，我就返回了工地。

过了很久，我看到单位共青团组织早先出的一份简报，上面报道了我的先进事迹。我觉得奇怪，我所做的是应当做的，在那种情况下，我别无选择。

地下室封顶后，开始做内外防水层。宝林每天检查油工班的操作，生怕他们对新工艺掌握不好，以后出现渗水。油工班的姑娘们蒙得严严的，唯有美目闪来闪去，她们按照班长的交代和示范，把滚烫的沥青均匀地涂在混凝土上，然后铺上油毡。每个接合处都被牢牢粘住，毫无缝隙，一层又一层，就像南方的艺师们制作脱胎漆器，地下室成了一件巨大的精美艺术品。

不多日，除了两个进出口露出地面，其他都看不见了。又过了些天，铁丝网变成了红砖垒成的院子，一般人即使走进院子，也只能看见两排平房，普普通通，和农村生产队的办公地点或粮食加工车间没多大区别。

但是，懂电的人一眼就察觉其不同寻常。有一条新建的超高压线路直通这里，院子外边上有一个保卫森严的变电站，变出的低压电流全部进了地下电缆。

我们当然很清楚，因为这些施工是在我们的配合下完成的。这趟线路无特殊情况不会停电，即使停了也有办法：地下室里有两台发电机，随时可以启动，并能自动倒闸。它们的控制屏一大堆线，比较复杂，我和师傅们装了三四天，反复检查后才交活儿。

当通讯段对增音设备进行调试时，我有幸进去参观了一会儿。屋里没几个人，却声音嘈杂——都是电话里的对话。仔细听，男的和女的，上级和下级，南方人与北方人，就连咳嗽、笑声都能分辨出来。通信工程师问我，想打电话吗？我笑着摆摆手。

天气刚有些凉，我就到了别的工地。这个工程已基本完工，收尾有一个人就够了。

在这个工地上，年轻人占了百分之八十。刚开始，谁也不敢打赌说这个工程一定能按时完工，连本工种的任务都不敢保证没问题。虽然我们没有经验，但我们年轻，有体力，有脑力，还有魄力、毅力，苦干加巧干，一天能顶好几天。这个工程居然提前完成了！而且质量也没问题，禁得住验收。

我是在这个工地入的团。时隔两年，我成了工程队的团支部书记，这个工地的青年伙伴多数成了共青团的骨干。后来他们有的调走了，有的换了岗位，但不管在哪儿，都是一把好手。最有趣的是有的成了夫妻，他们大概早就眼波传情了，没让我们发现。没想到，有一个早就回了原籍的女生，后来到单位看望旧友，说她当时对我印象挺好，有点儿那个意思。我只记得她大脸盘，五官清丽，梳个刘海头，若再缠个红围巾，活像过去电影中的“五四”爱国青年。但我与她接触并不多。我当时瘦巴巴的，是什么原因让我引起了她的注意呢？

是青春的光芒吗？

庆功酒

十八个黑色的电门盖儿全斟满了。白酒的浓香在工棚里飘散开来。

班长杜学斌发令："抄家伙！"

"第一杯见底儿！"任宝华师傅接着说。他一只眼睛兴奋地烁烁发光。我心一动：任师傅往日阴着的脸怎么突然晴了？

我们一队电工班日夜拼搏，保证"灯亮滚子转"，为北塘铁路大桥按时通车立下了汗马功劳，大伙儿谁不高兴？

电门盖儿或快或慢都见了底，十八双筷子搛肉、搛菜，把螃蟹嚼得嘎嘎响。

任师傅提醒："蘸点儿姜末儿。"

杜班长说："宝华心细，找食堂寻了块姜，怕大伙儿闹肚子。"

任师傅的脸涌起红潮，不知是由于酒在血管中燃烧，还是因破天荒受到了称赞。

两月前，有人反映任师傅对现实不满，说话阴阳怪气。新上任的杜班长说："三个大小伙子在家待业，吃他那五十七块六毛三，谁摊上心里能痛快？"有人不愿和任师傅一组干活儿，嫌他慢。杜班长用食指和拇指围了个圆圈："任爷爷的小胳膊这么细，又缺只眼，凑合点儿吧。"有人叨咕任师傅性格孤僻，生活上太仔细，不想挨着他睡觉。杜班长拉着长声："行——我挨着他睡！谁没点儿个性，老两口还吵嘴呢。"以前，考勤表上的名字都是自高级工写起，"任宝华"一直写在四级工的末尾。杜班长皱了一阵眉头，告诉考勤员："往后再写名字，按姓氏笔画排。谁要不乐意，怪自个儿的祖宗！"

我明白了，怨不得昨晚加班，任师傅主动参加干到子夜一点呢。这大概是被理解和被尊重的结果。

正想着，屋顶的草帘里沙沙响。人们不约而同地抬头喊："耗子！"

小张可能喝多了，"嘿嘿"一乐："任师傅，我听说前几天您的假眼找不着了，后来您从耗子窝里掏了出来——"

任师傅的脸唰地白了！

据说早先有人叫他“独眼龙”，任师傅差点儿动了电工刀。

任师傅抬起了手。满屋只有心跳声。

那手斜着一劈：“这小子！”只是撸了小张的后脑勺。虚惊一场。

酒越喝越猛，话越说越多，空气越烧越热，人心越靠越近。人们不由得吼唱起来，之后，几乎都忘了自己唱过些什么，只记得人生中曾有这样美好的时刻。

（1989年发表于《北京铁道报》）

乐在流动分散中

我觉得，如果自己的职业能和性情、爱好相吻合，那是人生的一大幸福；仅排在身体健康与家庭美好之后。

若每天都在一个城市内，到一个工厂去上班，天天走同样的路，见同样的人，干差不多的工作，估计我得精神失常。我非常喜欢旅游，年轻时立誓走遍中国的名山大川；认为如果长期圈在一个地方，不啻进了牢笼。

命运让我走进了铁路工程单位。我放弃了几次可以离开的机会，死心塌地工作了四十余年，其诱惑力和动力就是这个单位的工作性质——流动分散。好多人讨厌它或不习惯，调走了，而我却感到很有意思。

虽然在施工现场工作只有六年，但我已走了十几个工地，去过一些特点不同的地方，将每个地方都深深印在脑海里了，就说说一九七三年我在龙家营的工作与生活吧。

津蓟线青龙湾大桥工程收尾了，用不了多少电工了，班长让我去京哈线的龙家营工地。行李随运材料的汽车拉走，人坐火车去，很轻松，两眼一眯，傍晚到了毗邻山海关的一个小站。哈，左边不远就是山！看地图，右边几里外就应是大海。左前方也有山，从西向东，越来越矮。依稀可见山上有条蜿蜒的白线，虽不连贯，但经验告诉我：那就是万里长城！

工程队驻地距车站很近，临时房屋、圆拱工棚，铁丝网一围，门口吊个钢轨做的钟，很好辨识。我到时正赶上收工，有些人从施工现场回来了："你小子原来在这儿哪！""哪阵风把你吹来了？"……我和青年伙伴们高兴地打招呼。他们有电工班的，也有瓦工班、木工班、铁工班的。尽管都在一个工程队，但有的一两年没见了，很是想念。我们工程队有五百多人，多半是青年，我是工程队的团支部委员，大多都认得，要好的也不少。

工棚里是大通铺，木头搭的，铺上草帘，覆上苇席，很干净；展开褥子，躺上很舒服，一股草根的清香总是萦绕在鼻侧。伴着他人抽的卷烟，"关东叶""蛤蟆头"之类的强刺激以及老白干蹿出的浓香，工棚颇有小说中东北胡子或座山雕居所的味道。我的位置挨着两个年轻人，左边小郭，右边小钱，都是去年才上班的，还不认识。没关系，每天同吃同睡，没几日便会熟的。这不，小郭掏出了饭票："今天后勤管理没在，没法换票。拿我的，你赶紧去，今天伙房有熬鱼，去晚了就没了。"

工程单位的人来自五湖四海。就拿我们班来说，有石家庄的，有唐山的，有唐山周围几个县的，有沧州的，天津的约占三分之一。小郭是天津郊区的，一问，和我家离得并不远，我俩很快就热络起来。小钱是唐山的，我有好几个唐山朋友，一聊，也很亲切。仅过两天我就和别人一样，称他"钱广"了。"钱广"是一部电影中一个反派的名字。班组里的人原来不都是学生，有的是农民，有的是复员军人。老师傅和复员军人去过的地方多，资历深，见识广，每天晚上大伙儿的聊天内容，使我们年轻人受益匪浅。有一天中午，食堂做了豆腐脑，看样子就很好吃，除了大张，都买了。晚上大张才告诉我们原因：他在部队枪毙过犯人，直接对脑袋开枪……他说中午要解释，就怕大伙儿吃不下去了。这使我悟到世界上所谓奇怪的事其实都不奇怪。另外，我们时常聊各自家乡的风俗习惯。我惊讶，有的只相隔几十里就截然不同。一件东西也有不同的叫法，越远差别越大。如：有许多窟窿眼的煤块，天津及周边一般叫它"蜂窝煤"，没挨过蜇的人，也会想到大马蜂；而南方有的地方称之为"藕煤"，就是我们吃的藕，多亲切啊。我的性情越来越随和，因为受到了启发：生活中不一定非得怎样。

我们住的工棚靠边，后门出去十几步便是铁丝网。外边全是庄稼，挡得山都看不到了。我问他们，那是高粱吗？他们点头。我从未见过能与房子比肩的高粱！它们既高且壮，密密匝匝，黄绿中泛出紫红，风一吹来，哗——，像出征的大军挥舞战旗。时值夏末，虽然中午还有些热，但这里的天空总是很透亮，有时蓝蓝的如一汪湖水，有时洁白的云朵你追我赶，看得人心里非常痛快，不像大都市的上空顶了个灰罩子。当然，这里也有变天的时候。一天，夜里下了雨，时间似乎不短。我们累了一天，睡得很香甜。清早突然有人叫起来："鞋找不着了！"大伙儿一下子都醒了。我一看床铺下面，吓了一跳——水都快漫到铺板了。山洪下来了！脸盆都成了小船，在工棚里漂。我们马上起来，进行抢险。领工员组织各班组迅速排水，保护材料、机械，同时帮助食堂淘水，让灶膛能够点火。多亏厨师们警惕性高，粮食安然无恙，否则大伙儿不知该上哪儿吃饭了。

水情稍一好转，我们便投入了施工，因为工期很紧，刻不容缓。我们所参加建设的工程是一项大工程。国家从经济发展和战备的需要，自大庆油田悄悄铺了一条输油管线，直达龙家营。石油从地下滚滚而来，然后用火车运到内地，或从秦皇岛装船运到更远的地方，代号为“八三工程”。我们单位的主要任务是铺设油厂到火车站的铁路。我们经常参与重大工程、保密工程的建设，这对于有抱负的青年来说，会感到很神圣、很光荣，也很自豪。并且我们所干的工程都不一样，时间又都很紧，挑战性极强，每个工种、每个班组乃至每个人，都必须创造性地工作。

在工作和生活中，常有一个好朋友陪伴着我们，给大家以种种快乐，它就是田野。我们挖坑立电线杆时，会经过大片庄稼地。城市里长大的我，说不出几个农作物的名字。一天，我们干活儿铺的面儿较大，农村来的周景全说：“脚底下留情，种的都是豆子。”我看出地里隐约一垄一垄的，不是野生物，但不知它就是能磨豆浆的黄豆。有的地方钻出一根根像鞭似的东西，就是梁山好汉呼延灼使的那种竹节鞭。周景全说，那是芝麻。我顿生联想：书上每逢歌颂新生活，常用一个词儿来比喻，“芝麻开花节节高”，还真形象！红薯不用人告诉我，挖坑时我的铁锹碰坏了好几个。休息时，我们便用电工刀削了皮，开嚼起来。真甜啊！家里买的哪有这个新鲜？这不违反纪律，老乡让我们随便吃，而我们只吃刨坏的。要是铁路自家人种的我们就不客气了。车站有养路工区、通讯工区的，他们也种了一些东西。一天大家渴了，周景全带头，我们个个咬起了大葱。不知是此地土质好还是品种好，这大葱粗得像甘蔗，竟然也像甘蔗那么甜！吃得正高兴，不巧主人路过这里，他们似乎很生气，但不敢对我们这些生猛人怎么样，只是嘲讽地问：“大葱的味道不错吧？”周景全瞥他一眼：“不错。赶明儿我们还想吃葱炮肉呢！”

葱炮肉没吃，大桃却吃了不少。每到一地，我们工程人便搜罗土特产，连吃带捎，很快便抬高了物价。这里的桃子很大，鲜嫩薄皮，白中透粉，犹如姑娘的脸颊。最好的叫“大久保桃”，稍差的叫“九叶桃”。小郭、小钱都爱吃水果，经常买，我也跟着沾光。

在城镇化尚未发展的时候，铁路百分之八十穿行在原野中。我们施工常在远离村庄的地方。记得有一天,我们要在电杆上作业一整天,安装横担、变压器、隔离开关等很多东西,而这段线路的电杆几乎都在水里。我和复员军人老王负责一根电杆。小钱说:“我背你们过去。”他穿着皮衩裤,负责给我们在下边栓东西。背老王时,小钱直呼哧,抱怨身上“压了个死猪”;背我时挺愉快:“很轻!”在空中干活儿若不刮风下雨,那是很舒服的。中午,我们坐在新装的横担上,吃着夹着咸菜的烤饼、茶鸡蛋,欣赏美景。铁路如两根黑色且发亮的琴弦,列车用车轮奏起进行曲,高兴时还放开汽笛唱几句。渐渐地,列车远去了;最后,消失在茫茫绿海中。下午,有一阵儿材料供应不上。工程学校的实习生小赵负责我们这一块,好一阵他才扛着东西过来,脸有些苍白。我们问怎么回事,他说有一处水挺深,皮衩裤都快灌篓了,不好走。老王说那也得快点儿呀。他说那地方正有一条蛇,盘在水面什么东西上,恶狠狠地盯着他。他只能慢慢往前蹭,不敢惹它。我们三人都乐了。小赵的脸又红了:“那条蛇有这么粗!”他用手比画了一下。我们不笑了:“那是条蟒吧?!”

出了一身臭汗,回来当然要洗洗。驻地旁边有个水塘,水很清澈,我们哥儿几个都跳了进去,我扑到深处游了起来。周景全躲到远处钓鱼。玩累了,我们去看周景全的战果。岂知,一条鱼都没见到,光看他嘴动弹了。小郭笑着说:“你不知道,他钓得没有吃得快。”周景全翻翻白眼:“生吃鱼活吃虾,懂吗?!”

大家在一起当然会热闹,但我有时很想一个人静享大自然,早走或者晚归,仔细看看那些形态各异、不知名称的灌木和野草,摸摸滚着露水的叶子,摘几朵美丽的小花,觉得它们都在用我听不到的声音在说话;坐在草毯上,或走在旷野中,目光投向远方,天与地的界限不见了,云和烟分不清了,很快走进了古诗的意境,如“黄河之水天上来”“大漠孤烟直,长河落日圆”……模糊的老庄哲学也似乎明晰了,飘游间回到了混沌与原始。在这里,想怎么穿就怎么穿,没有时髦和时尚的嘲笑;想怎么走就怎么走,没有红绿灯的限制;想怎么唱就怎么唱,不用考虑是否有噪声干扰。总之,像风一样自由。

喜欢四处游览的人必然也对历史、地理感兴趣。我手头常备《中国地图册》,经常翻一翻,借助施工便利,制订名胜游览计划。施工高潮一过,我就牵头,和小郭等人去了山海关。对孟姜女哭倒长城的传说我不感兴趣,我喜欢研究过去确实发生过的事情和确实存在过的人物。山海关是兵家必争之地,远的不说,仅明末以来，就有袁承焕、多尔衮、李自成等名将率军在此大战。我们的施工地叫“龙家营”，往北京方向走，铁路沿线还有“留守营”，再偏西一点儿，又有“马步营”……这些地方都有个“营”字！直觉提醒我，它们原来极有可能都是军队驻扎地。将它们连起来，便是古驿道，就是北京到山海关的捷径！其后走访老乡，果然如此。他们还说有座山叫“信号山”，早先有烽火台；某皇帝回东北探亲时，途中将某村的姑娘纳为妃子……我感受到了历史学家考古的快乐，并对正在进行的施工产生了新的感觉。尤其是对车站集中进行扩容改造时，线路工程队增添了力量，并且雇了许多民工。临近国庆节的要点施工，人头攒动，机器轰鸣，恍若军队决战，无数战士在冲锋，在呐喊，令人血流加速。我们让这片古老的土地焕发了青春，将给国家建设、人民生活带来显而易见的变化。我们既是平凡的，又是不平凡的，因为我们在史册上增添了值得记叙的一页。我油然想起伟大领袖毛泽东曾在附近北戴河写的诗句：“往事越千年，魏武挥鞭，东临碣石有遗篇。萧瑟秋风今又是，换了人间。”

十月一日前那个晚上，大家畅饮庆功酒。工地食堂吃结余，每人一条大鱼，正好佐餐。电影队带来单位领导的祝贺，放了一个很好看的片子，但不少人没去看，或只看了个尾巴。大家畅谈半年来紧张施工的感受，尽抒按期开通的喜悦。我们年轻人破例也喝了起来，没有酒杯，就用饭碗或搪瓷茶缸。你打开“芦台春”，他倒上“湎阳老酒”，还有什么“白玫瑰”酒，轮番来，简直乱了套。那时没有低度酒，我喝得都不知车站在哪个方向了，现在明白了，那就是鸡尾酒。

当时工地黑板报、宣传橱窗均由我负责，心血来潮时我便诌几句歪诗，管他人爱看不爱看，也顺带“发表”。对那个晚上，我形容是“南腔北调熔一炉，欲倾江河入海碗”，竟有不少人点头捧场。“八三工程”收尾了，用不了多少电工了，班长让我和小郭去北京，说是丰台铁路医院工地正缺人。我喜忧参半，喜的是能到首都北京，干的是内线工程，可以学到新知识，并和又一拨青年朋友搭伴，听说新来了不少女孩儿；忧的是我在龙家营还没待够。小钱、小赵等人暂时还在这里。帮我俩扛着行李在站台等车时，小钱虽然还是嘻嘻哈哈、骂骂咧咧，但眼神里明显露出不舍之意，还给我们的包里掖了几个大桃。他不喜欢作诗，不然我一定会用李白的佳句回赠他：“桃花潭水深千尺，不及汪伦送我情。”

有点儿意思吧？其实，这只是我施工生涯的初级阶段。

后来，我到机关工作了。虽然不扎在现场，但经常到现场去，而且想到哪到哪儿，更方便了。单位改制归入中国中铁股份有限公司后，施工范围扩大到全国，个别项目甚至跑到海外，我的活动范围更大了。遗憾的是年龄不饶人，我不得不离岗了。否则我还想到非洲看看角马大迁徙；到柬埔寨转转，研究一下“红色高棉”，只留神点儿地雷就行了……

看电视的烦恼

一九七二年，我们在风沙口工地施工。因为这是一项保密工程，所以离火车站较远；又因为工程队没有载人汽车，所以回家很不方便。

那时我一个月最多回家一次，工地旁只有庄稼地、杨树林和一个毫无意思的凋敝村庄，业余文化生活就很重要了。然而，整个工地只有一台电视机。

每天晚上，看电视的少时也有三四十人，一个大圆拱工棚经常挤得满满的。这么多眼睛盯着多大一个东西呢？这台电视机不知是哪年造的，个儿挺大，可屏幕顶多有十四英寸。不光看着累眼，它还挺难伺候。

首先，如果天线不够高，你什么也看不着。当时我是电工，我找了几个壮工，用杉篙接了一根天线杆立起来，足有五层楼高。到了晚上，用绳子把天线杆缠住，然后插进扁担，当杠杆转天线、找方向。

听那个热闹劲儿！我和屋里的呼唤应答："天津台有吗？""没有！""廊坊有吗？""看不清！""北京有吗？""再回来点儿！"好容易逮着一个台，多数人若不想看，一嚷嚷，又得转。我成了陀螺。

更烦人的是，这台电视机脾气还很古怪，不时给我们出难题，要么有图没声，有声没图，全都有了，一高兴就玩儿前滚翻。能不能驯服它，八成靠运气。

那时候电视里文艺节目很少，而且形式单调。我们总想找点儿新鲜的。记得有一次好容易碰上了战友文工团演出，我兴奋得抢了个第一排的座，年轻人除了酒喝多的全来了。贾世骏、马玉涛等大腕登场，唱的多是脍炙人口的歌曲，大伙儿高兴极了。不料，马玉涛的《老房东查铺》刚唱完"星儿闪闪缀夜空，月儿弯弯挂山顶"，我们的电视机先生便打盹儿了。

图像唰地一下看不清楚了，只见几个影子晃来晃去。我把前面的钮来回拧，逐个拧，拧了半天也不管用。有人喊："拧后边！"我知道后面不能乱动，但迫于压力，只好"违章"了，拧了一阵，也不管用。人们七嘴八舌地指挥着。一个富有创新精神的上来了，照着机壳施展"掌击法"，他说自己家的收音机一不响了，拍几下就好。

“咣！咣！咣咣咣！”这下好了，连影子也没了，屏幕里只剩“漫天雪花”。

直到节目播完了，电视也没弄好。大伙儿悻悻而去了。睡觉早的，回宿舍打开铺盖卷；睡觉晚的，只能坐外面望夜空了。

职工们向工程队领导反映，希望换一台电视机。队领导说，回头找个明白人修修，对付看吧，有的工地还轮不上一台呢。

这就是我们铁路施工单位计划经济时期的窘况。

到了二十一世纪初，情况大变：我们每个班组不管大小，至少有一台彩色电视机，甚至零散人员都有电视可看。不仅娱乐节目五花八门，让人看不过来，而且各项目部还有影碟机，并经常购置新的光盘。现在条件当然更好了，管理人员几乎人人有电脑，通过网络，无论身处多么偏远的工地，世界都在我们身边，我们与时代同行。

这是改革开放的伟大成果之一。

它把人民群众中蕴藏的核动力引燃了，充分运用世界上的先进技术，短短三十多年便使社会的物质和文化生活变得如同神话，仅从这一点说，我们就应有知足感。尽管发展中仍有不少问题亟待解决，但我们毕竟少了许多生活的基本烦恼，能够站在现代人的平台上思考问题了。

动机

早先，我采访过不少先进人物，其中有的是劳模。他们虽然看着没什么特别之处，但能够做出一般人很难做到的事情。我每次都被他们的事迹所感动，但在了解他们的思想根源时却屡屡犯难。问他为什么这样干，他们几乎都是平平淡淡地回答："这是应该干的。"有的甚至感到奇怪："这个问题还用问吗？不这样干，还能怎样干呢？"

后来，通过细致了解一位老先进的经历，我才基本明白了。

下面是他的回忆。

我出生于一九一五年，是河北省景县人。我记事的时候，爷爷奶奶都没了。听说爷爷是扛活儿累死的。父亲哥儿仨，他是老三，仨人都扛活儿。父亲累得得了痨病，咳嗽一天比一天重。家里不仅没东西吃，连热水都喝不上。母亲弄点儿柴火、草末把锅烧热了，用凉水朝锅边一淋，稍微有点儿温乎，就喝这个。

没钱啊，分家时父亲分了三亩地，带四十吊钱的债，三分利，一年十二吊利钱，哪还得起啊！后来只能把地顶给财主了。他没日没夜给人干活儿，吃不上喝不上，就这样累病了。

时间不长，父亲就死了，用亲戚家给的一张旧席裹上埋了，穿着一身旧衣服。那年我才十五岁。

我们自己没有房子，当时住的房子是借的，一间小破屋，八尺乘八尺，睡觉时人挤人。夏天好办，可以外边睡，冬天可受不了了。我们弄点儿苜蓿末，给土炕烟点儿火，上半夜有点儿热乎，下半夜又冷了。炕上连褥子都没有，全家只有一床补丁棉被。母亲搂着我，破棉袄大襟盖我身上，早晨一亮我就起来，门洞子一蹲，抱着肩，用夹袄盖住腿，在挡风的门口晒太阳。过去比现在冷，地冻得裂纹有半寸宽，踢的铁球要是掉里面都拿不出来。我春夏秋冬都是一件夹袄，冬天穿人家扔了不要的鞋。

父亲离世后不久，母亲就把我最小的姐姐卖了。在这之前还有三个姐姐，都是十四五岁时就被卖给别人了。我对小姐姐印象最深，因为挨着近，母亲过去常带着她和我一起去要饭。她对我很照顾，有吃的先给我。八里屯有个姓谢的地主，他的房子有个一丈多长的小夹道，死胡同，我们住那儿要饭。有一天，小姐姐不见了，我问她哪儿去了，母亲说："走亲戚去了。"一个好姐姐稀里糊涂就不见了，永远见不到了。

我们平常吃什么？告诉你你可能都不信。我们吃推磨剩下的皮、糠、山芋根、山芋叶、苜蓿叶。苜蓿叶是地主地里的，春天，长一尺高了，我们偷着捋。草一露头，"青青菜"嫩，可以吃，有刺，但软乎。还有曲曲菜、马曲菜、灰菜、老妈妈菜（酸的）、柳树骨朵儿（用水泡几天，把苦水攥出去）。我们那块盐碱地很多，长那种盐蓬菜，上面像小针尖，也可以吃。人家扬场剩下的瘪谷子，我们也扫回来。夏天吃榆树叶、苜蓿花。有的吃了不消化，冬天解大便，解不下来，使棍掏，使长钥匙剜。夏天屎是绿的，冬天是干的，风一吹就跑了。

我常想，这辈子要吃个不带菜的棒子面饼子该多好！现在净吃白面，以前连想都不敢想。

后来实在不行了，母亲让我也扛活儿去："能挣上自己吃的就行。"我就到了本村姓张的一家干活儿。那家哥儿仨，种地连做生意，忙不过来，我给帮工，主要是喂牲口、种菜园、盯油坊。夜里两三点钟起来炒芝麻，张家的老大或老婆们帮着烧火。到天亮得炒出三斗，七十多斤。然后上园子干活儿，摇辘轳浇地，择菜。吃完早饭上地里干活儿。晌午吃完饭喂牲口，一头牛一头驴，喂饱了，拴上，自己再下地。晚上吃完饭又上园子浇水，八九点钟天色黢黑才回来，经常困得像泥胎。地主的长工屋都绑着铜锣，带绳子，深更半夜就拽，雇个小孩儿拽绳子，咣！咣！咣！起不来也得起。耕地时，趁他家老三抽烟时才能打个盹儿。这样他们还不满意，数落我："牲口见瘦，你得经点儿心呀！"

有的活儿很累。冬天地里没上冻时，挑沟，把土弄到上边，套牲口拉土。拉一冬天使一年。一化冻就得脱坯、泥房、搭炕。拔麦子时不炒芝麻，也是那阵起床，摸着黑干，一干六七天。

我一共去过五家扛活儿，一共扛了十一年。多数是在富农家。富农正创业，用人狠，俗话说，"新繁起家累死人"。扛活儿的愿意扛"旧大家"（大地主，支个架子,自己不会干活儿),这种不大好遇上。我第一年总共挣了八块钱,那时一块钱能买二十三斤玉米,一年工钱能买两百斤棒子面。不管怎么说,娘儿俩能吃到一点儿粮食了。

我扛活儿时母亲也给人家做活儿。别人给我说了个媳妇,也是要饭出身。我结婚一年多,母亲闹痢疾,折腾了一个多月,临死也没看病。扛活儿那家给了一个草帘一个席,弄辆车把母亲拉走了。我把她跟我父亲埋在一块儿了。

我大爷死了,二大爷把大爷的一间半房给我了。我家里生了两个闺女。二闺女挺可爱,一岁多点儿时病了。我用破棉袄把孩子围在腰间,到王官店村看病。那儿有个据说能看病的妇女。她翻翻孩子的眼皮,看了看说:"这孩子不行了,回去早还能到家,回去晚到不了家。"

我央求她:"您再给看看吧!"

"你有钱吗?"

"……没有。"

"要有钱我开个方子,你去别处抓药。我这儿也没药。"

没办法,我走了。

北风里,孩子的肚子挨着我的肚子,快到村觉得孩子不喘气了,死了。道旁有条沟,我把她放进去了。可土都冻着呢,没法埋。

我回家了。

家里人问我:"孩子呢?!"

我说不出话,眼泪下来了。

我从家拿了把铁锹,从大道上铲了些浮土,才把孩子埋上了。

后来我劝家里人:"死就死了,少张嘴吃饭。"

没想到,过了几天,孩子让狗吃了!(落泪)

别人说这事,我们就装不知道。(拭泪)

后来家里又生了一个小子。四口人,由于我扛活儿在人家家吃,生活多少有点儿着落了。可好景不长,一九三八年发大水,满村都是水,日子过不下去了。日本人在东北招工。我就坐船由青岛先到大连,然后到了抚顺煤矿,在那儿碰上了老乡。他说:"来了就走不了啊!"

煤矿天天砸死人,我不想下井,就冒充内行,在木工组干活儿。老乡帮我买锯、刨子，我当小工，搬木料。仗着手巧、勤快、能吃苦，我在那儿待住了。半年后我想回家——在这儿只够自己吃，剩不下钱来。我和天津市河东区一个姓王的，一起跑了，晚上钻到火车里，先逃到沈阳，再往关内混。天亮时到了天津，没来得及高兴，我俩就被乘警踹下来了。

天津到景县四百八十里啊！我口袋一点儿钱也没有。怎么办？

我只能要饭。天天要饭，走了七天才到家。家里人问我："怎么样？"我说："命回来了！"

回来后我接着给人家帮忙，干一些木匠活儿。

这时候有了八路军，那时叫"夹小包的"。他们在各村开会，教大伙如何打日本侵略者。我们村来了一个女的，姓刘，二十三岁，住在我家。她看我家很穷，就了解经历，给我讲毛主席、朱德，讲打败日本后就能有吃有穿。各村成立了贫农小组，村里选我当贫农组组长。一九四四年和一九四五年，我带头跟地主算账。地主侵占别人的地二十多年，一算给地主算傻了。后来我参加了区政府组织的村干部训练班，听了不少革命道理。回来后一边想办法糊弄日本侵略者，保护乡亲们，另一方面查地主的"黑瞒地"，他们把三亩说成两亩，为了少拿公粮。

一九四七年，村子解放了。一九四八年年底，新区长王正民在我家住了两天，他启发我："你知道共产党吗？""知道，领导穷人干革命的。""对，要没有共产党，日本侵略者不会被赶走；只有共产党才能解放全中国。"

他又问我："你干一年才挣两百多斤棒子钱。你对党有什么想法？"

"我是穷孩子出身，以前连说话的份儿都没有，现在才有了人样儿！'土改'时填平补齐，分了房子分了地，六七亩地！还分了不少布，一百三十多块钱的东西，被子上贴着条。我娶媳妇都没盖床新被子！"

…………

半个月后，我入了党。支部书记寄语我："保持下去，为共产主义奋斗终身！"

一九五三年，铁路局修王瞳火车站，离我们这儿很近。我在那儿当临时工，工程段看我干活儿不惜力气，又有技术，还是党员，一完工就让转正了。入路后我很少休班。一年有十二张免票，回家坐车不花钱，我只用了一张。干多累的活儿，我心里也痛快，总觉得工作干得少。现在单位把几十号人交给我了，工作又这么重要，我要没干好，对得起党对我的培养和信任吗？

伴我云游的家

二十世纪七十年代到二十一世纪初，因工作关系，我经常要出门。有时为了开阔写作视野，我还主动承揽本职外工作，到没去过的地方顺便采风。

那时没有高速公路，走远道坐汽车不大方便，也很辛苦，并且我对汽油味很敏感，一个多小时胃里就开始折腾，而坐飞机呢，没有机会，也不想坐，觉得一出事凶多吉少。因此，凡是能坐火车去的地方，并且自己能选择，我都首选火车。

我一直认为，火车是最安全、最便捷、最经济的运输工具，性价比最高。尤其遇到雾霾天气，火车照常开，速度仍不减，谁能比得了？其实，我愿坐火车还有一个重要原因，就是随便、随性，如同在家里。

一是火车车厢比较大，而且各车厢通着，除了查票可以任意行走。火车的优势，我以为主要来自两个伟大的设计，首先是铁轮子滚在铁轨上，摩擦力相对较小；其次是多节车厢以钩相连，运载能力强，并且能随意组合，满足各种需要。客车车厢即使走在弯道上，从中间也能看到前后好几节车厢，显得很通畅。坐久了，坐累了，完全可以去走走。有时还能遇见熟人，也可以换个位置好好聊聊。

二是座位摆放合情合理。原来火车的硬座多是窗边横放一对长椅，长的坐六人，短的坐四人，相向而坐。人们脸对脸，便于接近与交流。素不相识的人一般不超过一个小时便熟络了，大伙儿便都知道了谁到哪里去，是否与己同路；再过一个小时，就开始让吃让喝，逗小孩儿了。再往后，爱说的便海阔天空，不爱说的便微笑聆听；喜欢玩牌的调整座位，很快凑够了数，旅途不再寂寞。

我喜欢观察人，推测对方是什么职业，然后验证。对于感兴趣的事情，我会非常专注，甚至上前询问。从旅客身上我受过很多启发和教育：我听过上海宝钢的技术员讲中国钢铁工业的发展瓶颈，听过中国政法大学的教师讲推行法制的必要性，听过四川美术学院的毕业生讲艰难的北漂生活，还听过北京博物馆的考古专家讨论文物鉴定……后来有了动车组和高铁，出于安全考虑，人们的面孔统统向前，和坐飞机一样，只能欣赏脖颈了。人们多数扎在手机里，并且乘车时间缩短了，似乎也没必要交流了。我凡坐这类超快车，包里总是带着两本书，把它当作阅览室。

三是饮食选择范围广。若想简单，买个盒饭；嫌价格贵，就泡一桶方便面，走不远便有茶炉或热水器。若想吃点儿新鲜的对口的，可到餐车去点菜。我记得早先每次从秦皇岛工地回天津，我尽量坐秦皇岛至石家庄那趟车。中午在餐车上来个单炒、一钵米饭、一碗番茄鸡蛋汤，有时加瓶啤酒，坐在洁白的摆着鲜花的餐桌旁，一边吃一边欣赏窗外的景物，心情很是轻松和愉快，觉得很快就到家了。如果去外局或局内没走过的线路，或是很久没去的地方，自己每逢停车，只要时间允许，就下车去搜寻土特产。比如一进山东地界，我就盯上了站台上卖的“德州扒鸡”和“衡水老白干”，正好配套，一顿美餐。铁路的大车站都有售货亭和售货车，由于涉及铁路形象，对食品的质量管理多数比较严，一般不会出问题。

四是便于观景。火车车窗不算小，而且两边窗户离得不远，想看什么大多漏不掉。以前车速每小时超不过二百公里，看窗外不会眼晕。我尽可能靠车窗，向前看，不时查看地图和列车时刻表，对名胜古迹、特殊地貌、趣味风情，提前就有准备。这样，远山近水都可以从容欣赏和品味。如果列车进入了超大物体之中，比如大峡谷、跨江大桥，我有时会站起身看，车厢两侧的玻璃仿佛立体宽银幕电影，声光色将我包围。

首次去福州，当火车与闽江上游并行时，我的眼睛就贴在窗上了。江水如一条银带，在对岸绿色山峰的映衬下，光洁而幽宁。我的目光越过白色的沙滩，捕捉到了江中的小船，小船细如独木，上面只有一人，戴着斗笠，撑着竹篙，我顿时想起了唐诗《江雪》。江中有时出现拖船，拉着长长的一串儿木排，我又想起了电影《闪闪的红星》。当铁路大桥剪断碧波时，我就站起来，左观右看，在隆隆声中体会穿越的妙味。河对岸时有公路露面，我想如果坐在汽车上就不会这样了，盘山道和急转弯常令人心悸。

车上的夜晚是另一种魅力。火车驶在乡间，驶在旷野，窗外的黑色是柔和的，是多姿的，是游走的。沙沙的轮轨摩擦声、车厢有节奏的振动，与之汇成了长长的梦幻曲。车站像一个个乐章的高潮，隔一会儿就迸出不同的华彩。小车站先是灯光流星般接踵扑来，继而站房用朦胧的微笑迎接你。中等站各式各样，用不同色调的灯光大写意，效果迥异：有的让人想起远古，有的使人恍入海国。倘若经过大车站,老远便会让你感受到它的存在,就像太阳即将升起。站房煌如宫殿,站台永不睡眠。

我非常喜欢一个人品读夜景。尤其是茫茫黑夜,唯有远处闪烁着一点光亮,那更会引起我的兴致。是路灯吗?是渔火吗?旁边有人吗?他们在干什么?是在听故事吗?还是……光亮渐渐消失了,一些记忆却不时闪现出来,有些顿悟或灵感就是由此诞生的。火车给我创造了沉思与冥想的独特氛围。

五是自己也是铁路职工,而且有公免票。虽然过去铁路职工多达上百万人,分布在全国各地,但由于工作联动性强,必须严格管理、团结协作,使得单位之间、员工之间关系较为紧密。车上车下、东南西北一般都开绿灯。

我持有的公免票,除了特快,其他列车都能坐。局内不用签字,掏出一亮就能进站。如果到局管辖范围之外,就在公司或上级有关部门开一张临时定期往返票。中途可以下车,有的地方不要求签字。有意思的是,有时我都回来了,开的往返票竟然没使用。主要是车站检票员和列车员有经验,一看我就知道是什么情况,没等我掏票就把我放进站了。

如果是天津发车,我一身轻松——都是天津分局列车段的人,有些还是熟人,万一有事更好办了。其他局的列车检票程序一般也很宽松,列车员查票时往往一看就笑了:"北京局的?""是的。"中途倒车如果没有座位,兴许还能要个马扎,凑合一阵。

我多次去偏远的山区,有时还一个人走夜路。路黑到什么程度?勉强能看出山道中间的白线!我只能顺着它走,不敢偏离,否则八成会跌进山沟。但我并不胆怯,因为远处依稀有些光亮,估计是火车站,到了车站就是到了家!

有一次春节前慰问病伤职工,在湖南办完事情已经是腊月二十七了。各趟车均已满员,车站既不售票也不签字了。可我不能走回天津啊!车站破例放我进站:"你要能挤上去,你就上。"车来了,车门好半天才打开:过道挤成了"肉酱",根本没有多余的地方。列车员使劲儿推我,不知用了多久,我和列车员才挤出了一个立锥之地。等我们这节的车门关好了,火车长鸣一声启动了。

追忆往昔,我的许多美好记忆、思维成果都与火车相连。若没有它们为后盾,很多地方不会留下我求索的踪迹。即使去了,我也像一只孤雁掠过,因为心里很不踏实。

文化厚土

不熟悉铁路工程单位的人们，可能以为铁路行业由于管理严格，每天肯定死气沉沉的，职工们除了工作学习、洗澡吃饭，大概没有其他活动，就像机器人。

实则不然。铁路行业非常重视文化、体育等建设，这类活动如同春城昆明——四季繁花似锦。社会上不少文化名人均出自铁路相关单位。

我虽不是名人，但我的业余写作经历正好体现了铁路行业的文化土壤是多么深厚。

一九七五年，我的一篇作品被送到了北京，参加上级单位北京铁路局工程处组织的歌颂铁路建设者的征文活动。文章写一个电工班长，曾是解放军战士，他发扬战争年代那种拼搏精神，在暴风雨中带领大家抢修线路，保证电源不中断，使国家重点工程建设照常进行。本来这个形象有点儿脸谱化，而且为了反映他崇高的思想境界，我还安排他在雷鸣电闪中说了一大堆豪言壮语。

没想到没过多久，工程处宣传部举办了“文学写作学习班”，学员中有我！

尽管我在工程队里负责团工作，每天闲不住，队领导二话没说就让我去了。

学习班由马加里老前辈具体负责。马老是山西介休人，抗战时参加革命，抗美援朝时写过通讯报道，德高望重；后因患高血压从局报总编退到了二线，即使他什么工作都不做了也没人责怪。然而他主动提出，要给企业培养一批青年写作人才，以更好地反映铁路建设者的丰功伟绩。可能看我写的题材来自一线，字里行间有股激情，马老觉得作者可塑，于是把我也召去了。

学员们集中于工程处驻北京的一个基地，闷头学习了半个多月。我们这些人大多还没入门，马老不仅请局报的副刊编辑从基础讲起，对稿件逐一进行分析，而且托人请来了当红作家浩然！浩然老师讲课深入浅出，使大家都受益匪浅。尤其浩然老师说自己只读过小学三年级，所有成绩的取得全靠后天的努力，这给了我们很大的鼓励。

浩然老师说了这样一句话：“铁路是块处女地，肥沃得很，但有难度，需要你们去开垦。”这对我触动很大。我看过不少国内小说，其中铁路题材的只有杨朔的《三千里江山》、杜鹏程的《工地之夜》还有些印象。铁路行业确实应该写，应该有人写！

进入学习班以后，我利用工作之余，经常看报刊上的文艺理论文章，细读当红作家或作者的作品，还进行一些练笔，但当时受“三突出”原则影响，我的作品脱离实际、脱离生活，自己越学越糊涂。我塑造的工人阶级角色，不再老实干活儿了，光盯着阶级斗争，满嘴口号。这样的稿子自己看着都别扭。

马老比我还着急。他认为我们这些人好比学徒工，要想提高，必须有师傅手把手地教。于是他跑到《北京文艺》编辑部，请人家收我们当“实习编辑”，每天跟他们在实践中学习。轮流培训，每期两人，时间半年。

多好的机会，头一期就有我！单位领导很支持，说年轻人就得学习，磨刀不误砍柴工。这一去，我在北京学习加实习，足足待了八个月！我不知是否还有其他行业像铁路行业对文化事业这样重视！

《北京文艺》编辑部的老师们没有专门给我们上课，而是让我们跟他们一起工作，看他们如何处理稿件。在这里，我们通过旁听老师们与作家、作者的交谈，比较老师们修改前后的作品，很快提高了鉴赏能力，加深了对文学的认识。和我一起学习的同志在自然来稿中发现有篇小说不错，便请老师审阅。老师也觉得不错，很快便采用了。之后，为帮助文学爱好者解放思想，北京铁路局请了著名作家杨沫、新时期先锋作家刘心武到局里授课。刘心武结合自己创作的《班主任》《爱情的位置》等短篇小说，把课程讲得很深刻，用“振聋发聩”来形容毫不为过。

我们虽然写不出他那样的作品，可我们开始像他那样思考生活，不再虚构那些不食人间烟火的“典型人物”了。

一九七六年至一九七七年，我的一些稿件相继在铁路刊物上发表了，这使自己增强了信心。

铁路系统从上到下，有各种文学园地。

铁道部有《人民铁道》，四开大报，有文学副刊《汽笛》。各铁路局都有报纸，有的局还有期刊。北京铁路局的报纸叫《京铁工人》（后称《北京铁道报》），它的历史可上溯到二十世纪五十年代。它平时为八开四版，后来赶上重要节日或纪念日，版面骤增。我见过一期，煌煌几十版，并有铜版纸彩页，副刊内容非常丰富。它每月至少有两版副刊，所登稿件多数不长，给初学者提供了一个平台。《北京铁道报》一印就是两三万张，因为它必须发到班组一级，让所有职工都见到，又因文艺版办得很活，职工的参与度很高。

报社长期主管文艺版的傅老师，据说原来就是铁路机务段的工人，和我们一样，也是文学爱好者。他待人很和气。他家离路局机关很近，我们有时开完会便到他家去，接着说，接着侃。他很善于分类指导。对我这种虽然有时碰巧了也能写出读者反映不错的东西，但也有一些稿子被编辑视为"鸡肋"的作者，他会用一些名著和个人体会启发我们怎样进一步学习、探索和提高，将批评与希望寓于轻松聊天之中，使我们既不会骄傲，也不会泄气。

北京铁路局文协于二十世纪八十年代创办了文学刊物《路魂》，并且不定期推出一些专题报告文学集、职工文艺作品集等。北京工程处文协每逢重大活动或节日，也推出文艺作品集，搞得红红火火。

为了进一步发掘人才，提高各单位骨干作者的写作水平，自二十世纪八十年代后期开始，路局文协与报社联起手，每年至少组织一次笔会。这种笔会我参加过多次，每次都在不同地点，北京、天津、临汾、北戴河……有一次主办方还想办在深圳，因故没有开成。有时是各分局、直属单位的作者带着作品去，大家讨论，老师点评，集体审稿；有时兼有函授意味，请名家讲课，大家联系实际进行讨论。

临汾那次笔会我印象很深，因为一些文友反复谈到新锐作家、诗人的作品，以及某些诺贝尔文学奖得主的作品，涉及了文化学、社会学、心理学、禅学等对我而言非常陌生的领域。他们的作品巧妙借鉴了意识流、结构主义、魔幻现实主义等现代手法，思想性和艺术性有了很大提高，而我却刚刚在关注"人性"这个核心的边缘。傅老师引导大家加深对文学的认识，强调文学就是人学，写小说一定要让人物活起来、立起来，这一下子使我抓住了关键。此后，我写的稿子被选率明显提高，有些在铁道部或路局组织的比赛中还得了奖。

二十世纪九十年代开始，我将写作触角伸向社会。老师们觉得这是必由之路。虽然在改革大潮中因观念受到冲击，我一度写作找不到支点，但从没放弃思考。因为铁路行业从没认为，一支没有文化的军队能够开拓进取，战无不胜。它的报纸照常出，刊物照常办。各级铁路文协配合铁路大提速、安全建线等中心任务，开展了许多深入有效的文化活动。许多铁路分局都办起了文学刊物。

二〇〇五年，铁道部各铁路局的工程单位全部转到了中国铁路工程总公司的麾下。中国铁路工程总公司简称“中国中铁”，我们人员归进了央企，但单位所干的大多还是铁路工程。“中国中铁”有一份报纸《中铁工程》，面向当时的二十七万职工，保持了铁路报纸一贯认真扎实的风格。副刊的内容更贴近工程部门的实际工作，让职工们感到很亲切。

文艺副刊编辑宋世斌从自然来稿中发现了我的稿子。经局宣传部了解了作者情况后，报纸马上将稿子刊发了，而且是副刊头条！不久，该报某期的第三版、第四版各发表了一篇我的稿子，均署作者实名！这种情况实不多见。我异常兴奋——报社的同志我一个也不认识，他们却热情拥抱了我。多好的媒体！

由局宣传部和公司党委领导牵头，报社程总编和部分编辑与我见了面。程总编原是铁四局宣传部的，闲暇时也写点儿文学作品，很内行。他希望我利用多年的积淀，写出更有分量的作品。宋世斌等编辑对我的一些构思给予了肯定——“这都可以写！”“您应该多写！”……他们提示了我的优势所在，帮我找到了文学创作新的突破口。

如果没有这些上级、老师、编辑在关键时刻指导我、帮助我，我决不会有今天的成绩。我所认识的那些文友，后来有好几个进了作家协会，我只是众多始终没撂下写作的人中的一个，或者说是长青园中的一棵草。而那些上级、老师、编辑，他们总是不辞辛苦，而且认为自己的言行不值得夸耀，觉得这是自己应尽的职责。我想，任何行业、任何企业，若想长远发展、健康发展，必须以人为本，文化固根，文化铸魂。

渴望宏壮

——企业报《会战巡礼》发刊词

烽火连天，鼙鼓动地。

京九铁路大会战终于打响了！

三年决战，千载难逢。

我们必须全力以赴，打出一流的速度、一流的质量、一流的效益，借此抓住命运的舵轮，让企业从容驶入商品经济的深海。

物质文明与精神文明辅佐并就，各种生产要素才能聚合出最大的能量，各项改革和建设才能沿着正确的方向发展。

于此，《会战巡礼》同您见面了。它将继承《点线纵横》《工地采风》和《周李快讯》的传统，并从市场经济和企业文化的视角进行拓新。

《会战姿态》《热点扫描》《战地览胜》《风流人物》《擂台》《工棚内外》《大视野》《政工天地》《献策台》《信息流》《锤韵》等栏目，将紧随会战的脚步，多侧面地给予投映。

编者追求的目标是——鲜活宽广的思维，锐利清新的议论，激扬雄放的笔势，明晰快速的节奏……

一切同大会战精神契合。

雄图壮志诉笔端

——《职工文艺创作展览》序言

比大地、海洋和天空更广阔的是什么呢？

是人的心灵。

我们铁路工程人从来不是只会干活儿的机器。

相反，吉卜赛式的生活，使我们获得了更深的人生感悟和博大的情怀。可以说，我们人人都是一座外表平静、内心奔突的火山！

我们铁路工程人素来懂得美。四十年来，职工像对待艺术品一样雕琢每一项工程；同时，许多文艺爱好者不断发掘，表现工程生活蕴含的独特之美。

今天，合着京九会战的雷霆脚步，一批激情四射的艺术作品又问世了。它们质朴、刚劲、豪放，具有浑厚的思想容量，焕发着时代光焰，广大职工为民造福的宏愿、建功立业的自信、劈波斩浪的乐观以及对事业诚挚的热爱，于其都得到了一定程度的表达。

诚然，由于会战伊始，时间仓促，这些作品在数量上还不多，艺术上还欠圆熟。

望更多的职工投入到艺术创作和鉴赏活动中来！

我们相信，企业文化枝繁叶茂之日，也是京九会战硕果累累之时。殷殷期盼！

青春寄语

走向澄明

沉甸甸的一年不知被谁掀过去了，于是，我的生命之树又多了一轮。想想，似乎干了一些事，又似乎什么都没干成。

我既不怅然，也不怏怏。

假若思绪在蓝天上飞驰，俯视地上的蜗牛，它爬得是快还是慢，能看出多大区别呢？

我在做。我在想。我没有衰老。

我确信：拉锯就有末儿。我又宽慰自己，没有多少末儿也别泄气。在拉锯中，自己的肌肉逐渐凸起，心灵得到愉悦。

面对徐徐清风，静听灵魂最深处生命冲动的脉跳，怦然有回声；孜孜追求新异，寻索本真，一天天，一月月，一年年，从晦蔽走向澄明，骁勇地朝美丽的终极冲刺！

这，就是我对"青春"一词妄作的注解。

（1990 年发表于《北京铁道报》）

节奏之我见

节奏，不只是音乐的要素。

节奏，不仅指强与弱、长与短的变化。

工作学习、报告演讲、环境布置、文艺创作、体育比赛、服饰美容和人际交往中，都有节奏问题。张与弛、动与静、快与慢、抑与扬、冷色与暖色、阳刚与阴柔、攻击与防守、严肃与诙谐等等，同样需要规律性交替出现。

中国足球队在重大比赛中每每成绩不佳，国内外行家多次指出原因之一：盲目乱攻，没有节奏。可见，成功或完美，需要节奏的辅助。

把握好节奏，实质就是于两极间适时加以变化。

关键的关键：掌握好“度”。

度就是不到顶点。

把握节奏，与青年人应具有的冲创精神并行不悖。

它使你增加韧性；

它使你总是充满自信；

它使你永远不会才尽技穷——因为你及时啜饮新知。

可否这样说？懂得了节奏，掌握了节奏，并能举一反三，运用自如，生活才是一部美妙的交响诗。

（1991年发表于《北京铁道报》）

《天津铁建》发刊词

《天津铁建》今天和大家见面了!

天津铁建高擎中铁六局大旗搏击市场近六年了。经过不断地跨越发展,公司积累了一些成功的经验,取得了许多可圈可点的业绩,已成为能同时承建多项大工程的拓展型企业。在知识经济突飞猛进的今天,我们经常面临生疏复杂且瞬息多变的外部环境以及人员分散、相关工作亟待沟通的内部环境,掌握信息便成了驾驭局面、开展工作的前提。因此,建立一个公众化的兼有指导性的信息传输载体显得非常必要。

《天津铁建》将办成天津铁建人的宣传阵地、学习园地、交流平台、谈心茶社和艺术长廊。天津铁建毗邻中国经济发展的前沿——滨海新区,理应具有更新的观念、更快的速度、更活的举措和更高的效率,《天津铁建》要以此为标准办出自己的特色。基本要求为思维敏锐、观点鲜明、反映及时、语言精练、内容丰富、形式多样、视觉突出、版面生动。核心是盯住热点问题;主打文章要有一定深度;表达要通俗生动,阐明事理;稿件篇幅一般不要太长,注重发挥新闻照片的作用。

望公司广大员工及协作队伍成员踊跃投稿, 尤其欢迎来自重点工地的快讯,报道公司建设发展实践的经验介绍和角度新颖的人物特写。

稿件一旦被选用,公司将给予稿酬,每半年兑现一次,并将优质稿件向上级刊物推荐。我们还将开展征文活动,为企业中心工作添砖加瓦,为青年施展才华安排校场。我们相信《天津铁建》在大家的策助下必会奋蹄长驱,大有斩获!

附一:文艺副刊栏目设置

本版以文学作品为主。报告文学、人物特写等放在《工地采风》或《风流人物》中。小说比较难写,我们簇拥其登上擂台。散文类型很多,根据内容大体划为《铿锵号子》《走南闯北》《情感专列》《那年那月》《快活林》等。写文学评论、艺术随感往往心神逍遥游，定为《望星空》。诗歌几乎是青年人的专利，栏目名应当浪漫些，《缤纷空间》《心语瀑》《一叶扁舟》《空谷幽兰》……先提几个，抛砖引玉，望大家参与策划，推陈出新。《艺海观潮》推荐文艺作品，包括电影、电视剧、书籍、博客美文等。有一双慧眼才能拍出好照片，我们期盼大作接踵而至。

附二：《艺海观潮》本期推荐文艺作品

1.长篇小说《机器》，天津作家肖克凡近年的力作。著名作家蒋子龙评价它"是一部值得期盼的书，也是当今文坛上正缺少的书。小说横跨半个多世纪，写了共和国的成长史，或者叫工人阶级的劳动史……与其说我们建设了半个多世纪，还不如说我们是用了半个多世纪理解和调试国家经济这部大机器，摸索和适应这部机器的规律。所有人物都在这个机器上转了半个多世纪，命运各异，相互扭结，异彩纷呈。"

2.电影《卡萨布兰卡》，好莱坞老片，由三次奥斯卡金像奖获得者英格丽·褒曼主演。尽管她已仙逝，但其表演艺术至今仍熠熠生辉。电影情节扑朔迷离，人物塑造魅力十足。

3.日本电视连续剧《求婚大作战》。该剧表面说的是恋爱，细琢磨又蕴含着人生哲理。两人结合的概率达到百分之九十七，可为什么总失之交臂呢？男女主角都是日本当红明星，镜头、音乐都很美，值得一看。

4.歌曲《套马杆》，由"草原天籁"乌兰托娅演唱。该曲将民歌与通俗融为一体，可同《高原蓝》《我要去西藏》相媲美。听着这首歌，想想我们集包项目部的那些健儿，驰骋大漠把优质工程牢牢套住，也真不简单！

说说脚下这片土地

亲爱的青年朋友们，这几年你们陆续来到天津铁建公司，对公司和天津市的基本情况肯定有了一些了解。不过，要想加深对事物的认识，还应追溯一下它的历史。作为公司的一名老员工，我和你们聊聊公司及相关环境的变化。

我们公司的机关今年春节前还在昆纬路。临街那座四层老楼与旁边的高楼大厦相比已像侏儒，而且式样也成了古董。其实，它不过三十多岁，当时公司建它时，职工们非常自豪，因为它是整条昆纬路上最高的建筑。不知不觉昆纬路就变得我们几乎找不到家了，并且下面还要跑地铁。令人高兴的是，现在机关迁到普济河桥畔只是过渡，隔两年高层办公大楼将在附近崛起，它又将带给我们一览众“屋”小的快感。

我们常走的南口路，早先一过地道洞子便没什么人家了。南仓一带直到二十世纪八十年代还有大大小小的水塘，芦苇中时常飞起野鸭子。由于市政设施不配套，公司工程队和分支机构的驻地几乎每年夏天都遭水淹，冬天还得点炉子。如今不光驻地夏有空调冬有集体供热，雨雪无虞，而且通衢大道车水马龙，住宅小区拔地而起，不少员工在这儿买房安了家，今昔真有天壤之别。

公司许多年轻人来自天津铁路工程学校。虽然学校到公司只三公里左右，可当时觉得并不近。因为学校周围多是庄稼地，坑坑洼洼一条土道，公共汽车老半天才来一趟，许多人不得不骑自行车或步行。要想径直奔南口路，除非坐直升机，那时哪有立交桥和快速路？以今日目光看，那时公司的施工地大多不算远，如一九七二年我所在的崔黄口工地，离市里仅五十公里。但工地距火车站较远，工程队别说汽车，连个三轮摩托车都没有，你只能走着去，所以一年回家才七八次。

公司的机械设备很少。我们电工运电杆只能用小车推、扁担抬；立电杆和拔电杆用拔杆、倒链或手扳葫芦，既劳累又危险。记得在北塘修永定新河铁路大桥时，由于没有吊车，灌注桥墩得搭盘山道似的脚手架，用小车一车车往上推；盖楼房全凭卷扬机上料，成吨重的楼板也得人工移到位。施工速度当然不会很快了，公司三千多人一年拼命完成的产值不过几百万元。

至于职工住的工棚，先是荆笆或苇子抹泥，后是圆拱覆草帘加苫布，里面搭通铺，铺苇席，窗户皆为塑料布，与现在无法相比。但老工人认为当时的条件已近乎天堂。他们不少是一九五三年单位一成立就参加工作的，经常睡车站的候车室、仓库，甚至躺在站台上数星星。后来有几顶帐篷就觉得不错了，什么洗澡间、文化室、阅览室等根本不敢想，连食堂都不一定有。然而他们始终知足感恩，辛勤劳动，艰苦创业。

我们施工企业随国家不断成长，与国家建设一同繁荣。尤其改革开放后，人民迸发出活力，社会发展日新月异，建设项目如火如荼。集团公司越做越大，二〇〇四年开始高擎央企大旗驰骋千里。我们公司也脱胎换骨，勇闯市场，开发额、营业额、利润以及员工收入连年大幅增长。这些数字在你们投简历之前想必已经注意到了。

青年朋友们，公司欢迎你们，是因为预见企业会有更大的发展。我们脚下不仅是北方经济中心一方热土，而且是面向世界、前程无限的大片沃土。到我们正在建设的天津西站、天津开发区西区等处看看吧，到我们滚动开发的滨海新区、天津“后花园”蓟县(今蓟州区)等处看看吧，有多少事情要干！仅说市区，我们常走的外环线早已不堪重负，如果增加一条更大的环线，光穿越铁路的桥梁就有多少？

努力吧青年们，这正是你们以知识回报祖国、回报父老乡亲的大好时机，不要辜负华夏这丰饶文明、生生不息的厚土！

一百五十天精心绘制的画卷

——记北戴河车站改造工程

今年入夏以来，许多在北戴河车站乘降的旅客不再是来去匆匆的样子。他们流连在车站前、天桥旁、雨棚下，观赏着，抚摸着，不时流露出惊喜与赞叹。神情犹如在美术馆、博物院品味某件艺术珍品。

展现在他们眼前的，的确是中国铁路建设史上不同凡响的作品。原来那矮小的、方块儿似的、土黄色的老站房不见了，代之而起的是一座造型新颖、色彩明快、设备先进、功能齐全的现代化车站。主站房颇具规模却外形轻灵，似张开的贝壳，似飞翔的海鸥，似鼓荡的风帆，但有一点可以肯定，它以雪白和蔚蓝营造宁静，创造流动，使人确信大海在不远的地方欢迎自己。

新站区加上改造后的老站区，不仅使容纳旅客的数量扩大到两千七百人，而且乘车环境更加安全、舒适。候车室宽敞明亮且四季如春，您可以从二层通过天桥进入任何一个站台。天桥为封闭型，您能一边透过窗户俯瞰绿色的列车从脚下穿行，一边惬意地步下阶梯。长长的雨棚绵延至站台两端，棚顶是银色的喷塑铝板，每隔几米，扇贝型的采光罩便洒下柔和的阳光，使您既无风雨之忧，又无压抑之感。站台面由棕色的连锁块铺成，平滑可起舞。汉白玉的安全线外，是花岗岩的帽石。传统与现代、典雅与质朴巧妙地融为一体，想必将给您带来全新的感受。

不过，如果您听说北戴河站的巨变仅用了短短一百五十天，很可能会产生一些疑问。譬如，它的内在质量怎样？它的安全能否得到保证？这样的疑问完全可以理解。这几年仅在“包装”上下功夫，甚至连装潢都不过关的工程产品屡屡遭到曝光。

为使您得到答案，我们回溯一下北戴河站的主要建设过程，咱们共同担任一次严格的“监理”吧！

北京铁路工程总公司凭借良好的信誉，并通过竞争投标，取得了北戴河车站延长雨棚、新建天桥等施工任务，随后委派擅长既有线站场改造的天津公司负责施工。

由于拆迁等因素制约，天津公司于一九九九年十一月二十二日进场，十二月十三日才得以开工。图纸尚未出齐，工期先关死了后门：二〇〇〇年五月三十一日前必须竣工。

满打满算，只有百余天的时间。如何处理好工期与质量的关系？

北戴河站改造工程项目经理张树华没有任何怨言，他对项目部全体同志说："工期没商量余地，夏天不等咱们，旅客不等咱们！"大家很快统一了思想，发挥管理层作用，用智慧和汗水确保工期、质量两不误。

他们认真进行施工组织设计。正式图纸不全，他们想方设法到设计单位要来了草图。主管技术的副经理唐国善带领工程技术人员，连续四天干到夜里十二点，研究了一百多张图纸，直至将其全部烂熟于心。常务副经理王文仲主持施工组织设计，分出轻重缓急，将每道工序打出流程图，每日照此施工，一步不能滞后。工作日不够，实行两班倒，昼夜奋战。通过精打细算，在微观上使每项具体工作获得了合理工期，避免了"萝卜快了不洗泥"。

雨棚的立柱数量达一百一十六根，工期较长，需要先动工。他们在冰冻盈尺的地面开挖柱子基坑。混凝土基座浇筑完毕后，需要换填周边土。时值春节，不好买土，如果为了抢进度，把冻土块填进去，天一暖和地面就会塌陷，柱子周围的地砖形成悬空，必然会影响站台的质量。他们经过研究，决定底部用好土实填，上面的一米多暂时虚填，待春暖花开再翻出重填。这样，既不影响下道工序的进行，又保证了质量。

他们实行严格的质量管理。一是项项工作高标准。凡"国标"中有规定的，设计中有要求的，执行中超过"国标"满足设计；属于新工艺，没有具体规定的，参考类似工作中自己制定严格的标准。王文仲对大家说："验标是国家一般规定，是最低标准，咱们干精品、创局优，不能拿这个标准，起点要高。"雨棚立柱设计规定垂直偏差不能超过五毫米，他们一开始就定为不能超过三毫米，并在施工中千方百计控制在这个范围内。二是项项工作定样板。他们每干一项工作前先做一个样板，将抽象的标准变为实物，以利执行。由于标准高且工艺新，有些样板不能一次成功。对于样板制作中遇到的困难，质量管理小组进行攻关。如雨棚立柱准备浇筑时，做的样板出现了小气泡，影响观感。副经理袁悦带领质量管理小组成员反复分析研究，找到了混凝土凝固时温度没控制好这一原因，然后进行实验，以很短的时间攻克了难关。每个样板成功后，质量管理小组向每个班组、每个操作者详细交底，使其明确各项要求及注意事项，一丝不苟地照着样板干。三是项项工作有检查。首先要求各工种坚持自检，认为合格后报安质员；安质员签认后再转入下一道工序。为保证混凝土浇筑质量，安质员张立勇夜间也去现场抽查。北戴河冬天很冷，他经常在冰雪覆盖的脚手架上爬来爬去，测试保温温度，有一夜竟摔了四支温度计。项目部规定，对不合格产品的返工不给工（计件工资）；对负有责任的管理人员扣发奖金。这增强了员工和民工的责任意识，基本防止了因工期紧而降低质量标准的情况出现。

在做到“内实”的基础上，他们还按市场标准搞好工程的“外美”，甚至不惜增加成本。有这样一件趣事：五月初，路局副局长孙永同来北戴河站视察，对工程质量给予了肯定，但也提出了“批评”：“雨棚柱子打得太光了，将来刷涂料可能待不住。”的确，项目部采用定型模板、严把混凝土振捣关等措施，把一根根柱子打得如大理石一般光滑。他们笑着接受了“批评”，用砂纸将所有柱子又打磨了一遍，使涂料能够增强附着力；并且不嫌麻烦，给上白下蓝的柱子加了一条红色装饰线。远远望去，一根根柱子色彩对比更鲜明，与海蓝色的采光罩上下呼应，画面富有节奏感。

他们非常注意成品保护。怕来往车辆碰伤柱子，他们把柱子下方一米多高用麻布包好；担心施工架子拉来拉去蹭坏刚铺好的地面，他们给每个架子的脚穿上了“胶皮鞋”。王文仲要求工人们：“咱们干活儿，就得像自己家搞装修一样细致。”正是靠这种自我要求，北戴河站未到全面竣工便风姿毕现：雨棚立柱横成线纵成行，采光罩个个昂首挺胸，地面砖连接缝笔直射向远方。他们精益求精的态度得到了上至铁道部、路局领导，下至建设单位、监理单位、路局质检部门的高度评价。

北戴河站改造工程的最大技术难题是天桥钢桁架的制作与吊装。钢桁架分三节，总长五十一米，总重八十七吨。天津公司调集了最优秀的铁工、熔接工，从正月初八开始进点制作。技术人员反复熟悉图纸，精确计算各种数据，制定了严格的质量保证措施；对施工中的每一个焊点、每一处除锈点都一丝不苟。其焊接质量和结构尺寸得到了各方赞扬，总体质量被评为优良。

钢桁梁每一跨都是六米宽、五米高，最长的一跨长二十多米，重四十二吨。为将这庞然大物平安吊装到位，总公司总经理卢建中亲临指挥。项目部使用了起重能力为二百二十五吨的汽车吊，将钢桁梁提升至十四米的高度，然后平移，最后插入连接板下。由于计算准确，操作严格，各连接点的垂直、水平位置误差极小，钢桁梁顺利就位。

北戴河站改造工程于二〇〇〇年五月三十一日前圆满完工。王文仲代表项目部倾吐心声："我们完成的每一项工程，都是一件作品。自己看得顺眼，心里就豁亮，就舒服。如果别人都夸，这滋味比什么都好。"

北戴河站工程是高素质的天津公司职工队伍，在各方的支持下，献给铁路、献给人民的一件杰出作品。

时间做证。

风雨做证。

大海做证。

（2000年发于《北京铁道报》）

走向精妙

——记天津南仓编组站东疏解大要点施工

不亲临现场,您决不会想到,这里竟是火车提速的卡口和安全的大隐患。

南仓,我国华北赫赫有名的编组站,京山线、京沪(津浦)线、天津北环线在这里交会,蛛网般的站场中钻出两条弯弯的钢轨,就像山道的急转弯,拐到一片厂房后不见了。

隆隆隆隆,上海来的车从厂房后冒头儿了;咣咣咣咣,北京来的车又向厂房后驶去……来来往往,只有这华山一条路,轨面磨得比镜子还亮。不发生冲撞就不错了,还谈什么提速?

再看左面:南仓站编好的大列,想去天津北,想去北环线,也得耐住性子。它必须穿过京山线,而京山线川流不息,若不硬挤,哪有什么空当?南仓站的能力受到了很大限制,天津铁路枢纽并不完善。

铁道部、北京铁路局决定给南仓做“大手术”。单线变复线,平面交叉改为立体疏解,让南仓的东咽喉畅通无阻,高枕无忧。

于是,建桥,铺路,预铺道岔……忙了一个冬春。然而,这些都是零散的音符。只有经过大型要点施工,才能将它们与既有设备整合,组成新的旋律,创造一部气势磅礴的交响乐。

二〇〇三年五月,北京铁建集团有幸承此重任。

南仓大要点施工,地处要冲,事关全局。为了尽量减少对运输的影响,集团公司按照路局要求,与有关单位多次研究施工方案,优化再优化。拟定工期由几个月缩为十五天。这样还不行,最后愣是压到六十一个小时。

短短的两天半,要挖土石七千五百立方,新铺、改造线路十一点九八公里,拆拨线路十三处,拆铺道岔十六组。集团公司虽说打过许多硬仗,但对这综合性强、工作量大、技术复杂、干扰颇多的既有站场大改造,起初并无胜算。

我们该怎样攻坚呢?

观象术:一手防“非典”,一手抓准备

原定要点施工在五月下旬。四月份,由于“非典”疫情愈演愈烈,京津地区人员集结困难,大要点似乎遥遥无期了。

集团公司密切关注事态的发展,较早达成了共识:“非典”疫情只能猖獗一时,不会改变经济运行的轨道,铁路建设决不会停止。如果我们思想麻痹、军心涣散,一旦命令下达,肯定措手不及。必须要有前瞻性,坚持两手抓,对施工准备毫不放松。工程指挥部、项目部果断决定:工人干活儿时间定为每天早七点到晚七点,“五一”节不放假。

然而,在这非常时期,一些民工心情浮动,再加上临近麦收,想回家的人屡屡增多,但又不能走。因为各地已实行封闭管理,切断了替补人员的来源。面对“围城”现象,项目部迅速改善民工的生活条件。重新搭铺,修缮门窗,清垃圾,建新厕,还每日给民工测体温、消毒,让他们觉得工地很安全。项目部给每人一笔务农补贴,把大家的心稳住。对家在外地的员工讲意义、讲纪律,要求他们必须坚守岗位。

“非典”疫情刚一缓和,铁路局副局长孙永同五月上旬便来到天津,一锤定音:六月初大要点。集团上下没感到意外,紧锣密鼓,风雨无阻,干得更快了。

点前准备是按小时安排的。虽然工作很多,但工地一天一个模样:转眼间大坑便成了路基,路基上又爬满了枕木……五月二十八日,所有道岔预铺(组装)完成。要点前两天,所有完工线路已达到“绿色”工程标准。

积极的准备为决战争取了时间。我们有了秣马厉兵的时机,有了熟悉磨合的时机,有了推敲方案的时机……决战号角一响,那爆发力绝对不同寻常!

谋划术:没用上可以,没想到不行

工程本身的重要性、路局抗“非典”疫情以来首次大型施工的影响、新任路局领导对此的高度重视……以上种种都关系到集团公司的信誉。因此,集团公司领导决心在这非常时期,以非常举动打一个非常的漂亮仗。

时任集团公司董事长卢建中、总经理倪文章对副总指挥张树华、工务项目

经理展凤勇施压:“要点要干不好,你们俩提前把辞职书写好!”对电务方面负责人说,电务工作是很复杂,出问题可以理解,但不可原谅!

肩负这种压力,张、展二人很清楚,用空话和撞大运是撑不住的。他俩在点前白天跑现场,南北奔波,调查思考,经常到天黑才回来。一个累得腰椎间盘突出加重,从腰疼到腿,坐下就难以起来;另一个走得鞋散了,脚底磨起了血泡。他们晚上仍不休息,组织人研究施工方案,工期正着排,倒着排。技术人员回忆说,他们前后研究了足有几十次。路局项目管理处、天津分局项目分处以及天津分局货运营销分处、南仓站等单位给予了大力支持,提出了一些关键性的意见和建议。天津分局负责南仓东疏解工程的分局副局长李小合、总工程师李述武参与具体指导。

“先七后八”方案没有通过。为什么?分局两位领导告诉张树华,运输系统正在“以货补客”,努力减少“非典”疫情造成的损失。货运流量大增时,施工一干十五天影响太大。方案要想通过,必须再优化细化,把工期控制在六十个小时左右。既然有了底线,落差再大也得想法着陆。集团公司召集天津分公司、电务分公司的领导、项目部人员进行修订。董事长卢建中和副总经理杨振江对临一百一十四道岔、一百二十四道岔下了砍刀,将点上拆铺改为点前预铺。没有场地,道岔就重叠起来,到时往外一拽。受此启发,大家的思想更奔放、大胆了,点上的工作量越压越小。终于,一套科学、合理、细致、周密的施工方案形成了。在集团总部,时任路局副局长许海峰、孙永同亲自听取了汇报,认为线索清晰、重点突出、考虑周全、措施得当,对施工方案给予了肯定,决定照此实施。方案的精髓是“一个大点,三块施工,五步开通”,体现了化整为零、各个击破、环环相扣、协同作战的机动灵活性。施工方案细化到所有生产因素,每个因素都有具体方案和应急预案。

劳力上平衡使用,外加预备队。项目部做了《劳力使用平衡表》,使每道工序、每个部位都有足够的劳力;而且不是疲惫之师。此外,现场备有一支由机关、分支机构八十人组成的突击性预备队,集团公司还组织了一支招之即来的专业化预备队,人数在两百以上。

机械设备“双保险”。铲车、发电机等都是双套的,夜战照明除了安装高压溴钨灯,还备有可移动照明车。

安全上,三条线纵深防御。在车站设联络员,及时向施工现场通报情况,现场广播员通过高音喇叭传达列车接近警示,这是第一道防线。列车逼近时,防护员吹响喇叭,拉起安全绳进行限界隔离,这是第二道防线。分块包保领导干部和安检员、党员先锋岗、青年安全质量监督岗协助防护,及时封堵漏洞,又形成第三道防线。

材料供应足量、到位。仅津浦联络线一处,就提前准备了三千多袋石砟,钢轨、枕木都运到了路基旁。

发动术:纵向到底,横向出边

人,是所有生产要素中最重要的因素。每个人都必须知道自己该干什么、怎样才能干好。

集团公司在津召开动员会,讲清意义,指明关键,理顺关系,要求全员树立必胜信念。集团领导班子成员几乎全部出席,与会人员扩至项目部各部门负责人。两名副总经理一线督导。

天津分公司召开两次会议,成立了八个专业组,党政编印了大要点《作业纪律》宣传卡,党委书记赵广生与项目经理直接向员工、民工进行思想动员。

指挥部、项目部将任务、工作步骤、目标要求详细交底,领工员、班长不仅熟知自己的工作,而且能讲出总体施工方案。技术口分块分段,再进行具体的文字交底。大战前夕,项目部又把技术、安检、材料、调度、领工员和工班长召集起来,让他们汇报自己点上应干的工作,以检查分工落实情况。为使每个工人都心中有数,安检等部门还组织培训以及认知岗位和现场演练。

南仓站历史长,地下物杂乱,特别是电缆,种类繁多,纵横交错。高压电力电缆、通信光缆、载波同轴电缆、信号电缆……哪一根都不能碰坏。指挥部积极同电务段、水电段、铁通公司等单位联系,向他们介绍施工计划和具体位置,要点前一边挖探沟寻找,一边请他们甄别。能够深埋的主动处理,不分甲方还是乙方。这样,在施工受到阻碍时,相关单位会以最快速度赶赴现场,给予排除。动员会达到了预想结果:重要意义,家喻户晓;施工方案,人人皆知。

统筹术:协调挖潜,打好团体赛

按惯例,大要点施工仅用民工就得千八百人。这次,客观上不能满足,主观上就得多想办法。大要点之前,项目部一线兵员不足两百人,缺口较大,这让各级领导最为担心。天津分公司经理赵宏运筹帷幄,大作内部文章:人才劳务中心组织了能够从事重体力劳动者八十名;京秦一〇五〇要点调六十人过来;北塘西工程还没上马,项目班子整体端来;机关干部、各分支机构人员参加劳动……施工队伍马上壮大了。

公司领导班子成员也被“降职”使用,协助指挥部分头把关。把线桥内行放在关键地段,把“外交专家”放到工务段承包地段。科长们与项目部管理人员以专业组的形式捆在一起,工作一起干。公司将上下各方力量铸成了一个整体。员工们顾全大局,服从调遣,迎难而上,拼搏奉献。

指挥术:重点突破,带动全局

施工方案再完美,也只是计划,若想变成现实,指挥必须果断有力。

六月五日下午一点五十分,大要点施工拉开序幕。所有施工人员佩戴上岗证,所有线路工身穿橘黄色坎肩。在总指挥郭生新的亲自指挥下,北环线拨接京山联络线堵豁提前完成。首战告捷,士气高涨。

指挥部确立了三处重点,对此下了重力。

京山正线拨接处任务最大,项目部特选一色青壮年员工,作风强悍的线六班负责主攻,一支跟随分公司多年的青县民工队配合,总计一百八十人,项目经理展凤勇主抓这处。津浦联络线拨接任务不少,给点时间却不长,分公司经验丰富的副经理袁贺来包保。这两处拨接都顺利完成,大要点工作压力骤减,各处受到鼓舞。

员工们该拼抢时拼抢,该稳健时稳健。南一联、南北联与京山线交叉处,二十四小时内要挖土一千三百八十立方,铺轨五百多米,填砟一千五百立方,还要拆道岔和线路。但你不能甩开膀子干——底下电缆密集,点前处理好的就有七八十条。六月六日开始施工后,在京山正线两侧,人工配合机械作业。两台挖掘机按照引导,擦着地皮轻轻地划,地面松动后,再上人清土。副总指挥张树华在此严守,逐班叮嘱工人们要像考古那样谨慎。一百多人轮番作业,昼夜不停,烈日晒不烦躁,风雨来不躲避,紧盯一根根电缆。

七日早晨,“考古”成果出来了——十几根极为重要的电缆安然无恙,工程任务也按时完成。

七日下午五点三十分,南仓大要点施工的工务部分全部完工,比最终实施方案又提前了九个半小时。

参与的员工早就看到了胜利曙光,理由是“施工的每一步、每个环节都在控制之中”。

路局局长安路勤、路局党委书记国一民,对这次大要点的施工组织给予了充分肯定。集团公司董事长卢建中这样评价:“南仓东疏解的成功,在集团既有线改造史上没有先例。”

向业主、向各相关方全面兑现承诺,是我们的天职。除此之外,我们还需做到精打细算,降低成本。

施工走向精致、巧妙,是市场的需要,也是建筑企业立足市场的需要。

南仓东疏解大要点施工,是北京铁建集团迈向卓越的新起点。

剥不去的铁路情

那天到印刷厂去校对，我看见桌上有一张铁路报纸，如同邂逅久别的好友，兴奋得几乎把报缝都看了。过后自己也纳闷：从铁路系统被剥离出来已经六七年了，可一接触铁路相关的人和事，还是感到非常亲切。这到底是什么缘故呢？

细一琢磨，这不仅仅因为我在铁路系统工作过三十多年，也不仅仅因为我家从父母起三代人多数曾是铁路职工或至今仍在铁路系统工作，主要因为铁路有一股既强烈又绵长的热乎劲儿。

一方面，是铁路职工对企业、对工作的挚爱。过去人们经常自豪地讲一定要当好国民经济的“先行官”，将“高、大、半”（高度集中、大联动机、半军事化）要求铭刻心中，干起工作来真如“永不松动的道钉”。

一九七五年，铁路整顿，铁路工人热烈响应掀起了大干高潮。我记得，大约每隔十几天铁道部就公布一下装车数量，大家一听到指标有新的上升，就跟着高兴万分。为加快工程进度，我所在团支部的两百多名团员青年，只一句话，清晨五点钟便到工地进行义务劳动。

二十世纪九十年代，“人民铁路为人民”的口号响彻大江南北，各铁路局连续开展“安全×××天”活动。电话会议一布置，不光各站段迅速行动，连行车公寓、医院、学校、幼儿园都动了起来，全力做好后勤服务。我们兄弟姐妹过节时到父母那儿聚会，不是这个得加班，就是那个得早走，剩下的聊着聊着话题又跑到什么“确保一个目标、强攻两大难点、采取三大措施”上去了，简直成了动员大会的分组讨论。有群众这种劲头，工作能搞不好吗？

另一方面，是各级干部对广大职工的关怀。每次铁路大提速，都是非常困难的，既要尽快扩能，又要确保安全，施工单位要在沿线连续进行要点施工。职工们每天披星戴月地工作，斗志丝毫不减。为什么？路局领导时常守在现场，热情地慰问，内行地指导。有时铁道部领导也来，紧紧地握住沾满油泥的手。数九寒天，工程公司总经理坐在枕木上和工人们一起吃盒饭；党委书记查看临时驻地的炉火烧得旺不旺，烟囱会不会倒灌；某处人力告急，各级干部自觉组织突击队，抄起工具就干。会战胜利后，总结评比，庆功会餐，犹如过节。路局一有大喜事、纪念日，就成了全员庆典：发奖金、上养老保险、赠纪念品，让人想忘都忘不了。铁路系统还很注意人的全面发展，如针对文学爱好者们，学习交流有笔会，发表作品有刊物，组织管理有文协。我们一到局里或处里，就和回家差不多，心情很舒畅，从而在工作中不用别人强迫，自己主动去想怎样才能干得更好。

正是由于保持和发扬了优良传统，新成立的工程局得到了迅猛的发展。如今，回忆过去的日子，主要希望人们，尤其是年轻人珍惜企业宝贵的无形资产，把那股热乎劲儿烧得更旺，使企业列车动力更足，跑得更远。

最雄壮的号子

在电视里听过川江号子、纤夫号子，也听过黄河船夫号子，我总觉得它们不如铁路施工的号子更有气魄。

船夫、纤夫所操纵的木船或小轮船，吨位有限，一起劳作的多则不过几十人，而铁路封锁施工，一组提速道岔连同水泥枕重达七十多吨，上百人才能移动。一次施工拆铺多组道岔、千人会战的情况屡见不鲜。另外，江河行船，只有遇到湍流险滩时人们才会紧张起来，而铁路封锁施工全程都得争分夺秒，号子在力度和节奏上也必然有所不同。

记得在京秦线改造工程中，需要换许多提速道岔。施工到马铺营车站时，出现了三组道岔依次纵移的有趣场面。铁路两侧紧挨着山，村民们看大戏般漫坡而坐，观看施工；我们的员工和民工干起来更有精神了。

“帅哥”龙记指挥着第一组。这组人均来自广西和贵州，苗、侗、藏、水等少数民族的占多数。他们配合铁路施工，迟来者也有三四年了，经验很丰富。

他们先把组装好的新道岔从路基旁先横移到正线上，然后又在道岔与钢轨间加了许多带滚轴的小车，准备将道岔沿线路纵移到铺设位置。“哗啦啦——”一大片撬棍斜插到了道岔的枕木下。

众人面向前方，弯腰弓腿，等待号令。龙记站在道岔头上，面向大伙儿，稍稍俯首，紧握双拳，寂静片刻后，发出了初而低沉、逐渐高亢的长声“哎——”，手臂随之抬起。大伙儿攥紧了撬棍，腿绷得像即将起跑一样。龙记的拳头突然在头上伸开，“嘿！”凌空响起一个炸雷！“嗨嘿！”众人应和着发力，道岔略微一动。“嘿！”龙记接着喊。“嗨嘿！”众人又应，道岔动静稍大。“嘿！”“嗨嘿！”……号子的频率越来越快，庞大的道岔居然雪橇般滑了起来。

不料，轰地一响，道岔一歪不动了——轱辘掉道了。马上起复！人们扔下撬棍，跑步扛来十几台压机，也就是千斤顶。道岔实在太沉了，一台压机三个人压杠杆都费劲儿。小伙子们脸都憋红了，汗如雨下。

眼看后边的道岔追上来了，龙记急了。在调整压机位置，增加压机手之后，他雄狮般吼了一声，让大家注意，然后，用方言喊了一句挺有劲儿的号子，使众人顿时力气倍增。只几个回合，道岔便被起到原位，又走了起来。我问干其他活儿的人，才知道他用少数民族英雄豪杰的名字激励大家，大意是怕困难的不算是好汉。

纵移路程有几百米，到中途，速度慢了下来。再累，工作也不能停。龙记露出滑稽的表情，喊了两句挺俏皮的号子，逗得人们哈哈大笑。笑之后，速度又快了。我问龙记号子的来源。他说他喊的号子是在山号的基础上改造的。山号是山区拉木头时喊的号子，变化很多。后面的河北、内蒙古民工喊的号子更为粗犷。

三组号子曲调不同，声韵各异，此伏彼起，气势磅礴；再加上抬钢轨、抬枕木的许多小组不停地“嚜嘿”“嚜嘿”地衬托，汇成了一部雄浑激越的交响曲。整个山谷沸腾了！不光百姓们看呆了，甲方、监理走神儿了，就连我们自己也很兴奋。铁路建设者不仅创造了无数的物质财富，而且创造了宝贵的精神财富。兴许有一天，铁路施工号子也会被列为非物质文化遗产呢。

（2009年发表于《天津工人报》）

出彩

当那旋律新颖、排山倒海般的序曲一响起，各单位的领队及演员们便意识到：天津铁建公司这支民乐队可不是仅仅来“参与”的！

乐队的丁指挥手势简洁有力、清晰到位，根本不像共和国的同龄人。乐队的多数演员虽然也当爷爷奶奶了，但对“花样年华”的包围毫不怯阵。他们的确希望在中铁六局这台“伟大祖国辉煌企业”歌咏演唱会上，为场内外的一万五千多名职工做点儿什么，也体现一下自己的价值。

然而，外人并不知道，从只能演奏《喜洋洋》《花好月圆》之类单纯的器乐曲，到今天捧出一个自创自导自演、难度较大的诗歌联唱节目，他们只用了短短三十天！尽管大伙儿像干工程似的加班加点，可直至一个小时前的最后彩排，整体效果仍不理想。

业余终究是业余——企管部的丁科即丁指挥体会最深。从最初作曲开始，他就不能光想主旋律如何美，还得考虑能否实现；配器、写分谱，既要发挥每种乐器音色的特点，也要照顾现有人员的能力。丁科绞尽脑汁寻找平衡点，最后定在了“大伙儿跳跳脚能够着”的难度。他调动起几十年的工程生活积累和文艺宣传经验，给每个人、每种乐器“对症下药”，可人们一练，问题还是来了。

第一曲《雄壮的劳动号子》开始了。抬钢轨的工人们力拔山兮气盖世，“嗪嘿，嗪嘿，嗪嘿”，劳动号子漫过山坡，越来越近……

排练这段时，伏天在逞余威，丁科裤腰上别了一条毛巾，他不时擦汗。他对男声小合唱的一老三少说：“‘嗪’，是发力的声音，必须喊得有劲儿！‘嘿’是语气助词，带出来，要在腹腔产生共鸣。”老韩退休后参加业余合唱团活动，一点就透；而只会原生态拼嗓子的小伙子们愣了神儿。“气沉丹田，会吗？”小伙子们摇头。“还有，该吸气时得吸气，榔头抡起来砸下才有劲儿！”丁科让老韩教他们。老韩无奈地一笑：“呼吸训练可不是十天八天就见效的啊。”没辙，只有“抢工期”

了。每次排练，老韩把膝下的“白眼儿”（外孙）一丢，早早赶来，教小伙子们练发声、练和声，安排课程，进行检查。你要没进步，他比你还急。

这段合唱需要铿锵之声伴奏，柳琴应在高亢时加入。几串十六分音符“拦”住了王而吉。她在单位练了几次，速度都上不去。也难怪，已过天命之年，手指头“不分绺”了。丁科对姐姐们比较迁就，和她商量：“要不改成八分音符？”王而吉说：“那效果就出不来了。”她决定再想想办法。这个昔日“三八”班的女瓦工，说话虽柔声细语，却有一股韧劲儿。她开始每天在家练，晚上看电视剧时手仍不闲着。怕邻居有意见，她左手按住琴弦，右手加速拨，练频率。为了充分表现主题，大伙儿都按照丁科设计的难度使劲儿往上蹦。

他们把工程人十分熟悉的劳动号子进行艺术处理，又加以器乐烘托，使观众感到既亲切又震撼，周身热血沸腾。掌声骤然响起，不仅愈加热烈，而且和上了号子的节拍，舞台上下融为一体……民乐队成立五年来，从未遇到过这种场面：开场不过三分钟就掀起了风暴。扬琴手常椿苗泪水夺眶而出，至少停了两小节；弹大阮的郑秀清也糊涂了，差点儿站起来谢幕；王爱国不知怎么把笛膜弄湿了，高音全都蒸发了……好在这些瑕疵让掌声遮掩了。但丁指挥的耳朵灵敏，他马上用手势和眼神提醒大伙儿：别翘尾巴，稳住！

第二曲《四海为家》节奏放慢，转为抒情。以优美活泼的山西《二人台》为基础，揉进了内蒙古民歌的豪放、河北大秧歌的欢快，既要表现工程人为国家建设艰苦奋斗、拼搏奉献的高尚品质，又要抒发他们热爱祖国、感谢生活的美好情怀，在节奏、力度、手法上有较多变化。

丁科不仅要求大家技艺娴熟和配合默契，还要求表现出意境。因此，民乐队活动由以往的每周一次改为每周三次，周二、周四晚上，周六多半天，无特殊情况不准请假。排练一般在公司机关，为使晚上效率更高，人们下午就开始集合。公司的首席二胡赵德金从总部乘京津城际“飞”来；小伙子们从滨海新区工地携一身灰土“跑”来；姐姐们则扔下老公，带着一人绝对吃不了的晚餐离家了。暮色尚未苍茫，机关楼上便“咿咿呀呀”响起来，扬琴的A音向众乐器召唤，诸位男士品着女士们奉献的佳肴，边谈笑边准备，其乐融融。

但到合练时，就不那么轻松了。敲鼓的潘伟住院生孩子去了，大鼓、堂鼓顿时“没了娘”。老师傅李云利敲过几天板鼓，现在打扬琴。丁科原计划两个扬琴搞和声，眼下只能牺牲一个了。仅一句话，李云利就毫无怨言地从前排跑到了最后一排。他知道，在这个充满阳刚之气的节目中，打击乐是多么重要！于是，本来就寡言少语的他现在更是闷头练习了。

弦乐器是乐队的主力。拉弦的本来就不多，没料到练半截又倒下一个！王槐志是地基施工队的书记，工作忙加上旅途疲劳，突然晕倒；醒来后右手疼得厉害，一看，肿成了熊猫爪子；到医院一检查，高血压、心脏病、脑缺氧。他找总管王爱国商量能否再找个人拉二胡。王总管苦笑着说，公司会乐器的都在这儿摆着呢。怎么办，关键时刻掉链子？不行。拉弦的与弹拨的失去平衡，主旋律也弱了，那还怎么演?！于是，排练时王槐志照常来。肿虽然消了一些，但手指仍不灵活，他只好用大拇指和食指根部夹弓子，动作酷似拉锯。这样出来的声音别说丁科，他自己也觉得说不过去。怎么办？豁命练呗！

老孙负责大提琴，他的演奏经常被丁科叫“暂停”。他的音准、速度没问题，但协调性较差，一紧张兴许还能把乐谱架子碰倒了。有次弄得大伙儿也烦了——不能总停呀！轻易不着急的丁科把毛巾一摔：“低音不好，整个乐队就偏了！那还怎么练？”姐姐们趁机逗两句，老孙上脸了，当时没吭声，过后诉委屈：“在外干活儿一天净落一百块，在这儿光挨数落。”要听这话，猜他该打退堂鼓了，但他一次也没缺勤，而且不迟到不早退。实际上他想，单位给的退休金足够花，又给民乐队配备了乐器，大伙儿安心快乐一起玩，落个身心健康，不比挣钱强百倍！别人说两句就说两句吧……他抓紧“板”毛病，把握好节奏和衔接。

别看姐姐们得意，其实毛病也不少，比如韵味不足。丁科只是耐心讲解作品，强调一下“悟”性。有个姐姐休息时问丁科：“你怎么不呲儿我们呢？”丁科如实回答：“我怕你们都跑了！”“哈哈哈哈……哪能呢？”

演出进入倒计时，公司党政工领导上楼看望大家，询问有什么困难。鉴于单位的施工生产也正较劲儿，他们没向领导申请占用工作时间，也没要什么补贴，而是把业余排练时间再延长。这必然会发生更多的矛盾。譬如赵彩萍，不仅自己的琵琶得练，还得帮助张桂珍练提气，必须把高音唱上去。一个周六，紧张排练再加上操持选面料做演出服，她从上午八点半一直忙到下午五点多，等完事才想起得赶紧上医院。她父亲病重住院了，自己顾不上陪护，抽空取次药总可以吧？谁知早晨交了药方，到药房关门了才想起取药……像这样牺牲个人或家庭利益的事情人人皆有，但他们没有任何抱怨。

平日的苦练陡然变成云梯，此时发挥均达到了上限。各种乐器在第二曲中成功地扮演了不同角色，有的还以漂亮的琵琶音增加了色彩，使观众心旷神怡。

第三曲《站在巨人的肩上》，以象征手法表现集体力量的无比宏伟以及个人融入集体光耀集体的幸福与自豪。此时，严谨化为自由，旋律化为心律，人们的手指流水般奏出音符。他们和中年观众手拉手，回到了火红的青春年代，回到了机声喧腾的工地里，回到了不断提速的列车上，回到了大厦落成的彩雨中……歌曲最后一段，女声独唱带出了混声合唱，乐器全部加入并奏出最强音，与序曲形成了呼应。不但大提琴的演奏稳住了根基，而且各种音色和谐交织，“祝福你巨人的肩膀，有我做脊梁你将永铸辉煌”——人们最担心的女高音也在群峰拱卫下冲上了云霄！丁指挥的右臂画了一个潇洒的圆，然后双手举起，所有乐声就像他所要求的“西红柿往墙上一摔——啪！”，戛然而止。

大伙儿站起身，只看到眼前无数的手在合击，却听不到任何声音。集团公司领导和专业人士都给予了他们很高的评价。直到晚宴，大伙儿才如梦初醒，涕泗滂沱。丁指挥的眼眶也“失控”了。不过，当兄弟单位的同事前来祝贺时，他只莞尔一笑，道：“人来疯。”

啊，大合唱

现在几乎每天晚上，我都要在电脑上听一遍亚历山德罗夫红旗歌舞团演唱的《伏尔加船夫曲》；看电视时，只要碰到喜欢或感觉不错的合唱节目，如《黄河大合唱》《忆秦娥·娄山关》，我都静心屏息，听到余音绕梁。其实，我并不懂音乐，只能皮毛地体验作品中那严谨的结构和和谐的律动。

要说原因，得从四十多年前的一段经历谈起。

上小学五年级时，我是少先队大队委，即“三道杠”。当“头儿”就得带头，不愿干的事也得干。我的嗓子唱一个八度都费劲儿，又很讨厌音乐课，却被塞到合唱队里了。学校要在文艺会演中表演一个大型节目，高年级各班都得出人，男生没几个愿意去，班主任哪还顾得上谁是“滥竽”，想法凑够数就不错了。

教音乐的陈老师却不这样想：我们学校是天津铁路小学的尖子，也是区重点小学，出节目就得像模像样！她黑着脸讲完意义讲纪律，然后才发歌谱。不知是谁的杰作，竟把一页纸的《歌唱二小放牛郎》改成了一摞！先给我们男生的两页没有歌词，都是“叮了叮了叮咚，叮了叮了叮咚”。练了没几次，我们就烦了。一会儿快一会儿慢，还有高低变化，时强时弱，到底想说什么呀？女生比我们美，尽管也是翻来覆去地练，但唱的是歌词，还有点儿意思。

烦也得练，谁也跑不了。“叮咚”熟了，开始组合。悠扬的音乐起头，“叮咚”由远而近，之后歌词淌出：“牛儿还在山坡吃草，放牛的却不知道哪儿去了，不是他贪玩耍丢了牛，那放牛的孩子王二小……”又“叮咚”了好长一段。再听这歌，比单唱词好多了。伴音像流水，像铃铛，更像心灵跳动，塑造了一个活泼可爱的少年形象。

当然，这是配合默契后的效果。我们不知练了多少遍，才甩开了女声的“诱导”，做到各唱各的，节奏不乱，并和女声在感情表达上融为一体。其间，我们大多嗓子哑了，但仍坚持练，因为觉得付出的辛苦是有效的，也是必需的。

前两关过去了，接着是声部练习。男生又被挑出一拨，唱混声，唱四部。学校还借来道具，插进了“二小诱敌”等表演，灯光、音乐随之调整。在排练中，我感受到了合理组织起来的声音丰富又巨大的表现力，也体会到了其中个人的重要性：必须发出所在声部需要的声音，且不能出现任何失误。由此，我逐渐对合唱产生了神圣感，即使自己站在最后一排也是那么严肃与虔诚。

正式演出在天津第一工人文化宫的大礼堂。帷幕拉开后，我们只看得见指挥的陈老师，一点儿不紧张。“牛儿——”“牛儿还在山坡吃草”“放牛的——”“放牛的却不知哪儿去了”……连绵起伏的歌声，象征了我们祖国土地的广大，象征了人民战争势如海洋。“二小他顺从地走在前边，把敌人带进我们的埋伏圈”……沉稳的叙述伴着“叮咚”声，表现了英雄少年的机智与勇敢。“干部和老乡得到了安全，他却睡在冰冷的山间”“秋风吹遍了每个村庄，它把这动人的故事传扬……”女声像母亲悲切的呼唤，男声如群山回响。缓慢的低音之后，高音突起，喻示中华民族坚贞不屈，然后所有声音交织在一起，达到最强，红光突然射出，扎着白羊肚毛巾的王二小出现在合唱队员的肩上，立成一座雕像！台下顿时掌声大作。

直到走出后台，我仿佛还在太行山下、青纱帐里。女生们个个泪水涟涟。我们这些大多没有天赋又从未在少年宫练过声乐的，居然能唱出如此效果！

之后，我虽然没再参加过大合唱，但它一直不知不觉地影响着我。几十年来，我最深的体会是：世界上许多了不起的事情，多出于集体的奋斗，犹如一曲大合唱；而其中的每个人就是一个音符。因而，在国家重点工程建设中，我从不轻视任何一项工作，虽然贡献微乎其微，但深感自豪与快乐，并觉得唯有大合唱才能反映出那种俯瞰的气势，表现出人类敢上九天揽月的精神。这样，凡合唱节目，自己再听起来就不单是欣赏了。尤其到了中年，我常常思贯今昔、神驰八方，有时甚至想就乘着《伏尔加船夫曲》——一九六五年哈里托诺夫领唱的那首——远去吧。

（2009年发表于《天津工人报》）

和平年代的战争

在大城市的铁路枢纽，在铁路干线的各个大站，类似的情景都上演过：突然来了好多人，大巴、中巴、小轿车一大串儿。所有人下车后，从其所站的位置和举止神态上看，其中一些人来头不小。车站站长或书记可能一眼就认出："路局×局长！""铁道部×部长！"……车站老职工的神情一下子凝重起来："要点施工就要开始了！"

要点施工，也叫封锁施工，都是铁路术语，即对运营中的铁路临时封闭某个区域，进行工务、电务等一体化施工。

施工与运营，是一对矛盾体。为了满足国民经济和人民生活日益增长的需要，铁路必须不断发展。铁路的发展，不仅是新线建设，还有既有线改造，比如全国铁路干线大提速。后者的工作量一点儿不小。从工务方面说，线路要更换长轨，更换大型道岔，增大曲线半径……这样火车才能加快速度；各个车站要增加股道、延长到发线，各个枢纽站编组站要扩大规模、升级改造，这样路网才能配套，形成更大的运能。所有变化只有通过施工才能实现，而施工又必然给运营带来不同程度的干扰，如影响客货运输，增加不安全因素等。

因此，铁路局对要点施工的时间控制很严，有时甚至被压缩到极限。这是无奈之举。我国人口众多，地域广阔，铁路营业里程人均只有一根香烟的长度，致使铁路运输长期处于紧张状态。由于铁路大动脉整体不能中断，铁路局对施工区域大多进行半封闭作业。比如，上下行两股线，让施工单位倒替着干；在站场上，要求一部分一部分施工。说来像是切蛋糕，其实很复杂。因为铁路上有许多道岔，尤其是大的编组站，它把线路连成若干不同功能的大蜘蛛网，有的区域即使施工，火车也必须从中穿梭。另外，施工地域上有电力接触网，下有通信电缆、信号电缆以及其他管线，它们多随线路施工同步变化，纵横交错。为了保证要点施工按时或提前完成，施工单位均集中兵力，参与人员有时达到数千人，密集作业于一至数个狭窄地段。

上述情况表明,要点施工不同于一般的新建项目或维修工程,它具有很强的时间性、很大的突击性和很高的危险性。施工单位如果在规定的时间内完不成任务,货车滞留、客车晚点的时间就会延长,影响铁路信誉,造成经济损失;而行车安全和人身安全一旦出问题,大多就不是一般事故,甚至有可能造成不良的政治影响。因此,每逢大的要点施工,有关各方的最高领导都会一线督阵。

要点施工只有"国字号"的专业队伍才能承担。我在中铁六局下属公司负责宣传,经历了许多要点施工。我的感受始终是:工地如战场,干活儿如拼命。

夫未战而庙算胜者,得算多也;未战而庙算不胜者,得算少也。

——孙武

就说我们公司吧。虽然对既有线改造有丰富的经验,但时代在发展,新技术、新要求、新规章屡屡出现,况且工程项目、施工环境、施工人员等从来没有完全相同的,因此公司对每次要点施工都高度重视。

公司认真制定施工方案,帮助项目部综合各方情况,进行全面深入细致的研究。就像电影中那样,领导者和技术人员趴在图纸上废寝忘食地讨论,并反复到现场调查、核实。他们非常清楚,铁路干线几分钟就要过一趟车,要点施工时间越长,所影响的车辆就越多。在编组站施工,有时会影响上百列火车的运行,半个中国的铁路运行图都得调整。因此,他们围绕"缩小影响面、减少要点时间、提高劳动效率、保证安全质量"这个中心,集思广益。对铁路局的要求,公司无条件服从;对相关方的意见,公司都认真考虑。方案一改再改,以求最佳。

公司会进行充分的物资准备。要点施工需要大批材料,钢轨、道岔、枕木、石砟等物料都要提前到位。为便于填铺,项目部将石砟用编织袋装好,在施工地插空码放,活像战场上的一处处弹药库。

公司会严密施工组织设计。施工方案获批后,项目部按照给点时间进一步细排工序,对整个施工制定流程控制表。每个地段的施工何时展开,每道工序必须在多少时间内完成都有规定,以分钟为单位计算。比如要点换道岔,按惯例只给一个多小时,施工人员拆除旧道岔的时间一般不能超过二十分钟,否则新道岔难以按时插入。

技术上反复计算核对。更换道岔、钢轨，一般要提前配好新轨，到时往里一拨就行，节省了锯轨时间。但计算必须精确，特别是曲线；气温变化较大时，钢轨的热胀冷缩也要考虑，否则轨缝不合适就更麻烦了。机械设备通通“双保险”，像发电机，都有备用的；安全防护也设有多道防线。

干部职工都清楚：细节决定成败，必须周密安排，严阵以待。

在战争中，士气极其重要。主要的武器是人。每一个士兵必须懂得他们的动作。

——苏沃洛夫

天津站改扩建工程首次大要点施工，天津市各主要媒体的记者都来采访。多数记者是第一次来，他们一到现场便惊呼起来：宽广的站场上密密麻麻都是人，原有的铁道很多变了样，人们快速抬枕木、拨钢轨，到处喊着号子。他们说从未见过这种壮观的场面！没想到车站外面很平静，里面这么热闹。

人们在杂乱的场地上跑来跑去，时分时合，交错作业，放下撬棍抄起铁锨，干完这个干那个，看着杂乱无章，其实井然有序。

要点施工，就是集中兵力打歼灭战。施工单位往往抽调各路精兵进行会战，确保劳动力数量充足且逢难愈坚。由于农民工为施工队伍的主力，流动性较大，因此各项目部经常对其进行安全质量教育和基本技术培训。项目部还要组织技术演练，及时淬火加钢，使所有施工人员达到要点施工标准。

我告诉记者们：“在要点施工中，每组道岔、每个接口都相当于一个堡垒，项目部投以重兵，限期攻克。你们看那戴红袖标的就是指挥员，所有人都听他的。昨天班组长在每条钢轨上用石笔都写上了号码，每个人都知道自己负责拆哪几根枕木……各种工具分类摆放，换枪换炮一点儿不乱。”

形以应形，正也；无形而制形，奇也。奇正无穷，分也。

——孙膑

施工准备再细致，有时也会遇到意外情况。这就考验施工队伍的应变能力了，说到底就是素质与经验。

铁路局一给点，如同下达了军令，全局上下必须绝对服从。那年京九线北段提速，公司某项目部驻在其中的一个车站，员工和民工大约一千人。某天早晨八点，邻近的一个站要进行要点施工。计划六点半坐大轿车出发，七点钟以前人员全部到现场。不料汽车公司早晨突然变卦，所租的大轿车一辆都没来，怎样沟通都不行。项目部负责人心急如焚：这时再找其他车队，即使有也来不及了！

怎么办？要点时间定好了，无法改变。工地离驻地约五公里，要想不耽误施工，必须跑着去！于是，除了指挥员、技术主管等坐吉普车先去现场布置，其他人都抡圆双腿跑了起来，有些人还扛着工具或材料。与铁路平行的土路上，灰尘滚滚。天正热，不一会儿就个个满脸是汗。他们平时很少中长跑，一会儿就累了，气喘吁吁，但脚不能停，时间不等人。他们咬牙坚持，奋力前行。

到了工地，人们喘口气马上投入施工准备。虽然比预定时间晚到一些，但各部门按时开始作业，顽强拼搏，按时完成了当天任务。

战争是充满危险的领域，因此勇气是军人应该具备的首要品质。

——克劳塞维茨

中铁六局董事长要求全体员工必须学习“亮剑精神”，像李云龙那样面对各种困难。公司每年都大力表彰那些“拼命三郎”般的干部职工。由此，在要点施工中，尤其是紧要关头，施工人员经常显出英雄气概。

虽然项目布点前大多会做一些线上准备，例如抽换部分枕木、润滑螺栓等，但正式施工时很少有富裕时间。线路开通后，一般第一次来车是单机——单个火车头，时速二十五公里，属于压道性质。第二次就是列车了，时速大概四十公里。有时第三列就开到六十公里，这需要线路尽快达到标准，否则很容易出事。因此施工队伍在线上捣固时常常争分夺秒，全力以赴。

尤其快要到点了而线路还在进行初级捣固时，那些指挥员、领工员、工班长，全都急了眼，本来性情温和的也变得凶神恶煞。嗓子哑了还在喊，别人听不见便手舞脚踢，喷吐脏话。有的血压蹿到两百多，有的甚至大口吐血。工人们也疯了一般，头发蓬乱，满脸污汗，快速填石砟、移动捣固机。有时邻线来车了，需要下道避车，喇叭怎样响他们也没反应。防护员只好用绳子使劲儿往外拦，他们才下去，完全忘记了危险。紧要关头，所有人都是突击队员，有时各级领导干部也挥起铁锨，拿起撬棍，或协助指挥，参加防护。这时候，人人一身灰土，满脸污汗。

有时还会遇到千钧一发的危险。京沪线北段提速时赶上了冬天最不利的天气。那天上午，大雾弥漫。一条线施工，另一条照常走车，速度似乎一点儿没减。公司书记死盯着换道岔的位置，生怕出事，结果他正看了个满眼。

换道岔之前都是将新道岔在路基旁提前组装好，尽可能离工作位置近一些，到时往里一推就行了。但有时地形所限，新道岔只能放在线路的另一侧，要点时再将其推过来，这需要横跨线路。如果线路仍在运行，施工人员就只能利用过车的间隙快速移动。道岔重达几十吨，而且很大，抬不动，也吊不了，只能铺上一些滑轨推过来。这滑轨不能浮搁着，一头必须斜插进线路的钢轨下边。道岔一推过去，必须马上将它们抻出来。每根滑轨就是一截钢轨，不抻出来，如果火车撞上肯定会脱轨，甚至倾翻。

那天，火车吼叫着从雾中现身，当人们看见它时，距换岔地点已不到一百米了。那是一列客车，速度相当快。而此时，线路中还有一根滑轨没有抽出！书记后来对我说，可能由于滑轨插得紧，钢轨比较滑，天气又冷，几个工人都没抽动。火车一直鸣笛，而且越来越响，他们肯定听见了。他们如果跑了，那路基旁干活儿的一千多人能活多少就不知道了；车上一般也有上千人，同样面临生死危机。这样的事故一旦发生，全世界都会震惊。而这几个工人，几个普通工人，没有离开，在班长的指挥下，奋力抽动，滑轨出来了！最多过了两三秒钟，火车便到了跟前，车头轰然而过。事后听说书记当时一屁股坐在地上，随后，把一把药丸塞进了嘴里。我知道那是“速效救心丸”，他从不离身。

施工仍在进行。大家照常工作，似乎什么事也没发生过。如同打仗一样，子弹经常擦着头皮飞，他们也习以为常了。

早发

深秋的一个早晨，通往南仓编组站的柏油路上突然开来了大批的施工车辆。卡车、吉普车、面包车扬起一股股灰尘,像不断流的骑兵;吊车、铲车、挖掘机在路边稳稳地行进,如炮车和坦克。中国中铁的三千虎贲要在这里打一场封锁施工大会战。

车上的人们都静静的,即使说话,也是和声细语的。

但前一天晚上,他们可不是这样。

项目部会议室里散发着火药味儿,领工员老张几乎吼了起来:"这活儿干不了啦,人不够!"

项目经理老王差点儿拍了桌子:"干不了想办法也要干!"

项目党支部书记大李瞪圆了眼睛:"每组道岔都要设党团员监督岗,确保行车安全!"

施工现场直到星辰满天还有人在准备。

技术主管小赵忙着调整方案:"道床板结太硬,清砟能不能上机械?"

材料组长老刘手机打得快冒烟了:"那车枕木几点能到?"

设备组长急得晚饭一口没吃:"备用发电机出了故障!"

参战的各项目部员工看似忙乱,实则有条不紊。

此时,再看领工员老张,眯缝着眼抽着烟,很轻松的样子——不知他怎么解决的人员问题。再看经理老王,手扶着额头,若有所思的样子。小赵呢,展开图纸,用笔点着,像是核对什么数据。老刘呢,竟然歪在车窗上打起了呼噜。材料肯定全到了位,只是不知什么时候了。李书记给项目部全体管理人员和协作队伍负责人群发了短信,发后微微一笑。短信就一句"天黑前必须拿下摩天岭"(电影《南征北战》中的台词)。

卡车上的工人们清一色的蓝工作服,靠着车厢边站得整整齐齐。别看他们大多数远道而来,并且天一亮就起来吃饭、点名、装工具,个个精神饱满。一张张黧黑色或古铜色的面孔上，眼睛闪闪发光；表情严肃、镇定，也很从容。他们为了保存体力养精蓄锐，没有任何多余的动作，甚至沉默不语，惜言如金。卡车一辆接一辆地开过。此刻您若站在路旁，耳畔只有一阵阵“呼呼”的风声，和车轮轧着树叶的“沙沙”声。不抬头，您绝对想不到，身边正走着铁军大队！您若站在高处，可以看到他们悄无声息地向前，向前，犹如蹑足徐行、即将扑向猎物的猛虎！

北宋名将宗泽作有一诗，名曰《早发》：“缴幄垂垂马踏沙，水长山远路多花。眼中形势胸中策，缓步徐行静不哗。”铁军正是体现了这种“静不哗”的特征。非身经百战、纪律严明者难以为之，古已有证。

这次封锁施工完成得很漂亮，充分展示了“静不哗”的结果：攻必克。

（2009 年发表于《中国中铁》）

工程段已成为历史

“窥一斑可知全豹”，仅看中铁六局天津铁建公司三十年的变化，就有沧海桑田之感。

一九七八年，那时的天津铁建公司名叫“天津铁路工程段”，实际上也是一个不折不扣的“段”模式单位。它当时所承担的工程绝大多数在天津铁路分局管辖范围内。施工内容主要是既有线改造，而且规模一般不大，即使像津浦复线这样的较大项目，也只负责其中天津西站、杨柳青站的改扩建及区间线桥工程。原因不外乎施工能力有限，三千多人，一年完成产值不过一千多万元。记得南仓编组站有些活儿，还算不上动“大手术”，天津工程段二队就在那儿折腾了好几年。一座几百米的大桥或特大桥，少则干一年；两座六层砖混楼，超不过四千平方米，也得忙活多半年。

虽然所干工程不少为重点工程，但由于施工领域狭窄，又多与都市百姓生活缺少密切的联系，再加上单位不属于天津分局，各方关注与宣传都不够，致使单位在地方不仅没什么影响，甚至在铁路系统内部也没多大名气。令人啼笑皆非的是，单位员工到天津分局及下属站段办事，一提到自己是工程段的，人家就说“知道知道”，以为是天津铁路分局的基建工程段呢。

回想起来，那时的天津铁建公司主要管天津地区的“一段儿”铁路，叫“段”名副其实，只不过是一个末流段，远不如机务段、车辆段那么响亮，还不如工务段，至少没人弄混。

大约是二十世纪九十年代初，单位按照上级要求顺应市场潮流，改叫“公司”了，有了法人，有了执照。领导开始跑项目，内部开始搞承包。从此，在公司总能听到一些信息，哪里有个大工程，哪里要招标……尽管有些项目似乎是真的，单位也真下了力气，但结果往往颗粒无收。直至二十一世纪初，公司干的工程除了实业公司承揽的一些顶涵、顶管项目，基本上还是上级开发来的铁路工程。这一阶段，公司尽管自行开发效果不明显，但推行项目管理，开展经营核算，使员工拓宽了视野，增强了市场观念。

二〇〇四年，公司随北京铁建集团成为重组的中铁六局的子公司，单位性质发生了根本性变化。真正直面市场了，公司迅速组建了开发部，派有经验的领导干部主抓开发，对重要项目、重要环节，主要领导亲自出马。苦战八个月，公司终于打开了局面，同时加强了项目监控。头一年，产值尽管才一亿多元，但员工收入就有了明显提高，下岗职工数量也有所减少。第二年、第三年，越来越好，关键是公司认真执行了中铁六局的开发方针和管理要求，尤其是依靠中铁六局的资源和影响，一方面立足铁路，充分发挥既有线施工优势，另一方面开拓地方，理性介入，干就干好，力创信誉，使公司走上了跨越发展、健康发展的轨道。二〇〇七年，公司开发额达到了十个亿，其中自行开发项目占百分之四十；产值达到了七点八九亿元，三年连创新高。近几年，公司施工能力大幅提高，二〇〇六年仅用一个多月便建成了天津临时客站，创造了中国铁路史上大型客站建设周期最短的纪录。实际上在该工程上只投入了一个项目部。二〇〇七年，公司既干天津站改扩建、大包电化改造这样既规模大又综合性强的既有线工程，又干临策铁路新线建设，一个项目部负责一个完整标段，员工的足迹伸到了离津近两千公里的地方。施工领域也宽广了，像京津塘高速公路二线、京津塘高速大羊坊收费站改造，蓟县滨河大街纯公路有匝道立交桥建设，天津海河堤岸改造及景观工程等，都是过去未曾涉足的，如今都圆满完成了。二〇〇八年，公司的胃口更大了，产值锁定十亿元，员工年收入平均达到五万元，这在天津市只有少数企业才能达到。

说到底，种种变化都是改革开放的结果。单位人员虽然少了，但能力却今非昔比，可调动、组织、协调广大的社会力量去做更大的事情。之后承建的天津站改扩建、京津城际延长线工程，不光干得漂亮，而且高层领导和普通百姓非常关注，知名度很高，再加上报纸和电视的宣传，“中铁六局”“天津铁建公司”的名头已走进千家万户。“工程段”这个称谓，只存在于中老年人的记忆中了。或者说，计划经济时期的某种产物，已经一去不复返了。

（2008年发表于新华网）

中铁六局赋

中国中铁新军，基本建设劲旅。重组方五年，威名扬万里。保北京奥运，京津城际担重任；建首条高铁，轨道技术堪称奇。党和国家垂旌，北京南站沐恩。胡总书记接见卢董事长，吴委员长接见章总经理。享建设者莫大之荣，圆工程人毕生之梦。员工喜气冲霄，企业乘风高翥。

回眸重组，感布局之精妙，慨战略之深远。坐京城，携津沽，拥燕赵，揽并州。逐鹿草原，放马阴山。一统电务公司，重塑桥梁工厂。凤凰涅槃，核子聚变。扎根环渤海热土，紧握铁路局资源，发挥既有线优势，开拓多元化空间。

驹隙匆匆，图治切切。运筹于经营，理性开发，刚性管控；亮剑于施工，挑战高手，挑战极限。金戈铁马，踏重点工程要塞；轻舟长楫，闯新兴领域险滩。严肃制度建设，推行“三三”管理。牵项目龙头，控成本命脉。权责必明，信赏必罚。至柔至坚，一张一弛。升华团队灵魂，人品至上；铸造企业品牌，诚信为本。信誉重于泰山，身家轻于一羽。宵衣旰食创精品，焚膏继晷保工期。嘉言懿行恒久，赢得上帝青睐。破陈规之壁垒，开英才之渊薮。丹诚引进于外，大胆擢用于内。贤者祁祁，能者莘莘。已有乔松劲健，更喜新竹清嘉。建学习型组织，启现代化思维。抢抓机遇，勇立潮头。番番良士，建言献策；屹屹武夫，披坚执锐。出新意于规范之中，施妙措于惯例之外。缔新型关系，构和谐六局。领导夙夜在公，恒心为民。做强企业，致富员工。员工忠贞感恩，殚精竭虑。黾勉同心，众志成城。增效益于点滴，避祸患于忽微。五年耕耘五年丰，一路嵯峨一路歌。

喜看今朝，惊发展之神速，叹气势之恢宏。旗旄泱泱，奄有四方。征胶济，战永武，搏温福，斗玉蒙。上临策，下深圳，新丰打开秦关险，乐宜不惧蜀道难。铺架笑瞰长江阔，广珠欣观南海波。弓矢斯张，干戈戚扬。铺铁路，修桥梁，开隧道，建广厦。筑高速公路，延城市轨道。拓展市政项目，跻身水利水电。更有那，最先进盾构机，速掘都市地铁；中低速磁悬浮，付梓施工规范。追溯上游，登高览胜。组建新公司，开辟新天地。立交桥 BT 天津，房地产发轫乌海。加快海外开发，南亚中非告捷。盘点〇八，怒放心花。开发产值双跨百亿，信誉评价雄踞前列。优质工程桂冠顶顶，科技研发硕果累累。项目经营满园春色，资金运作馨压群芳。观六局之工地，绵绵翼翼；阅六局之队伍，昂昂棣棣；体六局之作风，振振捷捷；察六局之会战，泱泱烈烈。大纛掩日，彩旌蔽野。静若幽谷，动若壶口。千车行如飞如翰，万人呼如江如汉。

畅想未来，醉宏图之壮丽，羡继业之晚辈。建造现代企业航母，劈波斩浪驶向大洋。国家建设浪潮迭起，铁路项目号角频吹。秉上市公司之煌牌，倚中央企业之巨荫。天时地利人和，道予东风；凡事六六大顺，德佑吉安。中铁六局，前程似锦！

从四部书看中国中铁之功绩

我收藏的书籍有些与我国铁路建设有关，其中四部很能说明中国铁路之巨变以及中国中铁为其做出的卓越贡献。

第一部是伟大的中国革命先行者孙中山先生的文集《中山丛书》。中山先生在《中山丛书·建国方略》中提出了铺设十万英里铁路、新建或扩张五大铁路系统的宏伟计划。

其中的西北铁路系统，设计起点为直隶湾中的北方深水大港，干线直达迪化（乌鲁木齐），支线可至中蒙、中俄边境。先生认为“由太平洋岸前往欧洲者，以经此路线为最近”“此种铁路，实居支配世界的重要位置”“由政治上经济上言之，皆于中国今日之必要而刻不容缓”。先生还打算建设高原铁路系统，但由于“其工程极为繁难，其费用亦甚巨大”，只能于将来实施。今天看来，先生之目光、之胸襟更显超绝。然而当时的华夏，苦难深积，战乱纷扰，国弱民穷，先生的“共和”又无力救世，美好的蓝图只能埋入尘埃。

第二部是叶恭绰先生的《遐庵汇稿》。叶先生曾任北洋政府的交通部次长和国民政府的交通部总长，中华人民共和国成立后当选全国政协常委。他认为“交通为一切事物之先驱，尤以铁路为最能补助其他建设之成功”。他建议执政府进行横纵六大干线的铁路网建设，在建设和改良南北第一干路（京汉、粤汉）的计划中，大胆提出了修筑武汉长江大桥。而在南北第二干路计划中，他认为南京长江建桥需费“为数过巨，技术亦多困难”，津浦与沪宁的连接只能采用轮渡。叶先生想用增收的关税逐年实现计划。岂知军阀混战，国家和百姓的事更没人管了，一千三百万元的修桥概算成了一纸空谈。

第三部是一九四九年后人民铁道报社首任社长齐语编著的《新中国的人民铁道》。齐老前辈说：“当一九一二年中华民国成立的时候，全国铁路共长七千八百一十六公里，自此以后，虽然历年都在修筑新的路线，但所增加的里数总计不到一倍。”解放战争期间，国民党“所能维持通车的铁路，也不过一万两千多公里”。而中华人民共和国才告建立，中央人民政府就对铁路投下了巨额资金，“一九五一年新建的成渝、天兰、来镇三条铁路线共长六百七十公里，这个修路成绩，超过了旧中国铁路修建史上的任何一年”。

让我们感到欣慰的是，第四部书告诉世人：“新中国成立后的第一条铁路——成渝铁路，就是中国中铁两万多名筑路工修建的。”“与此同时，中国中铁所属单位迅速修复了京汉、粤海、陇海、北同蒲等旧有铁路，有重点地修建了天兰、湘桂等铁路，动工修建了兰新、宝成、丰沙等一批急需的铁路干线，为新中国铁路网的形成奠定了基础。”

这第四部书就是中国铁路工程总公司原董事长石大华主编的《历史性的跨越》。它向世界宣告：中国中铁组建近六十年来“为共和国的版图增添了铁路干线五万五千多公里，占全国铁路总里程的三分之二以上”“建成电气化铁路两万五千多公里，占全国电气化铁路的百分之九十五”。这是多么令人自豪的数字！数字背后，是无数奇迹的诞生和几代人梦想的实现。中山先生切盼的西北铁路系统，我们东起曹妃甸，修迁曹入大秦、改大包筑临策，直驱中蒙边境策克，仅用三年便开出了一条联通两大洲的捷径！先生神往的高原铁路，我们在青藏高原攻克“高寒缺氧、高原冻土、生态脆弱”三大世界性难题，也真的建成了！我们不仅把前人未能实现的武汉长江大桥、南京长江大桥早就修好了，而且建造了当今世界一流的杭州湾跨海特大桥、武汉天兴洲特大桥！中国中铁领军建设高速铁路网，时速三百五十公里的城际铁路创造了人间神话……

中国中铁的功绩，既是社会主义优越性的雄辩证明，也是工人阶级先进性的充分体现，它将惠泽千秋，勋垂青史。

从《箱根风云录》管窥民族精神

二十世纪中叶，日本作家高仓辉根据自己发掘的史实写了一部长篇小说《箱根风云录》,因其内容惊人、感人,很快被我国翻译引进。

该书说的是日本箱根山区有一座湖尻岭,它的西面全是旱地,而东面雨水丰沛,岭下有一个蓄水量很大的芦湖,可是西面的人一点儿沾不上光。曾修过水渠的商人友野突发奇想,要在岭脚打一条隧道,将湖水引到西面,使数千万平方米的田地得到灌溉。经过勘测,该隧道将长一千两百多米,他计划两面同时挖,在中间会合。若在今天,这个工程若没有特殊地质困难,肯定算不了什么,但此事发生在公元一六六六年!

那时,中国的清王朝刚拉开序幕,日本也处于德川幕府“锁国”的落后封建时代,西方科学技术尚未大量引进,这个计划真同天方夜谭。然而,经过友野的努力和僧人、村民的支持,它居然开工了!友野自己筹资兴建,和大家土洋结合,使用三角函数计算两面高差,劈开竹节当水平仪,以烈火烧酥了顽石再开凿,打“狗跑洞”斜井进行排烟等,解决了一系列难题。当工程过半时,幕府实行垄断,扼杀民商,进行破坏,友野借的高利贷被收回,夫役工资、伙食濒于中断。但友野没有屈服,他认为这项工程即使付出生命也值得。为使施工继续进行,他不惜倾家荡产,历时四年,用工八万余人次,奇迹般于中间准确对接,建成了日本当时最长的、技术最复杂的隧道。

读了高仓辉的小说,自己不由得想到了日本电影《海峡》。它讲的是一九六二年到一九八八年如何修建当时世界第一的隧道——穿越日本津轻海峡、长达五十三点八五公里的青函隧道。尽管海底断层很多,风险很大,但民间企业仍投资兴建造价惊人的主隧道。翻开自箱根隧道至青函隧道三百多年的世界科技史,人们可以看到日本愈来愈多的发明创造,崇尚科学、掌握科学、献身科学的榜样层出不穷。而中国有两个半世纪科技发展近乎停滞。

这并不可怕,我们奋起直追就行了。自“五四”运动起,中华民族高举“科学”

和“民主”的大旗，历经坎坷发展民族工业。中华人民共和国成立后，人民的分散力量汇聚成强大的国家力量，做到了民企无法胜任的事情，如修建南京长江大桥、三峡大坝、大瑶山隧道、青藏铁路，以及目前正在建设的规模更加宏大、技术更加复杂的世界一流的多项工程，这些项目对国计民生大有裨益！然而，读了《箱根风云录》，我想到有一个问题不能忽视，那就是民族精神的传承。

明治维新对日本的科技进步固然有显著的推进作用，但它发生于十九世纪末，说明之前民间早有一股强劲的持续的驱动力。《箱根风云录》及电影《海峡》，正是代表性地揭示了日本人民改造世界的前瞻性、主动性、坚忍性及聚合性。

我们中华民族在历史上更为出色：远有墨子、祖冲之，近有詹天佑、钱学森以及无数默默无闻的科学斗士，他们构成了民族的脊梁。日本自大唐鉴真时代起，一直认真向中国学习，特别醉心于中国的优秀文化，为民族灵魂增加合金元素。而现今竟有许多人将先辈看成傻子。以贪图享受为根本、以虚荣浪费为成就、以自欺欺人为习惯、以窃人果实为技巧的“聪明人”与日俱增。若长此以往一切很有可能成为貌似宏伟的沙塔。名利的束缚，终究会让我们失去名利。历久弥新的中华民族精神，才是永恒不竭的发展动力！

（2009 年发表于《中国中铁》）

铁路之子

行吟篇

遥远的句号

最近同学聚会，王建华又没来，我觉得像炒菜缺了作料。十年前聚会，听说他还在澳大利亚，境况不大好；这两年听说他回来了。回来了为什么不和大伙儿联系呢？也许传闻有误，他并未回来，或者来了时间不长又匆匆走了，反正我们至少二十年没见他了。

我想，他大概觉得自己没达到预想的目标。我和王建华上学时是哥们儿，毕业后来往虽断断续续，但他心地敞亮这点没变，应该说我对他是比较了解的。

有些事不能按常理去推论。王建华父母都是响当当的中学教师，而他小学时成绩差得经常被请家长；上中学时一写作文就抄我的，只把开头改一下。功夫都用哪儿了呢？游泳他是高手，摸鱼赛过老渔民，胡琴、围棋一教就会，唯独见了课本就头疼。他喜欢画画，我也喜欢。中学临毕业那年，我俩编排的黑板报观者接踵、赞声不绝。为了提高水平，他还邀我到他家房顶上找风景练写生，不惜将瓦踩坏，挨父母斥责。他对喜欢的事向来很投入。

但他当时颇为不顺。我们七〇届初中毕业生很幸运，提前就知道不用上山下乡了，而他却等不到分配，无奈地随父母去了农村。分别时，他和我们几个好友泪流满面、抱成一团。

彼此再见面已过了好几年，王建华老成了许多。他平静地对我说，他留在北郊区一边给生产队或文化馆帮忙，一边自修绘画，后来赶个机会考进了市工艺美术学校。他毕业后留校了，不怎么教课，主要搞油画创作，每年至少要到外地写生四个月。“这小子因祸得福呀！”我高兴得都有点儿嫉妒了。我虽进了令人羡慕的铁路系统大门，但不得不将画画彻底放弃了，而绘画竟成了他的职业，并且想去哪儿就去哪儿，真美啊！

不过，有一次我到学校去找他，看到了他工作条件的艰苦。工艺美校升为工艺美院，创作组在后楼的最高处。不知那间屋子该叫工作室还是该叫仓库，既拥挤又杂乱。王建华想给我找个杯子喝水，翻找半天才发现了一个外形完整、不算太脏的，端起一看，里面有半杯蓝油彩。他苦笑着向我道歉，神情显得疲惫，说自己刚从四川阿坝回来。王建华说他住在羌族人家里，天天啃老玉米，弄出了胃病。我说为什么不到条件好点儿的地方，比如苏州、杭州。他说那些地方已被人踩烂了，搞创作，最好多往偏僻的地方跑。

没隔几年，我在报纸上看到了好消息。天津十位青年美术工作者举办了《十个‘点’油画展》，里面有王建华。我当然得去看了。正巧那天他在，头发长长的，穿着宽大的浅色西式外套，潇洒地接待来宾，简直是艺术家的派头！他高兴地陪我欣赏了每一幅作品，有的还介绍了作者。王建华的作品基本是大自然或家庭一隅，他自谦为“小情趣”。我感觉他技法上比较纯熟，造型很美，略有朦胧感，有力地表现了他所追求的温馨与和谐。画展简介中排在首位的王玉琦给我印象也很深，画上的丝绸光滑得我想摸摸凉不凉；穿绸衣的女人说不上漂亮，但有一种引人驻足的韵味。王建华对王玉琦没作过多评价，也许认为彼此相差无几，只是风格不同。

又过了多久，记不准了——我到他家去，拜访他和他太太及孩子，地点在大沽北路，一座很老的木结构的楼房里。只有一间，还是租的，墙上有王建华几幅装饰性画作，桌子、柜子上有他太太创作的雕塑，屋子显得更小了。他太太曾是他的学生，待我很热情。她用灰色浅斗笠小碗斟上王朝干白。我们品着他太太做的叉烧肉、泡菜和烧蘑菇，边喝边聊。王建华在美院又读了研究生，他近年有几幅作品如《绿草地》已被国家美术馆收藏。他还惬意地告诉我，天津外环线纪念碑是他和太太共同设计的。我也为之高兴：“照这下去，你肯定名垂青史。”王建华笑容转淡：“能在美术史上留个句号就不错了。”

我问他平时在哪儿画画，他说基本在家里。我有些疑惑。他说太太每到周日便给他多做几天饭，然后带孩子去姥姥家，他自己白天拉上窗帘，一画一天。我问单位分房吗？他说多少年不准有一回，有也八成挨不上。我叹了口气：“专业搞艺术也很不容易啊。”

之后，他和太太回访我家。那时我们单位正在建设新天津站，听说美院要在穹顶上画《精卫填海》。王建华说创作班子初定有他，但他准备出国便退出了。我说到国外去，物质生活条件肯定大有改观，可不知事业上好不好发展。他说，油画是舶来品，鼻祖、大师都在国外，另外没有条条框框，创作更加自由。我说那就好。他说一个人总得做点儿什么，停留在现在，有点儿不甘心。他定的目标是我想象不到的。他勇敢地远渡重洋，一搏二十年。如今怎样了？

建华，我希望这篇文章你能看到，我就直接对你说吧。

我曾想在网上找到你。我知道和你同名的很多，于是前面加了“天津画家”，没找到你；换成“旅澳画家”，仍没找到你。

但我知道你的成绩已不止“一个句号”了。《中国现代美术家人名大词典》中有你，介绍了你的简历和代表作，你早就成了中国美术家协会会员。我相信你出国决不是只为了物质享受，你一定进行了不懈的努力，即使一度为生存、为永久居民签证所困扰，你也会竭力回到艺术创作的轨道上来。遗憾的是至今你还没有实现自己的艺术目标，或者没有得到国外承认。艺术界这种事古今皆有。我想，你大概没少研究罗中立等新时期开拓者，对王玉琦也肯定会一直关注的。据我所知，他的“超写实主义”画法颇受好评，作品拍卖价格直线上升。

但我知道，你并不世俗，你所追求的不是金钱、荣誉，而是一种全新的表现形式，是前人没有的、当代同行没有的，只属于自己的！人们一看到你的画，便会叫出你的名字，而不是从词典中找到你，犹如人们看到高更、凡·高的作品。这太难了！独特而鲜明的艺术风格，需要多少因素的聚合及裂变呀，其中包括运气和机会。

老同学、老朋友，这几十年，全国美院毕业的人加起来如过江之鲫。我们先天不足，你又条件困难，过去能做到那样就不错了。你现在面对的是整个世界啊！奋斗当然还在继续，你不会轻易谢幕的。我相信，就算没找到那个遥远的句号，你的激情也不会熄灭。因为你非常清楚：投身于真正的艺术，就是选择了普罗米修斯的命运。

时髦青年

我们单位陆续来了一些知青，有些后来又走了。他们之中给我影响最深的是乃杰。用现在的话说，乃杰属于知青的另类。

一九七二年，我们单位修桥时筑坝截流，汛期水一大就淹了武清县(现武清区)农民的地，得赔人损失。武清县说地少了人就富裕了，干脆把知青给你们吧。于是，乃杰等一拨天津知青一夜间成了铁路工人。

头天干活儿一使劲儿，乃杰的裤子就裂了一尺多长，逗得人们哈哈大笑——他穿的是最时髦的鸡腿裤。别看他从村里来，穿戴却和市里同步，一打听，乃杰是和平区的。和平区当时是天津市的政治、商贸和文化中心。

没几天他们便穿上了工作服，但乃杰怎么看也不像个工人。一是细皮嫩肉，二是说话走路总有一股“玩儿闹”的劲头。果然有天晚上，他跟我们聊起了和平区一带的“玩儿闹”。他一本正经地说：“‘玩儿闹’不是瞎玩。有的玩拳，有的玩摔跤，有的玩摩托车，有的玩吹拉弹唱……”他连带说起了小白楼的服装、黄家花园的老外、“起士林”的西餐、音乐厅的烛光晚会……绝大多数我没听说过，不由惊叹和平区连“玩儿闹”都很有讲究，非同一般。

乃杰不仅在生活上引领时尚，而且他从家一回来就开“新闻发布会”——当然，是大伙儿自动围上去听他讲的。记得有一次，他说有些地方虐待知青，甚至奸污女知青，有人反映到中央，中央下文件要严肃处理，可能知青要逐步回城了。他讲得绘声绘色，就像他亲手处理了这件事似的。开始我有些不信，后来证明这情报绝对准确。

单看这“手眼通天”的本领，准以为乃杰家里了不得。其实他父亲是银行的普通职员，母亲是建筑设计院的工程师。后来我又认识了和平区一些人，并读了一些有关天津近代史的书刊，才知道和平区曾为皇家遗老遗少、名门望族、军阀及洋人、买办的群聚之地；一九四九年后为进城接管干部、“红色”资本家、文化名流等的荟萃之所，他们与国家政治、经济、文化有密切的关系。久而久之，血脉扩散、环境洇染，许多普通人也成了消息灵通、紧跟潮流、讲究文化之人。

而和平区的彼岸，主流人群则是从农民刚脱胎的工人。忙于生计，孤陋寡闻；花鸟鱼虫，足以为乐。和平区好多家庭宁可在摇摇欲坠的老楼里挤着，也不往地价便宜的海河东岸换房。乃杰家在桂林路一座小楼的顶层，只有一间半，为了增大面积，他父亲在最后一级楼梯前加了门。就这样，乃杰的自行车晚上还得挂在墙上的大钉子上。他结婚后，挤在小间里，双人床锯了一截才能放下。即使这样，我们单位在河北区分房也没见乃杰眼热过。

我和乃杰很快成了朋友，主要因为都爱文艺。那时工地的其他年轻人，用他的话来说“都是干活儿的脑袋”。工会组织文艺活动，凡是带弦的乐器乃杰都能拿起来，这令我很羡慕，但写起快板、歌词来，他的文笔便稍逊我一筹了。合作两次后，虽不在一个班组，我们每天却同吃同喝。不久我便成了他家的“贵宾”。他关好门，给我小声放老唱片：马玉涛唱的《马儿呀你慢些走》、侯宝林的相声《戏剧与方言》等。他一听我爱看外国小说，又从暗处摸来了一本厚厚的竖排版的书——《包法利夫人》。他说他母亲很喜欢法国文学，经常夸《红与黑》和《包法利夫人》描写人的心理特别细致。我那时只能从工地图书角找几本难以下咽的书刊聊以“充饥”，这下子突如哥伦布看到了新大陆。

他对我这样好，我自然很感动，也想找机会回报他。

乃杰只是外表像“玩儿闹”，其实工作起来挺认真。他是装吊工，成天和脚手架、卷扬机打交道，很累也很危险。他不仅不偷懒，而且自发搞技术革新。他说这不是人干的活儿，应当改进起重设备。他还自愿申请加入共青团。我当团支部书记后，觉得他已经够条件了，谁知一外调遇到了麻烦：他母亲出身资产阶级，这倒没什么，但他父亲有严重的历史疑点。团委认为他出身于这种家庭不会不受影响，必须长期考察。换句话说，除非他有特殊表现，否则不能吸纳。

时间嗖嗖地过去，乃杰离二十五岁越来越近。一过这个年龄，他与团组织便彻底无缘了。我看着他的履历表以及申请书、思想汇报、思想认识等一摞材料直头疼。没想到唐山大地震突如其来，乃杰参加了救援，日夜鏖战在险情不断的废墟中，得到了工程队的赞扬。我急忙跑到唐山，在现场让他填了志愿书，然后抢在他生日的前一天召开了支部大会。当时他的神情对我很是感激。

一九七六年，我到公司工会负责职工教育，乃杰参加了总公司的文艺宣传队。然而，我们却关系渐远，不主要因为见面少了。

如果要寻一条分水岭，也许是那次他带我去找王剑。

王剑也是宣传队的，当时在北京。乃杰告诉我，王剑是一位著名女高音歌唱家的外甥。一见面，他确实像搞艺术的出身，比乃杰还帅。他拿出了一个像是半导体收音机的东西，掖进一个小方盒，一按键便响了起来。我敢打赌，当时百分之九十九的中国人没见过这么小的录音机，当然包括我。让我更吃惊的还在后面。录音机里飘出了大陆绝没有的萨克斯曲，如果有，当时定会作为靡靡之音而被封杀。这是一首非常缠绵凄婉的情歌，我顿时陶醉并震惊了。我问歌名，王剑说叫《空港》。我问谁唱的，他说了两遍我才听清，由此得知还有一个蜚声东亚的华人歌星——邓丽君。王剑又拿出了一本很像画册的东西，印刷精美至极。他说最近看了一场美国费城交响乐团的演出，在人民大会堂。

我不好意思再问了。乃杰和他谈了起来，净是音乐术语，情绪很热烈。好长一段时间，屋里好像只有他们两人。临走时，王剑礼貌地咧咧嘴。我觉得在他眼里，我可能就像鲁迅眼中的闰土。

之后，乃杰就不怎么找我了。听人说他和王剑形影不离。

这倒没什么，无非是因业余爱好找到知音了嘛，他俩肯定聊起来更投机。

过了两三年，听说乃杰调走了，我不大高兴他也不告诉我一声！不过我也很佩服他。当时改革初起，地方企业重组，不少职工下岗。我们铁路系统相对稳定，收入似乎还不错，而乃杰根本没看在眼里，说走就走了。据说他去了一个天津市有名的集团公司。

一晃到了二十世纪九十年代初，我们感到铁饭碗只能填饱肚子，于是办公室几个人脑筋一热“下海”了。有的胃口很大，企图倒卖钢材，天天找货源、当中介。这时我想起了乃杰，还真找到了；他也够朋友，特意来了一趟。

那时我们上班都骑自行车，单位领导坐北京出的“切诺基”吉普，他来时却开了一辆很漂亮的日产商务车。他拿出“中华”烟让大伙儿抽，说自己确实经商，知道不少货源。我问他权限范围，他说只要不超过五十万美元，自己可以当场拍板。

我们想通过他联系大邱庄的钢材，他说那儿的螺纹钢和盘条没出炉就天天有人盯着。我们又说起石油，他说现在南方正限制，上个月他们公司一车原油被扣在湛江了，费了牛劲儿才弄出来。一看我们业务还挺广，他问我们给哪儿干，我没明白。“就是依托哪个公司？”我们不好意思地笑了：“皮包公司！”乃杰愣了一下，转而也笑了，朝天上喷出一股烟。我知道这个动作的含义——胡扯淡！

以后我再没见过他。

但有时我还会想起他，想他如今在干什么。也许他早到国外了，孩子开了公司，他没事开个车到处跑，然后打打高尔夫球，听听美国乡村音乐……

拉小提琴那小子

有些人，虽然已经十几年甚至几十年没见面了，但由于某件事的触发，他们会突然在我的脑屏出现，随之蹦出一些很有意思的生活镜头，让我有时一个人竟然笑起来。笑之余，却又不由得陷入沉思。

我觉得，自己所以成为今天这样，肯定受到了他们的某些影响。每个人影响的范围自然不会完全一样，程度也有深有浅，不过从长远来看，还说不好哪些更有本质意义。

我参加工作那年，为了活跃工地文化生活，单位专门从唐山市的中学生里招了一批艺术人才。他们虽然成了铁路职工，有的年龄才十四五岁。赵立就是其中一个。

单位工会以他们为骨干，再把原来的文艺爱好者们召集起来，竟然能排整场的京剧《红灯记》，还能跳一大段儿《红色娘子军》。尽管质量上与专业的不能相提并论，但确实使职工们开阔了眼界。这些新来的不仅唱歌、唱戏，跳舞也不错，乐队也够气派，有小提琴、大提琴，有小号、圆号、长号，还有黑管、长笛……有时伴奏的来了劲儿，一个个贼亮的背头、分头摇晃起来，你就甭想听见唱歌、唱戏的声音了。赵立就是拉小提琴那小子。

这套组合基本是西洋乐器，伴奏京剧只能偶尔全用上。大概单位工会早有打算，借机添些家伙。样板戏热潮一过，“剧团”很快缩编为文艺宣传队。他们的任务逐渐转为歌颂铁路建设工人的英雄事迹了。几年后，成员大多到了我所在的房建工程队，被分配到电工、铁工、油工等特殊工种班组。赵立去的是水道班，主要负责给排水和取暖工程。

我们很快就认识了，因为他们有的是共青团员，没入团的也写过申请书，组织介绍信、个人材料等都转到了我手里——我当时是工程队的团支部书记。我抽空和他们分别谈话，进行必要的交流。赵立表面上一副艺术派儿，且机灵好逗人，内里却诚恳踏实，比较谨慎、规矩。由于年龄差不了几岁，我喜爱文学，文学也属于艺术，我和赵立几个月便成了诤友。

无意间，他让我知道了一些似乎早就应该知道的东西。

我组织青年们看了一个音乐故事片，主题不错，表演上我觉得也可以，赵立却说自己睡了好几觉。我很奇怪："你就是搞音乐的啊。"没想到他说："那个演员根本不懂音乐——手指头按的弦都不对。"我没话了。上小学时我最差的就是音乐，而中学几乎没有音乐课。

有一次我们看了一个朝鲜电影，其中的插曲很好听，回来后有人想学唱，希望团支部给找一下歌谱。我发愁，现在影院好像不印这类东西，上哪儿去找呢？赵立知道了，嘿嘿一笑，说："这还要找？我给你们写一个吧。"我不大相信地问："你能凭记忆都给写出来？"他哼了几句，说："主旋律，差不多吧。"转天，他把一张写了不少简谱的纸给了我。会识谱的人哼了哼，好像就是那个调儿。这小子，真有两下子！

后来才知道，对于一个玩小提琴的人来说，这纯属小儿科。几次"露怯"之后，我对赵立他们更加尊重了。我举一反三，意识到自己不仅是乐盲，而且许多方面都很欠缺——说到底，之前没学多少东西，现在开始显现了。作为一个组织者，不论大小，首先应当具有坚实的文化基础，并多一些兴趣爱好，否则很难与人沟通，让人服气。我必须赶紧"补课"。

与此同时，我在日常生活中还注意发挥赵立他们的特长。

对团员青年开展革命传统教育时，我们除了讲历史、参观博物馆，学唱革命歌曲。将歌谱抄出来，挂在工棚里，让赵立他们轮流教大家唱。这个星期唱："红米饭，那个南瓜汤，嗨，挖野菜也当粮哎。毛委员和我们在一起，天天打胜仗，嘿呀嘿！"下个星期唱："雪皑皑，野茫茫，高原寒，炊断粮……官兵一致同甘苦，革命理想高于天！"赵立他们对此很热心，教唱中顺带讲些音乐知识，我也随着学学识谱。活动搞得很有趣味，吸引力大大增加。

文艺宣传队不定期集合搞一些活动，譬如慰问重点工程一线职工，参加铁路局职工文艺会演。赵立撂下管钳子，又抄起小提琴。有时宣传队交给他创作任务，他就把我拽上。有一次急着要写一首反映工地生活的女声独唱歌曲，他让我马上写歌词，他同时作曲。我马上乐了："你都不知我写什么，你怎么作曲？"他说:“只要和工程建设沾边儿,有点儿抒情就行。”我觉得这是个严肃的问题:“你认为音乐和歌词谁重要？应该先有哪个？”赵立似乎愣了一下:“没有歌词,音乐也能表达意思。”“你总得有一个主题吧？”“咱们生活在同一个环境,肯定有共同的感受……”最后他嘱咐:“句子别太长了,能押韵更好。嗐,你随便写吧,不合适的我调整一下。”我还是觉得有些儿戏。

没想到,他曲子的风格和我的歌词内容基本一致,只改了几个字。在局里一唱,作品竟然得了优秀创作奖!

一九七八年,社会上学文化、学科学的气氛浓了,已经调到单位工会的我,和其他部门共同举办了业余英语学习班。在进行组织工作的同时,我也参加学习。赵立住在机关单身宿舍,利用这个方便,他也成了学员。我觉得他比我认真。晚上,他每到工会来找我,敲门后都说英语:“May I come in?(我可以进来吗？)”我回答“Come in,please.(请进。)”之类后,他才进来。有一回我故意不理他,他问了三遍,我才搭腔:“正忙着,没空哄你玩儿。”他进来后很不高兴,脸都红了:“要想学好英语,就得创造英语环境,随时练习,养成习惯。”实际上,我是捎带着学,不愿干坐着浪费时间。当时我认为外语对自己的将来不一定有用,应该把力量多用在其他基础知识和专业技能上，而他是把它当作一门必修课下功夫真学。他认为以后时代的发展会越来越需要外语,特别是英语。

我当时觉得道理是这样,但实际上可能大多数人不会这样做,不过我在其他学习上增加了紧迫感。我想,喜欢乐器的人不少,而赵立选的是小提琴——西洋乐器的核心——并且拉得挺好,又凭此进了铁路系统,绝对有高人指点。赵立现在的一些观点,大概也不都是个人看法,应当予以重视。

唐山大地震后两年多,我应邀去了赵立家。我俩一起登上了他家旁边的城子山,俯视烟尘滚滚的唐山钢厂,远眺陡河电厂的大烟囱。他告诉我,陡河电厂是日本专家帮着修建的,大地震时,他父亲为保护日本专家的安全,自己却受了伤。著名报告文学《唐山大地震》里提到了这件事。他父亲是唐山市外事办公室负责人。

当晚,赵立的母亲、姐姐做了一桌好菜,他父亲取出自己珍存的“白沙液”款待我。我们坐在小院里,沐着月光,轻松愉快地喝着,谈着。睡觉之前,赵立摆了一床瓷器向我炫耀,说都是别人送他父亲的礼品瓷。各式各样的瓷器,真是美轮美奂。他告诉我这是“骨瓷”,那是“贴花描金”……那时我对瓷器一点儿不懂,也没太在意。过了几年,也许是受其“传染”,我居然也爱上了陶瓷,特别是现代工艺陶瓷。单位在唐山施工时,我专门跑到瓷厂或陶瓷研究所去淘宝;后来又发展到收藏、研究古瓷片。无穷的乐趣、无尽的求索,使自己单线的生活轨迹化为复调音乐。

在天津,有一次我到赵立的宿舍去,看见里面坐着一个不认识的年轻人。赵立把他介绍给我。他是赵立的老乡,叫运智,在唐山歌舞团拉大提琴。他非常喜欢俄罗斯文学,而我呢,天津铁路图书馆的所有俄罗斯小说都借阅过,我们很快就聊到一起了。

他来天津,是到天津音乐学院司徒老师的家里上课。以后他大约每月来一次,每次都背着一个大袋子,住在我们单位招待所。我尽力帮他找清净点儿的房间,方便练琴。他有空儿便来找我。他们团只要来天津演出,他都送我票。我觉得他们团的水平不低,他是大提琴首席,水平自然不会差的,于是不明白他为什么还要刻苦深造,深造后能做什么。

在我印象中大提琴似乎很少独奏,曲子也不多,记得的唯有圣桑的《天鹅》。运智告诉我,在中国,司徒家的大提琴水平最高。他得不断下功夫,才有可能接近那个层面。他借了我一本书《世界十大音乐家》,介绍海顿、舒曼、舒伯特、贝多芬、肖邦、瓦格纳、柴可夫斯基……一条汹涌了几个世纪、淘尽无数天才灵杰的大河出现在眼前;一座座重峦叠嶂,插入云霄的山脉。原来运智的世界不仅仅是一把琴。

在接触中,我发现他的阅读范围也很广。我向他推荐《人民文学》等刊物新发表的、自己认为不错的“伤痕文学”作品,他都愿意看一看;而他随身带来的多是欧美文学,如司各特的《艾凡赫》、巴尔扎克的《贝姨》、德莱赛的《金融家》,他会向我介绍故事梗概和精彩片段;有时从图书馆托人弄出不准外借的古籍线装书,自己看完了也给我看。那时我的文言文很差,大致能顺下来的只有全本《金瓶梅》。我们经常交流心得,有时说到很晚,招待所都关了门。他领我走进了一个无比广阔的天地,从过去到现在,从传统到现代,一流的中外作家以真实的描绘、瑰丽的想象,表达了独到深刻的认识、自由奔放的精神、面对永恒的思考,我不禁多次在心里惊呼:“这才是文学!这才是真正的艺术!”

缘于此，我潜读了八年，基本没有写作。

运智随团在山东演出时，一个女孩儿看上了他；没两年，女孩儿不顾家人反对，毅然嫁到了唐山。后来不知何故，女孩儿回到了济南，运智又追了过去。他可不是临时起意，而是进了山东歌舞团——在一个更大的舞台登场了。

赵立也离开我们单位了，一起调走的还有宣传队拉手风琴的那个姑娘——夫妻双双把家还。这个姻缘的开端是我的一句玩笑，姑娘的闺密来回一传话，两人原来早有灵犀，就差我们牵线了。他们觉得不能再过吉卜赛似的日子了，家乡的热土更适宜生存与发展。

十年后，赵立成了唐山建筑陶瓷厂的技术主管。我看到那个厂的生产全是自动化流水线作业，赵立告诉我主要设备是从意大利引进的。他现在估计片刻都离不开外语了。此时，我正为自己无力阅读所需要的英文原著而懊恼。我不得不承认，赵立在宏观大势上看得比我远。从此，我加倍关注新闻，并认真读了《第三次浪潮》等书籍，较早使用了电脑，在工作和写作中获益不少。

我以为，能够结识像赵立、运智这样的人，是自己人生的一大幸事。纵使天各一方、失联半生，也觉得常在一起。我们的友谊，就像沙漠中的胡杨。

永远是同学

我这人不好热闹，近几年对酒也没了兴趣，所以一说到哪儿吃饭能推就推。但同学聚会我则能去就去，尽管大伙儿肯定要喝酒，而且可能折腾得天昏地暗。我喜欢那种难得的气氛。

我们班同学有个特点，即大多数人从小学到中学一直是同学，甚至还有些在幼儿园便是同班的，吃喝拉撒睡加上玩，天天在一起，感情自然要比一般意义的同学深许多。

就说上次陈金鹏的孩子结婚吧。大伙儿一想好些日子没见了，正好聚聚，于是去的不少。在大厅里，数我们那片儿最热闹，不仅如此，杨忠江和张宁还指挥着把几张桌子拼在一起，成了一朵大花瓣，说话、敬酒更方便了。尤其是挤在中间那几位，四面八方都能照应，谁举杯他都跑不了，一会儿便闹脖子抻筋了。那也没办法，得听班长的。杨忠江中学时曾任我们的班长，现在在这儿仍是领导，这是大家一致决定的。其实杨忠江不用操什么心，他老婆张宁全替他张罗了。别看我们班不少人中学时玩过“配对儿”，只有他们俩真成了伉俪。

张宁的名字绝对起错了，她从幼儿园起就不是一个喜欢安静的人，现在说话嗓门更大了，而且喜欢拿人开涮，什么事到她嘴里都成了笑料，让大伙儿开心不断。瞧，坐她对面的李长海成了一道菜。“长海，什么时候离？”李长海眨眨小眼睛：“回去就办。”她喊远处的一个女同学：“听见了吗？”女同学明白后，莞尔一笑。张宁问：“你呢？”女同学也逗：“我等了四十年了！”

张宁马上大叫一声：“肃静！”大伙儿聚焦后，她“严肃”地发布通知：“咱们班喜事连连，下次聚会已定。地点在水晶宫，名称为‘旧梦重圆’，主办人是李长海！”哈哈哈哈……张宁在铁三院负责公关，逢这场合肯定是主角。

大家若在同一个单位，尤其是开会，恐怕张宁讲话的机会就会少一些了，因为在座的“各级领导”至少有五六位。有个女同学对叶礼敏说：“我在电视里经常看见你，比过去也显老了。”叶礼敏笑着说：“都什么岁数了！哪能不老啊。”他那时是天津市委办公厅副主任，一有重要会议或市委中心组学习的新闻报道镜头里就有他。叶礼敏挤在男生中间，费力地站起来：“我提议，大伙儿敬一下咱班的几位老大哥怎么样？”“同意！”我顺势敬了旁边的“二土匪”任雨来。

任雨来很不满意：“你怎么搞特殊，不喝白的？”他张着大嘴龇着大牙质问我。几位老大哥虽然当时比我们高大，但从不欺负本班兄弟，甚至经常为我们打抱不平，所以大伙儿真心感激。我和任雨来曾是同桌，这是老师交代的任务：一帮一。老师常说“近朱者赤，近墨者黑”，我帮了多久记不清了，结果他的成绩没上去，我跟他玩鸽子倒上了瘾。他家有只鸽子在鸟市卖了好几回，有一次卖出足有半年多，最后还是飞回来了，大有苏武牧羊的劲头，感动得他和哥哥再也不卖了。我打岔提起此事，任雨来瞪大了眼睛，对别人说：“他脑子真好！”转而认真地对我说：“你要把咱们的经历写出来，肯定挺有意思！”

是挺有意思，就说跑来跑去照相的这个张勇，一个已经有些秃顶的中年人，孩子大概也快成家了。当初刚上学时，他岁数最小，个子也矮，第一天是他妈妈领着来的。可能是家里想牢牢把他揪住，在他脑袋后面留了一撮头发。“小尾巴！”有人叫他，他答应完赶紧去了。和他开玩笑的同学几十年这样叫他，没见他生过气。

同学之间想说什么就说什么，说多了说过了也无所谓，即使打了保票也没人逼你兑现。譬如刘继文，上学时表现平平，如今成了房地产老板，经常在亚洲和大洋洲上空来回跑，两头忙。他见有些人对市里房价很关注，便告诉他们有些地方房价已经见顶，有些地方仍有很大上涨空间，甚至说出具体位置。有人持有疑问，刘继文帮其进行分析，又说了好几个“绝对”。有同学希望他帮帮忙砍砍价，他说凡是和他有关系的都能帮着打点儿折。我看说得很诚恳，不过同学们未必会按他说的去办。但大家都相信同学之间没那么多忽悠，至少可以了解一些真实信息。

平时接触多的同学之间关系更没的说了。比如张树华和我在一个单位，刚上班时天天到我家找我，两人一起走。后来我俩所负责的工作都不大好干，于是经常沟通，相互提醒，帮着出出主意。这次他也来了，胳膊伸出老长向我敬酒，我能不喝吗？

我们纯粹是为友谊而来，为开怀而来。大伙儿喝呀，聊呀，直到陈金鹏带着老婆和儿子、儿媳来敬酒，才想起今天是婚庆。大伙儿都觉得相聚时间太短，可又不能不走。有人提议去唱歌，不少人响应。刘继文说对不起了，他得回公司处理点儿事，不能奉陪了；随后抻出一沓票子递给了我们，说一起玩玩吧，欢乐今宵。

十几天后，我收到了合影。女同学坐在前排，矮个儿男同学站其身后，高个儿男同学在最后一排。叶礼敏和我都只露了个脑袋。我习惯了，在单位照相多是这样，而叶礼敏恐怕很少受这个待遇吧。不过，整个过程我们大家都显得很愉快。我想起了排位时有人说的一句话："哪儿这么些事？咱们都是同学！"说得好，我们永远是同学。

美好记忆的相聚

“大帅”打来电话:“后天晚上有事儿吗?”

我一听“晚上”就高兴了:“没事儿。你有什么吩咐?”果然大帅说:“咱们聚聚。”玩笑两句后就定了。

其他参加者,“大帅”不说我也能猜个十之八九,都是老同事、老朋友。多数已在家抱孙子了。

我天性淡泊,不爱凑热闹。不过,这种聚会例外,人越多越好。尤其我退休后,和大家的见面机会明显减少了,有时街头偶遇也说不了几句。难得一次聚会,安能不乐?

那天,害怕堵车,我提前一些到了饭店。大单间,大圆桌,一圈儿自助火锅——好!热热乎乎,随随便便。我们不是为吃而来。

工会刘主席和于仲桥比我到得还早,两人好像正谈企业发展形势。刘主席也退休了,和我们一样,对单位的人和事仍感兴趣。据说现在每天的主要工作就是打羽毛球和散步,然而比在职时仿佛更累了,坐一会儿就要打瞌睡。过去他精神儿总是很足,非常机敏,人称“刘大学问”。

十几年前,北京站改造施工决战时,为了确保工期,维护企业信誉,公司两级领导干部大多昼夜盯在施工现场,每天休息很少,有时只能靠在椅子背上歇一会儿。某天夜里一点多,许多民工在绑钢筋,老总怕民工们累跑了,叫我赶紧找人,给他们弄些吃的喝的。我不负责这摊儿,只能把刘主席、管后勤的主任从椅子上扒拉醒。大半夜了,上哪儿找吃的?!工地又没有食堂。刘主席稍一愣神,就有了主意。他又叫了几个人,带我们出站,在站前广场开始“大扫荡”。北京站广场虽然有些售货亭还在营业,但存货有限。我们就一家一家“清盘”:火腿肠、面包、矿泉水……有多少收多少。结果,一人一个大黑袋子驮在背上,低着头往回走。一行人本来就头发蓬乱,又累得满头大汗,北京站的检票员眼睛都瞪圆了。管他呢，我们愣往里闯，给民工们快速补足了“弹药”，施工得以继续。

于仲桥是我遴选上来的，原是一名不错的铁工，几经锻炼，走上领导岗位后铿锵作响，坚忍不拔。他在天津临时客站建设、天津站改造、天津西站改造等重要项目中都担任书记，配合经理屡创佳绩。

就说天津站改造吧，工期紧张到什么程度？许多人包括专业人士，说这是不可能完成的任务。有人说这个工程若能按时交付，就是当今的神话。他们的判断不是没有根据的。天津站开通运营倒计时只有二十四小时了，火车票都卖出去了，天津站有关干部到现场一看，都愣住了：进站大厅和一站台的地面还没铺呢，材料堆积，线缆纵横，废物杂陈，旅客怎么上车呀？

午夜时我们来到现场，一公里长的站台上密密匝匝，哪儿都是人。好不容易见到于仲桥，他丝毫没有慌乱的意思，笑着说：“时间太紧，只能搞人海战术了。”我知道，他的家距天津站超不过八公里，他开车回去很方便，但他不知多久没回家了。爱人的生意不管了，孩子的考学也没法督促了，因为一个月之前他代表项目部下了死命令：全体职工没有极特殊情况，谁也不能休班；党员和干部必须带头。

于仲桥昼夜在现场忙碌，草帘子当褥子，棉大衣一卷就是被，累得一下子像老了十岁，怀里也揣了心脏药。

神话果真变成了现实！战后总结时，据于仲桥说，他们当时动员职工：“这就是打仗，非生即死，必须像红军突破天险腊子口那样拼命！”

我们三人正在笑谈，王鹏老兄来了！

他还是老样子，流露着诚挚与热情。他的老家在玉田山区，风景优美。这几年大伙儿闲在了，隔些日子就有人到那儿游玩，刨树根，搜奇石，品尝王兄做的农家饭。

王鹏对谁都是那样。他是支部书记的“元老”，京津冀地区多条铁路的提速会战中，都有他参与打造的一支“铁军”。

铁路提速施工，既要快速、优质，又要绝对保证安全。往往是部分线路施工，部分照常运营，车速一般不减，相互间干扰很大；稍一松懈，就会出现行车或人身伤亡重大事故。因此施工队伍必须在组织上下很大力量。我记得，京秦提速正赶上夏季,项目部必须连续作战两个月,而不少职工的家在农村,按常规得回去收麦子,然后种庄稼。王鹏用多种形式对职工进行教育,引导大家以国家利益为重,想方设法克服家庭困难,比如找亲戚帮忙,或花钱雇工。项目部给每名职工的家属都发了慰问信,还尽力给职工增加收入,弥补损失,稳定了队伍。为使参战民工保持充分的体力,项目部与公司工会合力,给每个民工队都送了猪肉、鸡蛋、绿豆等食物以及藿香正气水等药品。王鹏每天检查民工的饭碗里有没有肉,工地送没送绿豆汤。

集团公司和公司的会战小报上,常有王鹏的稿件或照片;项目经理的工作服后面,层层汗碱似画出了一幅地图!七十多吨的巨型道岔,在大潮般的号子声、丛林般的撬棍中跃动!烈日泼火,没有树荫,职工们躺在铁路旁一根根电杆的影子里休息。有的民工渴得等不及水舀子了,举起水桶直灌;有的把水倒在磨得雪亮的铁锹头上,端着喝……许多场面、细节震撼人心,使各级参战人员无不受到激励。

“大帅”来了,提着酒,嘎嘎笑。他一喝就脸红,却经常喝;自己不多喝,却能让别人喝得找不着家。他善于周旋,极有耐性,在项目部对外攻关方面常有意外收获。

“大帅”实名张凤友。二十世纪九十年代,他在秦沈客运专线项目部当书记,与项目经理同怀雄心,不仅使工程进度、施工质量在全线一炮打响,而且安全文明工地建设也成了样板。其间,张凤友出了不少好点子。开完现场经验交流会,谈笑间,我戏称他“大帅”,意思是他称霸一方。没想到这名号居然叫响了。二十多年了,时常有人这样叫他。他呢,对这个诨号似乎挺满意,每每捻须,嘿嘿一笑。

二十世纪初,我们在北京站并肩奋战了两个月。站台改造施工中,某天浇注混凝土,公司和项目部负责人从头天傍晚一直盯到次日东方微白。赵书记、展总现场指挥,我和项目书记王槐志等人进行交通疏导,确保施工不断。“大帅”那时在北京站行包库项目部当书记。看我们人困马乏,他不知从哪儿兜来了一堆吃的,有面包、榨菜、火腿肠,还从棉大衣口袋里变出了几瓶酒!

天还晦暗,借着站台的灯光,背对飕飕的凉风,我们把运货的平板车当成餐桌，手指头当筷子，一人一个扁平的小“二锅头”，一边喝一边吃，一边吃一边感慨。血液很快燃烧起来。当时我就想，这个场景必定终生难忘了。

我们都是从铁路系统出来的，时间观念很强，即使退休了，没特殊情况也从不迟到。应来的接踵全来了，方健忠、张树华、季亭……王槐志也来了！来一个亲昵一番，握手拍肩，越来越热闹。

在这儿不分职务高低、年龄大小，人们说话无拘无束，开什么玩笑都不为过。酒，能喝你就放开喝；不能喝，敬你酒也得喝，连“大帅”都不要滑了。有私家车的都改乘出租车。

我们一屋子最小的已知天命，话题当然包括身体状况、医疗报销、退休收入以及家庭状况、子女婚嫁等等。我以为，这些都是很现实、很重要的，但还有一点不能忽视，那就是精神生活。我们大多没兴趣也没必要扩大“朋友圈”了，更不会找什么交友软件倾诉私怨了。我们应该开拓自己的空间。

我对季亭说：“你还记得南仓大要点施工，咱俩夜里写稿、改稿、出小报吗？坐在枕木墩上，一手拿笔，一手握着酒瓶……”

“怎么不记得？八天八夜！”

王槐志不爱表达，只是看着大家笑。敬酒时，我俩用深有意味的笑容对视——他知道我在笑什么，我大概也能猜出他在笑什么：错不了，就是在北京站一起拼搏的故事，包括忙中偷闲、自娱自乐的花絮。

谁都没有忘！尽管不会常常提起，但决不会忘记。我们每个人都是一棵故事树。我们走南闯北，肩负重担，为了崇高的目标而共同奋斗，火一般的激情豪情熔铸了无数美好的记忆。

美好记忆，是我们人生轨迹的一个个地标，是我们精神库藏中的一颗颗钻石，是我们继续前行的一个个驿站。企事业单位及社会机构最好多组织怀旧、修史、辅导青少年等活动，把中老年人的美好记忆唤起、聚合、发酵和升华，使宝贵的精神遗产发挥作用，得到传承。

血脉相承

自古以来，山东地区十年九旱。有时蝗虫肆虐，颗粒无收，以致百姓到处逃难，乞食街头，卖儿卖女，哭叫连天。

清光绪年间，山东的一家人在逃难途中遇到了棘手的问题。两个孩子，大的是女孩儿，小的是男孩儿。男孩儿得了麻疹，高烧不退，生命垂危，急需花钱治病，可全家都靠要饭才能活着，哪里有钱呢？想来想去，为了传宗接代，这家人不得不割舍亲生骨肉。情急之下，强忍泪水，卖掉了可爱的女孩儿。

女孩儿当时不到六岁，可想分别的情景会有多么凄惨！

女孩儿到了江苏省清江市一个杨姓官僚家里，起名杨贞。山水重重，路径遥遥，原来的姓名随着亲生父母的抛弃永远地消失了。

杨贞小小年纪成了丫鬟，伺候老太太，端茶倒水，整日不闲着。因为聪明伶俐，手勤腿快，她得到了老太太的喜欢。后来老太太将她收为义女，当亲生女儿般来对待，直到她十八岁才放手。

有钱有势的人家嫁女得门当户对，杨贞坐轿子到了张家大户。看着锦簇花团，事实上却是第三房填房。老爷岁数已届中年，前边两个婆子虽亡，但留下了六个儿女。杨贞待人宽厚，勤俭持家，赢得了老爷倾心。两人恩爱有加，又生下三女二男。孩子们自然都姓张了。

未想老爷病故，风云突变，前房儿女将杨贞赶出了正院。杨贞不仅受气，更被掐断了生活来源。

杨贞只能自谋出路。她教大点儿的女孩儿织毛活儿，养家糊口。终究僧多粥少，不久两个女孩儿死于饥寒交迫。无奈之下，两个男孩儿刚比柜台高点儿，便给商人站柜台当伙计。

命大的女孩儿叫张淑兰。她在贫困中顽强挣扎，熬到十四岁，给自己找了婆家。丈夫叫侯伯勋，是军医主任。接着，她让两个男孩儿也入了伍，跟丈夫学医。这样，一家人的生活暂时有了保证。

张淑兰生了两个孩子，大的是女孩儿。女孩儿刚刚懂事，然而日寇的铁蹄踏到了长江以南。侯军医随军作战转移，张淑兰只得携子颠沛流离。

女孩儿只好和外婆一起生活，同睡一张床，同盖一床被。到了冬天，屋里没有炉火，女孩儿冻得抱着大腿蜷成一团，白天还要手提竹篮，装上弯刀和布口袋，到郊外挖野菜、捡树枝。母亲和舅舅们寄不来什么钱，她们不得不用野菜充饥。七八岁的女孩儿竟成了家庭主力。

即使上不起学，女孩儿也要识字。晚上，大人把纸剪出一个个方块，写上字教她读、教她写。一天认几个，积少成多。外婆经常给女孩儿讲家史，讲自己的经历，使其从小养成了爱劳动、爱学习的好习惯，磨炼出了不怕吃苦、坚忍不拔的性格。

后来，部队传来消息——侯军医牺牲了。生活更加艰难。母亲为了孩子选择改嫁，新夫姓丘，是军队的会计主任。孩子都随母亲姓张了。继父脾气不错，但在老家结过婚，还有孩子需要抚养。

那个时期的女人，活得真是不易！

一九四九年，丘主任退伍，要回广东梅县老家。张淑兰不想跟他走，因此分手。她的大弟已经学成医官，部队起义后被分到石家庄高级步校当医生。张淑兰带着两个孩子从南方来到了石家庄。弟弟生活也困难，帮不了多少忙，但她还是租了间破房子住下了。她和女孩儿一起打工，维持生计。女孩儿这时十四岁，省吃俭用坚持上学，已读到了四年级，思想进步很快。

一九五三年，女孩儿参加了工作，嫁给了“最可爱的人”——抗美援朝志愿军战士。丈夫姓崔，他们第一个孩子是在石家庄和平医院出生的，因此名为“石平”。不错，就是我。

以上情况都是母亲和我讲的。

母亲说，真没想到能活到今天。那年在海南岛，仗打得非常激烈，姥姥领着她和舅舅往庄稼地里跑，那子弹就在头上和身边忽忽乱飞……

我心里很久不能平静：在封建时代的中国，女人的生活实在太艰辛了！她们如大河中的树叶、狂风中的绒毛，不知会飘到哪里，不仅一出嫁名字就被抹去了，有时甚至连姓氏都湮灭了。她们大多能活下去就很不容易了，根本谈不上什么建功立业、光宗耀祖，更不奢望什么树碑立传、流芳百世。

但为什么她们还饶有兴趣地对孩子讲自己、讲过去呢？

姥姥曾对我说“你是你妈身上的肉，你妈是我身上的肉”。也许这就是主要原因。她们顽强地延续家族血脉，自觉地传承民族精神，呵护后代艰难地走向成熟，走向光明。即使是伟人，也无不起步于慈母的怀抱啊！这难道不是很值得自豪的品行吗？

秋虫

直至窗外秋虫的协奏清晰了，才感到夜深了。繁杂的事务终于少了，我专心倾听楼下秋虫的咏叹。

那叫得脆的、很像蝈蝈的是“油葫芦”，它是笛子或小号。“哒哒哒哒”，扫射一梭子之后半天不响的不知其名，它犹如小军鼓。蟋蟀沉稳地发声了，不高不低，像金属膜震动却不刺耳，很是动听，并且一次只叫几声，显得很珍贵；它是协奏曲的主角——小提琴，当年，我们昵称它们为“蛐蛐”。“曲曲曲曲”，这声音当然是主旋律，有时它们还发出“嘟嘟”的声音。谁若以为它在打呼噜，那可大错特错了。把它的金屋打开，定会发现它身边藏有一个“三尾巴枪子小姐”。两位度着洞房花烛夜，它正愉快地呻吟呢。

久违了，蛐蛐！我们原来每到秋天都要找你们，请君入罐，好吃好喝伺候，然后用草梢或笤帚苗激怒你们，看你们怎样和同类角斗，怎样顽强拼搏，鸣翅奏凯。自从我长大不玩了，几十年稀里糊涂过去了。你们没多大变化，还是威武好斗，还是铿锵作声，而我已老得不忍自顾。就算还想逮你们，眼睛和手也不如从前了，耳朵的分辨力同样退化了，唯剩一颗鹰隼的心。

玩蛐蛐既是一门学问，又是一种能力，回想起来挺有意思。

童年时我基本住在铁路第八宿舍。大院里都是平房，植物很多，到秋天，蟋蟀到处在叫。岁数小必然先吃“窝边草”。自家南北两侧的墙边各有一溜砖，砖下就有声音。为了有把握，自己在白天将砖整个掀了一遍。一见天日它们就蹦走，我得赶紧追，连捂带抓。一通忙乱，我真逮着了两只，然而都短了须子折了尾巴，但毕竟收获大大的，很是高兴。我先让它们较量了一番，分出了“大王”和“二王”；然后把父亲从朝鲜战场带回来的搪瓷缸子放些土，砸实了，再搁进几粒米，布置好新房，将其赠给了蛐蛐。

转天我去找同院的胥大哥，他麾下有许多“战将”。胥大哥从一溜小圆罐中似乎随便抓了一个，打开一看，我就觉得不妙。“二王”一进罐，和我所见略同，赶紧想溜走。“胥将军”一见屋里来了不速之客，很是愤怒，猛扑过去。“二王”被追急了，竟不顾脸面跳了出来。我只好寄希望于“大王”了。“大王”虽略大一些，进去一比，仍不是一个级别的。不过当对手冲来时，它不管心里怎么想，还是迎了上去。对手凶狠地张开了两个发红的大牙，好像李逵带血的板斧；“大王”露出的是细嫩的白牙，宛如林黛玉在嗔笑。这真是天津人常说的“对不上牙茬子”。只一个回合，“大王”便支撑不住了，扭头便跑。“胥将军”这时颇有风度，得意地报了几声捷，便不理手下败将了。

从此，我跟着胥大哥开始做他的学徒。他说草丛里、砖头下的蛐蛐都不行，必须到老地方去逮。一个月黑风高的晚上，我们穿过密密的向日葵，来到大院边上一堵高墙下。这墙有几处滑梯式的支撑，下半截湿乎乎的长了许多绿苔。胥大哥告诫我：“闭上嘴，别让长虫钻进去！”我登时起了鸡皮疙瘩。蛐蛐们以为天下太平，此起彼伏地叫着。胥大哥小声教我：“这是‘油葫芦’，不要。这是‘棺材头’，不要。这个听着不老棒，也不要……”我们悄悄地接近了一个饱经沧桑的声音，我负责打手电筒，胥大哥用细棍将猎物从墙缝里慢慢赶了出来。它刚想跳，一只大手挡在了前面；再想转身，又一只手推土机般铲过来，转瞬间被困于天罗地网。它无奈地从手心又爬进了纸筒。我高兴得心里直叫，这俘虏的个头儿绝对一个“楚霸王”！

胥大哥对新逮的蛐蛐先海选，然后将出线者与先来者进行比评，最终“楚霸王”夺冠。“楚霸王”又被闷了几天后，胥大哥向田大腿挑战。田大腿是机务段工人，工伤在家休息，比较爱玩，而且玩什么都要玩出名堂。那是星期天，好多人去观战。“楚霸王”战袍乌黑，威风凛凛；那对手熟铜铠甲，杀气腾腾。不用引导和刺激，两位自动戈矛相见：牙钳着牙，眼瞪着眼，都恨不得一口将对方咬碎；大腿紧紧蹬住地面，不断加力；咬得一起翻了个儿，再起来还在咬。不知战了多少回合，真是棋逢对手。让人沮丧的是，“楚霸王”没能坚持到底，大概遭了暗算。

田大腿高兴之余泄露了天机：他的蛐蛐是从铁道边逮的，它们用石砟磨牙，肯定比别处的厉害，另外喂东西也有讲究……从此，我又经常琢磨何时能去铁道边玩玩。不知不觉，梦想就实现了——我天天在铁道边工作，然而对蛐蛐却毫无兴趣了。再一晃，胥大哥孩子的孩子都不玩蛐蛐了。

秋虫的咏叹像是欢乐，也像是哀愁，又像是百感交集。他们可能也在思考：如何让生活更加精彩，让时间走得慢些？

三进北塘

北塘离天津市区不算很远，尤其在通了高速以后，来去更为方便。要说路过北塘，那次数可就数不清了，我这里所说的“进”，仅指待的时间较长或印象较为深刻的几次。

一进北塘，是公司承建永定新河跨京山铁路特大桥，我跟师傅们一起进去安营扎寨，那是一九七〇年的秋天。从北塘火车站下车后，头一个感觉就是天高地阔。除了站台和站外有些平房，远处几乎看不到建筑，满是亮闪闪的水洼和紫绿相间的灌木丛。我们暂且住在了站外据说是部队扔下的营房里。有人介绍，这里皆为盐碱滩，解放军曾想把它改造为稻田，挖沟修渠，拉荒洗碱，结果壮志未酬。

不过，战士们的心血给我们留下了礼物。一个个水洼，无论大小，都能看见鱼在水面上游窜，个头儿还都不小。行家说大多是海鲇鱼，也有梭鱼。我们虽心里痒痒，但知道逮它们比较麻烦，也就咬咬牙算了。然而有的地方却容易多了。晚上溜达，见几个师傅在一个废弃的水闸那淘水，便过去瞧瞧。好家伙！撑死有两立方米的水，竟淘出了一大铁桶鱼！多数是肥肥的大鲫鱼。真不知那些鱼天天挤在一起吃什么。

不久，我们搬到了永定新河旁边，那地方就更有意思了。灌木丛更高更密，已变成了完全的紫红色，和晚霞连在一起时，仿佛火苗点燃了云彩。行家说，这种植物叫黄须菜，春天是绿的，有嫩芽，可以吃，度荒那会儿人们以它充饥。白天我们工作，空闲时向海口那边望去，虽看不到蔚蓝，但间或悠来几片白帆，也足以引人遐想。河边的水鸟也更多了，大的像是海鸥，经常向着水面勇猛俯冲，风大时宁可在空中定格也不后退；小的模样不一，它们轻盈地飘落，优雅地啄食，似乎能踏着涟漪起舞。晚上，我们年轻人中的好动者，便去老河的河滩捉螃蟹了。这螃蟹虽然很小，但身上有黄，腿上有肉，决不是鸡肋。吃几个当然不过瘾，吃一桶你试试看？我们每个人都是拎个水桶去的！

假如自己回家时想捎点儿特产，可以清晨到河边买几条鱼——这里俗称“两河水”,除了盛产梭鱼,还有一种“鲈板儿”,它形与黄花鱼相似,味道也接近,特征是身上有一些黑斑点。前两年我在饭馆里又吃过它,似乎味道不如从前了,不知何故。

二进北塘,已是二十世纪八十年代,国家提倡“五讲四美三热爱”那一年。我在公司工会负责职工教育,到北塘工地了解活动开展情况。这时北塘已成为天津新建的铁路北环线的一端,道路及建筑比原来多了一些,但除了一些盐池,许多地仍闲置着。我所去的工程队驻地被铁丝网孤零零地圈着,圆拱工棚远看如潜水艇浮在碧海。走近了看,每个工棚旁都晾着鱼干,大脑袋的海鲇鱼成串穿在铁丝上,一条条鼓着嘴巴,随风摇摆,很是滑稽。工程队的工会主席说,职工们逮的鱼吃不完,晾干以后可以熬汤喝,白白的,海味儿特浓。我问:“现在上哪儿逮鱼?”主席指指远处一望无边的苍绿,说:“里面有不少苇坑,鱼挺多的,就是淘水费点儿劲儿。”他又说,这地方兔子也挺多,有些职工逮来后炖了给大伙儿吃。我越发好奇了,专门跑到驻地外看职工们下的套子。套子就是小钢丝弯的活套,牢牢地固定在地面上,拦住草中小径,请兔“光临”。细看小径很窄,遗有小药丸似的粪便,像是兔子踩出来的路。不过,兔子非往套里钻吗?主席说,兔子从哪儿出去必从原路回来,而且一进套子只会往前蹿,所以越套越紧。大伙儿都笑了——大自然给了我们多少乐趣!

每个职工宿舍前都是五颜六色的。我原以为北塘这土质长不了东西,谁知不仅能活多种植物,而且还长得很旺盛。给我印象较深的有太阳花,俗称“死不了”;还有西番莲,半人高,花瓣又大又艳丽,有点儿像牡丹。我想,如果经过试验或改良,北塘极有可能大片种植经济作物。这就不仅是环境更美的问题了。

三进北塘时间跨度更大了，是有一年我们公司一个检查组从秦皇岛回天津,途中歇脚吃饭的所见所闻。去时走的京沈高速,回来特意走海滨高速,夏天嘛,心里更舒服。一进滨海新区的地界,它的飞速发展我们一路可见:刚刚投产的北疆电厂、拓展内容的航母公园、水草丰茂的七里海湿地、正在建设的中新生态城和大学城,不是生态保护就是循环经济,科学发展,前景无限。像一部气势恢宏的交响曲,我们即将走到高潮——天津经济开发区,而面目一新的北塘小镇做了铺垫。

北塘海鲜街以奇特的构思引来了更多的顾客，它用集装箱组合成一个个不同式样的饭店，生动夸张、五彩缤纷的涂鸦仿佛游客的沙滩服，弥补了灰色水面的不足。饭店悬挂着饶有特色的招牌，并设置了可以边吃饭边赏景的露台。关键是集装箱只覆盖了地面而没破坏地面，不影响以后的使用。老板介绍说，这些集装箱都是旧的改造后利用的，并说北塘正在进行生态园等多项建设。从露台上一望，脚手架与桅樯并立，吊车臂同海燕共舞。回家后网上一查，北塘要动惊人之大手笔了：国际会议中心、中小企业总部、国际性旅游目的地……现在的吃海鲜、出海当一日渔民、高跷花会似乎传统得掉渣了。

我想，发展当然是好事，开发盐碱滩成本也很低，然而盐碱滩不是戈壁滩，即使暂时不用它也是一片瑰丽的风景，游人还可以自采野菜、捕鱼捉蟹，乃至追逐野生动物。地上一旦有了永久建筑物，即使将来拆除了，地表植被也难以恢复，还是慎重为好。

千万不要使富有特色的北塘变得和其他地方一个模样。

鱼在天上游

我的孩子有点儿特别。

有些方面她比较笨或很笨。学龄前学画画，画的牛像狗，画的狗又像猪，白交了一年学费。上学时一逢体育课，她的同学们便有戏看了：她不是把球扔在了脑后，就是十分钟做不好一个前滚翻。都快高考了，她仍分不清月亮是上弦还是下弦，至今也不会看地图；历史知识方面更可笑，除了看电视剧记住了曹操、刘备是三国时期的人物，其他人则进了时间隧道，古今自由往来了。

不过有的方面她似乎强于一般孩子，譬如文字能力。

一想起来就觉得好笑，她刚几个月时，躺小床里举着一张报纸，看呀看呀，上面都是密密麻麻的铅字，一张图片都没有，而她却兴趣盎然。

大概从两岁多开始，她迷上了儿童画报，先是《动画大世界》《幼儿文学宝库》，后是《动画大王》《小猕猴》等画刊。我盯着报刊亭，每期必买，她妈妈经常给她讲。一来二去，她就可以对着画页给别的孩子讲故事了，什么《卖火柴的小女孩》《万里寻母记》《快乐王子》，讲得很有感情，仿佛在叙述亲身经历。到了小学二三年级，我们觉得她写的作文、日记有点儿意思，便在写作方面注意了对她的培养。

我经常带她出去，于游玩的同时进行启蒙教育。大地春回，草木疯长时，大树刚有一抹绿意。我问她："树发芽了吗？"她看了看说："发了吧。"我笑着带她走到树前。"咦，怎么一点儿绿色也没有呢？"她感到很奇怪。我告诉她："远看有近看无——就像云彩，也像雾，这叫绿意。"从此她注意了观察。她很喜欢花，看见了就想采一朵，我给她作介绍："每年最早开的是迎春，然后是桃花、杏花、榆叶梅，四月梨花白，五月石榴红……"并说同一种花有不同品种，各具特色，比如常见的菊花就有上百种："狮子头""太白醉酒""嫦娥奔月"……这样，她写作文便没有"春天来了，百花盛开"之类空泛的词句了。

对于如何表达，我也提示她。天上飘着几只风筝，燕子、蜈蚣、老鹰，还有红色的鲤鱼。我说:“鱼在天上游。”她乐了。于是,她描写时更加注意动感了。

为了帮她了解和认识生活,我常把单位的人和事讲给她听,也告诉她亲朋琐事、家长里短,还有自己的经历及体会。她最喜欢听我和弟弟少年时调皮捣蛋的故事,至今不忘,犹如细绳串起了记忆的项链。家里的大事也让她知道,并允许她发表意见。她很快就懂事了,如经济条件不好时,她上街从不要求买东西,哪怕一根冰棍,在节约中品尝生活的甘苦。为了扩大她的知识面,我除了带她看电影、旅游、参观等,还让她参与我的业余爱好。我买了哪些邮票、持有几只股票,她都知道,还一本正经地告诫我该抛就抛,不要太贪。

她作文和假期日记上的“优”字越来越多,并有赞语及叹号。上小学和初中时,她在市里乃至全国的作文比赛中多次获奖。全市初二的政治学科竞赛她还获得了一等奖,其实主要考一篇议论文,她发挥得比较出色;升高中时,凭这个奖加了五分。她当然很高兴了,有时逗我:“你发表的都是‘豆腐块儿’,我将来要写大文章!”我笑着鼓励她:“好,有气魄!”

不料,高中阶段小船搁浅了。

她虽然选了文科,但其中仍有她怵头的历史、地理,以及勉强能跟上的数学。其他学科要硬也行,勤背着点儿,还不太显落后,谁知语文、外语、政治也学得稀里糊涂。身体不好、青春期分心,这我知道,问她还有没有别的原因。她说老师讲得不好,又总测验、摸底,弄得人心烦。我仔细看了她的语文书,又提了几个问题,发现老师似乎没在掌握课文内容上下功夫,而只考虑哪些考哪些不考,一上来就把它大卸八块,然后列出一些所谓重点,要求死记硬背,让孩子逐渐失去了兴趣。

学习成了沉重的负担,屡屡排名增加压力,这使她到了几乎望书生厌的地步。教育部编的语文阅读教材我认为不错,它精选了当代作家的一些优秀作品,如史铁生《我与地坛》,学生很好理解,也便于模仿学习。老师大概没要求必看,我那宝贝儿也说没工夫,一撂这类课本,临近她高中毕业了都是新的。

她高考时侥幸过关,但没条件选择汉语言文学、新闻学等喜欢的专业了,硬着头皮学了四年会计。尽管文学灵气还能偶尔闪点儿微光,但与专业学文的差距已非十里;何况课余读的多是网络小说,看的多是偶像剧、肥皂剧,“写大文章”恐怕近于攀登珠峰了。

大学毕业后，她虽然找到了一份不错的工作，但并不想一辈子和数字打交道。她有时很苦闷，我也理解鱼在空中的感觉。

她这样跟我说：“我真想将来自己办一份杂志。”

我这样回答：“有可能，不过你得先把咱家的书架读烂。”

附：孩子上小学时的一篇日记

僻静的“娱乐园”

哇！比北宁公园的 fēng(疯)狂老鼠还过 yǐn(瘾)呢！我进入了这陌生而又僻静的农村。

从这弯曲的小路直达农村，回头一看，路是那样窄。

经过新开河的时候，我迫不及待地想把手在这清凉的河水里 shuàn(涮)一shuàn(涮)。爸爸同意了。于是我们便找到一个平一点儿的地方把车开下去。这时，突然蹦出一个绿东西，还没等我反应过来，爸爸已把这绿东西抓在手里了，说：“是小 mà zha(蚂蚱)，你去拿着玩吧！”“爸，你捉东西那么快。”爸爸说：“看东西要准，在抓的一 shùn(瞬)间要快，不能让它发现。”这时又蹦来一只 mà zha(蚂蚱)，爸爸叫我快抓，我按爸爸刚说的猛然一抓，它就束手就 qín(擒)了。要知道我是第一次捉到东西，你根本想象不出我那兴奋劲儿。爸爸给我摘了几束野花，递给我说：“送给著名歌唱家崔××小姐！”

我们又来到了一个草多的地方，一只大 mà zha(蚂蚱)被爸爸捉住了，我高兴得直拍手。此后爸爸又给我捉了两只大 mà zha(蚂蚱)。随着我的一声声呼喊：“还有更大的 mà zha(蚂蚱)吗？”，爸爸回答：“有，和鸟一样大，能飞出老远。”

这是大自然 fù(赋)予我们的。

爱，可能就在你身后

枉活一世

二〇一二年，我离岗了，内外都没什么负担了，按说可以尽情享受了——痛痛快快地玩玩，然后一门心思做自己喜欢的事情……

然而，我的心情越来越差。北风呼啸时，我觉得自己也像一小片枯叶，在空中飘落。于是，什么都懒得干了。家里脏乱得不敢让人进。也不愿与人接触，同事、同学聚会能推则推。经常把腿架在电脑桌上看电视连续剧，一看便是几十集。饿了就泡方便面，白酒、啤酒、花生米作陪，电脑键盘缝里满是渣子，快成了蟑螂窝。困了坐着就睡，管它白天黑夜。计划出书的稿子准备一多半了，突然就一个字也不想写了——写出来给谁看?!

当初，我和现在的许多年轻人一样，想寻找一个宁静温柔的港湾，却一直没如愿。离异后再找对象，仍过不下去。

我一连数日失眠，全面、深刻地反省，发现自己犯了原则性错误。

我确认了自己最需要的是什么。有人把物质享受摆在首位，有人把职位级别看得很重，有人瞅着一家老小平平安安、乐乐呵呵就很知足，而我在情感问题上难以妥协。现在自己看得更清楚了：爱情是自己的生命之本、生命之源；没有爱，自己的生活便毫无意义，也毫无意思。

我确认了什么样的人是自己真正喜欢的。回想这些年，自己有时为某个女子的外貌和气质所动，或在生活中，或在屏幕中。这些女子与我勾画的“她”多少有些相似之处。假如她的精神世界与“她”也吻合，那就是我的偶像了。可惜，多是一闪而过；即使经常遇到，也没有深入了解的缘分。

我知道那样的人不易找到，但经过努力也许能够找到。我设想过多种方案，比如常去书店，上上老年大学，也许会遇上电视剧里巧遇知音的情节。但由于种种原因，多数没有施行。中途我的想法也曾动摇过。惰性、被动与凑合，浪费了多少时间！

有时，我坐在快餐店里，对着窗外发愣。年轻的、年老的，许多成双成对，手拉着手，肩靠着肩，慢慢地走着，眼神里交流着电光。有的还很有夫妻相。我为什么就找不到“对”的人呢？

最令我头痛的是现在的模样：小孩儿们在公交车上毫不犹豫地给我让座；有的女同学说，如果走在大街上她绝对认不出我来，她说我年少时好帅啊。

我从来没有像现在这样懊恼。但我并未彻底绝望。

近来，有一个倩影在我的视野中愈来愈清晰。

也许上天悯我，要给我一次机会？最后的机会？

夸父追梦

中国很大，人很多，找一个异性伴侣不难，但找到自己真正所爱的人，我觉得难度近于夸父逐日。

自己只是一介凡夫，既没有挑剔的资格，也没有高攀的野心，无非想找一个适合我的人，但搜寻了许多年也没成功。后来我逐渐明白：如果以建立爱情为目的，一个人的择偶范围其实是很有限的。甚至就像前世的一面铜镜，摔成了两半儿，今世若求圆满，你就找那另一半吧。也许在天涯海角，也许就在你的背后，只有上天知道你何时恰好碰到她，不早不晚。

爱的开端，过去许多人认为最好是“一见钟情”，现在的词叫“有眼缘儿”，我很赞成。遗憾的是，这种机会对许多人来说不会轻易碰到，而我就更难了。

“一见”，首先见到的是体形吧。很瘦的、偏瘦的，我尽量还是躲开——因为我年轻时瘦得像……人们讥讽嘲弄瘦人的妙语我收藏了一箱子，都不知挑哪个好。到了中年，我整体也不算胖，只是肚子上的脂肪有点儿不甘落后。另外，人瘦多有不健康，我深有体会。您说我还能再找一个影子，找一个林黛玉吗？

然后我关注的是脸。在各种脸型中，能使我心动的只有椭圆脸。圆脸次之，看着舒服，但不会激动。好多人似乎喜欢瓜子脸，而我觉得这种脸就像立在桌上的鸡蛋，很不可靠。这种印象也许是上学时某个女生造成的：她很刺儿，咋咋呼呼，无事生非，她就是个尖下巴颏。其他脸型我就更不会考虑了。

我觉得椭圆脸不仅柔和，也很生动，尤其是圆圆的下巴颏，就像弯弯的月亮；即使偶尔出现双下巴，我也觉得很有意思，仿佛一个摇篮正在晃动。前些日子，我无意中翻出外婆的照片，一张慈祥的椭圆脸向我微笑。我是外婆带大的，父亲说我出生后经常和她睡在一张小床上……莫非是外婆的影像刻在了我心里？

再细看，有人可能注意五官，注意胸围……我对这些要求不高，因为我知道自己不是明星，但我希望对象的手看着舒服、干净一些。记得年轻时我去市场买馒头，有一家蒸得不错，雪白雪白的。一个红脸女孩儿要给我拿馒头，我无意中看到了她的手：皮肤很干很糙，似乎随时会掉皮：手指短粗，指甲本来也很短，但可能为了掩盖，都留了长长的一节，还抹了点儿颜色，看着更别扭了；手上还黏了一些渣子，白的、灰的、黑的都有……我找个借口扭头走了。如果这样的女人天天给我做饭，恐怕我该绝食了。

有些打扮我也接受不了。比如个子不高，头发却要盘得很高，像个大蝎子僵立在后脑勺上；再穿一双笨笨的高跟鞋，走路似乎总要跌跟头。再如戴一大堆小珠子、小手串，会让我想起小时候不慎碰到的马蜂窝，想起下雨前的蚂蚁窝，心里非常难受，血压马上蹦高。

仅是外表方面，自己似乎就有不少禁忌。也许这和遗传、性格、爱好、生活习惯、过往经历有关，有些自己始终不明白是什么原因。

“一见钟情”只能是大致感觉对方不错。要想了解其内心世界，我觉得必须经过一段时间的全方位接触，最好通过对重要问题的处理方式来检验。

人们常说“吵吵闹闹才是夫妻”，仿佛家庭中总有矛盾斗争才正常，我不这样认为。夫妻一吵架，我的心就掉进了冰川；吵几回，距离婚就不远了。有人说家里一冷战就是两三个月，有的夫妇长期各睡一张床，我都不敢想象。他们是为了什么而结合的？

我希望对方包容性要强，诚挚且大度，温柔而体贴。我又想起了自己的外婆。别笑话，婚姻是过去生活的延续，夫妻都有承担多种角色的义务。

我在家是老大，有两个弟弟。我们三个小子，一个比一个贪玩，谁也指不上谁。后来，家里终于有了两个女孩儿，可惜岁数差太大了。我特别羡慕一些同学和邻居，他们都有一个或几个姐姐，或有一两个年龄相差不大的妹妹，好多活儿都不用他们干。

另外，我从小就不爱猜谜，对九连环、魔方、拼字或拼图毫无兴趣。我觉得这些很无聊。我绝对不想找一个动辄不高兴，而且经常需要揣摩她的心思，情绪总差一个节拍的娇姐或嗲妹。

以上说的只是个大概。两个人天天在一起生活，哪一处不吻合都可能产生摩擦，久而久之，感情就会被冲淡。因此，自己认为不能迁就的决不妥协，提前必须考虑清楚。

这只是一厢情愿。对方呢，也会有各种要求，甚至可能更严格、更细致。谁不憧憬一个美好的未来？

所以，要想找到真正所爱的人，必须像夸父一样，目标明确，坚韧不拔，不舍昼夜，宁愿渴死也要追梦。

浪费韶光

大概是二〇〇五年，也许是二〇〇六年。那时，我的生活仿佛陷入了泥潭，现在好多事情记不清是哪年做的了。实际上，也没做什么像样的事。

大概是那年夏天。我听说天津市南开区文化宫有个旧书市场，周六周日人最多，于是赶个休息日就去了。没有具体目标，主要是消遣，遇到想看的就买两本，空手回来也无所谓。为什么觉得是夏天呢？因为后来回忆，她那天好像穿了一件短袖；黑黑的短发，有些大弯儿；饱满的椭圆脸很光洁，五官很舒展，像一朵盛开的荷花。

她看上去也就三十多岁，在众多男性书商中很是显眼。她站在自己的摊位旁，聆听一个仿佛业内专家的指点，神情很专注。她的书多是近些年的大众读物，里面还有几本教材。她交谈用普通话，给人感觉像一个中学或小学老师，家里的书太占地方了，于是将不用的拿到这儿处理来了。然而，第二次见面就动摇了我的猜测。

那天我去得早一些，她也刚摆摊。几本俄罗斯作家的书吸引了我，都是二十世纪五十年代出版的，竖排版，繁体字，而且是战争小说。我觉得这些书肯定不是她读的。我挑了两本，没划价。她微笑着问："俄罗斯人的名字都挺长，您怎么记得这样清楚？"我也笑了，告诉她俄罗斯人名字里的本姓、父姓、昵称等先别管，主要记住名字就行了；看多了，就会习惯的。她的目光很温和，能看出对我很尊敬。我很高兴有机会和她说话。因为我平时就愿意同年轻一些、有求知欲的女性交流，况且她又是我喜欢的那种类型。然而，受环境所限，自己的性格矜持谨慎，所以就书谈书，事毕言止。

时隔不久，想不到我和她竟然在一个拍卖会的预展中碰面了！

那个拍卖会的藏品主要是古籍，还有一些碑帖、字画，我当时对这些没有研究，也无收藏意图，只是想看看拍卖会是怎么回事，满足一下好奇心。我大致浏览了一下，即将离场时，她从门口进来了，只有几步远，面对面！

她似乎有点儿兴奋，脸颊现出红晕，在白色夹克衫的衬托下，更像一朵清丽的荷花。我突然心跳加快，有些紧张，想说话却没出声。结果还是她先打招呼："您也来了？"她好像在问我是否也有藏品参拍。

我不知怎样回答，含糊地说："我就随便看看。"

我觉得她像是来参加竞拍的。没想到我印象中这个看似稚嫩的女子原来是个成熟老到的商人！

而我，虽然读书不少，但对藏品知之不多，更不懂怎样评价与交易了。我能说些什么呢？

其实，我很想说些什么。

她看看大厅，目光很快又折回，看着我。很明显，她也想和我说话。

但我找不到话题，只是不自然地笑笑，竟然什么也没说，就这样独自离开了。

过后，我有些懊悔，但又觉得她比我至少要小十几岁，志趣也不相同，再想什么纯属做梦。

谁知多年后，她告诉我："如果你当时和我多说几句，很可能咱们早就在一起了。"

原来那不是一场梦！

大致算算，至少有七年白白浪费了！

谁的罪过？我的想当然、太主观、自以为是！

第三只眼

其实，她完全不是我想象的那样。

首先，她虽然从事过多种职业，但从未当过教师。她和我一样，曾在企业里当工人，吃过苦，受过累，因不愿每天进行重复性劳动，才干起了较为自由的个体经营。

其次，在旧书旧物的买卖上她也是个新手。她在服装裁剪上下过不少功夫，生意一度经营得不错，但由于婚变，被迫远走他乡；在海南从事行政管理兼出纳数年，仍觉乏味，毅然返津，徘徊三载，才找到了自己比较喜欢的行当。那次拍卖会，是大众拍卖会，她也是第一次来，并且参拍和竞拍的东西不多，主要目的是学习、开阔视野。

实际上，她和我的爱好基本一致。上小学时，她常常置作业于不顾，埋头画仕女。母亲曾夸她："都说画人难画手，你画的手这么漂亮！"前些年，她在工作闲暇时也不浪费时间，钻进图书大厦，看各种画册、收藏类书刊，多次看到即将清场才离开。她家离博物馆很近，她时常泡在古代艺术的海洋中。汝窑、定窑、钧窑……每件瓷器她都要细看器形、釉色、开片，沉迷忘返是常事。没有美感的东西她一概不喜欢，不管它价值多高。

我少年时同样喜欢画画，成年后转为文学写作，本质也是艺术啊。我和她都是艺术的圣徒、美的朝圣者！

我本可以主动问问，或者抓住拍卖会邂逅的良机聊一聊，也许至少我们那时就可成为朋友，但错过了，都错过了。

她的亲戚们都为她的未来担心，说她太单纯。

单纯！在这个世界上，还有比单纯更宝贵的品质吗？

当初我的第一感觉是对的，她就是一朵出淤泥而不染的荷花！

每个人在社会中活动，为了生存或发展，或多或少会对自己进行一定的包装以适应各种职业、各种角色的需要。若想了解一个人，必须透过现象看本质，但所用方法不能机械。

错就错在我在情感方面也用常规目光看问题，自认为很理智、很有逻辑，没有跟着感觉走。

而她一眼就看出我是一个什么样的人。因为她单纯，没被乱七八糟的、世俗的雾障遮蔽眼睛。心灵发出电波，自然得到回声，准确率百分之百。

她说她注意过我的背影，走路非常从容，不慌不忙，一看就知道我是个规矩人，有知识，有艺术修养，认为我不是在企业任职，就是在机关工作。在她心里，具体干什么无所谓，收入多少也不是问题，关键是这个人要性情坦荡，包容性强，能担当，可托付。

我知道后觉得很奇怪，问她怎么从背影就能看透一个人。

她自信地笑了，说："我是二郎神！"

寻找爱情，也许真的需要第三只眼。

抓紧抓住

拍卖会景况就这样尴尬和别扭。虽然过后我有点儿懊悔，但觉得过几天又能见面了……哪知再见到她，却是几年以后了，而且是好几年以后！

文化宫修缮，据说要变成旅游景点，旧书市场不知触犯了哪条规定，马上被取缔；别的文化场所无意或无力承接，于是，那些卖家大多成了秋后的落叶。没多久，买书的若想找到卖书的，好比牛郎寻织女。我和她虽然同在一城，家隔一河，竟然两千多天没相遇！

年轻朋友啊，千万不要认为明天有的是，就忽略了今天。

直至文化街对旧书销售网开一面，书商们才重新聚拢起来。幸运的是她也来了，并未转行，而且带的东西不只书刊了。我心中暗喜：野火烧不尽，春风吹又生！

然而重逢后，她并未露出渴望续谈的神态，仿佛那次拍卖会的邂逅根本没发生过。我顿感失望，但又觉得没什么必要：人家不过是一时兴起，想找个人交流一下临场感受，过后恐怕早忘了。

虽然自己安慰自己，过去就过去吧，但有些东西还是压抑不住。

在我眼里，她没什么变化。尽管她很可能遇到了不少艰辛。如果细微感觉，就是她脸上的线条似乎更柔和了。有一次，她带了一些画报，我一打开，看见画上的当红女影星矫揉造作，一脸俗态，马上就合上了。她有点儿不解。我对她说："还没你漂亮呢！"她微微一笑："我可不漂亮。"事后她说以为我在开玩笑，想不到我是由衷而发。

有个朋友让我帮他在文化街看看瓷器，盯上了一对粉彩花觚。正巧她的摊位离卖瓷器的不远，我请她帮着鉴别一下，其实也是借机和她多说几句话。她将花觚捧在手里，稳稳地转着，认真地端详。开始时，我随着她一起看，没几眼，目光就被她的手夺走了。她的手指白皙、丰满，指甲都是椭圆形，不仅很亮洁，而且呈弧形，个个鼓起来，半透明的指甲尖儿轻盈俏丽地探出去，从侧面一看，像一排小鹰嘴儿。这才是真正的艺术品，无价之宝！

美手提示我：她不仅勤劳朴实，而且很可能聪明灵巧，内外都是一把好手。哪个男人不喜欢这样的女子？

她对旧物古玩的鉴赏又显示出性格的内敛和温和。在此之前，她曾带过一些瓷器，我当时也正研究自己收藏的瓷片，两人多次交换过意见。我觉得她具有一定水平，但其表达从不用“肯定”“绝对”这类词。这次她又“谦虚”上了：“我觉得，它可能是清晚期的。看这纹饰和矾红的颜色，像是光绪的。”我笑着回答：“咱俩的看法一致。”我心想：和这样的人在一起，大概永远不会吵架。

市场上对她的评价很好。买家、卖家都愿与这个厚道的“小王姐”合作。我呢，后来发展到每次都要特意等她，等那辆粉红色电动车“飘”来。有适合的，她都优惠甚至特价给我；没合适的，一停车就告诉我，不让我浪费时间。每次“抓货”高峰过后，我都将当日“淘宝”收获向她汇报；看似是想听取她的意见，实际上就想和她多待一会儿。

渐渐地，她和我仿佛是同龄人了，有些方面她甚至比我还老练。我们交谈的内容也不限于鉴赏和买卖了。

我对她说：“你的脾气总这么好，没见过你着急。”她看了一下我的眼睛，而后莞尔一笑：“那得分人啊。”

我的心怦怦跳了起来：原来，她对我的印象一直不错啊！

分人？我的位置肯定不是最底层吧？也不会是一般人吧……

这句话给了我动力。我很想知道她的背景了。

深秋，她一个人坐在电动车的后座上。风刮得刊物、报纸不时翻卷，有的还飞走了，她只是看着，不动，似乎心不在焉。

深冬，她依然是一个人，在冰雪旁立着，穿着颜色很深的羽绒服，戴一副棉手套，若不是还扣着一顶毛线帽，旁人大概连男女都辨不出。而我从背影就能猜到她的表情。

直觉告诉我:她很可能就是单身。

这么好的一个人,怎么会单身呢?

我这人坏吗?也不坏呀,为什么也是单身呢?

夜长梦多,事不宜迟。

某个星期六,我借帮她卸车时问她:“你星期日还来市场吗?”

“一般不来,除非和人有约定。”

“是不是家里事多?”

“……”

“是不是得照顾孩子?”

“……”

一番侦察,得知她真是单身!她离异多年,无子女。

我又惊又喜:“你条件这么好,怎么会一直单着呢?是不是太挑剔了……说心里话,我如果岁数和你一样年轻,我肯定给你写情书的!”

她神色越发黯淡:“年轻什么呀?我都快五十岁了!”

快五十岁了!比我只小十岁啊!我差点儿昏过去。

我考虑了一周,反复计算,差十岁,到底大不大?算了一周也没结果。后来一想,这道题应该人家算,我算了也白算。

豁出去了,赌一把!

终于熬到星期六,我早早就去了旧书市场。她一来,没卖几件东西就被我拽到了旁边,对她说:“我也是单身!”

她惊愕地看着我说:“不可能吧?”

次日晚上,我的邮箱突然蹦出喜讯:“崔老师,我是小王……”

转天下午,我们就在咖啡屋里约会了。

她嗔怪我,拍卖会时不说话就走了。

我很委屈,我哪儿敢想啊?

我问她后来见面为什么冷淡了下去。

她说觉得我这样的人不会没有家庭,而且肯定很幸福。

我们都被自己的“想当然”给害了!

小结一下：我认为，同自己心爱的人，一起做共同喜欢做的事情，是最幸福的人生。按这个思路推，自己真正的爱人，很有可能产生于同一单位、同一学校、同一协会、同一个“群”……

什么是幸运？就是上述团体中有一个你非常心仪的异性，他（她）也悄悄注视着你。

什么是缘分？就是在合适的时间、合适的地点，有着合适的心律，两对同样的目光进行交会。

而什么是男人？在我看来就是关键时刻敢于扔掉脸皮的人。

爱，就在朝朝暮暮

春雨落地

今天温度竟然升到了三十八摄氏度！未到正午，窗上的玻璃已经热乎乎了，哪敢开窗？妻子说："今天哪儿都别去，家里吃的还能凑合一天，明天再买。"我说："得去邮局，有的今天该发货。""哦，那就只去邮局，完事就回来——哪儿都别去。听见了吗？"

"是是。"一个小时后，我回来了，脸上的汗几乎成了瀑布，眼睛都睁不开了。如果仅是天热，不会这样。我的左手提着两个提兜，小的里面是香肠、面包、手擀面、酸奶，大的装了水果和袋装粮食；右手一个大塑料袋，满满都是蔬菜。妻子一看就心疼了："你怎么买这么多东西？不是告诉你别买吗？看你累得！"我一个劲儿说没事。我觉得有些东西该买就得买，不能让妻子为难，让生活质量下降。妻子说："你非要买，就带着小车去，不就轻松了？"我笑了："那不就暴露了吗？"

我赶紧脱衣服。妻子说："别到空调跟前去，吹病了！"屋里好凉快！用不着去吹风。"我估计你差不多这时能回来，我把温度调好了。行吗？"我往沙发上一仰："太好了——"不一会儿，菜端来了。烧茄子，油汪汪的，看着就想吃；木耳炒圆白菜，倍儿脆！

妻子说还有凉菜，煮花生米、香肠、松花蛋拼盘。我赶紧帮着切。妻子说："米饭待会儿再给你盛吧。""行。""我知道你该喝点儿这个了……"妻子打开冰箱，笑着取出两听啤酒，"喝凉的还是稍微凉的？"

这就是相亲相爱吧，没有虚的，都是实的。一点一滴，如春雨落地。每一滴都是自然的付出，自然得到回报。

不要多想

前些日子，在汽车站等车，我和妻子站那儿惬意地聊天。她突然命令我："站直了！别驼背。"虽然脸上还挂着笑，但明显冒出责怪的意味。"嗐，习惯了。"尽管感到有点儿扫兴，我还是尽力把胸挺起来。空中有几只鸽子在赛跑。

"又驼了。"妻子不满意。

"我打二十多岁就有点儿驼背，我个子高，和人说话往往得低下头；个儿矮的绝对没有驼背的。几十年了，恐怕一下子不好改。"我有点儿委屈，赶紧狡辩。

我驼背这事儿妻子说过几次了。我没往心里去，甚至开玩笑："人家明星也总驼着背，提个包，照样粉丝上了亿。"

这回看样子她是认真了，把我的肩膀一扳，说："个子高的未必都驼背。你也不是真驼，能改过来。站直了，对心肺都有好处，对你气管儿肯定也有益，减轻哮喘。再说，人也显得年轻，精神。"

"嗐，人老啦。一驼背，更老了，没法和你一起出去了。"我心想，原来就是嫌我老了！我比你大十岁，本来就有差距，现在更明显了。对不对？

妻子似乎生气了："没有这个意思。你不老，也没嫌你老。"

我虽然尽力站直，目光改为平视，但似乎还没找准感觉。

"你怎么舒服就怎么待着吧。我以后不说了。"

我们起码有三分钟，谁也没看谁。当然，也没说话。

我觉得有点儿别扭：搞对象时我也是这样啊，她怎么没提出来呢？女人啊，是否都特别挑剔？嘴上说这个不在意，那个无所谓，人好就行，其实都希望对方十全十美！

不过，从那时起再走路，我只要想起这件事，马上就调整姿势，有时侧身对着玻璃悄悄检查是否达标，不管妻子在不在身边。坐在电脑前，也尽力坐直。我想，自己还没到七老八十，如果驼背越来越重，整天听人叫我"爷爷""大爷"，自己也别扭。现在，我觉得呼吸真的比原来顺畅了。

妻子确实没再说驼背的事，和平常一样，继续过日子，该说说，该笑笑，丝毫没有嫌弃的意思。我真是多想了，妻子就是为了我好，为了我们好。到了中老年，如果两个人都健康，又精神，形影相伴，内外和谐，是多么甜蜜的事！

时间在推移，年龄在增长，我们的生活要求也需随之调整、变化。只要基础不变，对方说什么一定要往好处想。严格要求的实质是爱的延伸。

找不着北

尽管妻子从河西区嫁到河北区几年了，她每次从娘家回来，我都要担心。

她回来必须经过海河，有三座桥可选：金刚桥，有点儿远，并且街道容易堵；北洋桥，绕一大圈，弄不好跑到郊区了；永乐桥，最近，直接就过来了，向左一拐，跨过新开河的京津桥，走不远就到了。当然得选永乐桥了。

但妻子好几回没倒腾清：是北洋桥啊，还是京津桥啊？坐着出租车周游起来，有一回竟然跑到红桥区的新红桥去了。每次打电话问我时，她都说不清自己在什么地方……我能不惦着吗？后来，她一上车就给我打电话，我告诉司机路线图。如果碰上道路不熟的师傅，也挺麻烦。她得盯着两旁的街道和建筑，直到看见自己家的小区了，看见我了，她才如释重负，高兴地跳下车来。

妻子说自己上学时最讨厌地理，现在也没有方向感。

有一回，我和妻子在大胡同商业区的天奕商厦里购物。转了几圈后，没买到，她说咱们到都行商城去吧，那儿准有。我一看她用手指的那个门就乐了。从那儿出去，是河边，我们如果想看钓鱼的，正合适。

我们从相反方向的一个门出去了，进了都行商城。妻子也乐了："找不着北了。"而后命令，"别笑我！"我宽慰她，说如果转多了，我有时也一下子辨别不清，也得看牌匾，看特征……

"我不看别的，以后我就盯着你的后背，你到哪儿，我到哪儿！"

说得我心里热乎乎的，肩上沉甸甸的。

我知道，很多人不大喜欢地理，出门容易转向，甚至迷路。我确实没笑话过，只是觉得妻子的神态很有意思，自然、爽快，她形容自己"没心没肺"——我实际是在欣赏她。

当然我也有不擅长的方面及缺点。妻子也只是提醒我、帮助我改正。

夫妻应该理解和尊重对方。尽力发挥自己的优势，弥补对方的不足，合成一个完美的整体。

培养“吃货”

我素来对吃不大重视，到了中年，体形仍属偏瘦，这不能说与饮食习惯没有关系。这一点我最近才低头承认。

前些年离岗后独自一人时，吃饭更是凑合了。早晨如果出去转悠，到了九十点钟确实感到饿了，才找个卖早点的地方，干的稀的一顿猛吃。午饭就不知什么时候了，也许和晚饭合并了；大多是方便面、速冻饺子，有时氽些丸子或炒点儿米饭，填饱肚子就行。吃腻了也懒得做，烹调书买了一大摞，只翻过十几页。对于水果和零食，我也很少买，因为买个西瓜至少得扔一半，一把漂亮的黄香蕉大多变成了黑羊角。

没多久，我的肠胃就抗议了，几乎天天折腾。医生说是十二指肠溃疡。那些日子，我洗脸基本不照镜子了，免得烦恼。

救星终于来了！

妻子一嫁过来，便把一项重要任务交给了我：日常采购。

买肉分带皮的、不带皮的，不同部位的都要优选。买菜主选应季的，而且一定要新鲜。买粮、油、酱菜、调味品，都要选正规牌子。原来家里仅有油、盐、酱油、醋和味精，像生抽、老抽、蚝油、米醋、辣油、甜辣酱、胡椒粉等，我从没用过；至于鲍鱼调味汁、凉拌汁、蒸鱼豉油等，我之前都没听说过，现在都得准备。

妻子还嘱咐我尽量不要买外面的熟食、半成品，如果必需，也要到超市和正规商店去买。

每隔一两周，妻子就要独自或带我去远处的大超市、大菜市，选购一些跟前没有的和我挑不好的东西。比如，海鲜、菌、笋、铁棍山药、芋头以及一些据说对身体很有帮助的蔬菜：穿心莲、绿芦笋、秋葵、彩椒、宝塔菜花……

每天晚上，妻子都要与我商量，安排好次日的食谱。该泡的泡，该择的择，该化冻的化冻。我说你随便做，做什么我都吃。她说不行，最好知道我想吃什么，想把我喂胖。我不大相信，说瘦的原因主要是遗传。

妻子根本不听这一套。早晨如果起得早，饿了，她也许煎两个荷包蛋，我们用馒头片一夹，就些小咸菜、腐乳或炝黄瓜丁，很开胃；然后喝杯牛奶，热热乎乎，很舒服。也许现磨豆浆，吃点儿干的，加个茶鸡蛋，然后一碗浓浓的生出一层皮的纯豆浆，越喝越爱喝！早晨起晚了，妻子就建议少吃点儿，别影响午饭。于是，牛奶麦片、芝麻糊或者小米稀饭、绿豆稀饭，自选。

中午、晚上，也是妻子一人忙碌。午餐荤素搭配，凉热互补，经常是四菜一汤。晚上少做一些，以稀为主。妻子不嫌麻烦，经常熬什锦豆饭，煲菌汤。夏天增加红豆薏米粥，冬天爱煲养生汤，里面有南瓜、山药、藕，还有胡萝卜、土豆、红薯……说是稀的，吃得很饱。妻子说，她在海南时常喝汤，既有营养，又易吸收。

妻子年轻时不胖，还有点儿黑，看她在海南时的照片，确实不同了，白白胖胖。我母亲很是惊讶："五十岁了，脸上一点儿褶儿都没有！"妻子偷偷对我笑："'吃货'！"

其实，妻子原来和她母亲、姐姐们住在一起，主要精力用在生意上，很少做饭。嫁给我以后，如果遇到问题，一般上网查，看看美食家们有何高招；有时专门给姐姐们打电话求教。她知道我爱吃带馅儿的，总抱怨自己做馅儿没把握。于是，姐姐们一来串门儿，她就提前交代："什么都别买，要带东西，就带点儿包子或饺子！"

我看她有时很辛苦，就劝她不要太认真。她说，吃好了，身体才好，不爱得病，这是幸福的前提。她还说自己看着累实际并不累，因为她特别喜欢做饭，只是原来没有机会。三十多岁时，她心里就有一个影像。找一个有知识、有生活情趣的人，对方在书桌前看书、写文章，她在厨房里学习烹饪，心甘情愿地照顾他。

另外，妻子经常吃水果，让我也吃。她还爱吃阿胶蜜枣、巧克力、蛋卷酥等食品，有时喝点儿干红或米酒。她让我少喝白酒，喝黄酒。许多都是她买的。她一吃什么，必须把我捎上，并且用行动感化我、带动我。

某天中午，饭前她先啃了两个玉米垫垫，吃饭时一点儿没见少吃。最后她又把我剩的菜打扫了，吃完捂了一下肚子，笑着说："有点儿撑着了。""难受？""没事儿。走走。"

我随她，饭后来了个"百步走"。

没想到，大概过了不到半小时，妻子又坐在沙发上开始吃葡萄了；一会儿，又开始给一个大杧果削皮。我上阳台找了点儿东西，回来一看，嚯！

妻子那个乐呀："还没等喂你，就吃没了！"

她又给一个桃剥皮:“这是你的。”她知道我不爱吃那两种,但这个必须消灭掉,不能缺少维生素。

两年后,我参加同事聚会,他们一见我就愣了:“比原来胖了!”“比上班时气色好多了!”“你竟然能胖了,真是奇迹!”……

我的胃病明显见好,只要控制好食量和凉热,都不用吃药了。

妻子的小目标达到了!我都感到意外。

这个过程启示我:家庭幸福离不开油盐酱醋茶。夫妻二人,至少一个应是“美食家”,两个皆为“吃货”当然更好,经常进行饕餮比赛,生活味道更浓了。

晚起一会儿

我们夜里睡觉无论早晚,转天若无特殊情况,醒来后一般不会马上起床,往往在床上说半个小时以上的话。

妻子夜里爱做梦,睁开眼常常先说梦。

“我梦见了小学同学王丽娟上我们家玩儿……”

“我梦见做服装时和我们捣乱的那个缺德玩意儿了。我从来没想过这个人……”

这样的场景无关紧要,我听着就行。

“我梦见我妈了!在一个特别漂亮的大房子里,脸粉白粉白的,笑着抽着烟……”这个我得帮着解梦了:“那是对你现在很满意,放心了。”

老太太走时,最不放心的就是小女儿——我妻子。那时她孤身一人。

“我觉得也是。另外,她在世时和我、我姐住在一起,房子面积不大,也没装修。我当时忙什么了?光盯着股票了,想多赚点儿钱,将来……我妈挺要强,看邻居都装修了,想把自己家也拾掇拾掇,可她没有工作,也没积蓄。当时装修也只要一两万元钱,我拿得出来啊,怎么就没考虑呢……没想到老人没享受到,说走就走了……”我不用转过头,就知道妻子的表情是多么阴郁。

卧室的衣柜顶上有一个大纸盒,里面有岳母的遗照以及岳母与孩子们的合影。妻子搬来时,嘱咐我一定盯好装照片的箱子。平安到达后,她又与我商量,将岳母遗照放在卧室,让老母亲日夜都能看见她,省得相互惦念。我深受感动。

我安慰她："儿女们无论怎样做，自以为很周全，也无法报答父母的养育之恩啊。你很有孝心，做了不少事。当时你在经济上可能也不算充裕，有难处，老人都知道。梦里她没有责怪你的意思吧？"

妻子看了一下衣柜顶，表情和缓了："我妈一直笑着——住进了大房子，心里高兴啊！"

有时妻子以为我不想听了便戛然而止，我就鼓励她："你接着说啊。"她沉吟片刻，轻轻叹口气："我要不跟你说，跟谁说呢？"

除此之外，妻子经常会说一些当天想做的事情，听我意见。比如，吃什么早点，能否上医院开药，顺便逛逛商场，买两件衣服……有些事虽然她直接定就行了，但商量一下，往往能考虑得更细致，行动起来效率更高，使这一天过得更有价值、更加愉快。

我呢，做梦也不少，储存却不多，能记住的完整故事寥寥无几。我做的梦基本两大类。一是受追击。有时是敌军，有时是歹徒，己方寡不敌众，只能撤退。我跑着跑着身体便完全脱离了地面——我在空中游起了蛙泳。追兵越来越近，有时我一急就醒了。妻子说大概是我过去工作太紧张了，在心里留下了阴影，现在应当好好歇歇了。另一类是迷路。明明火车站或工地就在附近，怎么就找不到了呢？路似曾相识，但越走越长，看不到终点。妻子说，这可能是我工作太认真，喜欢学习钻研造成的。

"现在很少做找不到老院子的梦了吧？"她问我。我想了想，确实如此。妻子说："现在有家了，心里踏实了，肯定会减少那种心理投射。""就是，有这样一个好老婆，哪儿都不想了！"我一把将她搂住，面贴面。

我主要向她汇报昨夜看的网上重要新闻以及自己的一些看法，有时扩展到有关的人和事、自己的写作灵感，一说就收不住了，而后自嘲："莫名其妙，我也成了'话痨'。"她却鼓励我："我爱听！我永远是你最忠实的听众。"

有时，我突然下床，她问我："干什么去？"我说去卫生间。"行，这个允许。"等我回来一上床，一条大腿斜过来，重重压我身上："看你往哪儿跑！"我逗她："你这几十年，能欺负谁呢？长辈，你敢吗？姐妹之间，你是老小，也得尊重她们……只有和我在一起，你才扬眉吐气！"她得意地说："那当然了，不欺负你，我欺负谁！"转而又说："被我欺负，你是不是还挺高兴？""绝对不会打 110。"

日子是由每一天组成的。每天早晨，人们醒来后未穿衣、未洗漱打扮期间，是心灵最裸露的时刻。夫妻应进行必要的交流，自然地、无意识地传达自己的爱，包括采用肢体语言，为美好的一天奠定基础。

岂有此理

妻子早晨睡醒后，总要躺在床上活动一阵：两手举起，来回转动，如同过去小孩儿唱着儿歌《编花篮》那样舞动小手；然后弯曲胳膊，活动关节，对我说："听见了吗？嘎嘎响！"颇有女侠即将出拳的味道；再然后，两腿翘到空中，快速蹬起了自行车。她起床的动作更潇洒了：先把两腿唰地叠到胸前，再借力往回一弹，上身随之坐起来，头发向后飞飘，姿态特像跳水运动员。

最初我以为她这是锻炼身体，其实不然。她患有甲状腺炎，明明睡了觉却感到疲倦，似乎没睡醒，若不活动开，起床都费劲儿。

由于从前工作条件不佳，经常超负荷劳动，她还落下了心悸、肝囊肿、腰椎间盘突出等毛病。因此，她现在比较注意身体锻炼和保养，原则是既要坚持运动，又不能累着冻着。说起来容易，但操作上如何把握好"度"，确实需要摸索。

妻子是个闲不住的人，电视里若无吸引她的节目，她就不断干活儿。你要让她歇歇，她总说不累。午觉经常推迟到下午三四点，她的理由是："不困，睡不着。"这就有了矛盾：晚上得几点睡呢？另外，当我们睡午觉时，难免会来电话，会有人敲门——人们大概认为这时不会打扰我们。刚睡实，只要被吵醒，妻子就很难再睡着，头昏脑涨，至少难受两个小时。这还能忍。假如有事需要马上出门，她多半得靠吃药撑着了，回来后一两天缓不过来。无论怎样，对身体都是冲击。久受冲击，某些地方便可能产生损伤，决不能忽视。

我经过一段时间的观察，基本摸出了规律。一般她每活动六到七个小时，就会打哈欠、捶腰、眼干涩或流眼泪，有了疲倦的征兆。如果喝了茶，喝了咖啡，虽有所掩盖，但其后注意力还是会明显下降，有时甚至有点儿急躁，这说明身体已经表态不支持了。

我向她说了这个"发现"，她想了想，觉得差不多。另外，对看电脑、电视的时间限制我们也商量了一下。为了备忘，我起草了一份《作息时间表》——变相的规章制度,经她批准,我们便基本按此执行了。目标就是按时休息,不要透支身体。不要等"没电"时才想到"充电",时刻保持充沛的体力。

对于锻炼身体、防范疾病她容易接受,对于治疗疾病她就比较马虎了,喜欢自己"开药",实在躲不过去了才去医院。吃药有时也不按医嘱,擅自中断,理由为"是药三分毒"。

但她对我却是另一种态度。我的头稍有不舒服,她就问我是不是颈椎病又犯了,让我上医院再看看。我怀疑血压有点儿高,她马上放下手里的活儿,拿出血压仪,给我量血压,一看确实有点儿不正常,就盯着我每天早晨是否按时服药。有时我忘了,她也不说话,径直把药找出来,掰成半片,兑好温水,然后将药片托在掌心,送到我的嘴旁。

有一次她一早出去办事,午后回来时看我正吃药,她用手在沙发扶手上使劲儿一拍:"早晨的药下午才吃,岂有此理!"脸上虽然有笑,但口气并不温和。我赶紧来个"鸡啄米",说:"错了,错了……"她教训我:"坚持吃药才能将病控制,才可能彻底治愈。在生活中,身体健康最重要。对身体不在乎,不是一个人的事,是对家庭不负责任。"

好!以后,她若忘了吃药、不想吃药,或该上医院却推脱,我也有了办法,假装一拍桌子:"岂有此理!"我说,你这当领导的不能搞双重标准。家庭成员应该平等,相互监督。

她原来照顾别人总是很细致,对自己却马马虎虎。现在她也觉得应当改一改自己的老习惯了。

这样一来,我们的身体状况都逐步有了好转,疾病也很少露头了。

写这篇稿子时,我们刚从公园回来。家门口不远便是北运河,河边连着两个公园:西沽公园、桃花堤公园。这一带空气清新,绿荫如盖,据说乾隆皇帝曾在这儿游玩。我若不去和妻子一起散步,天天在屋里待着,她肯定能把桌子拍散了:"岂有此理!"

天天向上

退休了,虽然在家待着,我们的大脑却没歇着。

每天吃早饭时，我们便打开电视机，边吃边看，主要是看新闻。对大局我们没有办法，但自己家的事情必须全面考虑，未雨绸缪，这就需要及时了解外面的情况。

九点半之后，妻子有时打开电脑，看一下她那几个“宝贝儿”有何变化。妻子早先买了两只据说很有发展前景的民营企业的股票，没想到两只股票先后都被摘牌，最惨时一股跌到两角多，想不要了都没法交易。后来又买了两只，在我的建议下，为求稳妥，都和“国”字沾边。它们的收益愈来愈好，股价也有所上升，最近相继分了红。

有时大盘出现异动，我们便要查查国家对经济运行、金融管理又出了什么新策，看看欧美股市、人民币汇率有什么变化，对世界形势也要闻闻味道。

到了中午，我们主要看《今日说法》《法治中国60分》之类的节目。传销、诈骗、贪污、抢劫……花样层出不穷，我和妻子都认为必须随时了解，以免受害。自己辛辛苦苦挣来的钱，不能一下子都跑到别人的账户里。

这类节目的主题自然是天网恢恢，疏而不漏。但很奇怪，那些嫌疑人多半是有前科的，不少还蹲过牢狱，为什么一出来又重操旧业呢？节目制作者本应对法律系统甚至整个社会进行一下分析，到底是什么原因造成了这样的现象，可多数节目只是弄点儿曲折情节，最后简单一总结就完了。节目之后，紧接着播放广告，冒出一个所谓的世传名医，比华佗还神，什么病都能治。前面说吃他一盒药，一个疗程便见效，后面又说买十盒赠五盒。再看那些患者，一个个难受的样子，似乎都要口述遗嘱了，吃完药竟然马上又从床上弹了起来，满面红光。

有时我气得扭头走了，妻子安慰我：“咱们主要看看案情，知道怎样防范。”过一会儿她也不看了。下午电视播放的净是钩心斗角的宫廷剧、不可思议的战争剧、没完没了的家庭剧，中间插播无数令人心痒的广告，主要是给那些睡足午觉后很有空闲的大爷大娘们准备的。我们有事，恕不奉陪了。

傍晚和晚饭后，我和妻子相依坐在沙发上，主要还是看电视。我们精心选择节目。本地新闻和中央电视台的《新闻联播》必看，这一点不用商量。对电视剧、电影，她都让我选台；我呢，每次均征求她的意见。她常用八个字回答我：“你爱看的我就爱看。”话是这样说，但我知道她不爱看战争片，尤其是古人打仗的，除了花木兰、穆桂英，多数爱看情感剧、伦理剧和励志戏。我尽量从后者中挑思想性与艺术性结合较好的，先放一会儿，由她决定是否看下去。有时她讨厌某个主演，认为他品行不佳或演技逊色，便马上摆手。水平一般的电视剧她最多看一刻钟，便转去看书或干活儿了。她的原则是“别浪费时间”。

因此，能够吸引我们的，必然是《人民的名义》《平凡的世界》《鸡毛飞上天》这样的电视剧或是《肖申克的救赎》《山河故人》这样的电影。它们都曾感动得我们泪眼模糊。

我想欣赏的其他内容，则在网上单独看，如美国的《荒野猎人》、俄罗斯的《这里的黎明静悄悄》、我国的《亮剑》。不管它多有名，也不用其“绑架”妻子。

文娱节目类，全由妻子挑。《传家宝》《华豫之门》《华山论鉴》《收藏马未都》，我们赶上了就看。中国文化博大精深，从物件、书画上射出无比灿烂之光，常令人炫目。至于真伪猜测，我们权当娱乐，妻子的胜率明显高于我。

我们的触角自由伸展：在《老故事》里怀旧；在《金星时间》里针砭时弊；在《非诚勿扰》《爱情保卫战》里思索情感经历的得失……

时代在发展，生活在变化，我觉得，夫妻只有认真地、不断地同步学习，才可能在世界观、人生观、价值观、审美观上始终保持一致。这是巩固爱情的必要条件。试想，如果一个只顾在外面赚钱，天天沉溺在游戏或麻将里，夫妻双方很少交流，那么产生情感危机是大概率的事。

军魂

我的前半生有若干遗憾,其中一个就是没当过兵。

打不打仗倒没关系,我主要希望过一段军旅生活,相信经过它的熔炼,我一定不是今天这个难堪样儿和别扭劲儿了。

前些日子,我在一条大街的便道上走,无意中发现前面不远处有个人很有意思。从背影看,他身高一般,但肩膀较宽,腰身很正,衣装整洁,关键是胳膊甩得自如而有力,节奏一致,显得与众不同。若到前面端详,他很可能昂首挺胸,目光炯炯,仿佛在天安门前走正步。我猜他准当过兵。

他挺配合我,在公共汽车站旁立住了,侧过身来。哈,果不其然!我们公司的退休职工老李——地道的转业军人。他见我后笑了,虽眼袋下坠,皱纹如网,但姿态却不显老。他穿的是单位发的制服和劳保皮鞋,样子早已过时,可他穿起来照样很有精神。不由得我想起了其他人,他们的一个共性。比如公司原来的党委书记,他在办公桌前总是坐得很正,腰板很直,从没像我经常歪在椅子上,甚至腿架到桌子上,站没站相,坐没坐相,上班如同在家。

军人也有歪倒的时候,但属于特殊情况。有一年,我们在蓟县的一家饭店吃完饭往外走,工会的小王在我身后,他曾在某导弹旅服役。路过一个包间,门大敞四开,大圆桌上碟碗狼藉,杯盏颠覆,座上空空,似已散席,但边上的椅子却坐满了人,三面墙人挨人,悄然无声!一色儿穿军装的年轻人。他们显然喝多了,均闭着眼,或仰头靠在椅背上,或歪头靠在战友肩上。我们站住了,开玩笑道“小偷来了”,仍没人睁眼。令人钦佩的是尽管如此,椅子上没有一个横着趴着的。它意味着醉酒者中没有一个耍滑的,也没有一个失态的,无非是静默,犹如总攻前的休息片刻。小王告诉我,旁边两个包间也是这样,他说这是复员的告别聚会。我细一打量,他们大多没有肩章,于是更为叹服:已经离开军营了,仍是军人风貌!小王激动地说:“部队就是这样!我转业时也是这样!”

军队的教育同实践是一体的,将崇高、严格的准则渗透到工作和生活的各个角落，构成一个大熔炉，坚实地铸造出军人特有的品格与作风。即使他们走进了大千世界，这些优良品质也不会轻易被腐蚀和磨灭掉。有一次在市里，我和同事打车去一个比较远、道路又不熟的地方。车开动后，我们与司机商量怎么走为好。司机约莫四十岁出头，说话挺干脆："你们要不熟，那就听我的！"他说了一条路线，我觉得似乎有点儿绕远，便问走其他路线行不行。他笑了，说那条道并不近，而且不少红绿灯。同事碰了一下我肩膀，说就听师傅的吧，又说上次他去那儿花了多少钱，意思是里程有数，不能坑人。司机不笑了，说："哥哥，你就听我的，如果比你上回钱多，算我白拉！"一路顺顺当当。到了目的地一看表，比上次还少两块多钱！我们高兴地致谢，司机说："我当过五年兵，决不昧良心挣钱！"

即使不打仗，军队生活的危险一般也高多于百姓生活。时间久了，生命观必然有所变化。早先，工程队里有个李书记，年纪大了，身体也不好，公司便照顾他，把他安排到了机关。虽然在我们部门只当一般干事，但他心态很好，积极配合我们工作。忙时他该加班则加班，遇到体力活儿也不后退，让我们既感动又不安——他以前闹过心肌梗死，在鬼门关口转过一圈，从三十多岁起，速效救心丸就不离口袋。谁若劝他，他总是嘿嘿一笑："没事儿，该活死不了，该死活不了。"有一次我们聊天说起了登高，有的说自己晕高；有的便说自己当过架子工，在空中如履平地；我说自己爬电杆如上楼梯……大家炫耀取笑，颇为得意。李书记只是微笑，一言没发。有人突然想起了什么，问他："您在部队是什么兵种？"李书记回答："伞兵。"屋里好长一阵儿没了声音。

我问他跳伞时害怕吗？他说刚开始训练时心跳得厉害，后来飞到高空便被迷住了——下面真是太漂亮了。他当然知道一旦出了问题会多危险，也知道有些地面障碍依然很要命，但他更知道自己是一个军人：军人就要与千钧一发相伴，军人就要以马革裹尸为荣。天长日久，人便看透沧桑，一切不惊不怪。

我现在经常身体不适，与青壮年时期生活没有规律、缺少锻炼有直接关系；说话办事掌握不好火候，有点儿成绩就容易沾沾自喜，多少也和履历匮乏有关。过去做的有些事幼稚到极点，要是当过兵可能多数会避免。

现在有的国家规定年轻人一般都要服兵役，我觉得很好。而我们城市里不少年轻人，体重不轻，多是脂肪，纵然有保疆卫国的精神，一旦行军打仗，恐怕难以胜任。我国人口太多，不可能全民皆兵，但应把学校的军训、企事业的民兵工作切实搞好，时间、质量有保证，并且经常举行演练活动，使年轻人能够树立军人意识，锻炼军人体能，培养军人习惯。逐渐使国人无论在战争与和平年代，都是一个心态——我永远是个战士！

难忘的《草原女民兵》

一九七三年，我们一拨人在北京学习。同事王金祥问我："我舅舅他们团明天晚上慰问演出，就在宣武区（现西城区），想去看看吗？"

"什么团？"

"北京军区战友文工团。"

"真的?！"

战友文工团！如雷贯耳！那时收音机或电视里播放的文艺节目，脍炙人口的尤以"战友"为多。贾世骏、马玉涛、马国光的独唱，张振富、耿莲凤的男女声二重唱，我可以说百听不厌。该团编排的《长征组歌》、舞蹈《草原女民兵》影响更大，但因场面较大，一般台子摆不开，如无特殊情况，普通人更没机会看到现场演出了。

王金祥告诉我，他舅舅叫王克正，独唱演员，《长征组歌》里有他，红军到达陕北后他领唱《祝捷》那段。

"是那个背着大刀片，挺威武的？"有人问。

"对，对。"

我马上对上号了："活捉敌酋牛师长，军民凯歌高入云！"

"对，就是这个歌词！"

我埋怨王金祥既然有这个关系为什么不早说。

次日傍晚，王金祥带着我们几人进了一个部队大院。在一个大礼堂前面，我被黑压压的一座"山"惊呆了。

"山"是由无数箱子堆起来的。不用看标识，就能猜出那是装服装、道具和舞美设施的，可能还有大型乐器。我过去见过的多是业余文艺宣传队，哪有这个气派！

我们提前进了剧场。王金祥的舅舅从舞台侧门走出来，笑着问候我们。他没化妆，也没戴八角帽，简简单单白衬衣，扎在绿军裤里。他的脸上很有棱角，比电视上看更精神，真像爬过雪山走过草地的。他告诉我们坐在哪里，然后带我们到大幕后转了转，我又被惊呆了。

舞台后墙的边上有一溜儿年轻的女演员，她们穿着薄薄的紧身衣裤，正在活动身体。有的压腿；有的在劈叉；有的身体后仰，成了一弯拱桥；有的单立，一条腿笔直地甩起来，舞鞋过了头顶……“草原女民兵！”我在心里喊了起来。

我敢说，如果走上街头，人们一眼就能看出她们的职业。她们化的妆不浓——确实不用过多修饰，脸盘都差不多，圆圆的，或椭圆的，五官很端正，有的近看其实很漂亮。笑起来呢，更加生动——整齐的牙齿在朱唇中绽放，晶莹闪亮。她们像没瞧见我们，该干什么干什么。看样子她们是一拨老搭档，共同演出不知多少场了，但仍是一丝不苟，精心准备。

演出一开始，我们便成了大海浪潮中的沙砾。

解放军官兵坐满了座位，后面还有不少站着的。每个节目一报幕，他们就使劲儿鼓掌。虽然这是军内活动，又在首都，但军区级文工团下基层慰问演出的次数不多，大多数观众可能和我们一样，也是初次目睹这种高水平的文艺节目，当然很兴奋了。演员们表演得很投入，没有丝毫应付的意思。几位著名歌唱家都来了，他们个个返场，以满足观众的心愿。台上台下互动，热情高涨。不过，最牵我心的仍是那些舞蹈演员。

报幕了，果然是《草原女民兵》！

浑厚的圆号声、悠扬的笛声送走晨曦，辽阔的大草原，河水清澈，鲜花盛开。一队女民兵骑马荷枪，在边防线上巡逻。连长在前，打着红旗，身材稍高一些，穿着藕荷色蒙古族长袍。战士们随后，一个，一个，稳稳出场。她们身着白底袍子，镶着红边，头上都缠着红巾——十几个人，竟然一般高！黑色的小靴子起起落落，动作也完全一致！台下一片惊叹声。

原来在电视里看的是图像，电视机尺寸又不大，而且是黑白的，哪有这种效果？我的眼睛睁到了极限。

她们扭过身，抬起臂，似乎在进行瞭望，目光警觉而镇定，动作娴熟且有韵味。我虽然不懂舞蹈，对她们的动作大多叫不上名字，也没关系。她们将这些舞姿有机组合起来，使观众基本能看出情节；对需要强调的细节，她们特意延宕，让观众充分理解它的含义。主题音乐以小提琴和二胡的绝配，营造了既含蓄又浓烈的抒情气氛，像水雾一样弥散，沁人心脾。

这就是艺术。纵使一些地方确实有女民兵，也不会齐刷刷一排都这么漂亮啊！但大家都入神地看着，会意地笑着。

静谧只是片刻，突然电闪雷鸣！姑娘们毫不畏惧，与风雨搏斗。一个小战士似乎陷进了泥潭，连长拍马赶来，帮她脱离险境。其他战士踏着紧张的节奏，各展英姿：双人舞、三人舞、多人舞，象征团结，象征勇敢，象征智慧……舞姿难度不断加大，我紧张得几乎喘不过气，生怕她们出现意外。

战胜各种困难后，蓝天白云出现了。马头琴引出潺潺的长调，倾吐姑娘们的心声："牛羊成群，马儿肥壮，因为有了碧绿的牧场。牧场碧绿如翡翠一样，因为有了雨露阳光……"女高音如天籁，在云朵中穿行。姑娘们或劳动，或休息，或吟诵，幸福地享受富饶与和平，精心看护家乡的每一寸土地。她们兴奋地抖肩，肢体像春水波动，像葵花追日，酣畅表达了感恩之情。每个动作的设计都融于情节中，流畅而自然。

女民兵们开始训练：立好靶子，练习步枪瞄准。连长翻滚隐身，手枪一甩，一发毙敌！小战士高速旋转，不知转了多少圈，她们的长袍完全甩了起来，像裙子一样飞舞，然后空翻、侧空翻。连长打着红旗飞旋，宛如火焰；战士们迎风展翅。我的心怦怦跳，真怕哪个转晕了突然摔倒。

多虑了。她们只是额头上出了点儿汗。她们肯定经过了长期的刻苦训练，对这种难度习以为常了，大概多数都能跳独舞。虽然那时这种机会很少，但我觉得这个舞蹈有许多创造，每个人都有施展才能的空间。看！枪舞悄然变成了刀舞。闪亮的马刀带着袍子一同旋转，舞台上绽出十几朵洁白的莲花！白莲中又浮出红莲！她们策马挥刀，闯坡越沟，倒踢紫金冠，一个接一个大跳，气势如虹。

这个舞蹈最神奇的是表面上贯穿了战斗精神，姑娘们一半时间手持兵器，实际上细看动作与神态，总是那么柔美，令人不禁想起花木兰、梁红玉、红色娘子军，可能还会想到西施、赵飞燕、成吉思汗队伍中的女人。几段歌曲，尽管有的句子接近豪言壮语，然而乐谱基本来自蒙古族民歌，依稀还有北方其他民族音乐的影子，正好表现中华女性忠贞坚韧、温和内敛的一面，播撒一种深沉恒远的爱。总体上一点儿不矛盾。

当队形密集马步加快时，音乐与我心中的旋律拧成了一股，荡气回肠。我觉得这时候女独应当把音高上去，她就昂然冲上去了。毫不犹豫，一分不差！“飒爽英姿横枪跃马，胸怀万里山河，笑迎千里风沙，战斗的歌声震天下。啊，哎——”台前台后的演员们以深厚的功底、澎湃的激情、完美的合作，创作了一幅雄浑壮丽的立体画卷。就像这余音袅袅的长调，又将世代流传。

我浑身发热，心跳加剧，若不是身在剧场，很可能突然站起来，甚至跳起来，后面是喊是唱就不知道了。

那天夜里，我辗转反侧，那些倩影总在眼前晃动。解放军小伙子们大概也失眠了吧？

我真羡慕王金祥的舅舅，他每天生活在美和艺术中。

我觉得，心底蛰伏的一些东西突然苏醒了，不再满足于现状。我应当有更高的追求，创造新的人生。

之后，我一直抱有一个希望，就是到内蒙古离边境最近的大草原转一转，最好还能骑上一匹马。

“绿色通道”延千里

某年秋天，我和妻子在苏州旅游时遇到了难题。妻子在山路上左脚严重扭伤，鼓起两个大包，疼得走不了路。

我们只能提前结束旅程，尽早回家。虽然很快就在苏州北站买了高铁票，但一想到进站、安检、上车、下车、出站，我就发了愁。

亲戚在电话里安慰我们，说铁路车站都有“绿色通道”，他们肯定会帮助我们。我曾在铁路系统工作，当然知道有“绿色通道”存在，我担心的是如今接发高铁的车站多是新建的，一般都很大，站外还有广场，进站得走很长一段路，车站能管多远呢？现在都增加了安全检查，既要排队验身，又要赶紧捡一个个箱包，我们忙得过来吗？到了里面，就算有轮椅，妻子可以坐着了，可我们在哪儿待着候车呢？如果直接到站台上等候，想上卫生间怎么办？

谁知，铁路工作人员想得比我还细致，他们逐个有对策。

我们到了苏州北站的广场旁边，从出租车下来后，离车站入口至少还有三百米。如果妻子步行，只能扶着我单腿蹦，或者咬着牙一点儿一点儿往前蹭，对她来说如同长征。

我看见入口对面有一座简易房，上面写着“志愿者服务站”，于是让妻子坐在箱子上等候，我向那里跑去。

房子里有一位大爷，他了解情况后马上叫来一位女性工作人员给了她一个轮椅，让她推我妻子进站。我心里一下子就热乎了，连说感谢。

妻子坐上轮椅后，再加上箱包，我试了试，推起来不大轻松。那位工作人员看模样五十岁以上了，个子也不高，但她坚持自己推，而且走得较快，一会儿就冒汗了。妻子非常感动，最后想送点儿纪念品感谢，人家一笑拒之。

没用多久，我们便到了车站入口的折行通道前，改由我推车了。人很多，虽然拥着向里走，但妻子坐在轮椅上，将箱包前置，正好给脚加了屏障，不会被人碰着踩着。即将安检时，服务站的大爷过来了，我隔着护栏把轮椅递给了他。妻子一步没挪,又坐上了站里预备好的一个新轮椅。

我们顺利通过了安检,在楼上候车室的一个休息点等待检票。这个休息点在检票口右侧,有栅栏隔着,普通旅客进不去,而我们却可以从里面出来,根本不用害怕找不到"方便"之处。检票口左侧就是服务台,年轻的工作人员微笑着走过来,她只看了一下我们的车票,核对我们要乘哪趟车,别的都不问,然后告诉我们放心休息,说到时她会将我们直接送到站台上。她与我们要乘坐的列车取得了联系,告知了我们的情况。

检票进入尾声时,她代我推轮椅进了载客直梯。下到站台后,她见列车已经停下,便将我们送到了对号车厢的门口。更没想到的是,女列车长亲自迎接我们,帮助我妻子进了车厢。上述安排,均超出我的想象。

五个小时很快就过去了。天色将黑时,我们到了天津。列车员帮助我提箱子,然后搀扶我妻子下车。天津南站的工作人员很快就来了,推着轮椅,带我们抄近道直接到了站外。车站的执勤民警马上指定一辆出租车载我们出发,根本不需排队。千里迢迢,上上下下,诸多环节,无缝连接,一气呵成。妻子基本没有走路便回到了家中。

在不少人以"挣死工资"为耻,希望躺着玩手机就能赚大钱或挖空心思当"网红"的时代,铁路系统牢牢坚持"人民铁路为人民"的宗旨,以优质服务求生存,谋发展;广大员工严格按照规章,一丝不苟做好本职工作,在平凡中出彩,用协作增"流量",这是多么宝贵的精神!他们知道,交通强国,不是只具备硬件就能实现的。

书虫成长记

我从少年时代就喜欢读书，这既有性格的原因，也有对半封闭生活的自救，还有因绘画等爱好不得伸展而形成的移情。换言之，书籍是我生命中不可缺少的元素。

然而，家里没有我要看的书，买书也不具备条件，我只能求助于同学了。

小学三、四年级时，我酷爱连环画或通俗的、有插图的故事书，有时竟挪用午饭钱到小人书铺“饱餐”一顿。晚上家长能饶了我吗？上天保佑，从别的班调来个“及时雨”杨忠江。他挨着我坐在最后一排，经常带来古典战争题材的连环画，如《杨家将》《说岳全传》。里面的内容甭提多精彩了，光那漂亮的封面就让我爱不释手。我起初在学校借着看，后来觉得杨忠江脾气不错，便得寸进尺，屡屡把书拿回家，翻来覆去替岳飞叹息，为杨七郎扼腕。看完就还呗，可我耍小聪明，又转借他人，以书换书。不料，换来换去，有的书回不来了。但杨忠江从不找我要，就像书中的好汉般侠肝义胆。想起此事，我至今仍感到汗颜。

郗琦是我借书的又一“绿色通道”。她和我住一个大院，我隔些天就到她家窗前吹口哨，接她的“二手货”。书是她选的，不可能全对我口味，但《谁是最可爱的人》《十万个为什么》等我挺喜欢。我曾把作家魏巍的一段话改写进作文里，老师批阅时兴奋地盯着我，像发现了又一个可塑之才。

到了五年级，我可以一天吞掉一本长篇小说。郭建华是我邻居，家里本有藏书，他隔三岔五还买书，很让人羡慕。《平原枪声》《野火春风斗古城》之类的书都是找他借的。有天下午，郭建华买了一本《古城春色》，他坐在家门口的台阶上，一边等他妈回来做饭一边看。我坐他旁边，跟他一起“检阅”北平是如何解放的。我嫌他太慢，总催他快点儿翻，他也不和我生气。直至天黑得字体都模糊了，我才悻悻离去。

对我帮助较大的还有刘琛。他父母、他姨都教书，他哥哥也爱看书，家里书不仅多，而且范围广。他家离学校很近，有一个独立的小院。我经常到他家去看书，在院里一待就是小半天。有时赶上饭点，他姥姥、他母亲叫我一起吃，我虽然谢绝了，但魂在书里，不忍离去，给人家添了不少麻烦。我看了《播火记》《烈火金钢》《前驱》等国内新书，也看了《红与黑》《夏伯阳》《海上猎手》等较早出版的外国文学，拓宽了文学视野。有一次学校组织参观，回来要求写观后感，自己看时走马观花，写时信笔敷衍，没想到分数竟是全年级第一！有的老师还在自己班的课上把我的文章当范文做了讲评。其实，行文无非用了一些课本之外的辞藻，叙述方法借鉴外国小说较为新颖罢了。

后来，我们因故停课了，再想看书就主要依靠同院的难兄难弟了。同班同学只有几个，他们的书不够看，我便把其他班的，甚至不是一个年级的也纳入了搜罗范围。二弟与我合作，串门儿常有收获。可能因为早先读了一部分好书，有些事实、道理已渗入血液，不会事事鹦鹉学舌，至少认为人类某些文化是很有价值的，不应通通铲除。就这样，我在语文、历史等方面能够继续学习。尽管是零敲碎打，不过总比一片空白强。譬如，从对门刘群家借了《星火燎原》等书，对中国新民主主义革命的艰辛有了感知；弟弟从张文生家借了溥仪写的《我的前半生》，里面有很多照片且内容未经删节（之后我再没见过这个版本），它使我清晰地看到了封建制度的黑暗与腐朽。

进入中学后，我们调皮捣蛋没上多少课，但我课余却没少看杂书。不过，有些内容比课本要深得多。比如在王建华家，我不仅把《红楼梦》大体啃了一遍，还把冯雪峰（或冯其庸）作的序认认真真地读了。那是一篇既深刻又精辟的文学评论，假使今天来读，也仍会有所收获。我还读了一些人物传记，从巨人眼里看世界，如朱可夫的《回忆与思考》，它把苏联如何抗击纳粹德国的侵略介绍得比较真实，分析得很透彻。其中讲的增强国家经济实力的重要性，给我留下强烈印象。

毕业后到铁路系统工作，我虽然只是一名普通电工，头三年还是学徒工，但读书越加勤奋了。当然，这时主要看技术书，我认为只靠实践积累是近视眼走夜路。我一个月工资中的四分之一常用于买书，因此，仅两年我就能解决有些老师傅都为难的问题了。再过两年，单位看我工作态度不错，又有写作能力，便让我脱产负责共青团工作了。说这个，决不是老王卖瓜，而是证明书籍的力量。是书籍，使我对人对事习惯多问一些为什么；是书籍，使我知道山外有山天外有天；

是书籍，让我经常注意“生活”与“活着”的区别；是书籍，让许多卓越的有趣的人长伴我心，即使旷野独行也不觉寂寞和孤独……

亲爱的同学们，若无你们的帮助，我能这样吗？我衷心感谢你们，我觉得最好的回报方式是写书，使你们感到欣慰和骄傲。不知能否如愿？

旧书刊中的一些亮点

新文化运动以高昂的反帝反封建精神，大力宣传民主与科学，深刻影响了民众，尤其是青少年。只就我所看到的一些旧书刊，说说新文化运动开创的一些有益做法。

一、教育。地图集《表解说明中华最新形势图》，一九三六年出版，系屠思聪所著，国民政府教育部审定，蔡元培题签。该书不仅内容翔实，而且特点突出，贯穿了生动的爱国主义教育。一是"注重国权"。首先总图中有《中华疆域变迁图（附中华丧失地略志）》。作者阐明了国家开疆拓土的重要性，概述了自清代乾嘉两朝之后所丧失的领土、藩属的过程及原因，然后"于沿边各省区分图附绘丧失之地域、未定之疆界、租让之港湾等插图；并于附说中详述其梗概，使国人阅之惊心触目而憬然以悟、矍然以醒，更油然而生爱国之心"。末尾还附有《帝国主义者侵华条约表》《帝国主义者在华租借居留地表》和《帝国主义者攫华权利表》，以供参考。二是"关怀民生"。对"物产交通关系于民生者格外注意，如何使各省区民生日裕均有所阐发；于西北西南边境国人所忽视者更有所论列，以为提倡"。例如铁路方面，"总说"明确指出"仅长二万里，以我国面积之广，区区此数，远不敷用，甚须添筑焉"，并在《全国铁路一览表》中对《国有现筑铁路》以及国有、省有、民有、国际拟筑铁路作了介绍，以期国人增强责任意识。全书感怀深沉悲愤，语言铿锵有力，犹如现场激情授课。其内容与形式在当时非常新颖，销量之大"年印三次而不足"。

二、科普。不少学校非常重视科普，大力传播西方的科技成果。一是学生的读物中有许多科学知识。如《小学校初级用常识教科书》，用较长篇幅介绍了气象、地理、日光和植物的关系、养蚕缫丝、种桑种棉、纺纱织布和西方发明的毛织物等内容。小学课外读物不仅有《小朋友》《常识谈话》《少年必读》等杂志，还有按年级水平编辑的《分年儿童文学》。它们将知识性和趣味性更好地结合，更加广泛生动地进行科学教育。如中华书局印行的第 606 期《小朋友》，封面是美丽的大海和海轮、渡轮，里面对应有说明，讲两种轮船的不同构造和功用。栏目有《常识照片》《卫生谈话》《世界知识》《地理知识》《小新闻》《劳作》《一周一人》等。二是编印大量的成人学习材料。譬如商务出版社编的《万有文库》，是普及自然科学和社会科学的百科全书。每册只说一个人或一方面内容，面向大众，深入浅出，薄薄一册，便于携带。要想配成全套，一个大手提箱都装不下，足见作者和编辑下了很大功夫。与其相似或给予细化发展的，还有《百科小丛书》《国学小丛书》等系列读物。这些读物的出版单位还翻译了不少国外的科学著作、科学发展史话、科学家传记以及外国人谈论中国科学的书，对国人认识科学、热爱科学起了一定的推动作用。

三、修史。胡云翼所著《中国文学史》，一九三七年出版。在《自序》中，作者先列出已有的二十多种中国文学史专著的名称及作者，毫不客气地指出“时有多数不能令我们充分地满意”，分类评点后，认为“满意较多的”只有胡小石的《中国文学史》讲稿和胡适的《白话文学史》，但也点出了其缺失，不怕两位名人不高兴。然后介绍了本书的新意，即按照现代文学观念界定文学范畴；依据政治时代的分期而分期；揭示各种文体、各种文派、作家和作品以及文学思潮的联系和演变，形成了一部活的脉络一致的文学史。这说明此书非但不是彼书的翻版，而且也不是相互模仿抄袭的，读者可以都拿来比照，见仁见智。此书观点鲜明，持论公允，且看作者如何批评当代文学作品。“在近代中国小说界中，最伟大的莫如鲁迅”，但其小品文“长于骂人的艺术，尖酸毒辣，俏皮有余”；“茅盾的文笔似不如叶绍钧的细密，然就其整个的作风说，则比叶氏更为活泼而美丽”；“小品文的泰斗周作人”“作风清冲淡远，韵味悠然，颇似陶渊明的诗”；“俞平伯、朱自清、叶绍钧等，似乎都是受了周氏的影响而努力于小品散文的一群”。如此议论，的确助人了解不同作家的艺术特点。

四、新闻报道。《〈申报〉流通图书馆工作报告》以很长的篇幅附录了追悼报业大王史量才的特辑。史量才接管《申报》后，明确提出“国有国格、报有报格、人有人格”。在“九一八”事变后，他对蒋介石一度不抵抗政策进行了猛烈抨击；“一·二八”淞沪抗战打响后，他亲自写稿，大量报道前线情况。为开启民智，史量才还创建了流通图书馆和业余补习学校、妇女补习学校，宣传爱国主张，普及文化知识。其一系列做法让当局十分恼火，史量才于一九三四年被暗杀。让人十分敬佩的是，主持史量才纪念活动的李公朴先生，后来继续战斗，为民申言，死而无怨。他们用生命塑造了中国优秀知识分子的伟大人格。相比较，效仿而起的《大公报》命运要好一些。我有一本一九四七年出版的《季鸾文存》，里面收集了《大公报》主笔张季鸾先生的部分评论和重要信件。当时《大公报》名副其实，充分代表公众意见，备受广大读者欢迎。张季鸾一九二六年主持《大公报》笔政，一九四一年病逝，十五年中几乎每日亲写社评，以首创的新闻评论形式，针砭时弊，资政醒世，并组织采访红军长征等独特新闻，对声援抗战、促进国共合作等起了重要作用。其文笔犀利，议论精辟，御用高才陈布雷都难遮光焰。

五、集成。随着五四运动后白话文的兴起，语文工具的革新成为社会的迫切需要。黎锦熙、钱玄同等语言专家积极倡导，一九一九年成立了“国语统一筹委会”。刘半农提出的“编纂国语词典案”获得通过。执行过程中兵荒马乱，编纂经费无着，但大家一致认为“要对中国文字做一番根本的大改革，因而不能不给四千年来语言文字和它所表达的一切生活、文化、学术等结算一个详密确实的总账，以资保障而便因革，则具体化的工作唯在词典”，反而扩大了计划：要编《中国大辞典》。经过汪一庵等人十年艰苦奋斗，一九三六年《国语辞典》首先告捷。我所存其一九四七年删节本就达一千两百多页，内容仍很丰富。它以普遍使用为标准，每辞均标注音字母，并用简明浅近的文白相参语言进行释义，力求“简而不漏，浅而不陋”，基本满足了上至教员学者、下至初小学生的不同需要。从检寻方式及释义内容来分析，它对一九四九年后《现代汉语词典》等典书的编写不能说没有影响。

淘书杂记

二○○五年深秋　顺藤摸瓜

老土坛子酒店旁那位书商很厚道，这日的一摞书只收六十八元。虽然二十世纪五十年代国内翻译出版的几本俄罗斯小说内容一般，但二十世纪三十年代出版的《浮生六记》、冰心的《寄小读者》等还是不错的。

地摊上有时不摆好书，你得去问、去聊，有枣没枣打三竿。我开始买的多是"大路货"，后来发现了门道，这些书就是书商从楼洞里存货的铁箱子现拿出来的。实际上他们也希望了解购书者的要求，行动好有目标，既可扩大收敛范围，又敢于进高价书，不愁砸在手里。

听说他在原来住的地方还有一些书，压在旧家具下面了，有待清理。因此自己留下了名片，请他届时联系。

二○○六年初夏　不能求全

北京报国寺的摊上没什么像样的东西，我只好到店里翻腾。真翻出一本，内容很好，看样子也够年份了——《敌后抗日根据地介绍》，里面用的纸多处露出草秆儿，有的地方甚至薄如笛膜，印的字真是"力透纸背"了。中间插有地图，叠着，得轻轻打开。它用的纸有些特殊，既是半透明的又软绵绵，有些折印早已断裂。

书中共有《晋察冀抗日根据地》《琼崖抗日根据地》等大小八张图。图中标的地名都是旧称呼；内容有《一二九师与晋冀鲁豫边区》等文章。最重要的是里面所说的时间："抗战七年来……"这说明此书若是初版，发行时间应在一九四五年左右。封面用纸也很粗，书名的宋体字形如手写，落款是"新华书店印制"。售书人索价五百元，尚可接受。我提醒售书人没见版权页。她说如果有就不是这个价了。我转念一想，可能根本没有版权页。

后来我分析，新华书店创建于延安，日本投降后新华书店被分为许多地方书店，如“太岳新华书店”“冀东新华书店”，没有总店。中华人民共和国成立后，新华书店统一了，才又单独出现“新华书店”这个名字。假如是这时的新华书店出的书，用纸应当很好，何况它已主要搞发行自己不怎么出书了。

这本书应是抗日战争末期在延安出版的。根据它内容的保密性，似乎是给党政军干部专印的，不对外销售，因此不需要版权页。新华书店当时也是内部机构，其署名无非是表示谁负文责罢了。

她说得对，我先把书买了，非主要问题以后再研究。有的书难得一遇，不能过于挑剔。

二〇〇八年夏季　真伪难辨

早前在北京报国寺急急忙忙购了两本书：一是邹韬奋的《患难余生记》，一九四八年出版，品相一般；二是《太阳月刊》，郭沫若、徐志摩为首的创造社编辑的，写着一九二八年发行，但看着较新。我自然产生疑问：“这是当时出的吗？”“是啊。”书商的语气很坚决。

过后仔细一看，封底一行小字露出了马脚，书是影印本。我请教了耆宿，王老说：“国家为便于新文学研究，把一些存世不多的书刊做了影印。”我问这本是什么时候印的，王老说“大概是二十世纪五十年代末，可能印量不大”。

由此，我对品相极好的老书倍加警惕，但也可能放过了真品。市场某熟人有一次拿来一本丁玲的文学评论，标着二十世纪三十年代出版，可几乎崭新，问我要不要。价格不高，我很怀疑，当然没要，然而王老一见便收入囊中。王老说，从来路分析，此书来自日本，日本在三十年代收藏了不少中国书，一直没流动，现在看起来跟新的一样。王老对此很有经验，他弟弟在日本住了多年，常给他寄书。

终归还是我阅历浅、视野窄，李逵李鬼容易混淆。

二〇〇八年秋天　注意版本

今天王大姐过来问我：“你那本《雷雨》研究完了吗？”

二〇〇六年我在王大姐那看到一本一九三六年出版的《雷雨》，价格不低，她说这个版本与现在演出的剧本有很大不同。我觉得很新鲜，又想到此书问世的时候曹禺先生初出茅庐呢，于是欣然收下。

回家后，我认真研究了一番，发现该版本既有序幕还有尾声。一开始为年迈的周朴园旧地重游，周公馆已经易主，破败不堪，巧合的是他的前妻仕萍也来了，二人一起悲痛地回忆，引出了正文。而后来的演出本将其删去，直接从四凤在周公馆当仆人开始，到四凤一死全剧就结束了。该版本的尾声非常凄凉，周朴园悔恨不已，仕萍愤然离世。我觉得这个版本强化了主题，难道由于演出时间过长而“忍痛割爱”了？

王大姐说原以为该书是第二版，比较好找，但后来发现它紧接着第一版，印量也很小，现在轻易遇不到了。如果我不想留了，她想加价收回。

二〇〇八年初冬 有始无终

今天收了一套线装监本《诗经》，虽是石印，当初印量较大，但如今存世的恐也不多了。品相还可以，除了第一册里有点儿字迹和污痕，其他三册簇新，当然纸张较原来更黄了，毕竟问世已近百年。

回家后，我趴在书桌上研究起来，不敢端起来看——纸已发脆，万一扯坏了，对不起前人的苦心。

在柔和的灯光下，翻开书页，窈窕淑女从版画中款款而来，书香带来花香，感觉很好。最早的书主大概也被其陶醉，在书眉用蝇头小楷加以注释。好在题字不多，且只有几页。污痕仅一两处，像是不慎洒的烛泪。这完全可以理解，那时大多数地方尚无电灯。

看样子，主人读了不过十几页，便不再用功了，或因故撂下了。另三册好像根本没看，就这样封存起来了。子女们没动，孙子们更是供如祭品。如今，重孙子们将其换成实用的钞票，哪怕只够买两瓶二锅头。

我不由想起许多图书馆下架的书，有些很好，然而借书登记卡却是一片空白。它们几十年如深宫佳丽，寂寞地老去，与前者殊途同归，也是令人痛惜。

二○○九年春节后某日 休要浪费

看完新买的巴金译的《回忆托尔斯泰》,我又把早买未看的托翁作品及传记全看了,整一个"托尔斯泰月",随之有了深刻体会:买了书就应抓紧读,不能认为反正是自己的,一放不知多久,早看早受益。

罗曼·罗兰所著《托尔斯泰传》,我看的是徐懋庸的译本,一九三三年出版。该书揭示了托尔斯泰的基本思想过程,对认识其作品有很大帮助,尤其是理解他在《安娜·卡列尼娜》和《复活》中的游离形象的大段议论。该书还介绍了前两部名著及《战争与和平》之外的一些作品,它们的重要意义和艺术特点,促人渴望了解完整的托翁。

由此顺势而下,我读了长篇小说《哥萨克》和中篇小说《西伐(塞瓦)斯托波尔的故事》。窃以为,《哥萨克》是一卷很美的高加索风情画,充满了青年托尔斯泰的理想和激情,他为绮丽的边塞风光、惊险的狩猎和防卫、清纯又火辣的哥萨克女子倾倒,笔下流出的皆为天籁之声,没有一丝说教,无怪乎大师屠格涅夫"为之狂喜"。《西伐(塞瓦)斯托波尔的故事》是托尔斯泰参加要塞保卫战的亲历,对战争的描写非常逼真,讴歌英雄与鞭挞官僚熔为一炉,在托氏长卷中也是出色的一幅。至少在写作上,我又向托翁学到了新东西。

书被认真读了,才真正属于自己;别让佳作总与灰尘甚至蠹虫为伴。

二○○九年初冬 匆匆过客

有时淘到一些好书,欣喜之余又生愁绪:签名或藏书章明显说明,这些书均来自一家。如果主人平安无恙的话,一般不会大批出手。

一位售书的老兄说,他之所以每次来都能带几本看过眼的,主要由于他的一个朋友突然去世了,留下了一万多本藏书,其老伴儿不懂行,女儿也不喜欢,就委托他来慢慢处理。虽说没有太久远的,但多是二十世纪八十年代精选的,不少也可收藏。继而老兄更为自己叹气:"我家孩子也是,多好的书一眼不瞧;我辛辛苦苦节衣缩食也攒了不少好书,将来备不住一下子全进废品站。"

我苦笑着对他说:“咱们同病相怜,好在我还没到汗牛充栋。”并安慰他:“这是个普遍问题。”现在人们忙得无暇看书,即使想看,许多都有电子书,一下载就行了,成本很低。纸质书大概只有学者专家才需要,但可到图书馆、资料馆去查去借,似乎也没必要买了。

时代急剧变化,在纸质书面前,我们皆为匆匆过客;在后代面前,多好的书或许都是一堆废纸。

二〇一〇年早春　不必过虑

近期的最大收获是一本俄文画册,估计是二十世纪五十年代出版的。我过去看过不少俄文书,也收藏了一些汉译书籍和原版画册,如《普希金画传》《格拉西莫夫油画作品集》《一九〇五年反沙皇起义纪念画册》等,因此对这本一看便觉得内容并不陌生。尽管硬封皮上压出的头像我没对上号,但仍被其厚重和精致一枪撂倒,马上就买下了。悠然坐定,欣赏加破译。过来两位,一生一熟。王大姐问:“这本儿够气派,封面是谁?”我说没看出来,但估计很有名。陌生者是个帅哥,眼一扫便说:“莱蒙托夫!”

啊!没错儿,自己一时糊涂。他的小说我看过好几个版本,诗集也读过,画册里明明有高加索风光、骠骑兵、迷恋佳丽和决斗等典型画面,怎么没认出来呢?我问好些插图是谁画的,小伙子说莱蒙托夫也是画家。“可惜,二十七岁就死了”,小伙子怅然离去。

真是“三人行,必有我师”,没想到老师竟是位年轻人。看来,对未来不能过于悲观。

二〇一〇年三月　珠峰一角

今天淘到好书——《中国文学珍本丛刊》中的四本。

一、《陶庵梦忆》,张岱著,一九三六年初版。

二、《谭友夏合集》,一九三五年初版。

三、《尺牍新钞》,一九三五年初版。

4.《白石樵真稿(上)》,可惜没有下册,看不到版权页。看外观与以上诸书属同一时期,为一人所藏。封面均飘雪花,只是底色不同。

我在书中常见“张岱”这个名字,想必影响力很大,今日有幸拜谒。查阅,张岱为明末清初文学家,绍兴人,生平与陶渊明多有相似之处。

之后又淘到这套丛书中的《西青散记》,其为绝代才女贺双卿的挽歌。仅这从未见过的“珍本”就不知多少!中国文学宝库之大,即便浏览一番毕生也不够。

二〇一一年四月三日　它山之石

今天敛了一包旧书,较为特别的是一本以色列一九九五年出版的中文书《亚利伊勒(耶路撒冷别称)》。它是中以建交后为增进中国人民对以色列的了解而编辑的一本文学作品专刊。令我感兴趣的不只是犹太人如何经过丝绸之路到达中国并有人定居,还有以色列不同凡响的科学研究。一个几百万人口的小国,其魏茨曼科学研究所竟是“世界十大科研机构之一”,它既能研究胶子素这样的尖端核问题,又能在生物工程、治愈癌症等方面取得明显突破,并将大量科研成果较快转化为商业性应用。它还透露了以色列在阿拉伯国家包围中能够生存发展的一个秘诀。

这使我想起了两个数字:据说以色列国民每人每年平均读书六十五本,世界排行第一。这和科技进步、经济发展、国民综合素质的提高不会没有关系吧?而我国的国民年均读书量似乎不到人家的十分之一。若不对此加以重视和扭转,科学发展必会受阻严重。

二〇一一年五月　不尽长江

游商老刘一见我很兴奋:“给你带来一本,你准喜欢!”

呦!《遐庵汇稿》第二辑!前几年进了一函《遐庵汇稿》,是当时北洋政府交通部总长叶恭绰的文集,大开本,四册,胡汉民题签,于右任扉页题名。里面虽有不少公文,但内容不枯燥,很有研究价值:一个很有抱负的人,对中国铁路网的建设提出了种种方案,甚至为有的工程列了详细的预算,如武汉长江大桥;无奈军阀混战，国弊民穷，大多蓝图埋入了尘埃。我觉得，其耗费的心血对后人还是有用的，无论技术借鉴或是精神激励。由于叶恭绰在诗赋、书法和收藏上造诣很深，书中所收入的艺术类文章分量也很重。这套书我确实很喜欢，没想到还有续集！

《遐庵汇稿》第二辑是其弟子的贡献。翻翻目录，内容也很丰富，有空儿再看吧。感谢老刘！

二〇一二年盛夏　永不分离

老叶终于来了。他知道我对什么有兴趣，先掏出了几本老一点儿的书：一本是《马克思生平》，一九四九年出版的；一本是《伟大的战士方志敏》，时间稍晚一些；再一本是《新民主主义青年团团章》，封面写着“赠给林樱”，中间有一个很大的钤印，转圈刻着“中国人民解放军华东某某学校”。这几本书的品相都不错，但我一问价格便撂下了。

我从他的布兜里抽出了一个大相册，打开一看，怦然心动。

那个朝气蓬勃的年代向我们走来。首页上面有七八张一寸头像，都是英姿飒爽的女兵！她们或显沉稳，或露活泼，有的绽放自信，有的略显羞涩，虽然性情有别，但都是脸型丰满、五官端正，而且认真端详，有的应算美女了。她们戴着新军帽，穿着新军服，眉眼中个个流溢出对新时代的赞美，对新生活的渴望。照片下方都有四个凸字“新生照相”。当初她们的笑声肯定把照相馆的房盖儿都掀了。

首页下边是一张较大的合影，上面那些女孩似乎都在，还有一些新面孔。照片天头写着一行字，也是华东那个军校！这么说，相册和书大概同属一人——林樱。

后面几页是她们的生活照和学习训练照，一个短发、圆脸、总带微笑的女孩到处出现，有时穿军装，有时穿便装，有时和别的女孩儿练正步、相互敬礼、逗着玩，有时独自坐在石头上沉思。她的单人照片尺寸较大。其他女孩儿的照片虽然小一点儿，但多姿多样：花边的、虚光的、带剪影的，有的还上了颜色，使脸蛋和裙子更美丽了。既然送给好友留作纪念，当然要选自己最满意的喽！

我把与军校有关的都挑走了，包括照得比较模糊的、已经发黄的。回家后我仔细看了一下，那张合影的背面对着正面的人影都写了名字。看笔体是每个人自己签的，秀雅、温柔、纤细，女性气息袅袅飘来。果然，那个圆脸女孩就是林樱。林樱那时肯定感到非常幸福，后来也对那段经历感到弥足珍贵，难以忘怀，否则不会把相片保存得如此完整，把那时读过的书和团章也珍藏着。我有点儿后悔，觉得应把后者也一同收入。

算了算年龄，如果林樱健在，也八十岁左右了。这些宝贵的东西怎么会流入市场了呢……不说了，收藏者经常遇到此类事情，高兴中夹杂着伤感。

我把林樱及其姐妹的照片集中放在一个相册里，不打算送人或转售，目的是让她们还在一起，永不分离。

售书体会

我一直在大型建筑企业效力，也许是看惯了千军万马，总觉得单独一个人干不了什么，认为脱离了集体的洪流，再努力影响也微乎其微。如果做了点儿事情，认为很有“意义”，大多是自我感觉、主观想象罢了。

我离岗后在旧书网注册了一个书店，虽然认真操作，但初始心态就是玩玩，岂知越干越觉得这可不是游戏。

由于店里上的书基本是文史类，我便以为人们来此购书不外乎个人一般性阅读或收藏，能否买到，早点儿晚点儿，都无所谓；而接触的顾客多了，才晓得买方有若干其他用途，并且一些人还希望尽快到手，要求马上发货。

首先，不少人在搞研究，书是不可或缺的资料。比如，有些大学生订的书很专业，有的明说要用其帮助研究和写论文。有个青年记者直接打款，要《普利策新闻奖特稿选》，可能是想有所借鉴，争取一稿惊人，问鼎国内新闻大奖。还有人订购几十年前的油印本资料，我一看姓名和联系方式，原来是本市一名资深记者——我拜读过这位先生多篇关于地方史的大作——近来八成又有新构思了，想找点儿参考资料。至于地方政府公务员要县志或镇志，博物馆人员要精深的国学专著，恐怕也不能仅用浏览来解释吧？

二者，一些人将其直接用于工作。本市市教委的一位前辈订了几本民国时期书，多是有关小升初考试的。他想直接看一看，并且最好时间快一些。见面后，他说眼下正忙教改，定方案，想参考一下过去的模式。我说：“现在的教育确实需要改革，培养人才不一定非搞什么奥数比赛。”他点头称是。书中有两本是网上孤本，所以整体价格不低，他粗略翻翻，便慨然全收。由此我联想到一些订购老课本的，也未必都是收藏。

再者，有的团体也来屈尊购书，多与工作有关。譬如，徐志摩故居展览馆订了一本二十世纪三十年代出版的新文学知名作家书信集，其中有徐志摩给陆小曼的情书。该书存世的已很少，展览馆很关心品相如何，估计想将其作为展品吧。本市的一家公司直接派人跑到我家楼下，取一册油印本资料《乾隆时期天津文化中心——水西庄》。据说该公司打算在水西庄原址开发房地产，需要详细的有关历史资料，作为建筑设计、广告宣传等的参考依据。陕西某市公安局刑警大队要《中华人民共和国文物保护法及实施条例》，不仅让马上发货，而且问多长时间能收到。陕西地下文物很多，也许公安在侦破中遇到了不好界定的问题，需要查询相关条例。我怕耽误事，想让他们看看别的店，认为此书不算久远，应当好找。不料网上一查，非我莫有，我只能以最快速度发货了。

另外，剧本和乐谱的用途早就应该想到，它不会仅是供艺术院校学生练习的，其中一部分很可能用于创作参考和演出。好几个音乐学院的学生和老师要几十年前出版的乐谱，多数让发快递。印象最深的是，一个女孩收到乌克兰作曲家的《多瑙河彼岸的萨坡罗什人曲选》五线谱后，说自己找了好久好久才找到，真是太高兴了。要是练习，教材有的是，不必非得"深山寻宝"。有一年，北京军区战友文工团一位大姐打电话来，要二十世纪六十年代话剧剧本《战斗里成长》。现在演这个，年轻人爱看吗？过了几天我才明白，《在延安文艺座谈会上的讲话》发表快七十周年了，文艺界当然要大搞纪念活动，唱老歌、演老戏必不可少。香河县评剧戏迷俱乐部订了《屠夫状元》《张羽煮海》《鸳鸯谱》等传统评剧的老演出本，说他们酷爱评剧，经常业余排演节目，活跃当地文化生活。我当然得给优惠啦，他们发了一段很长的文字感谢我。

进书时我顺便也收点儿其他类的书刊，如地理、军事、医药卫生以及外文书刊，订这些的人多数是职业需要，但和订文史类的书友一样，常常别有用处，有些我根本想不到。有个外企员工要了一本外文的《芬兰歌曲》，上面配有许多图片。我以为他对西贝柳斯等音乐大师的作品感兴趣，一聊，他说自己不懂音乐，而是曾经去过芬兰，觉得风景很美，看到图片有旧地重游之感。青岛有人要了一本民国时期出版的《外科总论》，我夸这本书的图片非常清晰，研究细部时更方便，谁知人家告诉我，她不是医生，费了好大劲儿找这本书，只因该书是她外祖父撰写的，她要找回一段被遗忘的历史和不尽的思念。兰州有位大学生，订了一本范长江之名作《中国的西北角》，不但想尽快拿到，同时还想再找到一本。从与他的对话中推断，他有一位心仪的女生，与他同专业。书成了红娘。

后来我想想，即便人们多为一般性阅读和收藏，也是比较好的事情。让人们陶醉在书里，总比痴迷于酒精、麻将牌和网上游戏要好很多倍。

以上种种经历使自己的认识有了很大改变。

生活有多复杂，书籍就有多少用途。书与大千世界频繁往来，网上书店是最便捷的途径，店主就是“千里姻缘”的牵线人。经营旧书，若想持续下去，必须不辞辛苦，将散落在各个地方、各个角落的有价值的书籍挑选出来，使需要的人很快能够得到。尽管店主的劳动会有所回报，但顾客的收获更大。并且由于许多旧书的存量已经不多，有的甚至已成为孤本、善本，是无价之宝。倘若不遇店主的慧眼，它们即使不进造纸厂，也发挥不了更大的功用。时代赋予了旧书店店主神圣的使命。

在不经意间，我竟和成千上万的书店店主一同做起了一件很有意义也很有意思的工作——这就是我售书几年的主要体会。

我所知道的作家浩然

当代作家浩然所描绘的农村生活场景之细腻和生动，一直被广大读者称道。他的长篇小说《艳阳天》多次印刷，至今在新旧书市场仍属畅销品。

二十世纪七十年代，浩然在中国文坛名声赫赫。我这个刚进文学启蒙班的所谓业余作者，居然能听到他的讲课，这不能不反映浩然为人的诚厚与纯朴。

当时他是北京文化局的专业作家，下午刚从外地回来就被局里一位同事拽到了大红门——我们北京铁路工程总公司办班的地方。工地食堂炒了几个菜，开了瓶“二锅头”，如此简单，浩然却说挺好，说自己最近写《金光大道》，一包烟一壶茶，一天经常一顿饭。

开讲前，他说自己起初真不想来，现在满脑子都想着长篇小说，不过觉得关心业余作者也很重要，所以即使没有准备也来了。浩然讲了足有两个小时，针对业余作者容易出现的问题，他结合自己的创作经历，深入浅出地讲道理、教方法。如他在大家自我介绍时记住了我是电工，谈生活与创作的关系便由此举例。他说自己写的所有作品中都没有电工，因为他对电一窍不通，家里的灯泡多少瓦他都不知道，告诫我们不熟悉的生活不要写，写也写不好。他课讲得好，而且说自己正式只上了三年半学，鼓励我们对文学不要迷信，这大大增强了我们对文学创作的热爱与信心。

没想到，一年后我有了进一步接近浩然的机会。

一九七六年九月，我到《北京文艺》编辑部学习，它就在北京文化局的院子里。巧的是浩然家的房子在地震时受了损，他在局里借房暂时过渡。我们中午玩扑克一人手不够，编辑们便把浩然的小儿子叫来当“牌架子”，我就借机了解一些浩然的情况。浩然为减少外部干扰，躲到军营里写作去了，我们有时几十天见不到他。有一次他爱人在院里转圈，愁眉不展，有人一问，原来家里没钱了。据说浩然月工资八十多元，有四个孩子，本来就不富裕，一有事便周转不开了。之后在大家的热心帮助下，浩然一家才渡过了难关，由此可见浩然专心创作、安于清贫的可贵精神以及良好的人际关系。

记得编辑部举办庆祝胜利茶话会时，局里在众多专业作家中只邀请了浩然参加。编辑部不仅继续在刊物上连载《金光大道》第三卷，而且有事还请浩然帮忙。例如编辑部在某期组稿计划中，有一篇是歌颂新领袖华国锋的，听说他到北京平谷农村参加过劳动，想以此为由头写一下作为表态。张志民陪浩然专程做了采访，尽管了解到的东西不多，但浩然还是努力给写了出来，文章以“盘山”的笔名刊载了。

还有一件事让我非常感动。一天我外出回来，同去学习的杨复兴告诉我，刚才浩然来了，赠给大伙儿每人一本新书，也包括业余编辑。我一看给我的那本也有赠言：“崔石平同志留念。浩然一九七六年十月。”我高兴得真不知说什么好。该书名为《生活与创作》，大约是浩然当时唯一谈创作经验的集子。杨复兴嘱咐我，浩然说此书有些内容受“四人帮”影响，不能再印了，但里面毕竟有自己的心血，所以从印刷厂带回了二十本样书，自己当作资料，剩下的给大家留个纪念，对大家的帮助表示感谢，没有其他意思。

此事更体现了浩然的为人正如其名。我想，这也许就是一个作家能够写出老百姓喜欢的作品的秘诀之一吧。

在《北京文艺》编辑部学习的日子

《北京文学》杂志的前身是《北京文艺》。二十世纪七十年代，全国各省市一般只有一种知名文学期刊，北京就是《北京文艺》。《北京文艺》在国内影响很大，我这样一个业余作者能到这样的编辑部学习，真是做梦也想不到。

一九七六年九月，我来到了北京西长安街七号——北京文化局，《北京文艺》编辑部是它的下属机构，同在一个大院里办公。

我在小说散文组，主要跟从薛凌云和付雅雯。两位的经验都很丰富，眼光非常犀利，好稿不会漏网，问题一箭中鹄。付雅雯的爱人是《北京文艺》主编张志民。我曾读过张志民的长诗《擂台》，后来见过他怀念周总理的诗占了《人民日报》整整一版。有人认为他和贺敬之、郭小川、艾青等同属中国一流诗人。张志民个子不高，衣着朴素，说话很和气。他一般下午来单位，据说每天夜晚在家审稿。送审哪些稿件由小说、诗歌和评论三个组长决定。小说组研究组稿计划、讨论重点稿件、确定送审稿件，均由周雁茹负责。周雁茹大约五十岁出头，可能在解放区时就从事文艺工作。小说组的编辑当时还有赵金九、郭德润、沈美贵、章德宁。

经过一段时间的了解，《北京文艺》给我的印象首先是信息灵通。编辑们好像有许多可靠的私人消息渠道。《北京文艺》有一期计划全文刊登电影《创业》的剧本，我不大理解。付雅雯告诉我这主要是表示一种态度或心情。

信息灵通不仅对把握方向至关重要，而且对组稿也有很大帮助。比如纪念周总理逝世一周年，薛凌云说可以找过去专给总理理发的师傅采访。听说总理理发时经常由于工作劳累睡着了，有时突然醒来一动被刮胡刀拉破了脸，吓得师傅不知所措，而总理和蔼地说怨自己，让他不要紧张，接着刮。这从一个侧面反映了周总理鞠躬尽瘁为人民的精神。付雅雯听说著名电影演员陈戈(《南征北战》中解放军司令员的扮演者)最近身体不错，建议请他回忆一下周总理是如何关心文艺工作者的。角度都很新颖，又适合用文学表现，这无疑增加了刊物的吸引力。

其次我感到《北京文艺》有坚实的依托。地方刊物应以地方作家为柱石。由于北京作家不仅数量多，而且不乏具有全国甚至国际影响力的，因此《北京文艺》约到有影响力的稿件较其他省市要方便。如《北京文艺》一九七七年第二期之中就有曹禺、端木蕻良、管桦等多位名人的诗歌，并有浩然的长篇小说《金光大道》第三部连载。杨沫也是北京作家，她的长篇小说《青春之歌》拍成电影后家喻户晓，她后来想搞成三部曲，又写了《芳菲之歌》等续篇，按说这样的稿子很抢手，拿到后似乎就应连载。但编辑部经过传阅和开会讨论，决定只刊载较有新意并可独立欣赏的一部分。这既说明《北京文艺》坚持质量为上，也显露了它稿源的充足。

第三我感到《北京文艺》重视培育新人。一方面是对各区文化馆年轻作者的热情指导。那时，文化馆经常来人，编辑们与其一聊就是小半天，如东城区评论组组长孟克勤（李陀）、丰台区小说组组长理由、房山县（现房山区）小说组组长许谋清。要么请他们谈构思，编辑们帮助修改和完善，要么编辑们蹦出想法，和他们一起商量如何表现，气氛非常融洽。仅过一两年，李陀就成了著名的小说家和电影编剧，理由以报告文学《扬眉剑出鞘》蜚声全国，编辑们的阶梯作用功不可没。另一方面是对工农兵作者大力扶植。编辑们不仅在组稿时对他们精心指导，而且对自然来稿中发现的新人也倍加爱护。如今名声煊赫的刘恒就是那时培养出来的。此外，业余作者的作品经常能上头条。像陈建功、傅用霖等人，当时都是普通工人，但编辑部非常器重，一有好稿便成主打。

我在那里名曰“业余编辑”，实为一个水平相对较差的初学写作者。然而编辑们并不轻视我，耐心地教我，让我练习处理外部来稿、参加作品讨论会、参加组稿座谈会，这使我大大加深了对文学的认识。他们对我的每一篇习作都细致点评，有一篇虽然非常稚嫩，但略加修改还破例发表了，这令我无比感动。是它使我与文学创作终生结缘。

第四我感到《北京文艺》编辑部气氛温馨。编辑们志存高远，但态度都平和谦虚，这可能是编辑部有好的传统，主编又率先垂范的结果。在张志民与别人聊天时，我听他提起在华北军区听肖克作报告，有人说起宣统皇帝溥仪。张志民说溥仪作为战犯被关押时，他正在对溥仪写的《我的前半生》进行把关，删去了一些私生活细节。而这样一个经常接触各类名人的刊物主编，很注意倾听员工的声音，甚至是我们“外来白丁”的闲谈。有一次印刷厂的纸张搬运出了问题，他带大伙儿去厂里劳动。站在大卡车上，有人指着一座高楼说，不知里面有没有电梯。我一看马上就说有。那人问我：“你进去过？”我说不用进去也能知道。张志民问我从哪儿能看出来。我说电梯升降靠钢丝绳拉动，楼顶必有卷扬机房，这房子肯定要比顶层高一截……“噢——”张志民点着头，又问了我几个建筑问题，其不耻下问的精神让我很不好意思。

编辑部的青壮年都是北京大学、山东大学等名牌学府的高才生，不仅文学理论功底很深，而且有的自己也搞创作。他们待我很亲热，赵金九、沈美贵中午经常和我们一起玩“升级”，玩累了就聊聊天。十多年后，在一次文学函授活动中我又见到了赵金九，他走下讲台后高兴地与我话旧，并给我写了家庭地址邀我做客，这时他已是北京作家协会党组书记了。章德宁是个高个儿女孩儿，非常好学，看稿子提意见很尖锐。她常和我谈文艺思潮中的问题，希望文学创作忠实生活、服务人民。她很开朗，也很热情，我们有时也说说笑话，她还帮我从图书馆借到了外边难见的书刊。

几十年过去了，在《北京文艺》编辑部学习的日子仍是记忆犹新。这样一个宗旨正确、作风正派、人人皆师、亲密如家的团队我又怎么能够忘记呢？

石涛所用之砚的拓片

石涛是我国古代绘画史上一位划时代的伟大人物，他的画作令人基本能够了解，但他所用的砚台却不见史料和介绍。可能有人以为砚台无非是笔墨类工具，即使发现了也没什么可研究的。我们不这样认为。

我爱人此前收了一张砚台的老拓片，白宣纸，有黄斑，比十六开纸长一些，左右一叠是个正方。右边拓的是砚面，左边是砚底，簸箕形。看墨拓的密度感觉砚质很细腻，也许是老坑端石。砚面很朴素，没有任何纹饰，令人惊喜的是砚底有铭文，而且字很大，很清晰！

铭文自右向左，竖排三行："情欣新知欢，言咏遂赋诗，渊明句。"

谁的笔体？左下有钤印，白文，稍一辨认，便现出了物主——清湘石涛。石涛！只有生于广西清湘的清代大画家石涛才这样自称！

我们激动不已。

经查，铭文取自陶渊明的《乞食》一诗：

> 饥来驱我去，不知竟何之。
> 行行至斯里，叩门拙言辞。
> 主人解余意，遗赠岂虚来。
> 谈谐终日夕，觞至辄倾杯。
> 情欣新知欢，言咏遂赋诗。
> 感子漂母惠，愧我非韩才。
> 衔戢知何谢？冥报以相贻。

它是陶渊明老年生活的一段"自拍视频"。饥肠辘辘，粮袋空空，只得出门寻讨，但不知到哪里去；踉踉跄跄到了一村，叫开门又觉得难以启齿。幸好主人善解人意，不仅馈赠食物，并留他用饭。还有酒！一杯复一杯，越说越投缘，太阳落山皆不知。人间难得一知己！陶公甚为感动，即席挥笔，留下了这篇甘苦麻辣一锅炖、凡人难辨其中味的诗作。

从纸张、墨迹和藏者钤印来看，这张拓片应是清末民初的原拓。虽然砚台本身现在不知存世与否，但拓片给今人留下了重要信息，应当感到庆幸。

石涛为什么要在砚台上镌刻陶渊明的诗句呢？而且单单又是《乞食》中这两句呢？

我和妻子做了分析，认为可能有以下原因：

其一，石涛与陶渊明的境遇相似。陶渊明原想在政坛有所作为，不料举步维艰，愈来愈难干，后来干脆“不为五斗米折腰”，主动离职了。他退隐乡村，躬身自耕，家庭负担很重，常与饥寒相伴。石涛为明代望族之后，官场倾轧使之父母双无，少年遁入佛门才幸以活命。他苦心作画数十年，终得清廷赏识，于是遗传复苏，壮志在胸，北上谋职，未想虚掷数年，一筹莫展，结果怅然南归。石涛虽是单身，然而那时画家的收入可不是如今一平尺多少万，能满足温饱就不错了。从石涛后期的画作趋于粗糙重复，有急于换米之嫌来看，他晚年的生活大概比陶前辈的窘况好不了几分。石涛也写了一首《乞食》，自称“诸方乞食苦瓜僧”，应不是戏谈。

其二，石涛与陶渊明的爱好相近。陶渊明喜爱大自然，是田园诗的开创者。其作品弥漫着山丘、溪流、村舍、庄稼、花草，以及家禽家畜的生生气息。他的理想之国就是风光秀美、宁静和谐、男耕女织的桃花源。石涛云游四方，“搜尽其峰打草稿”，前半生似乎钟情险远荒僻，后半生趋向平凡乡野。虽然在大城市客居时间不短，有时难免被其繁华享乐所诱惑，但他终归将大自然视为自己的生命。

其三，石涛与陶渊明的艺术追求相仿。由于他们常与民众接触，二人均不愿逢迎潮流阿谀权贵，坚持自我，砥砺个性。陶渊明的艺术风格是“纯朴自然，高远拔俗”；石涛宣称“无法而法乃为至法”“我用我法”，绘画理论说了一长卷，核心就是深入实际，道法自然，想怎么画就怎么画。读陶渊明的诗，赏石涛的题画诗，有时觉得仿佛出自一人。

其四，石涛晚年丰满了陶渊明的宇宙观。石涛南归后，绘了一套《陶渊明诗意册页》，不仅以传神的画面集中表现了陶公的精神内核，而且折射出自己新的世界观、人生观、价值观及艺术观的光彩。在其画面中，已见不到过去那种飘洒，那种狂骜，那种竦峙，而是宁静、和谐、简约、深邃。历史与现在、时间与空间、传统与创新、理论与实践，家与国、苦与乐、灵与肉、生与死……所有对立皆成“一统”，不再纠结。所谓的儒，所谓的佛，所谓的道，在此汇流，奔向更为缥缈的宇宙。

石涛这方砚铭文的书法，与《陶渊明诗意册页》题诗上的笔体风格一致。最有趣的是，册页中有一幅“饥来驱我去，不知竟何之”，上面的字迹和砚台铭文仿佛是同一天写的！

从石涛的生活踪迹来推测，他不会持有许多砚台，有可能很少，甚至这是他唯一的一方。他把陶渊明的诗刻在上面，说明陶翁在他心目中是“至高无上”的！当石涛走到他的思想峰巅时，人世间已不可能存在知己了。即使是远亲同命、艺品双馨的八大山人，这时也不能理解他的胸怀了。

“情欣新知欢”：只有陶渊明是我的新知，真正的知音、唯一的知音、永远的知音！

“言咏遂赋诗”：陶前辈，让我们用艺术跨界交流吧，描绘那既遥远又亲近的桃花源……

以上是我们对一千多年前的一位伟大艺术家心理的臆测。

以美论美

一提到诗人艾青，许多人会想起他的《大堰河——我的保姆》《雪落在中国的土地上》等名篇，但对他的《诗论》这本书，了解的人可能就比较少了，尤其是当代青年。

《诗论》是一本很独特的书。它是基本用箴言和诗句写成的文学理论著作，不仅精练、深邃、隽永，而且富有美感，甚至某些片段可以作为独立的艺术作品去欣赏。

管窥几例：

谈美——“存在于诗里的美，是通过诗人的情感所表达出来的、人类向上精神的一种闪灼。”“一首诗必须具有一种造型美，一首诗是一个心灵活的雕塑。”

谈形象思维——“意象是诗人从感觉向他所采取的材料的拥抱，是诗人使人唤醒感官向题材的迫近。”“想象是经验向未知之出发；想象是由此岸向彼岸的张帆远举，是经验的重新组织；想象是思维织成的锦彩。”

谈结构——“节奏与旋律是感情与理性之间的调节；是一种奔放与约束之间的协同。”

谈语言——“清新是在感觉完全清醒的场合对于世界的一种明晰的反射。”“朴素是对于辞藻的奢侈的摒弃，是脱去了华服的健康的袒露，是挣脱了形式的束缚的无羁的步伐，是掷给空虚的技巧的宽阔的笑。”“不能把混沌与朦胧指为含蓄；含蓄是一种饱满的蕴藏，是子弹在枪膛里的沉默。”

谈诗的功能——“给思想以翅膀，给情感以衣裳，给声音以彩色，给颜色以声音；使流逝幻变者凝影，顽木者有梦，屈服者反抗，咽泣者含笑，绝望的重新有了理想……”

通篇可谓句句金石，字字珠玑。

《诗论》写于抗日战争时期，之后虽出版，但因作者屡经磨难，直至改革开放才重见天日。一九八〇年版的《诗论》，增加了《诗人必须说真话》等评论及怀念诗坛友人的文章。作者分析了当时一些诗稿中存在的通病，提出了改进方法；站在时代高度评价了一些颇有影响的诗作，可以说是《诗论》精神的阐扬与发展。即便如此，全书也不过两百多页。今日读来不仅仍有切中时弊之感，而且更有后继乏人之慨：像这样看着挺薄读起来却觉很厚、常读常新兼得享受的书，现在能有多少？

附：我收藏的《诗论》为一九四七年沪三版。封面上题有作者一缕深思：我不知道人类能否有一天离开诗而生活……

（2009 年发表于《中国中铁》）

与狼周旋的牛

——记沦陷区作家关永吉

一九三七年“七七”事变后，日本帝国主义撕去伪装，由北平向中国腹地疯狂进攻。面对更大面积国土的失陷，大多数中国人愤怒了，觉醒了，他们不想当亡国奴，在国共合作后形成的统一战线引领下，从各个地区用各种形式进行抵抗。

在文学艺术方面，爱国作家、艺术家们在流亡中疾呼：“中华民族到了最危险的时候！”在延安、在各抗日根据地，他们与黄河长江一起怒吼，壮大全民抗战的声威；他们广泛宣传，募捐支援，协力巩固大后方。

困在沦陷区的作家、艺术家们多数也不屈服。

二十世纪四十年代初，北平出现了一个志趣相投的青年作家群体，被称为“新进作家”。其成员主要来自华北，以及从东北流亡到北平的文学新锐。他们以不同风格的文字与日伪政权展开了文化“壕堑战”“游击战”和“麻雀战”。

关永吉是这个群体中最活跃的人物之一。他以气魄大、抱负大而著称，多次领头掀起波浪，酷似梁山好汉里的“急先锋”或“拼命三郎”。沦陷区文学研究专家称他为“寓反抗于乡土的无畏呐喊者”（张泉：《抗战时期的华北文学》，二〇〇五年出版）；著名女作家梅娘很钦佩他，由衷表示：“我没有他那磅礴的才气和观测风云的机智”（《天津记忆》第二十四期）。

关永吉创作了《牛》《风网船》《苗是怎样长成的》等直接反映冀中农民生活的中长篇小说，深刻而厚重，进一步揭示了半殖民地半封建社会中的中国农民大批破产、中国的社会基础加快崩塌、人民大众仇恨的火苗势将燎原的现实。关永吉的《秋初》《流民》等中短篇小说，不仅真实暴露了沦陷区民众的生存危机，尖锐反映了民族对峙和阶级矛盾、社会矛盾，而且对人类遇到的共同挑战和人性的终极困惑进行了思索。他的矛头所指不仅是东瀛那条企图吞掉中华龙的军国主义大鳄，而是从一八四〇年就开始撕咬、脔割中国，一个比一个残忍且狡猾的西方帝国主义豺狼，以及所有趁火打劫、从中渔利、没有丝毫良心的本土政客、军阀、买办、高利贷者、无耻文人等有闲阶级的寄生虫们。小说还深入分析和揭示了那些束缚正义、助长邪恶、嘲弄善良的国民心理痼疾。

关永吉似乎有分身术。他不仅小说力作频出，而且经常写杂文，三年中问世了三百多篇。这些杂文箭镞锋利，蜂拥出击，仿佛秦汉之弩阵。关永吉也写诗歌，虽然数量不多，但发表过万行长诗，若质量平平，在刊物数量稀少、登稿困难的当时，肯定是难以入座的。

关永吉还勇敢挑起了一般作家难以承载的担子，即一边创作一边搞评论，他先后撰写了作家论、作品论、华北文学述评、“满洲”文学述评等多种很有影响的文章，并以此为基础，试图建立一个推动沦陷区文学沿着中国新文学方向发展的理论体系。他机智地高举“乡土文学”大旗，提倡写新英雄主义和新浪漫主义，并以似乎正常的、人之常情的、未触犯禁令的口号，引导作家们强化民族意识、爱国意识，坚守和拓展优秀民族文化阵地，努力抵御殖民文化、汉奸文化以及庸俗文艺、色情文学对民众的麻痹、愚弄与毒害。关永吉巧妙利用附逆者过去的言论，在“人的文学”“平民文学”上大做文章，以其矛攻其盾。他担任过多家刊物的副刊编辑，经常与作家、评论家研究文学的基本问题和现实矛盾。他们在华北沦陷区的理论创建工作，冲出了日伪的文化封锁，得到了大后方文学评论家的关注与赞扬。

此外，关永吉喜爱现代木刻艺术，他多次撰文，希望版画家们向西方学习，真实大胆反映现实生活，试图激活华北沦陷区的美术界。

为了躲避风险，关永吉的杂文、诗歌和文学评论、艺术主张，都是用笔名发表的，而且经常变换名称，打一枪换一个地方。其实，“关永吉”也只是他小说上出现频率较高的一个笔名。尽管如此，他仍多次被捕，甚至被关进了日本宪兵队的魔窟。侥幸生还后，他依然进行战斗。

这位特殊的英雄，他究竟是谁？他来自哪里？他的意志和力量从何而来？他们那个战时特殊群体的归宿如何……几十年后，随着思想解放激流的冲刷，人们才逐渐看到沦陷区的一些历史原貌，发现了一批属于新文学分支的宝贵遗产。

丰饶乡土

海河下游有个王口镇，它骑在凶悍的子牙河上。几百年来虽十年九涝，但外来人口还是愈来愈多。

王口镇的下面是古黄河淤积的厚土，黄河改道后，子牙河来了，每年又卷来大量泥沙，给河滩和洼地铺了一层“黄金”。每当洪水退到一定程度，农户便抢种麦子，十有八九大丰收。一些农户还进行围垦，在里面种稻子，收成也不错。王口镇周边有文安洼、东淀洼、三角淀等大泽，水深苇茂，而且经大清河还能到白洋淀，渔业、手工业很好发展，只要舍得付出辛苦，起码吃喝不愁。

此外，王口镇地理位置上佳。这里离北京、保定不远，距天津更近，到了现代，自从有了小火轮，南来北往更便捷了。而且子牙河在王口镇有座桥，联通了一条重要公路，往东十几公里便是津浦铁路静海站；往西走，若坐汽车，一个多小时便可到文安县或大城县的城关。到了民国初年，它成了冀中的物资集散重地和水陆交通枢纽。

有个少年，就像他的前辈，深深地热爱着这片土地。他叫张守谦，又名张岛、张旗，一九一六年生于王口镇的义和村。

张守谦的父亲是小学教师，又兼督学，自然要求孩子们必须好好念书。而张守谦却养了一群鸭子，每天一早起来，捞浮萍，摸鱼虾，供鸭子美餐。他还时常跑到五爷的地里，逗弄那头大黄牛，看人们如何浇水种地。

他讨厌封建礼教，憎恶虚假伪善，最怵头穿长袍马褂；瓜皮帽上那个玻璃做的假宝石，他总想揪下来扔到河里。他因不喜欢上学，小学晚上了一年。他觉得《三字经》《千字文》这类课文既读不懂也没意思；《国语常识》枯燥无味，《三民主义》讲的与现实完全两样。家里有很多书，书柜整整遮住了一面墙，他只挑古典小说看，特别喜欢卷首有人物绣像的，譬如《水浒传》《三侠五义》《封神演义》。

他还经常溜到说书馆里听评书。他不仅崇拜武松、鲁智深、展昭等英雄好汉，而且认为他们的故事都是真实的，因为他听镇上的老人讲，八国联军进占天津时，义和团大坛主张德成就十分厉害，把洋鬼子打得屁滚尿流。张守谦效仿他们，把小伙伴们组织起来，将镇里一个总爱欺负人的坏小子狠狠收拾了一通。

摇响铃铛

一九三一年秋天，张守谦来到天津，在河北省省立第一中学念初中。“五四运动”时，省一中与南开中学联手响应，在天津也掀起了很大的浪潮。校中一直有共产党员暗中活动，以读书会等形式引导学生接受革命思想。张守谦一下子被鲁迅、茅盾、徐志摩等人的作品震撼了！随着一期期左翼文学刊物的《北斗》指路、《语丝》渗透，爱国主义、民主主义很快成了他的思想基石。

省一中也叫“铃铛阁中学”，它有一个文学年刊，名字起得很妙，就叫《铃铛》，办得很有生气。张守谦受其鼓舞，萌生了写作欲望。

开学时间不长，一则重大新闻传到了学校：日本军队在东北炸死了张作霖，然后迅速占领了沈阳。东三省岌岌可危！张守谦气得坐不住了，完全没心思上课。他知道帝国主义列强逼迫清政府及北洋军阀签订了许多不平等条约，使中国丧失了无数权益，现在竟公然发展到侵占领土了！华夏儿女能坐以待毙吗?!

自己能干些什么呢?

他想起了郭沫若的一句话，“文学是革命的前驱”，于是马上开始写诗歌，写的全是自由体诗，写完就投稿。一九三二年、一九三三年的《铃铛》刊登了不少张守谦的诗作。

有一首《兵车》，歌颂义勇军战士和支前百姓：

像一条弯曲的长蛇，
这一列列兵车。
它转动着轮子，
穿过了村子，踱过了桥，
在这悠长的路上，
爬着，爬着，爬着。
每个车上载满了粮食，
每个车前有三只牲口，
这是给前线兵士们送去的东西，
预备去变成他们的血球。

他们在前线流着殷红的血，
是为他们自己和他们的同胞报仇！

天津有个《益世报》，贴近百姓，关注民生，张守谦很喜欢读。后来他竟毛遂自荐，当了《益世晚报》的副刊编辑，编了一年的《诗神》。从学校到报社，要经过日、法、英几个外国租界，他时常听到、看到那些外国人对华人如狗的态度。有时他坐电车去，一听电车是比国人投资的，心里顿时冒烟了："比利时！你一个只有几百万人的小国，也跑到中国抽血来了，谁给你的胆量！"

不久，他就把主要力量转到了小说上——他觉得自己好多见闻和想法很难用诗歌反映出来。

张守谦试着写了几个短篇小说。《汽车》《兵变三部曲》《益三先生》相继在《铃铛》上发表了。《兵变三部曲》以东北溃散部队在华北奸淫掠夺的可耻行径，揭露了政府官员的腐败无能和中国军队的落后混乱以及社会贫富对立的深层矛盾。读者反响很好，编辑们说它根本不像一个中学生的作品。

张守谦像一股小旋风，将《铃铛》摇得更响，叮当！叮当！清脆悦耳，警醒世人。

陷入囹圄

为了考高中更有把握，张守谦在初三下学期参加了南开中学的补习班。

南开自编的《高一国文教本》里有一篇俄国作家阿尔志跋绥夫的小说《幸福》，是鲁迅翻译的，它引起了张守谦的注意。他马上去图书馆和书店搜寻阿氏的其他作品，并幸运找到了一本《工人绥惠略夫》，也是鲁迅翻译的。他看后激动得睡不着觉，把自己幻化成了革命者绥惠略夫："在他眼前，涌出原始森林和村落的一望无边的形象，惨淡、悲凉，而且困苦。一群伟大坚忍的人民，便在这无边中，静静地藏着单纯的，未来的正当的生活的真理。"

他与同学康恩元共同创办了《北极旬刊》。刊物虽然只出了三期，但有力折射出他对社会、对人生的思考。

一九三四年冬，张守谦考上了北平某高中，他的正直和才能很快凸显出来，被选为学生代表。有一天，大家对学校管理中的一些问题实在看不下去了，由张守谦执笔写了篇稿子，登在了校刊上。他们揭露校长任人唯亲、上级补助的教育津贴不知去向、教员多是低能混饭来的事实，学生们看着心里很痛快，纷纷建议组织学生会，让学校公开账目，进行监督。谁知居然来了警车，几个带枪的将张守谦押走了。

国民党省党部、警察局说张守谦是“扰乱分子”，鼓动学潮，让他认罪，并招出其他组织成员。他感到莫名其妙，说学生们维护自己的学习权利是合法的，所有行动都是大家自愿的，根本没有什么组织。警察头目说他很不老实，警告他若不交代，他们有的是招儿让他开口。

张守谦的朋友疏通了半个月，他才被放出，否则很可能“升级”到监狱了。不过直至回到校园，他仍不快活。他不明白这么多人，为什么单单把自己抓走了呢？警察又不是校长家的狗，他一招呼就过来，谁让他们来的呢？还带着枪！为什么他们总盯着有没有组织呢……

一九三五年秋，张守谦转入北京汇文中学，校刊《汇文月刊》由他主编。此时，日本帝国主义越来越嚣张，而国民政府却总是忍让，北平大中学校的爱国学生密切关注事态发展。他们为绥远抗战组织大募捐，组织战区服务团，并对时局发表宣言。各校的校刊，包括《汇文月刊》做了大量宣传，抨击蒋介石“攘外必须安内”的不抵抗主义。为加强组织以备行动，各校成立了学生自治会。张守谦为本校自治会主席团成员。十二月九日，数千名学生继承“五四”运动的光荣传统，走上街头游行示威、演讲请愿。国民政府不仅不支持，反而调集军警用棍棒、鞭子和大刀来驱赶。学生们坚持正义，不惜用热血谱写青春之歌。十二月十六日，更多学生罢课，走上街头，进行声势更大的抗日救亡大示威。

北平学生的爱国行动，在中国共产党的领导和推动下迅速席卷全国，各地学生和各界人士配合行动，形成了全国人民抗日民主运动的新高潮，推动了抗日民族统一战线的建立。这就是中国革命史上著名的“一二·九”爱国救亡运动。

谁知，国民党悄悄列了黑名单。

转年二月，张守谦与李同学一起访友时被蹲守的国民党巡警逮捕了。李同学没几天便被释放；张守谦却出不来了——他是这次学潮的骨干，并有“前科”，不抓他抓谁！

张守谦被判有期徒刑两年六个月，罪名是“共党嫌疑”。

托谁也救不出来了——张守谦这回是真正的“政治犯”！

北平城里有一座“模范监狱”，主要关“政治犯”。张守谦虽然刚满二十岁，便“有幸”成为它的光荣一员。里面的生活条件、管理方法如何“模范”，张守谦在小说《一个贼的故事》里略有介绍：囚犯们经常挨饿受冻，只有来了检查团才临时有了点儿改观。张守谦虽不敢全面曝光，但读者从其语气中也能猜出究竟。

在狱中，张守谦开始总是坐着发愣：爱国有罪吗？共产党想让天下穷人都过上好日子，有错吗？

不久，一些由于“思想过激、不合王道”“妨害邦交”的同学也进来了，与张守谦成了狱友。某一天，他幡然醒悟：为什么国民党不允许我们反对日本侵略者呢？因为他们都是有钱人的代表！他们的矛盾主要是利益如何分配，大多可以坐下谈判；而共产党代表全世界的劳苦大众，目标是推翻他们的政权，彻底消灭私有制。共产党是他们共同的、最危险的敌人。所以，“安内”远比“攘外”重要，国民党对“政治犯”才如此狠毒，毫不留情。

他很快想好了今后的出路。

张守谦同一个山西籍的学生很要好。那个学生说，他的老家与陕西只隔一条黄河，尽管那里水流湍急，但船工们划羊皮筏子也能过去。关键是要设法穿过国民党军队的封锁。他们约定出狱后两人一起去延安，由山西同学带路。

从零开始

一九三七年七月七日，日本军队悍然发动进攻，北平很快失陷。张守谦不感到奇怪，他知道这件事早晚会发生。据说城外有个监狱，里面关的都是刑事犯，他们趁乱都跑了。而城里这个“模范监狱”仍然戒备森严，除了麻雀谁也别想出去。

张守谦直至一九三八年八月才“刑满释放”，一天没有提前。他是这座监狱里“学生运动”犯人中出去最晚的一个。

山西那个同学先出去了，但怎么也联系不上了。延安没去成，张守谦成了无业游民。

学校自然也没他位置了。他试着找工作，跑了好几个地方，都没成；后来想卖苦力，先混口饭吃，也没遇到合适的。他有一篇小说《找事》，素材主要来自这段求职经历。

他在北平很快待不住了。“七七”事变后，日军沿着津浦铁路和子牙河南下，王口镇沦陷，田园荒芜。张家房子被侵占，居家什物多被掠夺损毁，人又时受凌辱，不得已，张守谦的父母带着家人逃到天津。张守谦失去了家里的援助，也只好暂时回津。

祖孙三代十口人，挤在天津老城北门里的两间半旧平房里。爷爷奶奶岁数大了，几个妹妹尚小，母亲是家庭妇女，没有文化，现在唯有父亲找到了“工作”——在家里教几个小孩儿识字。收入少得没法提了。家中原有的积蓄买房时几乎用光了，若不借钱，过几天就得挨饿了！父亲说，东门外有个老乡，原来倒腾粮食发家的，现在成了某银号经理，兼做期货交易。有时一天输几十万元，就和玩儿似的，鸡鸭鱼肉照常吃，大烟照常抽，窑子照常逛……别看两家过去有来往，如今他生怕见到你：怕你找他借钱！怕你找他当家教。他的孩子找家教，得找懂英文、能教数理化的……父亲一个劲儿唠叨，似乎看谁都别扭。

张守谦是老大，他觉得自己该出点儿力了。他一边自学未学完的课程，一边阅读文学名著及写作教程。母亲告诉他，王口镇所有的书，包括他上初中时在书摊淘的“宝”，都被火烧了。她只抢出他小时候的一张照片。张守谦也只能苦笑，还能说什么呢？

看书看累了，他便到海河边溜达。看船，看水，看人。活人一串儿一串儿，不停地扛箱子、扛麻袋。“里面装的什么啊？”一个“河漂子”在微波中缓缓移动。“闸门要开着，他明天就看见了大海。什么都不用操心了。”

张守谦几乎不用构思，便写出了短篇小说《一日》。家里的情况稍一加工，便是情节。里面的王老师，就是他父亲，只是最后不慎掉到河里，生死未卜，增加了悲剧气氛。

《一日》署名林野，投出去不久，便在《东亚联盟》月刊发表了，还配了插图。该杂志当时影响较大，张守谦可以说是一炮打响。紧接着，北京《新轮》杂志发表了他的《一个贼的故事》，署名也是林野。作品以“铁的案例”证明，江湖上的“贼”固然不高尚，但那些在饭店、舞厅、酒馆、赌场和淫窟里“挥金如土的绅士”，钱也不是合法挣来的，他们是更可耻的贼、真正的贼。

一九四〇年下半年，张守谦考上了辅仁大学的教育系。选择这里，一是他比较喜欢师范专业，二是学校能解决住宿问题。但算起来，自己要花的钱还不少。他不愿再给家里添麻烦，决定自己课余多写稿子，用稿酬堵上缺口。

痛苦之恋

北平这时已成为日本占领军的后方，文化管控日趋严密，报纸刊物数量明显减少，登稿很不容易。倘若已经有了名气，写的又是一般市民爱看的通俗小说，譬如言情小说、武侠小说，日子还好过一点儿，而张守谦刚起步，写的又是“严肃文学”，再加上他在大学期间又因涉嫌抗日被捕过，在警察局已“备受关注”，要想发表作品更难了。即使有作品发表了，也不容易拿到稿酬；或者拿到了，也被扣得惨不忍睹。

生存成了问题，以致爱情也受到牵连。

张守谦在京期间，曾与南方姑娘关增芳建立了恋爱关系。关增芳容貌姣好，性格沉静，与张守谦的脾气正好互补；两人的业余爱好也接近，关增芳对他的文笔很欣赏。她到张守谦家里去过，家人对她印象很不错。关增芳家境较好，张守谦祖上出过翰林，家族在王口镇是一等大户，如果天下太平，两家估计都不会挑对方什么，俩孩子一毕业可能就喜结良缘了。

可不知什么原因，关增芳家突然在北方待不住了，必须离开，迁往重庆。关家希望张守谦一起走，张守谦却没走。到底什么原因，张守谦没向任何人说过。据说两人分手后，再也没见过面。

之后，张守谦写了一篇小说《秋初》。

故事发生在北漂族中的一对恋人身上。他们都得靠稿酬生活，常常饿得头痛目胀。最后，男的几乎疯了，女的考虑是否去当妓女。

张守谦在小说《秋初》中以此为题材，不仅揭露和谴责了不合理的社会现象，而且通过大量的内心独白，对人性的本原、生命的意义、物质与精神的关系、灵与肉的搏斗等终极问题作了探究。

小说一开始就向世界发问，向自己发问；像一篇议论文，也像一场辩论。

秋初——天渐渐地凉了。在稿纸上刚写了两个字，我的脑袋便发沉起来。看着纱窗上蠕动的白蛾子,想起几天前它们还是虫子,不由伤感起来:自己不就是个虫子吗?一个愚蠢的、丑恶的、生着红毛和灰毛毫无目的地蠕动着的绿色的虫子……在树叶子上爬,爬,毫无目的和理由爬,吃着那树叶子,一直等着变蛾的时候——这就是生活……

可是蛾子也趋向光明,它们附在纱窗上……

《秋初》逾两万字,一九四一年十一月、十二月,连载于《东亚联盟》,它一举奠定了张守谦小说家的地位。它的思想超越了时空,艺术上臻于完美,成为张守谦的领衔力作,当时就获得了很高的评价。

据张守谦的家人说,《秋初》的男女主人公原型就是张守谦和他的初恋关增芳。张守谦曾说《秋初》有的情节借用了朋友的实事。这两者不矛盾:这篇小说源于生活,但不被真人真事所束缚。他在典型塑造上有了很大飞跃。

之后,张守谦再发表小说,属名几乎都是"关永吉",意思是:祝关"永远吉祥"(王振良:《勿忘关永吉》)。

一九四三年,短篇小说集《秋初》出版了。在《后记》中,张守谦特意提示,用"关永吉"的笔名印这本小书,祝福住在山里的阿荔平安。他语言隐晦,绕开"重庆"和对方实名,以免造成麻烦。张守谦之后使用的一个笔记本里,记有一些过去朋友和同事的姓名,其中包括"关增芳"。大概那种痛感在他心里仍未消失。

不能绝望

张守谦失学失业那两年,情绪明显低落,但并不全因经济窘迫、情感受挫。日寇进占北平后,他以为会终日不得安宁,谁知不久抵抗便越来越弱了。到了一九四〇年,战场已移至南方,中国十分之八九的城池陷落。报上说,欧战爆发后,英法自顾不暇,重庆的外援已近告绝,蒋介石到了山穷水尽之绝境。七月七日,汪氏"顺民"竟然公开批评"七七"事变中那些抗日英雄"鲁莽""走极端",认为何应钦、宋哲元等主战派"徒耗国家元气,涂炭人民",表示中日应和平相处,紧密携持,共同完成兴亚大业!更滑稽的是,新文学倡导者周作人竟然当了伪政府的教育总署督办,对民众的疾苦装聋作哑,带头写花鸟鱼虫类的悠闲小品了。

这一时期，张守谦回过老家，协助长辈卖房、卖地、卖家具。唯有将祖宗留下的遗产尽快变现，全家才暂时不会饿死。但因农村乱得不可收拾，这种交易很难顺利完成，他不得不多耗一些时间。

对有心者张守谦来说，这让他有机会更深入地了解乡土。他看到了警察局、自卫队、土匪怎样勾结，敲诈勒索，要钱要粮，“已经有了两房姨太太”“吸食大烟”的局长将一个十七八岁的漂亮姑娘强行纳为小妾。他看到了家乡洪水不退，种地种不了，鱼也打净了，织席也亏本，“老表”们有些跑到城里去找事，仍然四处碰壁，甚至受骗。他还看到了大批的流民，城里称他们为“盲流儿”，里面有许多女人和孩子。“一批比一批褴褛，一批比一批贫困”，他们不仅把河滩上的地梨都挖光了，而且吃尽了刚刚长出的麦苗。然后有人便开始抢劫了，本有同情心的村民们不得不花钱请人持枪护寨。最终这些流民不得不扔下一具具尸体，卖掉有点儿姿色的姑娘，又继续流浪了。

他也听到了一些使他高兴的消息，比如大清河一带经常有八路军活动，游击队配合他们在文安等地狠狠打击日伪军。张守谦的妹妹透露，母亲多次帮助天津的地下党往根据地送人、送情报。有一次夜间冰河化冻，她差点儿掉进水里，回不来了。张守谦十分感动，他没想到自己的母亲也同高尔基小说中的母亲一样，既平凡又伟大。

他觉得自己这么年轻，不仅不应绝望，而且应当有所作为。

于是，《秋初》的结尾一扫灰暗，射出了光芒：

> 想写一篇小说，题名是《雪苇》。用了这样一个富有诗意的名字，是取其虽然为水雪蔽盖，然而苇草也不死亡。严寒压迫下的懦弱的生物，其枯槁的个体正成了另一个新生机的暖床。一到来春，苇笋便由融雪里钻出它那锐利的“芦笔”来；而且绿了，高了，壮了，它铺满大清河畔那无边的原野。埋藏起千百的溪流，亿万的鹅鸭，江湖的好汉和神秘的故事，使我家乡增添一种难有的景色，让乘坐小火轮溯航的都市人发几声惊叹，看冬天坐汽车走过的大道，为什么一下子就变成了窝集似的丛林呢？而且是怎样厚密，怎样伟大的丛林呀。
>
> 这生长的过程我熟悉，我是住在三角淀旁，和那苇笋一块长起来的。

举起投枪

一九四一年五月，张守谦在《吾友》杂志社做兼职。

张守谦回忆：

北平沦陷后，日敌统治整个出版界，当时报刊如没有政治背景，是很难出版的。只是表现也不完全一样。有些意志薄弱的作者，受日敌的威逼利诱，无耻奉迎，随着日敌的刺刀跳舞，但多数作者还是爱国的、不肯附敌的。当然表现也不一样。有的只谈风月，采取不合作态度，有的则更勇敢些，虽然不能直接表示反抗（那样也就无法发表），但拐弯抹角暴露当时黑暗的现实……对某些坏现象（由日敌造成的）加以斥责。当时的读者也能从中理解作者的意图。

我看这个刊物很可以利用。倘开辟一个杂文版，选登一些有意义的文章，必可对读者有些好处。我就写信给该社社长，建议他们增加一杂文版（这是他们正缺少的），并附了拟定的数期题目……很快该社就同意了。

张守谦担任了《吾友》的特约编辑。他带头写杂文，并为杂文大唱赞歌。在用稿上，他不计名望、头衔和年龄，唯质为上，使《吾友》的杂文数量快速增长，佳作频出。

张守谦不喜欢通版都是文字，有时加了插图也觉不够。按他的主张，《吾友》增加了美术板块，出版木刻专辑和藏书票专辑，后者也多为木刻；重点均为介绍中国和国外的优秀作品。并且他发表文章，希望艺术家发挥木刻在现实生活中的作用。

表面上风平浪静，主编某日却与张守谦“郑重谈话”，主要因为张守谦在《吾友》上发表了自己写的一篇《我们的毒舌》。这篇文章基本是用鲁迅的金句连缀起来的。比如：

要生存，就不能不奋斗下去——挣扎与斗争。不仅是为我们这一代，还为我们的下一代。

“路是没有的，只有走过以后才有路”，因之，我们要求我们的友人——不愿灭亡和求生的人来协力与共勉，用我们的毒舌来建设新中国的新文化、新人类的新生活！

我们将又看见这样的战士——他举起了投枪！

主编说：“你给人的感觉像是鲁迅又回来了。有人感到不舒服。”

张守谦微微一笑：“我就是想把鲁迅精神传承下去。”

由此，他的杂文又多了一个笔名：吴公汗。“公汗”是鲁迅先生晚年喜用的笔名。“吴”即“无”，张守谦慨叹如今先生这样的人太少了。

闪躲腾挪

没几日，张守谦便离开了《吾友》，到《东亚联盟》月刊任职了。《东亚联盟》是一家官办刊物，除了宣传“东亚联盟”理论、鼓吹奴化思想，也容纳研究世界学术文化的文章和文艺作品。

张守谦以“张岛”的名字编辑文艺版，并以搞活文艺可以促进销量为由，提出将文艺版独立出来另行出版。在他的建议下，《东亚联盟》举办了远离官方政治意图的“短篇小说大征文”。他下力组稿，精心编辑，使该刊发表了不少质量较高的文艺作品，还刊发了一批影响较大的文艺评论。这些工作，有力地宣传了社会实情和百姓需求，抵制了汉奸文化、色情文艺对民众的麻痹与毒化。

一九四一年十二月，张守谦被日本宪兵队逮捕了，受了严刑拷打。主要原因是他的观点常让当局感到很不舒服，甚至删了他发的稿子后，他竟敢“开天窗”以示抗议。他尽管常换笔名，但他的创作风格愈来愈明显。比如他有些理论文章超过万字，多为小说的结构、杂文的风格、散文的语言，以豪情融为一体，如滚滚黄河，先九曲迂回，后咆哮于壶口，再一泻千里，魅不可挡，当时常常雄踞刊物头条。新闻检察官不看署名，就能猜出这是谁的“大作”。

张守谦亲身体验了日本驻屯军对中国人的“亲善”。好在他的至交郭墉，赶紧找自己父亲，请他利用其在上层的关系进行运作。由于郭墉不惜花钱，较快打通了关节，日本人没时间查张守谦的历史。宪兵队以为张守谦年轻幼稚，只是有些错误倾向，教训一下就好了，危险性不大。张守谦在里面只待了一个星期，领教了部分刑具的滋味。他每天都能听到各种惨叫，见到血肉模糊的躯体，他知道假如没有朋友营救，他绝不可能活着出去。

回到编辑部，他表面上降了调子，仿佛有所悔改，其实悄悄地另辟阵地。一九四三年冬天，张守谦与李景慈、郭墉共同创办了《文笔》周报。《文笔》专登杂文，第一期重点是张守谦的《乡土文学问题》，在华北沦陷区挑头打出了捍卫民族文化的旗帜。周报还发了郭坤、李景慈、沈启无等人很有味道的杂文。沈启无的文章有嘲讽周作人之意，周察觉后大为不满，引起了一场风波。《文笔》第二期排完待校，张守谦忽然接到伪华北政委会情报局长管翼贤派人打来的电话，说《文笔》未曾登记，私自出版，必须立即停刊，以免引致不便等等，全然是威胁的口吻。管某当时声势赫赫，很得日敌的信任。《文笔》是钻空子偷着出版的，当然不敢和管某理论。张守谦想，如果引起麻烦，除自己之外，还要牵连别人，于是停刊了。

他们又办了一本《读书青年》，表面是为失学青年办自修讲座，实际上仍以文学为主，并设有《十字街头》栏目，专登信息。张守谦回忆："当时北平在日敌统治之下，与各地信息隔绝，成了一个封闭的城市。《十字街头》的目的是提供外地，主要是上海、重庆、延安以及国外的一些信息，包括日本和德国，但更多的是欧洲和美洲的信息。希望这些信息能使读者开眼界，鼓信心。"

焙茶坞

一九四二年，日军由于战线拉长，供给紧张，对沦陷区百姓的经济开始进一步压缩和盘剥。张守谦尽管每月到手的报酬多了一些，生活水平却没见提高。

他在北海公园的焙茶坞，写了一篇《焙茶杂记》：

其中有这样两段：

> 有人问我，说我们正看得有滋味，你的"杂感"为什么不写了？我想了半日，却想不出理由……不过如一定要我招出口供不可，那我便只有一句话，曰"无感"。
>
> 自然，我也并不是说自己已经跳出了"红尘"世界，和这"人间世"绝缘，

成仙得道去了……如果只是吃了混着一半豆饼的“节约苞米”,大概便未必能再有这种兴趣,而且甚至要发脾气,亦未可知……我这样的小民,既非名流,无地可以津贴,而且又整天吃着“去脂大豆粉”,在一天辛苦的劳动之后,稍得闲暇,还要休息一下疲乏了的身心,哪里还有时间来“杂”什么“感”?可是一到胃口稍不舒服的时候,也往往还要本能地用一用脑子,这也是没有法子的事,大概人类一时很难变成石头,“无感”也正是一种感触吧!

历史资料披露,当时北平的粮食全面实行配给,日本人吃最好的大米、白面,给汉奸、特务配给一部分大米、白面,市民除配给极少的大米、白面外,其余都是混合面、豆饼、土豆和高粱米,这些大多又是发霉的,里面掺了不少沙子。白面里百分之五十是白玉米面。有些混合面和高粱米吃了,不是便秘就是拉稀,人们叫苦连天。

(焙茶坞的)屋子收拾好了,在后门的大街上徘徊。口袋里正有二十几块钱,想买点儿日用品。可是一打听,洗衣服的肥皂也要一元一小块,袜子每双四元,毛巾三元一条,只是买现在要用的,袋里的钱也不够,而且也不能全部花完。没有法子,便一点儿也不买。晚上,用没有买成日用品的钱,坐在杂吃摊的板凳上,吃了两小碗“扒糕”——胃里隐隐作鸣,午饭的“去脂大豆粉、经济苞米饼”已经消化殆尽了。

张守谦的人生态度没变:你赐我苦涩,我还你辛辣。

这时他已成家。他妻子的娘家在河北文安,离白洋淀很近,家境本来不错,战乱一来也是一落千丈。两人结婚后,她随张守谦到了北平,尽管经济上不富裕,经常吃窝头她也不抱怨,并很会操持家务,使张守谦可以专心写作。到了晚上,他们时常清茶一壶,“款待”好友。李景慈、郭大中等住处离这不远,他们到北海公园散步时,顺便就来了。张守谦常和他们一起商量事情,比如怎样看待当时对色情文学的批评,怎样发起乡土文学讨论。张守谦在评论中常用“上官筝”这个笔名,而李景慈的评论常署“上官蓉”,有时两人的文章还挨着:“筝”就是“峥”;“蓉”就是“嵘”,两人谋划好了,你说我唱,推波助澜,创造“峥嵘”。

小说特色

一九四四年四月，北平颇有影响的《文学集刊》刊行了《新进作家集》，广告称它是“中国新文学的里程碑”。第一集中包括十位作家：袁犀、梅娘、马骊、萧艾、林榕、关永吉、山丁、高深、沙里、雷妍，他们都是当时“活泼有力”的先锋作家。

编者对关永吉及小说集《秋初》这样介绍：“作为文学者，关永吉是仪态万方的，以其特出技术，写着现实各方面，直接而且深入。本书是他的第一个短篇集，内容集《秋初》《生死》《羊家》等多篇，都是杰作。”

张守谦有的小说，虽然后来没被选入《关永吉代表作》，但其质量并不差，比如《生死》。小说一开头便借乡绅孙遇椿之口倾诉民众的苦难：

> 这几年的日子，真是怎么闯过来的！天灾呀！人祸呀！今天从机枪里爬出来，明天又要藏在地坑里躲从飞机上扔下的那些没头没脑的炸弹。担惊受怕不就已经够人受的了吗，可是今天这个捐，明天那个捐，叫不上名目、指不出名目的捐税，不拿！你敢吗？“司令”的命令，不知从哪里一下子就来了这么许多“司令”，不是借款便是查枪，总之是把钱拿出来罢……大先生孙遇椿是亲眼看见新发家刘家二少爷被他们用“刑法”收拾死的，你为什么不拿出钱来呢？没有钱了呀！没有钱还活着做什么……

与《一日》中的王老师不同，孙遇椿是镇里绅士、商会的会长、镇立小学的校董，还有权指挥团丁，居然在乡下也活不下去了，带着全家坐船跑到了天津。他自认为终于逃出了地狱，认为这里会有“王法”，不久一切颠倒的、紊乱了的秩序，就会恢复旧日的状态。

岂知，他带来的钱快花光了，也没见到“王法”。相反，乡下强权机构派出的收捐人却来了。最少也得交几百块大洋！

孙遇椿只好卖房、卖地，不久又栽在了期货上，最后家破人亡。

读者稍加思索，就能悟出门道：在华北，什么军队才有飞机，有充足的炸弹，能对乡镇进行轰炸？谁把乡镇弄得土匪汉奸蜂起，使孙遇椿这样的头面人物都倾家荡产？谁天天在用“王法”（王道乐土）愚弄民众？

一九四五年，关永吉的短篇小说集《风网船》问世，编入了近年新收获。翻印本改名《流民》。不久，《苗是怎样长成的》一书也出版了。长篇小说《牛》获得了大奖。

令人遗憾的是，张守谦的长篇小说《泉》和《江边》因故没有写完，发表的只是一部分。

对自己小说的创作意图，几十年后张守谦依然记得很清楚：

> 自己写的小说都是以遭受侵略、农村破产、城市小市民（包括知识分子）生活困苦为题材的，这在当时是受青年读者欢迎的，因写这种题材的作品很少。
>
> 所写小说前一阶段题材多取自农村，主要写在日敌和汉奸队的掠夺压迫下，农民（自耕农）破产，以及青年农民在这样的环境中所起的变化。后来这样的作品不能发表，改写城市知识分子的苦闷，无出路，生活和安全都无保障。如《恋爱》一篇，题为恋爱，只是借题发挥，并非爱情故事，是写稿费收入低微，作者不能维持生活，且作品多数因有违碍字眼，不能发表。在此篇中有意识地记下了当时稿酬、烧饼、白糖、香烟（低级）、面粉等的实际价格，以便日后可以见到那时候物价飞涨的情况，了解城市人民生活的艰辛。
>
> 短篇集《风网船》收《流民》《秘书陈岫和他的朋友》《苗是怎样长成的》《风网船》《恋爱》，共五篇。
>
> 《苗是怎样长成的》有代表性。此篇写农村（文安洼）种稻丰收的悲剧。北方洼淀并不能年年种稻，要看洼淀存水如何。自有六亩地的宋有才，看这一年种稻必可有好收成，费了好大的劲儿，向逃往天津的地主又租地二十亩，又用他的地契做押，五分利借了高利贷做本。根据他多年的经验，只要稻田谷收，他不但能还清这些债务，还可以赚一些钱。他说服家人的反对，又到处借口粮（自春天口粮就断了），一直劳累到秋收，盼来了丰收年。不料汉奸队的派了兵来，逼全文安洼的农民把稻谷都卖给他，他包了。自然那“司令”并不给钱。稻谷被汉奸队抢走，以致所有种稻丰收的农民破产。所写的“苗”乃是“仇恨的苗”。
>
> 《风网船》写一个流浪在外的农民，当过兵，见了世面，回乡来想找活儿干并联络了一些人，一同寻找另外的出路，结果未能如愿，气愤地离开即将

破产的农村。

《流民》写山东的农民逃荒到冀中平原，想找活儿干，而当地也不景气，面临破产边缘，和他们的老家一样。

《牛》写农民（自耕农）种田，如牛一样劳动，汉奸政权和汉奸队左捐右税，借端勒索。农民全家辛苦，一年也不得温饱，丰收年也要卖地交“摊派”。青年农民忍受不了这种压榨，要走另外的路，老人却故土难离，家庭间矛盾加深，最后家庭破产、破裂同时而至。

与《牛》有关

在此，我想再补充一些有关《牛》的资料，因为《牛》不仅是张守谦小说创作的巅峰之作，而且他有永远解不开的“牛”情结。

现在，人们看不到张守谦少年时的影像了。而他青年时的照片也许更能显现其性格。照片中他的个子在几个同事（也许是朋友）中稍矮，却比他们谁都结实，虽然他穿着西服，踩着皮鞋，仍和大城市扎根几代人家的子弟有些区别：他眯着眼，表情很严肃，又透着一丝倔强，似乎攥着拳头，膝盖有点儿弯曲；如果换身便装，很像美国西部的牛仔。

张守谦的爷爷有个兄弟——“五爷”，视土地如命，本是个地主，却总在田间和打工者一起干活儿。小说《牛》中的“高五爷”，原型很可能就是这个五爷。“高五爷”的儿子“高贤”，具有强烈的反抗精神，张守谦可能是这一角色的原型之一。

小说《牛》中有这样一段话——

“乡村，这就是乡村，”高贤想，“这里有牛，而且也有狼啊，要紧的是怎么对付这狼。”“我要离开这里，我在这里没有力量，他们可以像杀一只小鸡一样杀掉我……可是我有力量的时候，我就要……”

他恨不得像一头西班牙斗牛场上的野牛，马上和狼拼了！用刀一样的角将狼的腹部刺穿，将它们挑起来……但现在它们是健壮敏捷的，是成群的、有组织的，自己是孤单的，必须忍耐。

高贤身上明显有张守谦的影子。他认为自己既是一头勤奋耕田的牛，一头不计草料优劣的牛，又是一头勇敢倔强的牛，一头正在和狼周旋、即使遍体鳞伤也不会倒下的牛。

在张守谦的作品中，施墨最多的动物是牛，着力最重的作品就是《牛》。《牛》汇集了张守谦的大量思考，与火山般的情感一同喷发出来，主题、情节、人物及语言，自然融为一体，是一部了不起的作品。

一家官办刊物组织了一次长篇小说大奖征文，本意是宣传中日亲善合作，却让张守谦的《牛》意外摘得了一等奖，与其说是毫不沾边，甚至可视为一种嘲笑。这件事正说明张守谦等进步作家的努力没有白费，正义的声音没被压倒，且与民众的心理产生了强烈的共鸣。

《牛》问世不久，张守谦的大女儿也出生了，虽是女孩儿，乳名却叫“大牛”。二女儿呱呱坠地后，乳名叫“二牛”。

乡土文学

张守谦一直关注北平沦陷区的整个文学走势以及上海“孤岛”、国统区和解放区作家的动态。他希望北平紧跟全国抗战步伐，进行必要的敌后策应，不能在民族解放斗争中袖手旁观。作家们应当写什么，怎样写，如何使文学更接近大众，使其发挥更大的作用，必须好好研究，找出集体行动的方向和策略。

一九四二年，张守谦被推选为华北作家协会评论部委员。借助这个有利条件，他觉得应当树起一面旗帜。

东北作家提出的“乡土文学”就很好，但当时只停留在口号上，作家们对其看法也不一致。张守谦认为应当深化它的内涵，扩大它的外延，增强它的吸引力和号召力。于是，他一连串写了十多篇关于乡土文学的文章，包括辩论的记录。李景慈积极响应，帮他阐明意义，补充内容，在当时产生了积极的影响。

张守谦强调不要狭义理解乡土文学，要把握乡土文学的实质。它是“指那一种反映社会现实，暴露人生真态，具备民族特有的性格，和把握了时代的意义与人民的要求，以及赤裸裸地呼吸于中国乡土之间的文学作品”(《揭起乡土文学之旗》)。

张守谦在自传中多次谈到他提倡乡土文学的初衷:

> 乡土文学就是提倡爱自己的家乡,爱自己的土地人民,反映现实,实际就是提倡爱国主义。只是由于当时的环境,不能直说,只好借用“乡土”这个字眼。
>
> 当时华北沦陷,提倡写以乡土(本乡本土)为题材的作品,自然就要从各个方面(不限于农村)反映被侵略、被奴役、民不聊生的现实生活……因之反对当时的“色情文学”和庸俗的“言情小说”。
>
> 提倡乡土文学的目的是希望作者爱自己的乡土(家乡),爱自己的国家和人民,重视现实和写现实,对社会的黑暗、生活的艰辛要揭露。按当时我的水平来说,也就是在敌人刺刀之下,力所能及提倡爱国主义吧。但在敌人的严密控制下,要公开发表,不能不曲折影射或加点儿伪装(如写小说加上一个抗战前的年份,内容实指当时)。明眼人一看便知那年份是假的,现在却很容易被人误解。

沦陷区文学研究专家这样评价关永吉(张守谦):“华北的乡土文学虽是借东北乡土文学的一股活力而兴起,然而他的理论主张远比东北要鲜明、全面得多,其创作实践也较多带有自觉的思辨色彩,这方面的代表作家便要首推关永吉。”(徐乃翔、黄万华:《中国抗战时期沦陷区文学史》,一九九五年出版)

新英雄与新浪漫

张守谦这样诠释新英雄与新浪漫:

> 在主题上我们提出“新英雄主义和新浪漫主义”来,主要的是要克服今日的堕落倾向,我们要发掘现实的新的英雄类型,他们充满浪漫的斗争(我指那反抗的意味)精神。用他们来替代并打倒“色情描写”中的哥哥妹妹,“鸳鸯蝴蝶”中的才子和佳人。
>
> 在新浪漫主义中的新英雄,当然是健康的、正常的、合理的人生代

表——也许有时候要神话化或偶像化——这样模特儿的意志当然是坚强的，而且要具备其他种种的优点，其主要之处，也是要用以显示出一般人民生活的堕落、无知、荒淫、卑鄙、懦弱、知识的贫困和灵魂的空虚。

新英雄主义的新浪漫主义，要客观地、非观念地反映作者的视野，并且要扩展和具体典型起那视野的景象。不为传统和因袭所束缚，解剖一切的虚伪和欺瞒，而认识生活的积极性。敢于生活，敢于正视现实。我们便是要求这样的英雄出现，对人间的本质、人生的归趋、人生的将来，不能稍有怀疑，而且正确的、勇敢的、科学的持有断然的自信，和并非冷淡的旁观者的，而是实践的献身于生活的活人。(《再补充一点意见——答里巴人先生的一封公开信》)

张守谦在自己的作品里，尝试塑造了有"新英雄主义和新浪漫主义"色彩的人物，比如小说《秘书陈岫和他的朋友》。大学毕业生陈岫为了五斗米每天窝在办公室里耗时间，一个月过去便深感自身的悲哀了："和自己的愿望根本违背，寄身在这个狭小的笼里，和自己装在一块儿的是马铃薯、冬瓜和芋头，这是什么生活呢？这么活下去有什么意义呢？"

好在陈岫有个朋友——自称欧阳文雄的一个怪人，"他没有固定的住所、职业和姓名，谁也不知道他在做什么，可是他的确在做着什么"。在陈岫上学时，欧阳文雄"用拳头逼他念书"，让他"参加思想运动"并且"做一个有见解的人"。

现在欧阳文雄与陈岫同住，每日白天休息，夜晚出去工作。据说是做收破烂麻袋生意，但经常研究一些化学方面的外文书。他使陈岫感到周边有时还能透来一丝光亮。

陈岫抱怨单位从他的工资中扣了煤油钱，说自己根本没领过煤油，况且住所有灯火，即使领了也没什么用处。

"煤油对我们有用处！"那个把头埋在书堆里的商人沙哑地叫道(平时他总是很冷静)，"我正在研究这个问题，战争……今日的战争，便是石油的战争，也就是和煤油一块儿由油田汲取的那些液体的战争。"他站在屋里中间，像对民众大会的众人演说，他伸出手臂来表示他的意见正确："比如说，四十五吨的战车是用多少石油来维持的？六十吨的超重战车是用多少石油来维持的？轰炸机、战斗机和潜水舰是用多少石油来维持的？机械化部队是用多少石油来维持的？"

不能往深说了——这个朋友不管是真做生意还是佯装做生意，肯定在为抗战服务，而且做着很重要的事情。

理论贡献

张守谦在实践中发现，若想不断提高作品质量，适应时代的发展，必须以正确的、先进的文学理论为指导。为了引导周围的作家们将力量聚集到抗战大局上，他尝试建立一套适合并促进沦陷区文学沿着中国新文学方向发展的理论体系。经过两年多的摸索，他取得了明显进展，这个体系虽未形成一个完整、严密的框架，语言也没经过细加工，但回答了当时沦陷区文学创作遇到的主要问题：

一、文艺的社会作用

二、作家的职责

三、文艺工作的主要服务对象

四、当前文学创作的迫切任务

五、必须坚持现实主义的原因

六、文艺与政治的关系

七、文艺大众化问题

八、文艺与人性的关系

九、文艺创作的自由

十、文艺批评的标准与方法

中国现代文学研究家封世辉对上官筝（张守谦）的评价很中肯：华北的文学理论文章的一部分"是围绕文坛讨论与争论而写的，形式上不一定是典型理论格式，但往往具有创建性与启示意义，诸如上官筝的《新英雄主义、新浪漫主义和新文学之健康的要求》……"（《中国沦陷区文学大系评论卷导言》）

这个理论体系的雏形，融入了马克思主义的辩证唯物主义和历史唯物主义精神，哲学基础是能动的反映论。它吸收了苏联、西方在文艺理论研究上的新成果，也受到了国内沦陷区进步作家某些创作与评论的影响。

著名文艺评论家欧阳凡海当时身在遥远的重庆，居然也听到了华北沦陷区文艺家发出的声音，可见其穿透力之强。他在《从抗战到一九四二年的五年间文艺理论》一文中写道:“一九四一年春,文艺理论的发展,进入了第三期。这一时期,直到今天还没有完结……华北敌后及香港上海各地的作家们做了许多文艺理论上的建设工作。”(《文艺论评》,一九四三年出版)

舍命代言

一九四三年,日本作家到中国访问,与中国一些作家进行了交流。之后《东亚新报》邀请张守谦写了一篇专稿,谈谈中方的意见。张守谦当时虽然身体不佳,非但没有应酬,而且热血贲张不计后果,说出了沦陷区有志之士一直想说的话。

所望日本文学代表者——应东亚新报社问

上官筝

日本文学者林房雄氏与河上澈太郎氏,几个月以前在北京曾经住了不少日子,之后小林秀雄氏也来了,这使我们有了一个接触真实的日本文学者并交换意见的机会,所以私心是很愉快的。

不过,据说那些人所得到的印象并不好,林房雄氏在九月号日本评论(原书不在手头,不知道是不是这一本)曾经讽刺地批评了中国的文化人和文化团体,于是也引起了许多同胞对于林氏的不满,以为林氏有侮辱中国知识阶级之嫌云云。在林房雄氏,或许还认为此行未能如预期的达到理想为失望,颇为失算也未可知。然而此两端我认为都是很好笑的事,在我——一个平凡的中国百姓看起来,这两者实在都还没有遇到或想到中国的新文学。林氏在北京的交际和宴会中间,自然见到不少中国的“文化人”,然而中国的文学者正和他们的同胞一样,过着最低限度的仅能维持生命的生活,哪里能请客喝酒,或到北京饭店座谈呢?也是因为这种原因,一时恐怕也很难有什么作品写出来或印出来吧!

现在日本文学报国会更派了吉星信子和真船丰二君到北京来,二氏负着什么使命,我们不得而知,然而对于二君的希望倘若一定要我表示一点意见的话,我可以举出几点:

第一，对中国新文学的研究，必要有一个在地域上或历史上更为广阔的视野不可，有许多外国人把中国看成许多部分：例如华中、华北、蒙疆之类，这次到日本去开“大东亚决战文学者代表大会”的中国代表，也是以这样的地域区分出席的。站在中国国民的立场，每一个中国人都对此反对，中国应当有中国的代表，而不是华北、华中、华南和蒙疆的代表。同样，北京、上海、南京、广州也只是中国许多都市的几号都市，在这个都市之外，中国还有许多别的都市。所以研究中国新文学的人，不能只以这几个都市的成绩来代表全中国。此是其一。

第二，研究中国的新文学，一定要□□□□。中国新文学的主流是“五四”运动以来，随着中国历史而发展的新精神，今日的反动思想、鸳鸯蝴蝶小说、清谈名士小品，以及各种各类的“八股”文章，都是这大主流之回旋中的残滓，如果研究中国新文学的人由这里来认识中国的新文学精神，那就要大上其当了。

第三，现在“奔走”文学的人，固然真心是在努力于文学活动的也有，然而有许多却是在企图由此造成个人的势力，而实现升官发财，或者当一个“职业亲日家”。这由他们的“无文”便可以证明实在只是冒牌的文学者。我们应该郑重声明，这些人只能代表他们自己——或者他的老婆——对于别人他们是代表不了的，他们无论替我们唱过什么戏或念过什么咒语，我们老百姓都不认账。

第四，现在中国是在战争期间，一切民族工业都已破产，我们几乎已经没有了自己出版书籍的力量和条件，这只要看看整个北京有几本纯文艺的杂志和有几本书是用中国纸印刷的就知道了。这就是说，我们已经没有了培育新作家和自由发表作品的地基，所以对于文坛的寂寞，请注意这个事实的原因。此外，好像听到过有人说要“领导”中国的新文学运动和育成新文学运动的团体，并且有人说要“审查”中国的新作品拿去出版，我想这都是中国人自己的事，顶好不要别人代劳，如果一定要那样做的话，必然也是病态的。自尊心这东西，每个民族都有，所以彼此的关系，还是避免政治意味的好。倘能如此的话，也许更会容易发展起来的。

中国的文学者和日本的文学者，在“大东亚战争”或者说“七七”以前，就是友人，而且已经就是很好的友人。此不在于研究了日本或没有研究日本，而且也不在于到日本旅行过或没有旅行过。郭沫若在日本留学，而且住过许多年，并且和日本的女人结婚，然后却仍然是跑到抗日阵营去了，这其中必然有些原因的。我们的文学者应该认真而且坦白地研究这个问题，恢复到不是“故意”要做朋友，而是自然成为朋友的时候，那就好了。

…………

不管效果和后果如何，张守谦觉得应该利用这个机会，控诉日本军国主义发动的侵略战争给中国人民的经济生活及文化事业带来的灾难。他觉得日本的作家就像日本人民一样，不会都受战争贩子蒙骗的。

抗战胜利后，张守谦又遭国民党诬陷，在武汉狱中关了一年多。一九四七年，他毅然去了冀中解放区。他觉得延安升起的那轮红日，必将普照中华大地。

由于种种原因，直至二十世纪九十年代，沦陷区文学在《中国现代文学史》中才有了位置。《中国大百科全书·现代文学卷》的词条有了“关永吉”；中国现代文学馆编的“中国现代文学百家”丛书，收入了《关永吉代表作》；《中国沦陷区文学大系》中也选载了关永吉的作品与评论。沦陷区文学研究者发表了多篇关永吉专论或在著作中介绍了关永吉的成就，普遍认为关永吉在抵制日伪文学统治、使沦陷区文学健康发展上做出了突出贡献。

当年张守谦的推断也成了现实：日本学者开始研究中国沦陷区文学，他们对前辈的恶行进行了诚恳的检讨，对“关永吉”和他所代言的不屈的人民深表敬慕。

张守谦认为，牛与狼的周旋与搏斗始终存在，因为每个人的心中都有牛，也有狼。上至一个民族、一个国家，也是如此。狼一旦占了上风，日子就不会太平了；牛应该是整个人类的属性。他一生只为一件事而自豪，那就是无论何时，自己都在为牛而歌唱。

（此文依据《关永吉传》改写）

唐山大地震毁掉多少梦

举世震惊的唐山大地震，虽然过去了几十年，仍然常被人提到，这说明这场大地震给人们造成的伤害至今没有完全愈合，有些甚至会伴随亲历者走到生命的终点。

一九七六年七月二十八日凌晨，我睡在天津市郊外一个工地的工棚里，尽管这里离唐山有一百多公里，还是第一时间被地震波晃醒了。天亮后，有人给唐山的家人打电话，想问问家里情况如何，没想到都打不通了。我们单位有一半职工是唐山的，这个工地的唐山人也不少，他们感觉不妙，很快便都请假回家了。

而有些职工此刻就在唐山——他们正在家中休班。我睡的床铺就是其中一位的。我那时是工程队的团支部书记，到这个工地来主要是看看瓦三班团小组开展活动的情况，并且想和刚申请入团的徐钢谈谈。徐钢是唐山来的一拨学生中较为积极的一个，他身体很壮实，像头小牛，性格开朗，一笑便会露出门牙的大牙缝，木工班的同事逗他，说哪天给他的牙缝砸个木楔子，省得吃饭时往外漏。瓦工活很累，要挖土、推砖、砌墙、垒片石……徐钢虽是城市来的，但哪样都不怵，身上晒脱皮了也照样乐。他还热心参加团里组织的生产突击、长跑、唱红歌等活动，我准备很快就发展他入团。不巧的是他回家了，没谈成。而他的床铺正空着，我当晚就睡在他那儿了。如果当时有手机，可以随时联系，他也许就会在工地等着我，避开那次劫难了。

过了两三天，我们单位一些受伤的职工及家属到了天津，被安置在宁园的帐篷里接受治疗。我们去慰问时，才知道这次地震的杀伤力有多大。有人告诉我们，活着的唐山人，见面第一句话就是："家里还剩几口？"

我们队食堂的大黄，身高体健，爱打篮球，这回不幸被砸折了一条腿，正躺在床上做牵引。他居然变得又黑又瘦，前些天还挺滋润呢。我安慰他："你这个好恢复，以后还可以打球。"他勉强笑了笑，不知有何苦衷。

其间，我注意到隔几张床有一位伤者，工会的王福陪她坐着。过去一问得知,她是王福的妹妹。虽然头发稍乱,脸上有些擦伤,但仍能看出相貌很标致,身材也应是个细高挑儿。王福小声对我说:“她的腰被砸着了,下半身没有知觉。”我心里一沉,只能对他妹妹说“天津条件好,安心治疗吧”。谁知他妹妹眼睛呆滞着望着脚尖,根本不看我们:“还不如死了呢!我不想活了。”再劝,她干脆闭上眼睛,不理我们了。

王福送我们走时,说他妹妹是歌舞团跳舞的,本来很有发展前途。

不久后,听说我们队一个青年骨干的妹妹是唐山某剧团的,长得很漂亮,唱功也很好,在团里刚开始挑大梁,可惜被砸死了。更令人心痛的是,她不是一下子失去知觉的;她的腿或脚被重物压住了,上身悬在空中,当时因没有吊车,人们无法抢救。据说她的求救声夹着哭声,断断续续,响了一天一夜。

随着一些唐山职工的陆续返回,我们听到了更多的噩耗。

一天,“三八”瓦工班的工棚里炸窝了——二十多个女工一起哭了起来,声音老远就能听到。她们的班长曹姐没了!

曹姐很有能力,把女工们聚成了一团,敢于承担男人们也觉得吃力的工作,比如灌注水泥。她们裹得很严,只露出美丽的双眼,但都将一个个小推车装得满满的,顽强地拱上坡道,将混凝土倒入模板中,一干就是好几个小时,在生理期也忍着痛苦,不下火线。曹姐本来没想回家,可是单位分了一些劈柴,说是劈柴,里面多少有点儿能打家具的材料,在那个计划经济年代,这就是稀罕物了。曹姐结婚半年多了,住在丈夫借的房子里,家里很乱,她总想好好拾掇拾掇,但一直没有工夫。七月二十七日那天,即地震前一日,她突然决定把劈柴送回去。有些姐姐劝她:“不用着急,等哪天有汽车去唐山拉东西,顺便捎去就完了,你坐火车还得抱着,多累啊。”可曹姐执意还是走了。

这一去便再也回不来了!听说她已经怀孕四五个月了,肚子都能看出点儿模样了!

徐钢的消息也来了:地震时,他起床后迅速往外跑,但一堵厚墙追上了他,把他牢牢地钉在地上,连翻身的机会都没有。

据说他的父母亲眼看见自己的儿子被砖石盖住,鲜血泉水般从身体下面冒出来,这是何种的悲恸!

我对瓦三班的团小组长说,把徐钢的东西清点一下吧,凡有用的都给他家送去，也许能作个纪念；同时告诉他父母，徐钢在单位是个好样的！

王福的妹妹不久后被转到了石家庄接受治疗。据说几年后腿还是没有一点知觉，大概是高位截瘫了。她每天只是做点儿手工活儿，很无聊。据说她发誓，永远不回唐山。

几年后，听说一个与我很要好的同学周建仁也遭了难。他由于工作出差，地震时正在唐山车站大厅里等车。我一听就知那里不会出现奇迹。因为我在震后不久去过唐山，眼见了大地震的摧毁力：车站里那些钢筋混凝土天车大梁竟被拧成了麻花；附近唐山铁道学院的楼房一塌到底，几层楼板相距均不到一米。唐山车站离震中太近了！

周建仁的父亲是著名劳模、铁路医院的内科主任医师。周建仁秉承家训，努力学习文化知识，希望将来报效祖国。他不仅很聪明，处事也很果断，倘若能活到全国恢复高考，他很有可能考上国内一流的大学，然后搞科研也好，经商也好，肯定都是一把好手。

一个个美好的人生之梦，都被突如其来的巨大灾害彻底击碎了。

老家呀，老家

一

小时候，在大院里，有些孩子特别喜欢聊自己的老家，尤其老家在农村的。虽然他们说的不是一个地方，但特点都是多么多么好玩，犹如闰土给鲁迅讲的瓜田里的奇遇。这弄得我也很想到自己的老家看看。

父亲的籍贯是河北省抚宁县，他说距北戴河很近。北戴河谁不知道啊，避暑胜地！那老家肯定也不错。我经常这样想，这样盼，直到亲临其境才不再做梦。

可能是一九六二年，最多前后差一年，因为大院里那时几乎每天都来几个要饭的；后来人们所说的“节粮度荒”就在那个时期，可以互证。那年夏天，学校照例放暑假，父亲怕我这个顽童白天没人管，不定惹出什么麻烦，便将我送到了老家。

早晨八点多，我随父亲在北戴河火车站下了车。

按说这时应是旅游旺季，可车上没下几个人，站外也冷冷清清的。不像现在无论早晚，车站都有很多游客和卖东西的。那时站外只有几间平房，其中有个商店，进去一看，架子上空着一半，案子上也只有几条鱼。它们个头儿不小，龇着牙，我以为是小人书里画的鲨鱼，父亲说是鲅鱼。它们的皮都蔫了，腥里夹着一股臭味。

表哥来了。据说他比我大好几岁，可身高与我差不多，而且很瘦。尽管我们是头一次见面，但他似乎没有高兴，问他什么，回答不超过两句。我说自己特想看看大海，他说海滨离这儿十多里呢。我问海边很热闹吧？他说那里平常没啥人。

表哥赶着一辆小毛驴拉的车，驮着我们，抓紧赶路——车和毛驴是从生产队借来的，不能占用太长时间。车在土道上颠来晃去，两边都是庄稼地，长的多是课本上画的玉米和高粱。不知是缺水还是缺肥，它们不像画上那样茁壮，颜色也不是很绿，而且有的地方还稀稀拉拉的。

走了大约十里地，驴车拐进了一个村庄。穿过一个狭长的篱笆墙院子，一栋看着很旧的平房横在我们面前：中间一个门，两边各有一个窗户，屋檐下挂着一些干玉米、白薯干，同我在火车上看到的许多农舍没多大区别——这就是我的老家。

老家自一九四九年后只剩大姑一户了。大姑一见我们就哭了。她的模样怎么说呢——如果我奶奶还活着，别人见了准说她们像姐儿俩。大姑不仅憔悴，而且邋遢：头发散乱，衣服上有不少黑灰，还有好几块疙瘩！算起来，她当时不过三十五六岁！她一个劲儿揉眼，泪不断地流，嘴里也说个不停。开始肯定是亲情所致，很快就转向了倾诉和抱怨：粮食不够吃啊，谁谁有病呀，欠了多少债，寄来的钱眨眼就没了……

看着气氛不对，我便离开了他们说话那屋。那屋本来也没多大意思：土炕占了一半，剩下的一半前面只有一个破柜子，若不紧倚着墙，八成会散架；后面挂了一段布帘，帘后似乎有个桌子或箱子，上面堆了被子、衣服等东西；墙上灰秃秃的，一张画都没有；地面呢，既不是水泥的，也不是地板的，而是用砖头铺的。也不错，省得表哥像我每天擦地了。

对面的屋子堆了不少杂物：锄头、铁锹、扁担，还有猪八戒使的那种耙子……粮囤旁有些动静，像是老鼠！它只顾寻摸吃的，不陪我玩儿，我只能回到中间的过堂，坐在小板凳上，看表妹怎样往灶里添柴火，看那大铁锅一缕一缕冒热气。

好在时间不长，家里就陆续来人了。亲戚、邻居来了十几拨，看望我父亲，有的还带点儿礼物，都是吃的——红枣花卷、黏米饽饽、炒花生……城市里这两年也不常见这些东西。比如花生，春节前每户凭本才能买到几斤。最让我心动的是一个穿戴很干净的中年女子端来的一大碗花生粥，油亮亮的，似乎还热着，隔老远香味儿就撞鼻子！我从未吃过这东西，大概也饿了，很想当时就吃几口。却不知被哪位立马收起来了，我再没看到。

临近正午，姑夫回来了。我真想不到姑夫竟是这样！听说姑夫比大姑长几岁，但也不至于满脸皱纹还驼背啊！大姑说姑夫现在身体不大好，不在地里干活儿了，生产队照顾他，每天喂牲口，工分也记十分。听起来还行，姑夫却只哼了一声。

很快就开饭了——姑夫下午还得盯着牲口，不能耽搁。吃饭时我发现，大姑有四个孩子，最小的那个才三岁。刚才他们不知钻哪儿玩去了。过道的地桌旁坐不开，大姑和表哥只好等下一拨。主食好像是混合面饽饽，菜只有一个肉片炒宽豆角。宽豆角是从院里篱笆上现掐的，猪肉据说是托人从远处的黑市上割来的。弟弟妹妹们争抢着搛菜，一会儿盘子里就空了。我吃了个半饱。

下午，父亲拜访了几个关系较近的亲戚后便回去了。临行前，他给了大姑一些钱，包括我的生活费。我自己留下了，住了整整一个月。没想到，原希望逍遥度假的一个月，竟成了一次痛苦的、难熬的体验！

第二天早晨，大家还是聚在一起吃早饭。大姑熬了半锅粥，给每人都盛了一碗。我以为，昨天别人送的那些好吃的，现在可以分享了。然而，唯有姑夫的碗边摆着半个黏米饽饽。我觉得奇怪，便看大姑，大姑告诉我："你姑夫每天得干活儿，喂牲口也很累，不吃点儿干的盯不住。"

我在家时，每天早点都有干的，或馒头，或烧饼，同时喝豆浆或老豆腐，哪能光喝稀的！

在这里，我知道自己的位置，尽管心里很别扭，但什么都没说。我使劲儿喝，喝了两碗就觉得撑得慌，便打住了。

表哥有经验，喝两口就到屋外去了，从酱缸里捞了一块咸菜，黑乎乎的，看不出是萝卜还是芥菜头。他用清水涮了涮，也不切，直接咬着吃了。我觉得光喝粥太淡，也想挑点儿适口的咸菜。谁知揭开酱缸盖一看，我就被吓住了，把盖一丢，跑回屋了。老半天，鼻子里还弥漫着臭味儿，特别难闻。表哥看我空手回来了，不以为意，道："天热，都这样。"

这天上午，我在村里转了转。村子不大，也没什么玩儿的，大约十点来钟就返回了。大姑似乎一直没闲着，喂猪，浇园子，还干了一些我不懂的杂活儿。表哥的学校也放假，他帮大姑做一些力所能及的事情。我当时不大理解：家里既然有猪，为什么不宰了，还到外面去买肉？大姑告诉我，家里的猪是自己买的小猪崽，一点儿一点儿养大的，为了以后卖钱。有了钱才能买粮食——队里分的粮食不够吃，必须自己再买一些。另外还有不少地方需要用钱，自己哪舍得吃啊?！

我更不理解了："粮食不够吃可以种啊。"

大姑叹了口气："谁不想种呢？"

我细看了一下院子，除了茅房那插了一些秫秸，是枯黄色的，其他地方能绿的全绿了。遗憾的是整个面积没有多大。若干年后，我才知道，它属于自留地，上级不但对自留地的大小有限制，而且征农业税，以避免其倒向资本主义。

父亲走后，我几乎天天喝稀的。全家加我七口人，唯有姑夫有权吃干的——别人送来的吃完了，再吃就是自己蒸的玉米面或高粱面窝头。后来，我也不得不在用餐时加道菜——老咸菜，越硬实越好。一是它能多撑些时候，二是咸了必然会多喝点儿粥。虽然大姑每次都将咸菜洗了，但切碎了放到碟子里，它还是会冒出一股怪味儿。我只能忍着。

有时我都想爬到柜子上，或钻到帘子后的旮旯里，像老鼠一样自己寻摸点儿吃的。屋檐下挂的白薯干很硬，一咬嘎嘣嘎嘣的，我嚼了半拉就不吃了。表哥可能看出我的脸色越来越差，有一天带我出去了。他让我等着，自己钻进了高粱地。烈日下，庄稼的叶子更扎人了。他在里面哗啦哗啦老半天，才满头大汗、一身毛刺儿地出来了，给了我一个像茭白一样的东西。他说是从高粱秆上掰下来的，可以吃。我试着咬了一口，有点儿像藕，甜甜的，于是几口便消灭了。

我真希望多掰几个。但表哥说这东西是庄稼的寄生物，不是每个庄稼都长的，今天就算幸运。

村子的北面有山，连绵起伏，看着并不远，我想看不了海，看看山总可以吧。谁知表哥也不同意："望山累死马。"见我很不愉快，他便带我去看村口的一个"小山"。走近一看，也就十几米高，窄窄的，纯粹一个土冈子！上面只能站上几棵树。古刹啊，和尚啊，自然不会有的。

表哥从坡下的草窠里捡了一个乒乓球大小的东西，黄褐色，近看球上有不少刺儿。他把球掰开了，里面是空的。我觉得很新鲜："这是什么玩意儿？"表哥说这是栗子。栗子！上面是栗子树吗？我仔细端详那几棵树，不仅看不到栗子，甚至连叶子都没多少，大概已经死了。

栗子，多好吃呀！我最爱吃糖炒栗子了。虽然生活在城市，却一年也吃不到两回……栗子也能管饱啊！农村为什么不多种一些呢？

表哥似乎也很生气，将栗子壳扔出好几米。

我渐渐地不怎么埋怨大姑了，也察觉到姑夫、表哥为什么总绷着脸、不愿说话的原因了。每天的眼见和耳闻告诉我，村里乡亲们的生活与大姑家差不多，富裕的很少。第一天人家送的那些好吃的,都是稀罕物,人家自己都舍不得吃！谁不想改变现状啊,大家都很无奈。

暑假作业我前十天就写完了。大姑家除了表哥的课本,其他书一本也没有。村里一直没什么可玩儿的,村民们白天都在干活儿,只有几个老人坐在村子中央的一棵大树下,乘凉或聊天。晚上虽然人多了点儿,但也没一个说书的,更甭惦着什么电影和演戏了。这可以理解,人们肚里没什么油水,况且经常咕咕叫,大概只有躺着或坐着不动最舒服。

我实在感到无聊,便帮大姑干活儿。拌猪食、"啰啰啰啰"地喂猪我不喜欢,对拾野菜倒有点儿兴趣。大姑带我到外面,遍地搜寻一种猪很爱吃的灰菜。它长得和另外一种不能吃的野菜差不多,得细分辨。我很快便掌握了它的特征。大姑笑了,说如果没有粮食吃,人也可以拿它充饥。灰菜不苦,有的甚至还有点儿甜。然而,有时我们转悠了老半天,才能捡到半篮子。

为了给院子里的植物添加肥料,大姑、表哥有时还去拾粪。我看这活儿不错,便自告奋勇挎上了粪箕子。因为村里没几辆马车,牲口的屁股下面还挂着一个布兜,要想有所收获,必须去大路上转悠——正合我意啊！有一天,我悄悄出了门,沿着一条较宽的、辙印很多的土道向大山方向走去。见到了几个马粪,我就用铲子往粪箕里扒拉。又见到一摊牛粪,我就用铲子贴着地面铲,一点儿不落地"收入囊中"。管它臭不臭呢！此刻在我眼里,它们就是香饽饽！

我不知不觉成了大姑家的一员。我觉得自己不能白吃饭,应当劳动,创造价值,虽然那时我只有八九岁。

即便在大道上,粪也不是走一会儿就能遇到的。有辆马车过来了,我发现驾辕那匹马的屁股一撅一撅的,好像要拉,而且下面没有兜子！我毫不犹豫,跟上了马车,眼睛紧盯着马屁股。跑了足有几百米,那些"宝贝"才掉了下来。一个个圆溜溜的,发着亮光,远看像一串儿项链。有一个摔成了两瓣,里面直冒热气！

我别提多高兴了,不知不觉竟跑到了大米河头——一个离家老远的村子。顺着大路,走到了一条河的河边,我才停住。河边有不少细沙,踩在脚下很舒服。河不太宽,也不深,但水很清凉,流得很快,墨绿的水草们在里面漂。如果不是对面有几个女孩洗衣服,我真想脱光下去,好好洗一通。后来我从地图上查了一下,这条河就是著名的戴河。所谓"北戴河""南戴河",应该是指戴河的北侧和南侧，而不能错以为是一条河的两段。

然而要回去可难了。粪箕满满的，尽管分量不是多重，但我觉得越走越沉。刚回到大米河头，便背不动了，两腿发软，眼前发黑，我不得不坐在路边了。其实这时不过十点来钟，我的肚子就瘪了。后来，我只好拉着粪箕，在道边蹭着走。道边有些草，滑在上面稍微省点儿力。我晃晃悠悠，一步，一步，往家蹭。

走啊，走啊，在我快要倒下时，大姑出现在眼前。她看看粪箕，再看看我，眼泪忽地下来了。她说若不是村里有人在大米河头瞅见过我，她都不知上哪儿找我了。

…………

带着一身虱子，我回到了天津。谁见面都说这类话：“你怎么瘦成这样了？”“猴子出山了！”

衣服好处理，身体也好恢复，但老家咸菜缸与粪缸相似的臭味儿，在鼻子里好几个月没散。以致十几年后，一提起老家，那种气味儿仍会腾地冒出来。

我不敢再回老家了。

二

时光的脚步，磨磨蹭蹭，赖赖巴巴，有时甚至原地不动，直至一九七八年才逐渐加快。

已成为铁路职工的我，自二十世纪八十年代末，外出时多次从老家旁经过，或在其附近待过几天。毕竟心与这块土地有一种说不清又割不断的联系，所以还是比到其他地方多一些留意。尽管所见所闻只是边边角角，我仍能感到老家肯定发生了很大变化。

局里在北戴河开笔会，与会者都是铁路职工，当然要坐火车去。在北戴河站下车时，一出车门，我就被汹涌的人潮卷了进去，挤了好一阵，才出了检票口；又转了两圈，才找到局疗养院接站的大巴。我知道正值暑运高峰，但铁路局增加了不少车次，而北戴河站还是这么多人！真没想到。

开会期间，我发现只要天晴，海滩上阳伞成片，望不到头。岸边不仅有许多疗养院，还有许多旅店和商店。集市上熙熙攘攘，尤以卖海鲜处最热闹。螃蟹、虾、比目鱼、黄花鱼、平鱼、各种贝，还有海蜇、海带，种类多，而且很新鲜……过去凭购货本或特供券才能买到的鲅鱼，现在只能做饺子馅了。

下海游泳，一个文友想租个救生圈，即旧车胎改的，浮力很大那种。跟前正好有个租摊，摊主是个姐姐，晒得黑黑的，听口音就是当地的。租金在木板上写着：一小时五元。文友嫌贵，我便帮着砍价，跟姐姐套近乎："咱们是老乡！"姐姐一愣，我立即用乡音证明："我是榆关小李庄的！我姓崔。小时候常去沙河、大米河头玩儿。"

姐姐笑了："那兄弟，你好久没回家了。"

"您怎么知道？"

"小李庄现在叫崔李庄了！"

"为啥改名呢？"

"大概姓崔的多了呗！"

又有人租圈了。姐姐对我说："你挑一个，好好玩玩，没有时间限制，用完给我就行。"扭头走了。

我心里涌来一股热流：本是开个玩笑，不优惠也没关系，谁知"攀老乡"竟是一件郑重而严肃的事！

二十世纪九十年代，南戴河也火了，我陪人去那儿玩过两天。白天坐快艇，滑沙，看博物馆，游天马山，览明长城，晚上吃海鲜，然后唱卡拉OK，大家都玩得很开心。我高兴中夹有几分自豪：服务人员多是抚宁的父老乡亲，有的老板也是当地人。

由此推断，老家现在可能也没什么闲人了。市场一搞活，经济一繁荣，创业和致富的机会无处不在。

进入二十一世纪后，抚宁县并入了秦皇岛市。我们再去北戴河或秦皇岛，一般都坐汽车了。因为多条高速已通秦皇岛，来去更方便。

每当小车到了老家附近，我就注意其两侧的植物。玉米还有，高粱几乎不见了，多是苹果、桃等果树，还有葡萄，藤叶繁密，一枝一枝的，蔓延至很远。乔木果树旁边夹种着草科植物，有的地方像芝麻，有的地方像花生。对呀！我记得老家有不少沙土地，很适合种花生；花生的经济价值又比高粱、白薯高得多，过去为什么不多种一些呢?

后来在报纸上看到一则消息，说北纬三十八度到五十二度适合种葡萄,并说北纬三十八度是葡萄黄金带。我在地图上一查,老家在北纬三十九度！再后来,我从网上看到消息:河北省抚宁县生产出了中国第一批干红葡萄酒!

想当初,我在老家怎么没看到一个葡萄架呢?

我觉得更奇怪了。父亲说他的爷爷、爷爷的爷爷,坟地都在抚宁。《抚宁县志》上说抚宁多数人口来自明代初期的山西、山东移民。难道在这片土地上耕耘了好几百年的人们,至今才明白什么土壤该种什么吗?

退休后,我有了时间,将厚厚的一大本《抚宁县志》基本读完了,似乎找到了答案。

《抚宁县志》说,抚宁县土地类型齐全,而且气候相宜,河流众多,自然条件优越,适合多种生物生长。但由于封建盘剥、苛捐杂税繁多、兵匪蹂躏以及旱涝多发等原因,一直贫困落后,经济萧条。中华人民共和国成立后,由于进行了土地改革,达到“耕者有其田”,农民的积极性高涨,农业有了较快发展。一九五六年成了余粮县,并成为河北省重要的花生产地之一,发展速度居全省领先地位。

《抚宁县志》明确指出,其原因之一是本县因地制宜,大面积种植了花生——一九五六年花生种植面积达到二十二点三万亩。

这不挺好吗?

但时过一年,形势变了。全县人民稀里糊涂坐上了过山车。

《抚宁县志》对其过程作了如实描述。

北戴河每逢夏季,都有各级干部去疗养。看资料,某些重要会议曾在这里召开,有些领导还下来视察过。后来我想,他们到大姑家这样的农户来过吗？看过他们怎样吃饭吗？他们去过这里的“卫生间”吗？他们认真调查过一个村、一个乡,或一个县的具体生产、生活情况吗?

历史不管怎样曲折,也最终像北戴河一样,流入大海。

改革开放后,实行土地承包,广大农民看到了发家致富的希望,并相信所得利益会得到保护,聪明智慧像火山一样爆发出来。夜里不用动员,大家都自发跑到地里干活儿。

二〇一九年,我在网上看到了两条有关新闻,兴奋不已:

近年来，河北省秦皇岛市抚宁区引导农民利用燕山浅山丘陵地发展林果种植业，既带动农民致富，又绿化了荒山。目前该区丰产果树面积近十五万亩，年产各类果品十三万吨（《抚宁县志》显示，包括著名的大久保桃，还有苹果、梨、杏、红枣、桑葚、山楂、核桃、葡萄等，每类果树都有不少品种，比如梨，多达五十余种）。

抚宁板栗是河北省秦皇岛市抚宁县的特产，果粒整齐，色泽新鲜，风味甘甜，糯性独特。截至目前，抚宁县已有万亩以上板栗乡镇六个，千亩以上村四十个，五百亩以上村一百七十七个，板栗种植面积已达三十二点四万亩。

据说，抚宁板栗被冠以“京东板栗”的名称，常年大宗出口。我当年望树兴叹，如今梦已成真！但也许回到老家才能吃到正宗的抚宁栗子。

清康熙年间抚宁知县赵端评价抚宁：“其民质直而劲耕读而渔钓。”《抚宁县志》说：“抚宁人民，勤劳朴实，聪慧勇敢。”这均不是高抬，确实如此。领导这样的人民，本该是一件很轻松的事吧？

江南旧曾谙

落叶簌簌发来短信，我讨厌的那个季节又要降临了。越到这时，我越思念江南。同事说："以后你到了冬天就住在南方，开春再回来——和候鸟一样，不就行了吗？"他以为我有气管炎，只是怕冷。

其实不然。我觉得江南多方面异于江北。当然，长江两岸的差别不会很显著，我泛指其更南和更北的广大地区。

首先，江南的绿是纯正的绿。北方树木的叶子只在吐芽至成形期间才显现活力，可时间不长就老气横秋了，有的呈深绿或墨绿，有的绿黄交织，似乎先天不足；再一缺水更是呈灰绿、暗绿甚至干绿，仿佛蒙上了沙尘。而江南的叶子多是葱绿、翠绿、油绿，鲜嫩发亮，生机盎然。我一被这纯绿拥抱，浑身便有绿透之感，尽管已知天命却时有少年冲动。

其次，江南的绿是绵延的绿。它的树叶在天冷时虽然也有些变黄、脱落，但基调不变，更不会整个光秃秃的；犹如人走累了，只是略微休息一下，不久又是郁郁葱葱的，哪像北方一秃小半年！北方自寒流一来，草木便开始凋谢，几经折腾，绿色殆尽。风雪过后，恰如《红楼梦》所说的"白茫茫一片大地真干净"，不光空中只剩枯枝寒雀，植被覆盖的神秘也化为乌有。漫漫严冬，人们无聊地无奈地缩在屋里，不知别人怎样，我的情绪明显低落，思维时常打盹儿。

江南的绿之所以纯正、绵延，主要原因应是温暖和湿润。北方的夏季，即使下雨较勤，我觉得与南方也有区别。北方下雨多是雷阵雨，往往下不透，过后更觉闷热。有时也下暴雨，白昼如黑夜，马路行舟船，又过了辙。绵绵细雨或毛毛细雨本来就不多，有时还拖到深秋，凉气沁骨，人一淋湿难免感冒，树也未必喜欢。北方的雨好似不擅长教育子女的父亲。反之，南方经常下小雨，而且可以低吟浅唱好几天。柔和的雨丝像母亲的手，既清凉又温暖。赶上南方所谓的冬天，虽然也得打伞，但走在光洁的石板路上，伴着潺潺流水和茵茵芳草，特别是看到遍地金黄的油菜花，纵然多穿一点儿，仍会感觉很惬意。

不同的水土养育了不同的性情。南方人一般心态比较平和，他们不用裹紧棉服在风雪中瑟瑟赶路，恨不得马上回家。有事好商量，有话慢慢说。男人讨价还价，不会一口把人噎死；工作累了或遇到不顺心的事，很少以“国骂”撒火；饿了就吃饭，困了就睡觉，不非得用老白干压寒气、提精神，也避免了酒后失控弄出种种事端。女人更是说着吴侬软语，她们不仅用语言交流信息，而且以声调变化和尾音修饰表达丰富的情感。江南人的性格由评弹也可看出：两个人坐那儿半天不动，只弹唱不表演，并且唱词对白一般很文雅，大伙儿却听得津津有味。这要在北方，大概送票都少有人去。

性情与文化也有关系，这得回溯一下历史。江南自古风景宜人，不只白居易感怀，后来李煜也有同感，南宋诸皇帝更有体会，于是国都南迁后尽情享乐，不愿离开。由于北方战火频仍，大多文化人也躲到了江南。久而久之，江南文化氛围大大超过了北方，词人、画家、书院、藏书阁、文房四宝……其数量、品质均可为例。远的不说，近代文化名人出于江南者仍占压倒性优势。百年沧桑、影响深远的商务印书馆、中华书局都创立于上海。天津近年修葺了梁启超、李叔同、曹禺等文化大师的纪念馆，诸贤无一祖籍北方。如今一到江南，文化氛围仍如重庆之雾。南京、扬州、长沙、大理这类文化名城自不必说，许多不大出名的小县城的书店和图书馆数量都胜于北方一个中等城市。翻开它们的县志，有的地方藏书家能近三位数。文化优势可不是一群书呆子，它不仅能够有力地促进当地物质文明建设，而且也能引导人们的精神得到健康发展。苏锡常地区、上海、广东的经济发展和社会进步成绩斐然，有目共睹，它们的一个重要支点，就是较高的平均读书率。像精英荟萃的深圳，据说平均读书率达到了全国平均值的十倍，焉能不立改革开放的潮头？

“桃源”的启示

前不久，我们到兄弟单位一个项目部的驻地参观，颇有感触。它在一个滨海城市的边上。我们找它时，汽车驶过的地方，两侧挤满了外形杂乱的建筑物，白的挨灰的，灰的遮白的，不仅见不到蔚蓝色，也见不到多少绿色。路旁确实有些树，树干超不过两人高，唯有尖儿上耷拉着点儿树叶，远看活像红缨枪。我们不得不欣赏这回填土和垃圾孕育的杰作。路上大货车前堵后追，在波浪形的地面上扭来扭去，将尘土和噪声肆无忌惮地抛向四周。我们的司机边骂边冲玻璃。

终于找到了——路旁不太远，有一座孤零零的四层小楼。大概是主人不爱凑群，在楼外围了一个大院，与左右拉开了距离。穿过小楼，发现后院竟比前院大好几倍，里面除了一排平房和甬道，都是葱茏茂密的庄稼和争奇斗艳的花卉，伸长脖子想看外面热闹的向日葵尤为显眼。楼房和院墙挡住了喧嚣。这美丽加静谧，使我顿时想起陶渊明描绘的那个地方。项目书记告诉我们，他们项目部只有二十多人，按常规租两层足够了，但他们看中了这个大院，便租了整个楼。价钱虽然贵一些，但职工们住着舒心，多花点儿钱也值。我们对该项目领导的卓见与精明十分钦羡。他还自豪地说，这些植物大多是职工们自己种的。我们向里走，看到了一些小牌子：“忘忧田”“百草园”“快活林”“呼伦贝尔”，还有什么“一片丹心”“妹妹，你大胆地往前走”……一个个很有意思，我高兴得想再给他们添两句。

建筑工程与大自然是一对不易协调的矛盾。有些事无可奈何，但优秀的工程人会在力所能及的范围内，珍惜每一块土地，保护每一寸植被，润泽每一片绿叶。他们走到哪里，就使工地成为与大自然融为一体的风景线，让驻地成为新的世外桃源。当地百姓受益，职工自己也受益。人们不那么浮躁了，认真做事，仁爱待人，播种和谐，必有收获。我们眼前这个项目部，不仅企业文化建设有成绩，而且在施工全线评比中进度、质量均获第一。它启示了什么呢？有句歌词说得好：“把根留住。”

拜谒尧庙

学过历史的人可能都知道“唐虞盛世”和“尧舜禅让”的故事，但不一定晓得尧帝的故里在哪儿，存何遗迹。

山西省临汾市城南六华里，有一个古帝尧庙。我若不到临汾开会，也不知道国内还有这样一处胜地。

据碑刻记载，古帝尧庙最初建于晋代，后历经重修，规模宏大，总面积达七百多亩。可惜庙内许多建筑遭受了战火、地震的严重破坏，如今保存下来的只有清代重修的五凤楼、尧井亭、广运殿、寝宫以及碑碣、古柏等。

尽管如此，尧庙也很值得一览。

庙内，宽展静谧，松柏苍翠，芳香袭人。五凤楼，首建于唐代乾封年间，建筑主体为黄色，高约二十米，三层十二檐，斗拱雄浑古朴。楼顶厦脊和垂脊站着三十一个陶人及一头陶狮。风一吹，它们竟然可以走动。楼的一二层有红柱构成的围廊，整个楼阁精巧秀丽。传说这里是尧王与四位大臣议事的地方。当地人把尧王及其四位大臣誉为“五凤”，“一凤升天，四凤齐鸣”，故名“五凤楼”。

这一点很有意思，它寄寓了人们对民主的憧憬与赞美。

尧王亭，始建于东晋太宁年间，木结构，平面六角形，厚檐飞挑。底座较高，周设围墙。亭子中央有一眼水井，深十余米，井水清冽可饮。传说尧王在世时，非常喜爱水井。此井为尧王同他人所凿。

由此推断，尧王是一位半脱产的领导，实质就是一个勤劳的农民。有事开会议政，没事挖井种田，从不脱离群众。

广运殿，始建于唐代显庆年间，红色，两重檐，面宽九间，总高二十七米，气势雄伟。传说该殿为尧王朝见众圣的场所。它的正面上部，镶嵌着四个砖雕大字：民无能名。后查，其选自《论语。泰伯》。原文“唯天为大，唯尧则之，荡荡乎？民无能名焉”，意思是尧王功德齐天，百姓没有任何可指责的，能不全心拥戴他吗？

大殿正面跨出彩楼，并置彩栏，构思独特。墙壁上有精雕细镂的龙、凤、狮子、麒麟等动物,寓意高贵、威严及祥瑞。

尧王坐在殿中央的台阁上,虽然也是身躯壮硕,并且"高高在上",但神态睿智慈祥。左右各有两个英俊侍男。台下一边阁老,一边宰相,辅佐理政。这种布局估计参照了后来的帝王宫殿样式,并将尧王按皇帝的架势进行了包装,却依然含有古代早期部落联盟领导者那种质朴与亲切。也许这便是百姓理想中的君主形象吧?

庙内的几棵古柏,形差较大,也各有故事。鸣鹿柏,曾有从长白山跑来的一对梅花鹿,跳到树上向故乡吼叫;夜笑柏,白天休息,夜晚生长并开花,每年腊月还能发出怪笑声;柏抱楸,楸树破例开出紫红花;柏抱槐:槐树在柏树怀中一住六百年,年年以白花繁茂来回报。有它们陪伴,尧帝更不会寂寞了。植物与植物相交,植物与动物相护,人与自然相融,人与人相助,处处和谐,尧帝当然放心了。他自身也不想图什么私利,于是将权力主动交给了没有任何血缘关系的舜,希望朝气蓬勃、能力出众的舜,能给人民带来更大的福祉。

尧庙有十几通石碑,记载了不少佳话和颂语,要想细看,少说得花一个小时。听说距尧庙半里处,有个尧庙村;七里处,还有一座尧陵。按说应当一并拜谒,加深理解,可惜我没有时间了。奇怪的是,古帝尧庙的售票处竟没宣传册,有关资料是我找后院的管理人员要来的。

是否人们觉得尧帝太远,而秦始皇、武则天、乾隆爷之类更威风、更现实呢?

壶口探胜

报说各黄河漂流队均认为黄河绝险为中游的壶口瀑布。

六月中旬，我有幸参观了这个地点闭塞、大多数人从人民币五十元票面上才能见到的名胜。

从白云萦绕的吕梁山盘旋而下，雄阔的晋陕大峡谷闯进了眼帘。车到了峡谷边，才看到中间有一条宽不足百米正缓慢移动的浊流。这，就是现在的黄河。

我的心凉了一半：瀑布会不会消失了？

沿河走了十里，见远处河道中间有一片白雾。再近一些，传来“轰轰”声，像打雷，仿佛隔窗都能冲进来。我和同伴们都坐不住了。

车子又过了桥，到了陕西地界，司机说这里适合观景。

岸边立一小亭，叫“望龙亭”。我们从亭子旁的石阶下去，在平坦的由细沙和草丛覆盖的河边走了一百多米，小心翼翼地靠近了瀑布。

黄河由北而来，河床本来宽阔平缓，到了这里，突然变窄，然后垂直下跌几十米，逼得河水瞬间改变了性格，如无数黄骠马争先恐后进行俯冲。瀑下骇浪翻滚，宛如开锅。飞溅的水滴顷刻打湿了我们的衣服，涛声使人咫尺内无法交谈。

为看得更清楚，我不听别人劝阻，从岩缝中溜到了离水面很近的一块石头上。据说有些摄影者为了仰拍瀑布全景，攀岩时不慎落水，无一而返。

河两岸的沟壁均是黑褐色的页岩，中间部分被剥蚀出了许多大洞和罅隙，有的如凹廊，有的像乐池，有的似佛龛……鬼斧神工，佳作比比。

再观瀑布，黄水从蓝天白云间直泄下来！李白形容“黄河之水天上来”，我终于信服了。水流拧成了无数水柱，拥挤着叠压着砸下来。有些水柱形状基本不变，像一根根没有尽头的巨桩不断打入深潭；有些水柱碎裂了，像一簇簇礼花多姿迸放。

那条令人敬畏、令人眷恋、令人骄傲的母亲河啊，大概只有在这里，才能看到你昔日的影子！

也许到了汛期会更好一些。

亿万年的激流冲刷，使河床不断下切，必然产生一条深沟。回首瀑布以下，几百米间，水流湍急，旋涡密布，看着依然心惊。

资料说，因该瀑形如巨壶，水流沸腾，故曰“壶口瀑布”。我倒觉得叫“龙口瀑布”也许更传神。

资料还说，春秋季节水清之时，阳光直射，瀑布腾飞的雾气中，还会出现彩虹。它随着波涛飞舞，景色绮丽。明代陈维藩的《壶口清风》有一句：“秋风卷起千层浪，晚日迎来万丈红。”虽然有些夸张，但当时瀑布的气魄可能更大。

从底下上来后，老天恩宠，我这时就看到了一弯彩虹！尽管它不大连贯，仍然光色奇幻，姿态动人，犹如敦煌壁画中的飞天。遗憾的是它很快就飘走了。

难道是河水中泥沙太多了？又或是水量不充分？

拾了几块纹色质朴的壶口石，我带着忧虑告别了瀑布。不是为飘黄的勇士们担心，我甚至想过同他们一起闯荡险境，只是害怕随着自然环境的不断恶化，不仅黄河上游不再咆哮，中下游也可能加速枯涸。壶口瀑布还会存在吗？将来这里会不会只剩下一摊乱石和沙砾呢？

大沽口观记

水天一色，帆寥鸟稀。汽车穿过一片紫红色的灌木丛，我们来到了海河入海口——大沽口的南岸。

沿岸立着两座灰白色的古建筑物，它们相距二百多米，有堤墙相连。临海那座比较完整，是个标准的梯形，解放军在上面竖了一架高大的雷达天线；靠里那座不知毁于何种外力，缺了一大块。倾斜的土顶上，钻出了蓬蓬野草。

这就是著名的大沽炮台遗址。有关书籍记载：大沽口曾有大炮台五座（南岸三座、北岸两座），以“威、震、海、门、商”五字命名；建于明代，清咸丰八年重修，其周围挑壕筑垣，设置木栅，每台置火炮三尊，另于后墙营门建小炮台二十五座……目前保存尚好的，是“镇”字炮台。

如今，为什么多数炮台不见踪影了呢？这就要追溯祖国那段受人欺侮的历史了。

在解放军陪同下，我们缓步登上了“镇”字炮台。它高有五六米，面积约半个篮球场大。砖石砌的外围，里面用三合土填充。虽然经历了一个多世纪风雨和浪潮的侵袭，它依然很坚固，但可惜胸墙没有了，大炮也不见了。炮台下陈列着两门一米多长的铁炮，据说是不久前从泥土中挖出来的，我想它们可能是小炮台上的。天津历史博物馆保存了两门这里用过的炮，长约三米，可能是原来大炮台安放的。炮膛的口径不大，可炮身很粗，非常笨重。

大沽炮台没有旅顺炮台和虎门炮台的规模宏大，但它的战略地位却很重要。我们举目远眺，入海口尽收眼底。从炮台越过百余米宽的河滩，就是只能并行两艘渔轮的主河道。在以舟楫为主要运输工具的年代，海河是外国侵略者从海上进犯津、京的唯一通道，大沽口则是通道的咽喉。昔日，内河设有木桩等障碍物，炮台健全，互为犄角，壁垒森严，对于不甚强大的来犯之敌，可用南北交叉的火力进行轰击，凭险制胜。

可悲的是，自第二次鸦片战争以来，中外在此交锋四次，炮台失陷三次。中国输得非常窝囊，气得爱国将士拔刀斫石。讲解员的解说使我们眼前浮现出历史的风云——

不要埋怨那些守炮台的官兵，他们多是铁骨铮铮的好汉。他们不怕敌人的炮弹，前赴后继，奋勇燃炮杀敌。当英国士兵逼近炮台时，中国士兵猛狮般跳入敌群厮杀；几十名法军刚占领一座炮台，中国士兵就舍身炸毁炮台，与敌人同归于尽！

我们应当痛斥腐朽反动的清朝统治者。那伙只顾贪图享受荣华富贵、不顾国计民生的高官显贵，在前线"一闻炮声，心胆先怯"。一八五八年，堂堂直隶总督谭廷襄带头乘轿西逃；一八六〇年他的后任恒福，一看北炮台失守，强令各营"竖立免战白旗"，将南炮台拱手献敌。一味对外妥协求和的咸丰、慈禧引狼入室，使炮台腹背受敌，孤立无援，安能固守？

清军的火炮陈旧，威力小且机动性差，难以压制敌舰上成排的先进重炮的强大火力。步兵的武器相差更是悬殊。中国几乎都是弓箭刀矛一类的冷兵器，连鸟枪都没几支，当英法联军从新河迂回时，中国三千多名骑兵手持马刀，旋风般扑向敌人。结果，大部分人成了大炮和滑膛枪的活靶子，在弹雨中饮恨终天。

是的，我们也胜利过。那是大沽守军自发抵抗，以占绝对优势的兵力，血战了一昼夜，将敌击退。

大沽炮台的每一次失陷都给祖国带来了灾难。尤其是一八六〇年，英法联军由此溯源而上，清军在通州惨败，咸丰逃往热河，奕澴开门揖盗。京郊多少田园村舍成了瓦砾堆，成了屠杀场。那世间无与伦比的圆明园被侵略者抢劫殆尽，然后被纵火焚烧，而今只剩下几处残垣断壁。从此，中国成了帝国主义列强的盘中餐。《辛丑条约》强迫清政府将大沽炮台及大沽至北京的所有炮台全部拆除。无数不平等条约、世世代代还不清的赔款，像大山压在了中国人民的背上。

汽车离开了炮台遗址，我的思绪仍在那里萦绕：为什么有一座半炮台能劫后余生呢？是我们的先人设法留下来供后人凭吊的？大沽炮台，是近代中国历史的一个缩影。它告诉我们：政治制度腐败、科学技术落后，就要挨打！炮台上正在旋转的雷达提醒我们：当今世界依然硝烟不断，很不安宁，千万不要忘记历史教训！古人早有警句"后人哀之不鉴之，亦使后人而复哀后人也"。

（1984年发表于《京铁职工文艺作品选》）

十八盘上的挑夫

泰山给我留下印象最深刻的，要数十八盘上的挑夫了。

我是在烟雨中攀登十八盘的。十八盘大多数地段又陡又直，简直像斜立起来的铁路轨排。我的两条腿像灌了铅，刚要坐下来，却发现前面有个挑担的人。他扁担的两端缚着筐，沿着道边低着头慢慢向前登着。我不禁愕然：轻身尚且如此，负重又将怎样？他促使我继续向前。

看清楚了，他的筐里装满了猪肉和蔬菜。他湿漉漉的身上紧贴着一件白色“老头衫”，汗在脊背上画了一个黄色的大椭圆。湿淋淋的头上升腾着热气。他小腿肚子上的肌肉绷得鼓鼓的，一步踏上去，仿佛能把石头台阶踩出一个深坑。

原来他是山下的农民，挑东西送往上面南天门的招待所。出发地点是距此千级之遥的中天门！

次日下山是晴天，我又遇到了许多挑夫，有的挑水泥，有的挑沙子，有的挑啤酒和汽水……他们仍是那样吃力地、默默地走着，不同的是头上顶着烈日。我几乎看不到他们坐下休息。难得遇到一个十八九岁、担的沙包比别人小一些的挑夫坐下来喘息。我赶上前问他：“你这一挑沙子有多少斤？”他回答：“一百一十斤。”“一天挑几趟？”“两趟。”

这时，涅克拉索夫的诗句突然在我脑海中出现：“俄罗斯母亲啊，你又贫穷又富饶，你又强大又软弱！”我眼前这幅画卷不也很矛盾吗？壮丽无比的背景与如此辛劳的人物形成了鲜明的对比。它早该成为历史了，而今仍在向我们活生生地展现！

然而经过进一步的询问和思考，我又觉得这幅画卷的背景和人物是协调的。今天的挑夫已经不是过去的挑夫了。泰安地区农民的一个工一天合两至三块钱，他们不单是为填饱肚子来挑担的。有了他们的扁担，残损的古迹才得以重修，山上的旅馆和饭厅才能建造起来，游人才不至于啃着干面包上岱顶看日出……直升机和架空索道是比扁担先进，无奈我们国家的旅游行业暂时还欠发展。怎么办？发一万次牢骚，啤酒和猪肉也不会自己飞上山，多亏勤劳的挑夫们！

这些挑夫，不但有美好的生活愿望，也豁得出辛苦去追求幸福。在他们所运送的每一件东西上，凝聚着多少汗水！他们肩负重担，脚踏实地，坚韧不拔，奋勇登高。

泰山巍峨，挑夫也同样高大！

愿我们都以挑夫精神，征服十八盘，登上南天门，不断迈向新高峰！

（1981 年发表于《京铁工人》）

沂蒙一隅

灰秃秃的山峦懒懒起伏。黑瘦的沂河从脚下爬过。采石后撇下的坑穴俯首可见。

坡道上，几辆独轮车，从遥远的岁月缓缓拱来。虽然换了胶皮轱辘，汉子们仍旧绷着青筋，淌着污汗。

石片子码的墙。四堵墙，圈成房。房顶上，极难望见一只接收电视讯号的“铁蜻蜓”。街筒子的向阳处，站着一列老弱妇孺，愣着眼，揣着袖，盯着山外来的客。从头盯到脚，从胸盯到背，一直将人盯成小米。也许，他们从未听过火车的汽笛，从未听过商贾的吆喝，从未听过舞厅里的迪斯科。

屋里黑黝黝。窗棂糊着厚纸，墙上没挂白灰，寒风从罅隙钻进钻出。全家人蜷在小小的花盆炉子前，房柁上悬的玉米也在哆嗦。老鼠在囤里无聊地磕着白薯干。任金色的光阴在高空呼啸，继续做四方形的梦。

咚！难得一声开山炮，飞起若干不安分的魂灵。

硝烟散尽，却是更长的寂静。

（1989 年发表于《北京铁道报》）

敕勒情

现在的人们喜欢惊喜，今年我在内蒙古就收到了一份天赐的惊喜。

“敕勒川，阴山下，天似穹庐，笼盖四野……”这首诗我不知吟味过多少遍。我经常琢磨斛律金用鲜卑语写出的《敕勒歌》将美到何种地步，因为译成汉语后它仍有千年不衰的魅力。我还特意收藏着《阴山岩画》《乌银姗丹》等与其有关的书籍，可见我对敕勒川这个地方多么神往！

我们公司承建了京包铁路集包增建二线区段工程。塞外秋高马肥时，我们一行十人驱车千里，傍晚来到了土默特右旗的一个度假村，项目部就驻在这里。项目领导安排住宿，我的房间吊牌上刻着“敕勒宫”。我问他们为什么起这个名字，年轻的项目总工笑着说：“这儿是敕勒川。”哎哟！我的心差点儿蹦出来。

直到后半夜我还没睡着，确实有些激动，不过主要是工作紧张。项目部工程质量得到了业主、监理的高度赞扬，集团公司决定召开现场会，向全标段推广经验。由于时间很短，我们宣传干部当晚便组织材料，准备拍片。

次日早晨，出门北望，紫灰的赤裸的阴山连绵起伏，横亘东西。山脚下，既有京包铁路与其并行，而我们正在建设的新线也将与其为伍。再向南看，一条窄窄的黑黑的公路在眼前爬过，昨晚我们就是从那儿颠过来的。公路那边，是收获完的田野，黄秃秃的，有村落，但没多少人走动，大概是路旁没什么商店吧。一头骆驼拉着马车晃悠悠地跑着。

“天苍苍，野茫茫”，劲风扫来，众草偃仆，牛羊才露出身影——那草该有多高，该有多密！鲜花织彩云，马在浪中飞，鲜卑人迁徙到此，该是何等的快活！

如今，那莽莽草原消失了，那星星点点的穹庐也消失了，只留下了开拓者气吞大荒的豪情。

拍片的两三天，我增加了对这里的了解，失望随之消散。小伙子们指给我看，那金碧辉煌的建筑就是著名古寺美岱召；公路旁的牌楼和广告频频向人招手，写着：塞外西湖——哈素海欢迎您；项目经理说，夏天来阴山里的九峰山自然风景区玩吧，听说很好玩；附近的村子还有民俗博物馆，展现蒙原文化与西口文化的原色与调和……这一切使人感到敕勒川仍是一片神奇的土地、一片有待开发的沃土。

这里渴望繁荣，而繁荣需要交通。超员载人，超量运煤，既有京包铁路早已不堪重负。中铁六局领命挥师北上，早前电化改造了集张线，如今新建集包二线。后者设计时速为一百六十公里，预留时速为两百公里，开通后它将是内蒙古地区运行速度最快的铁路，所以质量要求很高。开工后，项目部人员不光玩儿的地方一个没去，连家都很少回。他们在力保工期的同时，把对祖国山川和文化的热爱化为工作激情，努力铺就一条各族人民信任并禁得起时间检验的幸福路。

从而我们看到了奇观：高高的试验段路基边如弦、坡如削、平如镜、硬如铁，估计坦克上去也啃不出牙印。我们还看到了奇观是怎样诞生的：项目部精心选料，认真进行基底处理，按标尺卸土摊铺，不仅把超标的石块全部清了出来，而且把所有的树根、草秆也挑了出来，然后严格按规定进行充分碾压……对于软土地带，他们确保碎石桩的深度和密实度。每台机械都有专人把关，二十四小时轮班盯守，使路基的每根桩都矗立在坚实的岩层上，永不下沉。

这些生动的画面、画面背后科学严谨的工艺流程、流程后面健全的制度以及员工强烈的责任感和使命感，在现场会上多次赢得热烈的掌声。领导的总结斩钉截铁："我们所有项目部都必须在此基础上，保证工程质量再上新台阶，建不朽的工程，不留遗憾，不做历史罪人！"

群情激昂，如同跃马敕勒川。

多少年后，我们也消失了，但所建的工程也许还在，即使变成了文物遗迹或完全消失，我们也快活——因为有一种精神会永远在大地萦回，在子孙后代的血液中奔流。

（2010 年发表于《中国中铁》）

气象，怪相

我到中年后，对天气比较注意了。如果出门被淋个落汤鸡，或被冻成冰棍儿，现在很容易感冒，甚至导致气管和肺受到伤害，承受不了。所以几乎每天晚上，我都会看一下本地天气预报。

不过出门后，我还是会有意无意看一下大自然有无征兆：天是清的还是浊的，乌云厚不厚，蜻蜓多不多，燕子高翔还是低飞，马路上有没有蛇爬过（开个玩笑，现在城市里只有猫、狗和老鼠，哪有蛇啊）。只因小时候老师教的农谚在脑子里作怪，《十万个为什么》讲的科普知识在纠缠，什么“早看东南，晚看西北”“燕子低飞蛇过道，大雨不久就来到”……

我开始以为这纯粹多余。现在天上那么多卫星，整个地球都在眼皮底下，根本用不着那些八百年前的老农经验了；而且应当相信电视台或主流互联网平台，因为它们是政府办的或政府监管的，肯定会对人民负责。它说天气好，咱就出门；它说不好，咱就在家待着。没有青菜可以吃咸菜吃榨菜，没有馒头窝头还有方便面，对付两天没问题。

不过，即使家里有吃的，鸡鸭鱼肉塞满冰箱，从网上再买些豆制品、蔬菜，也不能天天闷在屋啊，我不能总吸空调里吐出的二手气吧，也不能总在屋里锻炼啊，因此最多三天，我就要和爱人出去走一走，逛一逛。

每次出门前，我习惯到窗边看一下。我家住在小区边上的楼里，楼外侧视野很好。最远处，有个电视塔似的建筑，据说是本市将来最高的大楼，能在整个亚洲排前几名。唯有蓝天白云时，我才能看到它。中远处，有几座高层住宅，像一堆竹笋紧挨着，天若不阴，也没有雾霾，我就能看到它们。较近处，有一个火车站，离我家大概超不过三公里，它的圆拱形候车厅犹如浮在海面的核潜艇，阴天也能显出它的轮廓。通过远、中、近三个地标，可以直感天气阴晴的程度。原先的天气预报，与我所见的实际情况基本相符。

然而不知什么原因，自半年前开始，天气预报的准确率明显下降了。

比如有天晚上，天气预报说次日天气晴朗，空气质量良好。我和妻子很高兴，认真做了计划，准备转天早晨先到公园健身，在外面吃早饭，然后到亲戚家串门儿，下午逛商业街，买些东西，安排满满的。妻子还打了电话，通知了亲戚。并告诉亲戚中午随便吃点儿，不要太麻烦。亲戚说你也不常来，好容易来一回，你别管了……

谁知早晨一拉窗帘，哎哟，外面混沌一片，不见天，不见地，好像蒸馒头的笼屉，周围呼呼冒气。三个地标，甭说远方的塔，眼前那个车站也蒸发了。下面街道上的行人模模糊糊，幽灵一般。我顿时犹豫了："还能出去吗？"

妻子很生气："都订好了，不去怎么办？"

我安慰妻子，天气预报的准确率从来达不到百分之百，人们应当谅解。

不料隔几天又出了意外。

我和妻子计划周六上午到海河边转转。周五晚上，天气预报说明天有雨，还可能中到大雨。我们想，若下雨我们就躲到旁边的建筑里，淋不着，于是转天早晨照常出发了。天有些阴，凉凉快快的，正好看看海鸥，坐坐游艇，心情很好。谁知，一会儿阳光就把云层撕开了，向下泻火，我的头顶不久就冒烟了。妻子虽然打了伞，而且是双层的，但没过半小时，伞就发烫了，烤得脸红红的，汗水直流。她愤愤地说："天上的臭氧层没了吧？"

两人回家一量血压，都破了纪录。

整整一天，没下一滴雨。

我只好换词了："现在有卫星云图，还有大数据，气象专家一看，就知道气流怎么回事，宏观预测没问题！计算机一算，就知道几点几分雨水到哪儿。可能这回专家大意了，忘了本市守着渤海，时常有海洋气流窜过来捣乱。结果，雨水拐弯儿跑了。"

妻子一乐，我也乐了。我们都是好脾气。

可我突然想起一件事，马上不乐了。一九七五年八月，河南省驻马店地区下了一场罕见的大暴雨，六十多个水库相继垮坝溃决，主要河流全部溃堤漫溢，造成洪水泛滥，一千万人受灾，死亡人数达到两点六万！倒塌房屋五百多万间，冲走耕畜三十万头，我国的南北大通道——京广铁路被冲毁一百多公里，中断运输十几天。水灾直接经济损失就达百亿元。

事后媒体披露，气象部门由于缺少台风经验，设备也落后，当时预报仅为个别地方有大雨，因此政府及百姓习以为常，没采取相应的防范措施。

这个惨痛的教训，老一辈的气象工作者可能都知道。气象预报事关国家建设和人民生活大局，可不是避免出门挨晒或挨淋这么简单。

我又联想到，现在是和平年代，如果遇到战争，气象就更重要了。气象部门如果预报近日天气很糟糕，海上的军舰害怕风暴，很可能大多驶入港口歇着了。实际上晴空万里，敌人趁机来个突然袭击，怎么办？

“二战”期间，盟军正是抓住恶劣天气中的一个天气好转的间隙，果断在法国诺曼底大规模登陆了。直至大部队已向纵深挺进，多数纳粹将领尚未回到岗位，德军元帅隆美尔还在柏林给老婆庆生呢！因为德国的气象专家说，恶劣天气会持续较长时间，盟军绝不可能于近期登陆。

在我国历史上，有多少事业的成败与气象有关！诸葛亮“借东风”、李愬雪夜袭蔡州、郑和下西洋……兵家、农家、商家，无不将气象看得非常重要。如今是现代社会、信息时代、经济全球化，方方面面都更需要准确的气象预报啊！

近一时期，本地天气预报多次与实情相差很大，甚至一连几天出现“狼来了”的事情。而且对雾霾基本不提了。不提不等于消失了，不少市民抱怨：“气象部门忙什么去了？”“是不是专家都退休了？”我觉得气象部门可能对频发的气候异常不大适应，甚至感到困惑，有些预报虽无把握但也不得不按时发布。

当今由于全球生态遭到破坏，气候异常成了普遍问题，而且有时还会出现极端天气。但天气预报总比地震预测容易一些吧？我觉得，关键还在人。如果都像竺可桢先生那样，公忠坚毅，严谨求真，勤学实干，将现代信息技术与传统气象学、物候学有机结合，用不了很长时间，定能找到气候异常的规律。

苍旻三题

雷有性格

一天半夜，我正要入睡，豪雨突降，雷声大作。黏垂的眼皮又支棱起来，不知怎的，我非但没有烦躁，反而生出一种兴味。

从写作文到写所谓文章，常用“雷鸣”比喻掌声之热烈。当然，这不是我的创造，是从前辈的范文中学来的，想都没想，用了半辈子。

按说，既然掌声与雷鸣相似，雷声大致也就和掌声差不多了。另外文化界一说某作品没有新意，有模仿、抄袭别人作品之嫌，或题材、情节碰巧“撞车”了，常用“雷同”一词。虽然该词原意是雷声在万物会引起同样的反应，但不少人理解该词为“两个事物基本相同，和雷声一样，没有多大区别”，便常按这种理解广泛使用。

雷，是都一个声音、一种模样吗？

今天没事，也睡不着，就好好听听吧。

“轰隆隆——”有滚动感，像火车过铁桥。

“喇——”高高的，平平的，像喷气式飞机在蓝天上滑动。

“隆隆隆——”低低的，声音发闷，像远处有炮弹或手榴弹爆炸。

“哧喇——”太明显了，像谁撕了一块绸子！

“咕噜咕噜——”像什么呢？煮面条的锅沸了，还是在地板上推洗衣机？

“嘎啦啦啦——”窗外、屋内骤然一片银白，耳膜欲碎，心蹦到了喉咙，感觉简直无法形容！

如果非要打个比方，那就是上古时天地混沌，如一个巨大的鸡蛋；盘古在里面憋了上亿年，再也憋不住了，使出洪荒之力，猛一起身——乾坤炸裂了，天地分开了，整个宇宙为之震颤的那一声巨响！

…………

雨停了。

没有一个雷酷似鼓掌声。

雨是热的

那天晚上，大约十点钟，我来到了天津铁路北环线的立交桥工地。虽然整条线路能否按时通车是集体的事情，我只负责报道施工情况，但我还是希望立交桥的路面施工能尽快完成，不要拖工期的后腿。

立交桥工地灯火通明。翻斗汽车轰轰开来，倒下一车搅拌好的水泥，桥工班长付久海一吹哨，民工们立刻围上去，用铁锨推，用铁锨铲，“哗哗哗哗——”，很快就将水泥摊平了。然后几个路工拿起抹子赶紧抹面，蹲在地上，左右开弓，尽快压出浆来。天很闷热，人们的脸上、胳膊上很快便开始流汗了。

这片刚忙完，雨就来了，“啪啪啪啪”雨点儿还挺大。大伙儿七手八脚，抻开一块大苫布，把刚抹好的地面盖上了，然后又打开一块苫布，用铁锨将中间支起来。我随着他们一起钻到了底下，蹲着避雨。

为了透气，苫布留了一个口。雨点儿在夜幕中被灯光一照，就像无数亮闪闪的珍珠，斜着落下来，地面不断开出转眼即逝的小花。头顶上“砰砰”直响。人们凭眼睛和牙齿的发光，才能大致分辨出谁是谁。付久海笑着说：“老天对咱不错，早下一分钟就真是崴泥（坏事儿）了。”其他人也都嘿嘿笑了。有个人摸出了烟，先给了付久海一支，而后问我：“老师傅，抽一支吗？”听口音是个外地人。我笑着也点了一支。这烟有点儿呛，但我胸中涌来一股股暖流。

其实那时我才三十岁出头，主要因为光线幽暗，脸上也沾了不少泥土，让人看不出来年龄了；或许人家就是尊敬的意思。没关系，我倒希望自己老成一些。

我在想：这个钟点，近深更半夜了，若不是施工，我们能在这里相聚吗？若不下雨，苫布怎会成了我们的小屋？

苫布里闪烁着点点橙红或橘黄。人们从雨聊起来，聊今年收成，聊各自家乡，聊工地生活……山南海北，东夷西戎，突然拉近了距离。苫布味儿、臭汗味儿、烟味儿虽然混在一起，且浓度很高，但被雨水频频送来的清凉一吹，仿佛成了别具风味的鸡尾酒味道。

雨逐渐变小了。沙沙声、嗒嗒声交织成梦幻曲。

尽管人们基本没提施工进度，但我相信这项工程一定会按时竣工——雨水给了我们好心情。

深秋雨纷纷

天，方才还白一片灰一片的，不知不觉地，疾云就涂满了铁灰。

辨不出是从何处刮来的风，辨不出是一股两股三股还是无数股的风，奔突、碰撞、交汇、旋转。雨也就时东时西时南时北、徐缓急骤、喷淋倾注、疏散密集、戛然而止突兀而来……

风和雨无节奏无韵律地排列组合，瞬息千变万化。唰！天地间遽然白彻，巨雷轰隆隆碾过屋顶，说不定会有一个黑色火球钻进窗户。

表针指着正午，天色却似傍晚，混沌晦暝。小树、中树、大树都在战栗，树杈扭着迪斯科，树叶像一网网出水的鱼苗闪着凄然的冷光。绿叶绿得发黑，失去了夏日的风采。黄叶不断地离去，多如雪片迅如箭镞，飘着梦幻，飞着雄心，坠着叹息，旋着眷恋，滚着挣扎，趴着绝望……

你叨咕天气邪了，二八月雷遍地贼；他嘟囔宁旱勿涝，现在长江下游水位猛涨。

都知此时不是阴雨连绵的夏季，不是冻死人不偿命的冬天，都相信雨后有高远的蓝天、洁白的云絮、美丽的红叶，可眼前秋雨依然纷纷，纷纷。时钟"当当"，震耳地真实地逼近黄昏。

走也惶惶，停也惶惶，祈望马上出太阳。

（1988 年发表于《北京铁道报》）

坐卧常携酒一壶

一般说来，酒桌之谈，不必认真，过去就完。但也有例外。譬如二十年前我等有幸与郎兄痛饮，他说了不少话，于今我仍大体记得，甚至有的细节经常萦绕脑际。估计郎兄更不会忘，因为他说的是自己的家事及下乡经历，其间喉咙哽塞，泪水盈眶，长吁短叹。

最近我将郎兄之谈写了出来，大家阅后可能也会有所感悟。

“我爷爷是清朝的举人。父亲是民国时期有名的中医，太和殿全国考试合格。一尺二的铜人用蜡封了，能找出二百三十个穴位！中医诊病采用‘闻、问、望、切’，我父亲主张伤痛处也要摸，面对丹毒不怕传染，要有人道主义精神。他对我的教育主要是儒家的，忠孝仁德，仗义疏财；有时也讲道家，如汉钟离点化吕洞宾的故事。我是长子，父亲对我寄予厚望，有事常带着我，熏陶我，点化我。

“我爷爷奶奶合坟，得把我奶奶的骨殖往老家迁，从程林庄公墓运到山东无棣。那年我父亲七十多岁了，我就找了几个哥们儿，带了两个柳条箱、两个蛇皮口袋一块儿去了。我奶奶的棺材一打开，一片白，以为是骨头，仔细一看是芦根——从棺材缝里钻进来的。二十多年了，衣服全烂了，我从梳的纂儿和牙齿认出了奶奶的模样，眼泪唰地掉了下来。多亏想得周到，我们还戴了一副线手套、一副皮手套，怕骨头渣子扎破手，得破伤风。我用抹子沿着棺材底刮，刮出了白茬，问父亲：‘干净了吧？’父亲睁大眼睛盯着，‘唔’了一声。我刮一阵，问一遍，怕他不放心。回家后，父亲把骨头一块一块擦干净，然后对号，再用毛头纸包上。人身上有多少块骨头？对，二百零六块。我父亲用酒精擦呀擦呀，一宿没睡。结果还是出了问题，他天不亮就把我叫醒了，生气地说：‘你奶奶左肩的锁骨少了！’

“这怎么办？父亲非要去找。我解释说您都看着呢，棺材里没有落下的。那他也不答应，后来我急了，说推土机跟着都填平了，上哪儿去找？

“唉，事后一想，老一辈那种情感真是比不了啊。我的犟劲儿可能有点儿遗传。

“当年一号召‘知识青年到农村去’，我就插队落户了，到了宁河县大洼地区最穷的地方。第一年倒找(欠生产队的)，第二年持平，第三年挣了三十多块钱。那时三十多块可不少了，挣得很不容易。

“你们谁拔过麦子？确实挺累。有一次拔麦子我热急了，没带水，就喝车辙里的雨水。底儿是黄的，浮头是清的，里面游着小虫。实际上挖土方比拔麦子还累。你们可能都不信，一天挖二十五立方米！挖二十立方米就不少了吧？可队里才给八分半。去他的，不就差五立方米吗，干到天黑也给它挖出来！那是筑台田，从两条沟朝外翻土，运距十多米。我们还得用扁担往上抬，肩膀肿起老高，我们叫它‘扁担炖肉’。天冷了，早晨地里冻了一层牛皮冻，我穿着背心裤衩干活儿。时间长了，胳膊上落了一层霜，一捋都是盐！

“我们生活也很苦。住在老乡家里，自己做饭吃，烧大锅，得弄柴火。有一年涝了，庄稼地都是水，沟都平了。我们同屋几个腰里绕了绳子，怕扎脚，穿着鞋，再插把镰刀出去了。其中一人举根竹竿，竿上绑着粮食，中午吃的。我们蹚着水，打了一百二十个草个子，几个一捆几个一捆，用绳子连起来，大伙儿在水里拉，就像拉纤。中午吃饭时找个高处把草筏子往下码，然后赶紧坐下，怕浮起来。水蛇在不远处唰唰地游过。我们咬着大饼，就着咸菜，渴了一低头就喝。

“当时觉得也挺有乐儿的。有一次在地里歇着，想抽烟，我们几个只有一个烟荷包。荷包就剩底儿了，挖出的烟叶最多能卷一根‘大锥子’。没带纸，就用高粱叶子卷；还没带火儿！你说这个别扭！

“大伙儿翻口袋，还真翻出一个火柴头，手指刚刚能捏住。没有磷头，又翻。天不灭曹，真有人翻出了一小块磷片，半寸长，韭菜叶宽。成了红军过草地了！哎呀，谁也不敢划——那天刮着大风。我们选了一个划火本领最高的，姓阚。我们几个用胸口当墙，挡风。大伙儿心里都想，这根火一定得划着！阚不负众望，真把那火划着了！我们那时的心情没法形容。每人抽了两口，那烟的滋味我至今没忘……喝酒！

“房东待我们挺好。她家的西房山墙向外斜，斜得几乎三十度角了，房东大娘让我们住东房，自己家住西房。我们问西房行吗，她说‘嗐，几十年前就这样’。中国的农民啊！房东大娘关心我们，嘘寒问暖，有点儿好吃的就想着我们。回城后，我连续六年给大娘寄钱，后来还发动大伙儿凑钱买东西，直到老太太去世了才不联系。”

郎兄的经历让我想起汉钟离的几句诗:“坐卧常携酒一壶,不教双眼识皇都。乾坤许大无名姓,疏散人中一丈夫。”

酌后数年,郎兄——当时已是公司工会郎主席,即将高考的独生子不幸殒于车祸,后来一个侄女陪他们两口儿。据说郎主席现在身体仍然很结实,每天游泳,有时还骑着自行车环城转悠。虽然他已经退休,不少职工有事没事还愿意找他聊聊。他晚上习惯喝点儿啤酒,看看《新闻联播》,间或点化一下侄女,希望她学好中医,像她爷爷那样救济世人、惠泽众生。

我最喜欢的建筑

先排除一下，我这里说的建筑和住宅无关。因为如今住在大都市里的人，只有极少数的人可以享受花园般的别墅，其他人不得不囚在楼房里。即使有电梯，也不如平房出行方便，而且基本闻不到大地的气息。所以多数人包括我，很难对居所挑勾“满意”。我最喜欢的建筑是榭。

什么是榭？可能一些人对这个字都陌生——是念 xiè 吗？是。

“榭是一种借助于周围景色而见长的园林休憩建筑，也意为建在高土台或水面（或临水）上的木屋。现今的榭多是水榭，并有平台伸入水面；平台四周设低矮栏杆，建筑开敞通透，体形扁平（长方形）。”

而在江南的私家园林中，由于水池面积一般较小，因此榭的尺度也不大。为了在形体上取得与水面的协调，建筑物常以水平线为主，一半或全部跨入水中，下部以石梁柱结构作为支撑，或者用湖石砌筑，让水深入到榭的底部。建筑临水的一侧开敞，可设栏杆，可设鹅颈靠椅，以便游人在休憩时可以凭栏观赏醉人的景致。屋顶大多数为歇山回顶式，四角翘起，显得轻盈纤细。建筑整体装饰精巧、素雅。我喜欢它就是从游览苏州园林开始的。可能是在留园，也可能是在别的园，因为第一次去苏州，一天之内走了好几个园，又是几十年前的事，记不清楚了。但不重要，关键是当时那种心情没忘。

我走得有点儿累了，想歇歇。恰好池塘边有个平台，平台有一半悬在水上，前边有一条矮矮的护栏，护墩像个小板凳，可以坐下。这时的天有些阴，飘来一些雨丝，落在脸上、身上，正好给身体降降温，很舒服。平台上似乎有顶子，但前面和两侧是通透的，毫无压抑感。后面和屋子相连，雨若太大了，溅进来，马上可以退到屋里。园内游人不多，可能他们不喜欢淋雨，此时平台上只有我自己，我可以尽情享受。

身体在休息，目光却不想休息。水离我很近，几乎可以伸进手指涮一涮。一团清凉从下面涌上来，心里的燥热很快便融化了。透过点点雨纹，我看到了水草，它们像敦煌壁画里的飞天，无声地起舞。旁边似乎有鱼。是鱼！黑黑的脊背，有的不慌不忙，有的摇头晃尾。又来了几条红的。它们仿佛吃饱了饭，自动聚集起来，在草叶中玩捉迷藏，或是红黑配对儿。

水面伸展出去，中间耸有一尊山石，不高，却显得很雄伟。石上有不少凹凸，似乎还漫出一些绿色，眯眼一看，恍惚到了黄山的天都峰。若是有工夫细端详，张开想象力，它可能还像其他景观，比如桂林漓江旁的某些山峰，因为水给它又增添了几分秀润。

池塘对面，一座妩媚的小楼绽开笑容，像江南街头让你不得不回头的姑娘。不远不近，朦朦胧胧，柳枝是它的秀发，花窗是它的美目，波光呢，是它的镜子。再看左右，回廊庭院，树木花丛，穿过各种艺术门窗望去，一个个画面皆像唐寅或文徵明的得意小品。面前、左右，犹如一座巨大的盆景，美将我围困，我想走也走不了。水将景物原本的姿态都做了改变，连山石都给人以湿润润、暖融融的感觉。

我的血液里有南方人的基因，又出生在八月，所以很喜欢雨。我不知坐了多久。这个平台的一半有了水痕，但不妨走路，而且压住了浮尘，空气更加清新。我想，如果在中间摆上围棋棋盘，找个好友，一边对弈，一边喝茶，或喝点儿啤酒，间或还能赏景，小风一吹，细雨送爽，我岂不成了神仙？心中所有淤积的不快，几乎都化作水雾，融化在空气中了。

以后再去南方的园林，凡是有榭之处，或近似于榭的建筑，譬如石舫，我都要多待一会儿。有一回我突然想到，亭子的“亭”，据说源于“停”——人们走累了，在那停一停，坐一坐，然后拔腿继续行路。那么，眼前这个“榭”，是不是来自“歇”呢？最初的建园者可能就是想建一个可供歇息的地方。您想啊，古代的名流或隐士，在书房里写字写累了，在客厅里谈话谈够了，必然要出来溜达溜达。多数园林虽然不大，可转一圈也得老半天，总得歇歇啊。那时大概没有专门的棋室或茶室，于是，榭派上了用场。即使一个人静静地坐一会儿，闭上眼睛，嗅嗅花香，听听鸟鸣，也是很不错的。

以上是我的想象。如果我生活在园林里，我肯定会这样过。

榭和亭子虽然远看差不多，实际上有根本上的区别。亭子可建在山上或旱路旁，而榭都临水，它可以使人迅速融入大自然。它所培育的绿，才是真正的绿，能够陶冶性情的绿。它虽然有时临风沐雨,人却不会受到伤害,退一步便安稳如山,也没有暴雨中在亭子里四面遭袭的痛苦。它是安定生活中的一种怡情、一种调节。

但如今,若每日都能看到榭,那绝对是奢望。我家在津沽,水一直不少,却每隔两三天才下一回楼。因为上下楼虽然身体不算太累,但气管不配合,好在楼梯中间有平台,权当榭,可以歇一歇。窗外不远处便是公园,里面有水,也有临水建筑,但没有榭,即使有,也不一定有立足之地——现在哪个地方游人都很多,而且不少要唱要跳还要抢镜头。

没想到,别的建筑有时似乎也可替代它。

有次同学聚会,我们去了一个不同寻常的地方。约定的饭店建在一座很大的酷似飞艇的建筑里,坐直梯到了高高的顶层,即将走到一个角落了才看到它的模样。它很像南方园林的一部分,高低错落,朦胧在绿荫中。有的房间似亭子,四面透光;有的似长廊,里面排列散座;还有几个就是一条条木船,首尾相接,旁边有水,冒着缕缕白汽,宛如漂浮在渺渺太湖中。更吸引人之处是这些不同样式的房间,均贴在大玻璃墙旁边,外面是一个狭长的大露台,露台下面不远便是海河。河水从脚下斜着向右前方奔去,近百年前建造的能开合的解放桥和天津站塔楼相依而立,都能清楚看到。同学告诉我,天热时,这个店将开放露台,我们可以到上面喝啤酒!我相信他的话,因为这个饭店的股东之一便是同学的儿子。饭店的名字叫“××苏杭”,菜也很地道,太湖白鱼、白虾、银鱼我们都尝到了。没人劝酒,每人却喝到了极限。奇怪的是,我们这样尽兴,饭店也几乎满座,但听不到喧闹声。

我想起了榭,这个饭店真有点儿像江南园林中的水榭!虽然面积有点儿大,食客也不少,可人们也得到了歇息。在现代社会中,人们每天跑,每天忙,多么需要随时能找个榭好好歇歇啊。同时,它也能帮人勒住欲望,反思言行,看悠悠天地,览滔滔江河,悟出点儿人生哲理,调整一下节奏。

其实,榭类建筑也提示社会,不能一味狂奔。

特殊的嫁妆

春节已过，塞外依然很冷。李杰婷去看望爷爷。十几年了，爷爷住的那座房子还是那样，结实而苍老。只是屋主已非。她坐在儿时常嬉戏打闹的小花园的石凳上，望着爷爷家的小院，想着一幕幕往事，不禁泪如泉涌。

她觉得有人坐在了旁边。过了一会儿，那人说："孩子，别伤心了。想你爷爷奶奶了吧？"她扭头一看，是位上了年纪的妇女，眼窝很深，白发中夹杂着金发。

"还认识奶奶吗？"

"您是——"

"我是露奶奶呀，不记得了？送你披肩、玩具的。"

李杰婷想起来了，赶紧道歉。

露奶奶嗔怪她："也不回来看看。真是长大了！"

两人聊了起来。露奶奶是俄罗斯人，她过去常和李杰婷的奶奶来往。她见李杰婷很好奇，便给她讲了自己的故事。

"二十世纪四十年代，我是苏联的中共接待处管理主任。接待处在莫斯科，主要接待军事干部。当时苏联每年都要与中共及别国共产党组织一次多方面的沟通和学习活动。内容很丰富，譬如与中共方面，进行苏中作战战术沟通、双方战略研究、思想政治工作切磋交流、新型武器知识培训等。主讲一般都是著名将帅，我有时也去听课。在这期间，一位中国小伙子引起了我的注意。

"他姓吕，高高的个子，长得很帅。他原是大学生，后来投笔从戎参加了革命，立过战功。他非常注重听课，有时大胆提出一些问题，尽管他的俄语说得很不流畅，但也不怕别人笑话。于是，课下我就找他谈话，一是帮他提高语言能力，二是了解中国情况。我对中国文化很感兴趣，我很崇拜孔子、孙子；他对俄国的苏沃洛夫、库图佐夫的辉煌战例如数家珍。一来二去，我们产生了感情。

"白天学习挺累，晚上有时会安排酒会，轻松一下。别人喝得天昏地暗，唯有他为了和我约会只喝白水。人们醉了，我们就跑到外面找个僻静处谈心说笑。两颗心越来越近，后来，他正式送给我中国姑娘戴的首饰，我高兴得快飞起来了！

“我们的爱情不大顺利。几次酒会之后，人们渐渐发现他故意不喝酒而等着我。因为我兼管情报档案工作，我的上级和安全机构怀疑他是间谍，竟然把他拘留了，准备进行审问。直到中共中央来电解释，人才被放出来。

“又有一次，他去听斯大林演讲，把宿舍钥匙给了我。我当时不忙，去给他收拾房间，无意被同事发现报告了上级，说我与异国男人私自同居。上级认为我严重违反了组织纪律，必须深刻反省——那时候苏共、中共虽然都属共产国际，但由于目标、利益和观念有差异，而且时局也有变化，双方人员在接触上是有一定界限的，更别说通婚了。

“虽然我被迫写了检查，受了记过处分，但在最后一次酒会上，谁也没想到，我们把它变成了婚礼！人们都目瞪口呆。没有人表示支持，只有我们两人承认，自己为自己祝福。

“他把婚戒戴在我手上了！我一生都是他的人了！”

露奶奶的泪水成串地掉下来，白皙的脸上显得皱纹更多了。北风骤起，李杰婷陪她回到家里。露奶奶拿出了一本很精致的皮面大相册，没想到，里面竟是军事装备的照片！李杰婷过去常到老战士军事研究会去玩儿，见过许多武器的模型，但这些装备的样式她从没见过。自动步枪、冲锋枪、手枪，有的手枪加上消声器，竟然长达半米，有的手枪却小得像电话卡(她边看边听露奶奶解说)。望远镜有单筒、双筒，还有夜视镜、变倍镜、便携式指挥镜。水壶也不尽相同。还有护甲、防弹衣……

露奶奶说她嫁到中国之前，将她能接触到的苏军的一套最新最全的战斗配置拍了下来。她觉得肯定会对中国革命有帮助。

李杰婷想，这是露奶奶最珍贵的结婚“嫁妆”吧？

露奶奶接着说下去——

“我们相爱是有基础的。他的家人大多被日军杀害了；我的两个哥哥都牺牲在抗击德国纳粹的战场上，我二哥是生生被坦克碾死的。我主动报考了军事学院，最大的遗憾是没能亲自上战场消灭法西斯。当时我最爱去的地方是克里姆林宫的战斗研究室，里面放着一个巨大的海洋地形模型(沙盘)，插有各国旗子，还有各类武器模型，如坦克、战车、飞机、舰船等；墙上有许多图片。新型火力配系课就在这里教授。我和他在课下经常讨论有关问题，在我们的脑海中没有国界这个概念，我们为了一个共同目标走到了一起。我们研究如何更好地发挥武器的威力，尽快消灭那些给全人类带来祸患的魔鬼，最终目的是建立一个和平和睦的、不需任何武器的世界。

“学习完毕，他要回国了。他必须回去——中国还没解放，非常需要军事人才。我想随他去中国。考虑再三，为了爱情，我只好忍痛辞职。父母早就反对，这时更是不依，我说这是我的命运，我接待过许多中国人，只有他给我了从未有过的感觉，我不能和他分开。

“来到中国后，我认真学习汉语，进步很快，后来可以做翻译了。可国籍问题一直困扰着我：国人说我私奔；中国也有不少人对我们的感情持观望态度。中华人民共和国成立后，我索性加入了中国国籍！”

露奶奶又拿出了一些资料和生活照片，对李杰婷说：“虽然我们都不是军人了，可我们仍然关心世界政治、军事的发展和变化。晚上我和他经常一边喝茶、一边研究战略战术。我写过不少文章，有些在《解放军报》上直接发表，有些建议被部队内部研究后得到采纳，为中国的军事建设做了有益的工作。这也是对中国给了我一个幸福家庭的回报。”

面对两人年轻时的合影，露奶奶的眼中又泪光闪闪了：“他现在走了。我还要活下去，继续守卫我们的爱情！”

李杰婷潸然泪下。没想到，在战火纷飞的年代，在复杂的国际关系中，竟有如此凄美、如此感人的爱情诞生，而且还是崇高的爱、无尽的爱！于是，她把故事告诉了我，希望能让更多的人知道。

武士刀与青龙剑

胶东半岛历来是帝国主义列强觊觎的地方。一九三八年,日寇借侵占华北之势,迅速向东扩展,进犯黄县和它管辖的龙口港。当地百姓自发组织起来,以各种形式进行抵抗。

黄县有一家布料绸缎商店,掌柜姓李,他在当地很有名望,在济南、青岛、潍坊、菏泽等地开了连锁店,生意颇为兴隆。李掌柜有四个儿子,鉴于外侮不断,他从小教育儿子要学习岳飞精忠报国,并在保证严格正规的私塾教育同时,还和兄弟一起教他们武术。

四子中老三悟性最强。他不仅文化知识学得快,而且对李家的祖传武功也深得要领。李掌柜非常赏识他,于是经常带他到各个店铺学习经商之道。老三刚十一岁,便能管理店铺了,没几年便成了“少东家”“三掌柜”。

当地人编了顺口溜:“布料遍地堆一堆,买布去找三掌柜。少年掌柜喜迎人,买卖公平诚以对。”倘若天下太平,三掌柜迟早会成大掌柜,岂知到了一九三八年,生意无法再做了。

三掌柜带着妹妹在青岛看店,一个日本男人进来了。他微笑着迎上去,介绍商品的质地和花色。日本人左挑右拣,弄得布卷满地,三掌柜生气了:“你买不买?不买你就走,不要把店弄得这么乱,影响我们的生意。”

日本人瞪起眼睛:“影响生意?我还要毁了你的生意!你的店影响了我大日本在这儿的生意,都买你的,没有人去我的店!”说着拿起剪子就要毁布。

三掌柜一看是借机闹事的倭寇,便使出“李氏钻心拳”,一下将其放倒。倭寇见他年龄不大,爬起后向他扑来。三掌柜一侧身,凌空跃起,来了个“燕飞腿”,倭寇狗一般栽在地上。一阵较量后,倭寇鼻青脸肿地溜走了。观者无不拍手称快。

三掌柜正在琢磨怎样应对倭寇报复,家中突然传来噩耗。

日军占领黄县后,三掌柜的二哥加入了敌后武工队,与其他热血男儿一同抗击侵略者。老掌柜积极支持,主动帮他们收集情报、疏通乡里、保障后勤。时间一长走漏了消息。一天老掌柜疏通乡里时,日本鬼子跟上了他。为保护乡亲们,他将敌人引到了死胡同,结果被日本军官用武士刀刺透了胸膛,惨烈而死。

三掌柜悲愤万状,发誓报仇雪恨。他抛去了所管家业,告别了青梅竹马的姑娘,只带一把家传的青龙剑上了南山,加入了许世友的八路军独立营——那年他才十五岁。

三掌柜熟读经史子集,略通琴棋书画,又见过世面,善于格斗,去了便当侦察兵,一年后就当了侦察连长。后来他到了八路军一二〇师,由于战功突出,晋升很快,抗战后期成了某独立团的李团长。

大战在即,需要了解敌情,不巧上级搞战士特训,团里的侦察连到别的团去了,不得不临时组建一个侦察小队。简单培训后,李团长亲自带队出发了。他们在没有人烟的峡谷里行进,没想到对面山道突然出现了日军。李团长下意识一挥手,意思是打旗语蒙骗过关,然而因时间仓促,谁都未带旗子。那边喊起来,查问是谁、来这干什么。李团长让下属用日语回答:"没什么,侦察。"

那边说:"我们就是侦察的。你们到底是哪个部队?"

李团长一看瞒不住了,便叫人告诉他们:"我们是八路,是中国人!"

鬼子一听,立刻移动过来。他们虽然人数与己相当,但装备精良、经验丰富,巧妙利用地势展开队形,发挥火力优势。一个军官不时挥刀和喊叫。

经过一场激烈的枪战和拼刺刀,双方只剩下了领头的。日军大佐用手指指武士刀,意思是用枪不光彩,敢和他比比刀法吗?岂知正中李团长的下怀。家仇、国恨一起涌上心头,李团长从牺牲的警卫员背上抽出了青龙剑,向鬼子劈去。

日军大佐规避腾挪,很是机敏,稍一稳住,便伺机进攻,刀法非常娴熟。李团长考虑这是日军控制区,不宜久留,就使出了撒手锏。

他故意露出破绽,鬼子发力砍来,他仰身一躲,飞腿来了个"探月踢"。鬼子的耳根受了狠狠一击,踉跄欲倒。青龙剑快如闪电,刺进了鬼子的腋下。

李团长挥泪告别了烈士们,带着武士刀返回了营地。经过周密部署,部队向敌发起了猛攻,临阵换将、来不及再去侦察的日军很快就溃败了。

后记:本文素材是我的忘年交李杰婷提供的。文中的李团长是李杰婷的爷爷。

李杰婷遗憾地告诉我，她爷爷转业后将武士刀带回了家。几个孩子拿去玩，戳在墙里，竟给撅折了，爷爷气得一人给了一脚。那把青龙剑没人敢碰；由于分量较重，即使用来健身也舞不动。爷爷去世后，它一直在柜子底下压着。

由墓志铭引发的乱弹

我早先写过几篇悼词,觉得简要述评一个人的一生不大容易,因此后来看到一本介绍墓志铭的书,便拿起翻了翻。仅看前言,就颇有受益,于是买下了。

原来以为墓志铭就是墓上刻的祭文或死者的遗言,不管刻在碑上还是刻在台上,反正在露天都能看见。没想到岔出八千里。

墓志铭是埋在地下的实体陪葬物,多为石质,正方形,一般不超过一平方米,上有盖下有底,像个薄薄的礼品盒。盒盖的四边抹八字,刻有象征性人物或图案,中间刻墓主人姓名及官职、谥号。底上刻墓志内容,有的还以浅刻纹样做装饰。上下文字均为各类名家所撰、所书、所刻,整体非常精美。由于有些墓志除了散文的志,还有韵文的铭,所以将盒子统称为墓志铭。

样式弄明白了,又来了疑问:把它做这么好,却放在地下,给谁看呢?

这就需要进一步了解了。于是我又买了《汉魏南北朝墓志汇编》等书籍,而且再看名人文集时也注意这类内容了。

据考证,早期的墓志铭很简单,有些只刻姓名和籍贯,主要为了迁坟时便于识别;后来增强了纪念功能,即叙述亡者功德,抒发生者哀思。这样,墓志铭自然不是普通百姓死后能够享有的了。但从出土的大量墓志铭来看,许多是中等官员或其亲属,在地方小有名气。死者亲属为了更好地彰显造势,尽可能拜托名流执笔。因此墓志铭尽管一般不过一千四百字,但内容充实:上溯苗裔之源头,下蔓子孙之瓜瓞,主人功勋懿德扼要生动,笔者追思缅怀情真意切,即使略有铺陈,难免过誉,仍比活人之间的吹捧辞赋要有读头。付出这样的努力,我想不会刻完随便一埋吧。应当有个仪式,好好朗诵一番,首尾再配上适当音乐,听者大概无不落泪。而后墓志铭可收入地方志、作者文集、书家碑帖……亡者永垂不朽,家族光耀天地,歌者千古流芳,各得其所。

虽然其目的未必都能达到,但墓志铭对古人的行为激励作用是不能低估的。它是一种导向,人生应当修德济世,有所作为,虽殒犹荣,光宗耀祖。它就像中举登科殊为不易,但仍能引人孜孜以求一样。否则,历史上就不会出现杨业、岳飞、文天祥、史可法、袁崇焕等无数忠烈。

自己觉得今人应从古人的做法中学习一点儿东西。当然不是在骨灰盒旁也埋墓志铭了,而是把祭奠、纪念形式搞得影响更深更远。

现代中国人是彻底的唯物主义,人一死万事皆休,并因人口大量增加,一个姓氏、一个家族大如欧洲一国,家谱实在难续,续也看不过来,致使大多数人将目光缩小到本生本世,缩小到近亲、近邻、朋友、同事,做事一般只在乎他们的反应,其他人爱说啥说啥,后人说什么更无所谓了。光宗耀祖这个动力虽然基本没有了,但周围人的看法还是有一定作用的。强化他们的感觉,延伸他们的评说,适当转化、提升为社会舆论,也可以创造一种促人向上的环境。

我认为首先告别仪式上应有悼词。即使平民,一生也或多或少做过一些好事,为国为民为邻为家有所付出,甚至可谓无名英雄。概括介绍一番,家人欣慰,他人自勉,比只听哀乐转一圈要有意义多了。同时,追悼现场应精心布置。借鉴文化界名人治丧经验,设置条幅、挽联、展板、留言牌,浓化氛围加深印象。殡仪馆最多增加一个专门开追悼会的大厅和部分设施,按说不难。排队等告别仪式的人们待着也是待着,借机宣传一下,引导大家回顾往昔、抒发情感岂不是好事吗?

其次,墓碑上应刻些纪念内容。情理交融,特点突出,令人回味。可以是墓主人的名言、遗言,如卢梭:“睡在这里的是一个热爱自然和真理的人。”再如贝多芬:“他总是以他自己的一颗人类的善心对待所有的人。”可以是亲人的心声,如二战阵亡美军士兵的墓碑碑文:“在别人看来, 你只是一个普通士兵, 而在我眼里,你却是整个世界。”再如三毛致荷西的名言:“埋下的,是你,也是我。走了的,是我们。”也可以是社会的赞美,或对主要贡献和优点的概括,或突出某一两个特点,形式很多。

再者,应对灵堂、灵龛等进行改造。韩国电视剧《点金神手》中的男主角,走进一个大房间,里面非常明亮,贴墙有许多方格,覆着玻璃,格内有各种颜色的陶瓷坛子。乍一看,我以为他到了古董店,随他走近,格内还有小花篮、照片、心语牌等物,原来是一个个灵龛。他含着泪向慈母汇报成绩,很是感人。而我国北方的这种地方,里面很是拥挤,自然光线就不好;每个格子与超市存包箱差不多，摆不了什么东西，有些即使摆了，不爬梯子也看不到。这种环境，不到清明节一般没人来，胆小的都不敢进来。我们应将墓地、灵堂也变成风景点，使生者更多地接触逝者，更深入地体味人生。

还有，积极印发纪念性宣传物。民国时期官员乡绅为考妣出纪念表，民办杂志社为名人出纪念刊；一九四九年后国家出过《任弼时同志逝世纪念集》；民间为评剧创始人之一成兆才等名人也出过纪念册。纪念册的内容一般包括逝者遗像、遗墨、工作和生活照片、传略、唁电、名人题词、悼文等，使人能够比较全面地了解逝者生平，感受其光荣，学习其精神，能够产生很好的社会效应。

游侠际会小树林

十几年前,河北区小树林旁的立交桥下有一个围棋摊。绿林人物经常在此手谈。

摊主姓郭,是回城知青,在滦县野鸡坨插队时曾代表唐山参加过华北八城市围棋赛。据老郭讲,当时他见过聂卫平、江铸久等名士。

回城后他顶替进了工厂,改革后厂子黄了,老郭便摆摊混口饭吃。一盘棋两块钱,负者解囊。夏季人多时可达七八桌,按说收入不错,但由于来者多是熟脸,有时下一晚上才收五块钱,多给还不要。老郭说大伙儿都喜欢围棋,这是缘分。

我当时之所以也成为常客,不仅因为痴迷纹枰,而且家里气氛不对,想晚上有个地方躲避,更何况一攀谈,老郭竟是我同学他哥哥,就在旁边的铁路宿舍住。不光能玩儿,还能聊天,上哪儿找这环境去!

江湖不问家事,我们主要谈围棋和棋客。

我进场没几天就上了一课。那天去得早,只有一个光膀子的年轻人在那儿坐着,旁边停个三轮车,像是给人送货的。老郭似乎有些犹豫,不过还是牵了线:"既然来了,别干坐着。"我们玩儿了起来。对手不像文化积淀多深的人,可棋下得找不到一点儿漏洞,后来竟杀了我一条大龙。老郭笑了:"让俩子儿吧。"岂知还是没有一丝胜机。周围的人多了起来,还有专门看棋的,我心中直冒火,提出再战——要知我在单位大小也是个寨主呢。小伙子不显傲气耐心奉陪。越下越难看,最后,我恨不得来个地遁。老郭安慰我,说对手是徐三段,一般水平的不易赢他。

我这人比较重脸面,从此开始发奋学习,一有闲空便看《玄玄棋经》《围棋》等书刊,有时还照图打谱。对不理解的地方,或者推演分析,或者请教老郭。尤其实战中下出疑问手,复盘时大伙儿一起研究,体会更深。仅仅一年,我就有了明显进步。记得角上有个"妖刀"定式,有人认为其中一步若换个点效率更高,老郭觉得似乎成立。我琢磨了两天告诉老郭,那样走,对杀时恰少一气,或致全军覆没。老郭摆了摆，点头称是。

我的胜率也随之提高。尽管常出缓手，甚至臭手，但我也偶有妙手，有时还能下出令人惊心动魄的好局——因为毕竟是玩嘛，较劲儿时寸步不让，对杀时不怕化为齑粉，什么棋都敢走。所以我也有了几个“粉丝”，经常获其助威，想抽烟时不用自己找烟找火。我尽量不让他们失望。我曾和一个二段棋手杀得难分难解，烟盒这么大的地方都划出了“三八线”，最后棋子竟然不够用了；我还和一个对手下出过四层“双活”，即你围我、我又围你、你再围我、我又大包围的罕见局面。老郭感叹不已，说有的职业棋手都下不出这种棋，因为差一口气就全完，招数太多，无法计算；并说应当把谱记下来。虽说我那是瞎猫碰到了死耗子，不过这种大家共建共享的乐趣确是难得的，也是难忘的。

棋摊并不大，但可认识各种各样的人。有体力劳动者，有开车的，也有工程师、医生、教师乃至政府官员。当然，有些职业是以后见面才知晓的。至今我仍怀念一位姓王的承包商。他下午一来便找“钢铁同盟”，不到转天太阳出来决不散伙。晚饭或夜宵他负责。我和他旗鼓相当，回不回家也无所谓，必然“臭味相投”。我俩一起玩过多次，吃饭时听他长侃，南方的棋社服务如何周到，他如何把承包体育馆建设挣的钱大把扔在那儿，听得我不仅也想去享受一番，而且还惦着把他揽的工程切一块，将来合资开个棋社。

尽管那时睡觉不多，生活又没有规律，可身体还不错，大概因为我经常在外面活动，守着花草树木，沐着阳光雨露，比现在天天囚在黑屋里受辐射要好吧。

我觉得面对面比网上切磋更能感受博弈的氛围，领悟生活的真谛。比如，一个人随时都会遇到挑战，说话办事最好留有余地。我见过让两子也能大胜徐三段的人，还见过一张口就让老郭“先摆仨子儿”的人。

假如围棋棋盘能有屋子那么大，那天观战的人肯定要比围棋棋子还要多。老郭对我们说，当年王群八段让他三子都没赢，如今这位口气实在太大了。他不相信本市的业余棋手有这个水平，多数人也觉得像天方夜谭。

然而，开局刚走了十几手，老郭便开始长考了。大家都紧张起来，静若无人。让子必有骗招，你若忍让，优势便逐渐消失；你若盲动，极有可能跌进陷阱——老郭当然很清楚。但对手的破绽在哪儿呢？我们在心里帮老郭侦察，费了半天劲儿也没发现。

老郭终于落子了，石破天惊！人们“啊”了一声，不禁面面相觑。激战开始了，双方刀不离颈，剑不离心，稍有差错，命归黄泉。杀了几十个回合，老郭没让对方占到多少便宜：角地争夺，基本两分。

进入中盘后，双方攻守兼顾，进退有致。有时强弓硬弩，明指额中；有时柔道太极，暗伺要穴。眼看局面不错，老郭可能有点儿得意，随手走了一步大缓着，对方抓住机会，得利不让，急攻加蚕食，捞了不少好处。临近残局，我们判断了一下形势：老郭还有微弱优势，若平稳收官，仍可小胜。不料，对手虚晃几枪后，突然制造了一个大“劫”：老郭如果打输了，一块棋便被鲸吞，肯定翻盘了！

我本想拿烟的手被钉在口袋里了。多少目光盯着老郭。老郭神色严峻，再落子时手有些颤抖了。双方反复争夺“滑铁卢”，杀得天昏地暗。最后，幸运之星青睐老郭：对手犹如拿破仑，关键时刻差了一队援兵，前功尽弃。

对手没等棋走完，推枰认输。他轻轻摇摇头，只说了一句“没有下好”，便离开了。

人们改变了态度，以尊崇的目光送走了无名侠客。

这只是许多故事中的一件。有些故事令人“长考”，甚至终生难忘。

后来，我没时间到那儿去了，过几年再路过小树林，好奇地看看，桥下的人寥寥无几，而且没有一个熟脸儿。老郭惆怅地说，人们现在都到电脑上玩了。

电脑自有它的长处，毋庸置疑，但能完全替代棋摊、棋社吗？

海河寻宝

我觉得，最有魅力的山是人们从未登顶的山，如梅里雪山；最有魅力的河是从未见底的河。

海河可能就是这样一条河。至少从我到天津的几十年里，没见过它断流，只是随季节略有涨落罢了。少年时期，我和同伴常到河里游泳、摸蛤蜊。之后，我爱坐在岸边遐想：这河底下还有什么呢？有古代的沉船吗？有杜十娘扔下的百宝箱吗？那时，我很喜欢看探险小说，尤其是考古寻宝。

滚滚红尘，哓哓世间，眨眼庸碌半生。直至所在单位承建了海河堤岸改造和景观工程，我才有机会重新关注海河。繁忙之余，守着老树和渡口，望着粼粼波光，自己不知不觉又开始幻想。

也许痴情感动了神灵，“百宝”真的向我驶来了。

一列驳船从我面前驶过，满载着海河清淤挖出的泥。在一个泥堆的顶部，歪着两个罐子。它们的古朴造型使我眼前一亮：这是在河底沉睡了至少也有七八百年的东西！它的表面似乎没刷洗干净，看不出有无彩陶那样的纹饰，但收藏古瓷片的经验突然提示我：就在眼皮底下，有无数的标本甚至整器。

功夫不负有心人。没几天，我就找到了卸船之处。

我狂喜于乞丐般的捡拾中。尽管只有一些碎的陶片、瓷片，并且混杂着现代的垃圾，但我已经很满足了。这里包含着多少内容啊！管理人员说他们见过不少大块的、好看的，有的还写着“乾隆制造”，也没啥用，玩玩又扔回河里了。我心疼得直叹气。

时间不长，我的“海河积淀”就装满了五六箱子。一有空闲，我便借助有关书籍，研究它们的身世和背景，揣摩它们的故事。

这是一块灰陶片，胎质很粗，有手工拉坯的痕迹，像是陶罐的一部分。它告诉我们天津建城时间虽然比不上西安、南京等古都，但早就有人在这儿生活了。

很久很久以前，现在的渤海西岸也是茫茫大海。后来，地质剧烈运动，天津北部率先升出了水面，而且拱起了许多山峰。一部分人类在此定居。

而天津南部仍是汪洋一片，到了距今五千多年前，海平面才开始下降。徐徐降了一千年，海河平原出现了。发源于太行山、燕山的一些河流想穿越平原进入大海，左冲右突，终于冲出了一条河道，基本就是今天海河的上游段。入海口在张贵庄。

海河河道出现至今，曾发生过三次巨变。黄河首次光顾，带来了丰厚礼物——大量的泥沙，将陆地拓展到了军粮城。黄河改道向南流动后，滹沱河、大沙河、大清河、潴龙河等一起咆哮而来，形成了扇面形的海河水系。宋代黄河重返，海河河道顺势冲到了大沽。天津的地盘基本成形。

最早在海河两岸生活的先人，可能多数是从西部过来的，他们沿着河流逐步向东发展。生活在平原离不了河，有的陶罐就是从河里舀水的专用工具。考古队在张贵庄一带发掘出多处战国墓，里面有不少陶器骨器和箭镞，周围的蛤壳成堆，证明两千多年前天津靠近海滨的沼泽地带就已经有人居住。这些先祖的男性多数应是渔民和猎人。

这是一块青瓷碗的残壁，胎很厚重，釉色梅子青，它来自浙江的龙泉窑。年份应是元代。它告诉我们，天津至少六百年前就已成为我国北方重要的交通枢纽。

隋炀帝修的大运河，从天津拐了个弯，沟通了海河与黄河、淮河、长江等水系的联系。北运河、南运河在津交汇入海，形成了海河的起点——三岔河口。唐代和金代，海河大行漕运。到了元代，海槽与河槽都要经过三岔河口。元代诗人张翥描绘为：“晓日三岔口，连樯集万艘。”海河成了粮、盐等重要物资的转运中心，船夫和装卸工理应是热门职业。

那时的海潮没有阻拦，长驱百里，并在三岔口与河水交锋，倘若赶上雨雪或大雾，船舶很有可能发生碰撞。另外，在转运装卸过程中，货物有时也难免掉落。许多江南来的精美瓷器，进京梦就是这样破碎的吧？

这是一个青花高足杯。虽然杯子口沿缺了不少，但幸运留下了一个高士的半身像，他头发向前飘起——典型的明代瓷器特征。看胎质、看釉色和图案，它是民窑产品。不管它是从海上来还是从大运河来，都说明明代的海河运输除了满足官方需要，还承载了民间商品的集散往来。这杯子不一定是货物，也有可能是船家在码头休息时像李白一样狂饮，最终人卧在月下，杯滚入涛中。正是由于海河特别是三岔口在经济、军事上的重要作用，明成祖朱棣才视察这里，从而有了“天津”这一地名，并且设了天津卫城。如同当代的深圳特区、海南岛和天津滨海新区，大批有眼光的移民来到这里，做工经商，一轮朝阳腾腾跃起。

这是一堆碎片，来自四面八方：远有江西景德镇、湖南醴陵、广东潮州、福建泉州，近有河北彭城、山西浑源、河南禹县。它们都是清代的。官窑的很少，主要是民间的日用器。若称海河那时“生意兴隆通四海”，这一说法毫无夸张。犹如“瓷器”与“中国”在英文中是同一单词，“沽”既有“买卖”之意，又是“天津”的别称。天津的地理优势决定了城市的发展方向——北方经济贸易中心。

买卖多了，买卖大了，必然招人嫉妒甚至怨恨。华夏如此，津沽亦然。没过多久，外国的鸦片等洋货在“船坚炮利”的保护下强行进犯了。一八六〇年，大沽口硝烟方散，天津被辟为通商口岸，西方列强纷纷在天津设立租界。维新政府、仁人志士要借机自强，条件最为适宜的天津成为近代中国洋务运动的基地。打造新军、修建铁路、建立邮政、开通电报电话、发展教育……天津在多方面走在了学习和开放的前列，在国内、国际产生了重要影响。然而，帝国主义绝对不想让中国强大。

这是一种貌似青花、实为化学颜料喷涂蓝色图案的东洋瓷器。不用手绘，生产速度必然大大加快，并且它的胎质很硬，可以做得比较轻薄，即使加上运费，整个成本也明显低于中国瓷器。在天津捡的瓷片中，此类东西常见。它说明帝国主义国家不仅要蚕食你的土地，还要占领你的市场。你若不服，枪炮伺候。

一九三七年，华北沦陷，天津成了殖民地。瓷片中也有个别烧造和装饰比较精致的日本瓷，那可能是太君们自己用的。他们忙得很。翻开天津的旧报纸，外国银行、商号、工厂的广告比比皆是。海河成了输出资源和劳力、输入洋货和武器的主干道，成了抽取中华民族血液和骨髓的针管。一九三九年，海河控制不了上游来的巨大洪水，天津一日间沦为东方威尼斯，商业大街划起了船，许多平房遭遇灭顶之灾,百姓苦不堪言。据说大水一个多月才退去。

现代的一些瓷片引人深思。譬如这块大白碗的碗边,它朴实无华,像是大众食堂扔掉的,巧的是漏版印着一行黑字,一字不少:葵花向太阳心向共产党。还有“大海航行靠舵手”之类的瓷片,它们首先反映了中国从半殖民地半封建社会一跃为社会主义社会,劳苦大众翻身解放后对共产党无比拥戴的心理。河上金汤桥解放军会师的欢呼声,长时间回响在天津人民的耳际。有计划的经济建设,不光使人民生活全面提高,抵御自然灾害的能力也大大提升。一九六三年,海河的水也很大,河面高于地面,但在党和政府领导下,军民合力奋战,一面分洪一面筑堤,市内平安无恙,我们小学生照常上课。洪水刚过,整个海河流域便展开了史无前例的治河工程。开挖新河、疏浚旧河,筑大堤、修水库、建防潮闸,几年就基本解除了洪涝灾害的威胁。

河水带走了时光,泥沙留住了文化。每块碎片都有一个故事,都有一个灵魂。我们无法准确地破译,但把它们大致组接起来,就显示了我们从哪里来,启示了应当到哪里去,在把玩中加深了对母亲河的认识和热爱。这难道不是很有收获的寻宝吗?

难得的“世界波”

直至南非世界杯足球赛已开始争夺八强了，我这个球迷才看了两场半。一场是朝鲜对巴西，想看看冬眠了几十年的朝鲜水平如何。结果和预料差不多，拼劲儿可嘉，可技术上没带来什么新东西。另一场是巴西对葡萄牙，媒体宣传得挺热闹，没想到双方把力量和智慧都用在攻击对手的肋条或踝骨上了。零比零结束，双方都出线了，足协和教练满意了，队员也算交了差，却留下了七张玷污文明的黄牌，浪费了全世界亿万观众的宝贵时间。据说其他小组赛也是激烈有余，趣味不足。

为了赚钱，就必须赢，还得多赢，不管用什么手段；为了荣誉，也必须赢，恨不得守门员一发球就进球，三传两递就射门，进不了球便恼羞成怒，把对方当成球。满场只有速度和拼抢，明肩冲撞，暗肘反击。射门时或满腔仇恨，抡圆了大腿，或满眼钞票，腿成了烂泥……这球还能看吗？

当然，世界杯是锦标赛，谁都想进球，想赢，但不能忘了足球本身是体育，是竞技，也是美。办世界杯的本意是为了更好地展现足球的魅力，吸引更多的人热爱足球，热爱体育，而不是仅仅成为赚钱的工具。

曾记得我们年轻时，在工地累了一天，不顾疲劳，凌晨四点起来看世界杯决赛。多少人盯着一台电视，屋里搁不下就在露天看，盐碱滩上的巨型蚊子铺天盖地而来，我们裹上雨衣防护，宁可汗流浃背也不离开屏幕。世界杯亚洲区预选赛、丰田杯我们也一场不落，经典录像我们不知看过多少遍，明星球员的履历我们如数家珍。原因何在呢？

球王贝利在四五个对手的阻截中，仿佛后背长了眼睛，于禁区四十五度角倒钩射门。球直奔远角，从守门员的指尖钻进球门！新晋球王马拉多纳中场快速带球，球如黏在身上，人似不倒翁，转瞬间过五关斩六将，最后愣晃过守门员，人和球一同进网。这条神奇的运球路线被刻在了纪念碑上。巴西弗拉门戈队罚角球，想象力极强的队员竟将球踢回了中场，一名队友凌空一脚大力抽射，球如利箭飞向球门。尽管球擦楣而过，全场仍为之震惊。法国那脍炙人口的“铁三角”配合，意大利那令无数前锋折戟沉沙的“混凝土”防御，德国那临危不惧、力挽狂澜的顽强意志和巧妙战术……精湛的球艺、可贵的精神和良好的作风，使无数观众为之倾倒，使我们成了铁杆球迷。

如今，尽管足坛好多事令人失望，球迷锐减，但它毕竟没被全部污染或彻底污染。此前，我又看了半场球：韩国对乌拉圭。乌拉圭前锋苏亚雷斯踢得很有灵气，所进第二个球可称得上“世界波”。在对方禁区角上得球后，他见前面“峰峦叠嶂”，便往右一拨，寻到了稍纵即逝的一线天，用脚内侧踢出了一个漂亮的香蕉球，旋向球门死角。守门员飞扑莫及，数万观众倏忽站起，喝彩声如海啸！

虽然该球似乎不如小罗纳尔多那记吊射难度更大，但构思与实施如计算机一般精确，可以想到球员的深厚功底。最可敬的是球员不受干扰、一意踢球的心境——唯有这样的心境，才有可能创造“世界波”，使我们如醉如痴。

市场经济促进了经济发展和社会进步，也促进了足球的发展，但若把一切都变成商品，恐怕会事与愿违。愿以后的比赛多踢几个世界波，愿足球管理机制进行必要的改革，否则人们便直接去看散打或摔跤了。

方寸翻身梦

孔兄：

你好！那天在邮局你问我集邮的事，我当时觉得一下子说不清，尤其关于能否加大投资，我更是不敢随便表态，因此没有明确回答，实在抱歉！回家后我在网上查了查邮市行情，想想这些年的所见所闻，现在和你谈点儿粗浅的看法，仅供参考。

想来仍感惭愧，十几年前，你受我鼓动上了“贼船”，每年买不少定位册，后来堆成山了，不但没升值，许多还打了折。虽然我曾提醒你：“现在邮票发行量太大，索罗斯来了也炒不起来，别买这么多了，每年留一两册看着玩儿吧，多少也能学点儿知识。”可你觉得投入不多，再说票上都有面值，即使升不了值，总不会低于面值吧？中国的事情就是有特色，我见过不少邮票一发行，市场上就打折，一摞一摞的，似乎从邮局论斤批发来的。有些居然打到五折以下，比如生肖票，过年不用再买吊钱，贴几个小全张算了——既经济又好看。不管怎样，你的被“套”与我多少有关。假如不向你炫耀我的《三国演义》小型张十倍八倍的升值，你也不会动心吧？

《三国演义》邮票是一九八七年出的，那时邮票发行量都不大，一九九〇年邮市很热，所有邮票都涨了不少。但以后就不行了，明显供大于求。《集邮》等杂志说，当时我国集邮人口有两千多万，而几乎每套新邮发行量都在四千万以上，有的甚至上了亿。这就是说，全世界集邮爱好者人手一套可能还有富余。我记得和你说过，你可能没在意。

最可气的是发行方不提前公布发行量，发行后很长时间也是谜。有一次邮商听说赈灾邮票印得不多，便炒了起来，许多人高价买了，盼望它成为第二个“猴票”。谁知高兴未几，该票从邮局滚滚冒出，要多少有多少，不知是原有大量存货，还是没毁版又开机了，反正砸回了原位。

依我看，自一九九一年开始至今发行的大多数邮票没有投资价值。一是发行量普遍过大，只有个别品种不能满足所有人需要。二是使用太少。第一套“猴票”虽然发行了几百万套，但百分之九十以上被寄信消耗掉了，所以成了稀罕物。而现在人们都有手机，通话也行发短信也行，谁还写信啊？自打有了传呼机，人们写信就少多了。寄邮件现在有了快递公司，根本不用邮票。所以二十年来所印的邮票也许百分之八十还在，稍一涨价就会漫天遍野杀出来，很难有大的攀升。三是没有后备军。老票需要消化，新票需要争抢，光凭既有队伍是不行的，必须有大量新人接盘。之前东马路邮局搞集邮活动，卖邮品，办邮展，还赠礼物，有一定吸引力，不少人在那排队。我一看，几乎都是五十岁以上的。年轻人现在大都迷恋上网，里面的三维动画比邮票好看多了。即使邮票能升值，他们也没耐心等几年，总恨不得一夜暴富。

我觉得集邮应当返璞归真。集邮就是通过收集邮票，增长知识，陶冶情操，愉悦身心。每年买本定位册，看后往柜子里一扔，这是最省心、收效也最小的集邮方式。实际上，集邮有许多有意思的玩法。比如，前几天我到邮局办事，正赶上发行《儒林外史》。几个中年人坐在桌子旁一笔一画地写首日封，准备寄到外地；一般来说，外地也有人同时给他们寄信，很可能会从吴敬梓的家乡飞来鸿雁。如果你能接到这样的实寄封，肯定感到很有趣。我效仿别人搞过专题收藏，即不分国内国外，不管是邮票、首日封，还是极限片、明信片，只要符合我设定的主题，一概聚敛。然后把它们组织起来，分别附上说明，编成一套别出心裁的连环画。我自一九九四年开始搜集与“二战”有关的内容，中心锁定于《杰出的统帅英雄的人民》，后来单位搞活动时展览过，大家觉得挺有创意。其实国内有人专注过这类题材，而且获得了国际邮展大奖。他不辞万般辛苦，寻着了保卫斯大林格勒的战士从前线寄回的家书，还找到了从奥斯威辛集中营辗转传出的绝笔信……这是多么有意义的收藏！

作为消遣，我们没必要下这么大力量，我记得你喜欢旅游，收藏了许多名胜古迹的门票，你何不将两者结合起来，搞一个风景系列呢？回味去过的地方，神驰向往的地方，坐在家里周游世界，不亦乐乎！

当然，现在纯收藏已不存在了，谁都希望自己的藏品能够升值，必要时还能够转为货币。目前国家似乎对邮票发行的思路进行了调整，听说现在新邮已经缩量，这是个好兆头。不过不能寄希望过高，“猴票”传奇不会重演。如果你想把重心放在增值上，我觉得可以从现在起就像商人那样，抛开个人好恶，以市场为导向选择商品。原来发行量大的基本不留，换成发行量小的，骑上快马；假如后者已到高位，那就盯着新邮，选题材好的、长期系列发行的、发行量估计不大的及时进入。千万不要被媒体上的广告弄晕了，买一大堆金箔邮品、大全套邮品，幻想十年八年后换个别墅。

尽管认为你现在可以投资，但我始终抱有一个观念：收藏不同于经商，它是经年累月不知不觉间致富的。一旦众目睽睽，你很难再拣到宝贝。如果你心急，不如去股市痛痛快快干一场。

想到的就这些，但愿它能将功补过。

梦鸽

从黑黢黢的木匣里探出脑瓜儿，眼睑和瞬膜懒懒开合，上下左右，再左右上下，打量一番又缩回去。卧在能沐到一线温煦的位置，微微颤抖。

白光从脊背一丝一丝地擀到尾翼，你才重新蹭到门口，蹦下来，更像跌下来。不足二尺的高度，竟栽了个趔趄，无声无息。你的胸脯瘦得像切菜的刀刃。

冲着褐锈斑斑的罐头盒点脑瓜，斗眼睛，半天，你才向里面“叭”地裂了一口，地上“咕噜咕噜”滚出了一个玉米粒儿。不用看，肯定是虫子把心嗑空了且“馈赠”了一堆屎球。你又剟了一口，脖子向前一挺，颈羽全奓了起来，咧着嘴，直着眼，下颏一鼓一鼓地直呼哧。又挺脖，又泵气，玉米方被压进贲门。不用说，食道这阵儿像灌进了刚出炉的铁汁。

嗖！嗖！两只麻雀掠过。你抬头望望天空，“呼呼呼呼”扇起了翅膀。粉红的爪子一跃一跃地像踩上了弹簧，扇出了一个圆圆的大轮子，如西班牙遍地可见的风车。地上尘土飞扬，真的刮起了风！

你的头顶灰了，尾巴也灰了。本来它们都是黑的，身子像雪，黑白分明，此时像一团擦了不知多少饭桌的抹布。

远空掠来一道哨音，嚯！你的脑瓜顿时成了爵士鼓的鼓槌，羽毛一下子恢复了雪白，鼻瘤如一朵怒放的玉兰，眼睛闪烁着金光，翅膀一颤一颤地翘起老高，像激流中的舢板。

飞吧！天空本来就属于你。你不是鸡不是鹅不是鸭子，你的祖先常在汹涌的波涛上翔舞，在彩色的原野上觅食，在峭壁之间栖息。

你听见自己的翅膀在欢快地歌唱。

…………

你很累了，落在别人家的房脊上。上面有一群你的同类，它们肥肥的，嘴大得像鹰隼，瞪着凶恶的眼睛向你逼来，诋毁、唾弃、嘲笑，断喝：“不许再向远飞，回到你的木匣里去”！

已经走出来，就不能再走回去。你没有飞回那黑暗的木匣。忽然，你看到大地一片燃烧的烈火，你羽翼一振，眼睛放出了光芒，浑身的血液瞬间沸腾膨胀。你拼下最后一股气力，箭一般朝那片烈火冲去！

天空，播扬着你羽翼间永远的歌声。

那一刻

那一刻，对莽原的生命有难以估量的意义。

记得很清楚，那一刻之前，他坐在办公桌前心潮起伏。媒介是一本书，这书像导火索，引爆了别的许多书。

在那一时期，他看的书很多，主要是文史哲类经典或先锋论著。每到柳暗花明、豁然开朗处，他便“嘿”一声，摔下书，面壁良久。逐渐，他萌生了一个想法：爆炸后的知识现在正向一个焦点汇集，或早或晚，世界又会出现新的巨人，或是大思想家、大哲学家、大经济学家，或者超越传统门类，出现“本体学”巨人、“信息学”巨人。他觉得，古今中外的圣贤都是从不同角度接触同一个东西，犹如盲人摸象。他们的局部感觉都很真切，却不能充分表达，平常百姓只能通过狭窄的语言通道，拾些他们思想的碎片。因此，世界常常混沌而无序。而今，疯狂发展的时代迫切需要伟大的巨人，需要他们整合扬弃集大成，将那个东西画出大致影子，用新科学给贪婪、短视的人们指点迷津，避免人类自我毁灭……

那一刻与这玄想也许有关。

记得很清楚，他斜向窗外，手臂松在桌上。叶片摇晃的树枝逐渐成了模糊的几条绿影，蓝天、白云混成了一片灰。周围的喧嚣越来越远，有一种从未有过的安谧和温柔。

蓦地，双手颤抖起来，身体仿佛打了个冷战，然后整体也颤抖起来，但心里涌动的却是一股热。他感觉非常新鲜、惬意，这是不是哲人所说的“战栗”？未及品味，眼前突兀射来许多光，从墙上、从窗外，像金，又像银。身体被它吸住了，被它照透了。他似乎也生出了许多光，与外来光频频对流。

朦朦胧胧，一个光团缓缓飘来，心波随之激荡起来，脑海一下子雪亮：“就是它！它果然存在！这就是我要寻找的东西！哈，隐藏在万物中的奥秘被我找到了……”光团越来越近，越来越大，中间好像是黑的。他恨不得立刻抓到它。它近到几乎可掬了，上面好像有些字，好像也不多，马上就能读出来了，有几个字仿佛已经到了喉咙……但读不出来，怎样着急也读不出来！

渐渐地，光团隐去了，神秘的光也消失了。

手不颤了，心潮的余波仍在起伏。他若在若离，思绪不愿离开那氛围。

“这一刻”具体有多少时间，莽原当然不知道。他只是从屋里人的位置和行动，推测出时间并不长。

过后他想，这是不是常说的那种“悟”？是不是马斯洛的所谓“高峰体验”？

随后，一串儿问题冒出来：认识事物的本质有无所谓“理性”之外的渠道？有的东西是否只能感觉出来？世界有没有终极真理？若有，人能够把握吗？老子说的“道”，究竟是意识还是物质，或是一个更高层次的统一体？

他又想，这是不是“走火入魔”呢？光团上怎么会有字呢？就算有字，它是哪国文字呢？假如是天书，即便能够破译，但只是一种语言罢了，这又陷入了悖论。有限的人类能够感知和认识无限的宇宙吗……

不管怎样想，他的思维和习惯产生了很大变化：

那一刻后，很长时间他不想看书，却感到很充实；

那一刻后，他开始注意原来以为荒诞离奇的事物或传闻；

那一刻后，大自然的一切在他眼里似乎都有了灵魂；

那一刻后，他信口说了一些见解，没想到它们相继在他人掷地有声的文章中找到了知音；

那一刻后，他时常没有理由地诌出“预言”，并坚信它正确无疑，结果有的竟成了现实；

那一刻后，他又见到了其他不可思议的东西，他自己也怀疑是幻觉，但它居然像某个不祥之事的先兆……

虽然有了“那一刻”，莽原的生活依旧：既有福祉，也有灾祸；他仍是个顶顶平常的凡人。

然而，即使现在就离开尘世，他也觉得无所求了——因为他在此岸没有苟且度日，甚至曾到过彼岸的边缘。

证据

意想不到的事突然发生了。

夜深人寂，肖以观的妻子睡着半截觉，猛地怪叫了一声："噢——"瘆得肖以观的头发挺成了钢丝。

他调了一下台灯，慢慢凑到床前。妻子喉咙里呼呼响，四肢抽搐，手成了鸡爪形。招呼她，没有回音；细一瞧，妻子翻了白眼儿。

坏了！不是发癔症，也不像过去犯过的心脏间歇。肖以观眼前一阵模糊，眨了几下眼睛，又瞪大了：这不是做梦吧？嗐，倒霉事儿怎么总围我转呢？

肖以观睡得晚，正在写日记，说确切点儿，在记流水账。这本账有些特殊：第一，每天与活人打交道，涉及政治、钱财、女人的事情均有记载；第二，某年某月某日甚至几时几分，别人如何说的，他怎样讲的，旁边谁在场，都很清楚；第三，只有两人经手的事情让对方签字。

比如，昨天科长出差前让肖以观转交小李二十元奖金。他照办后，马上记本上了，并且逼小李签了字。

小李"咯咯"直笑，问："还用按手印吗？"

肖以观的脸"唰"地红了，说："那倒不必。"他自尊心很强，不愿和别人开玩笑。如果小李不是个漂亮姑娘，他也许就不乐意了。

小李从外单位调来不久，不知道肖以观很早以前就几乎每天记账了。至今，他已写了四百零八册，在一个放了樟脑球的皮箱里珍存着。往新楼房搬家时，他把箱子驮在后背，往六楼上爬，累得呼哧乱喘。

有时，肖以观自己也认为这些东西太累赘。费了多少心血，占了多少时间，只用过几次。可反复掂量，他还是不敢毁了它们：唉，能用上一回，价值就不小啊！一种惯性使他把这件烦琐乏味的事坚持下来了。久而久之，他也不觉得是额外负担了。相反，有事儿不记，他睡觉都不踏实。

他常做噩梦，或被人用刀捅成了蜂窝，或从高高的城墙上摔下来，或端着死人脑壳吃饭……也许,这些都是预兆?

现在,怎么办呢?肖以观急得直揪头发。

上医院?他搬了搬妻子,抬不走。她本来就胖,一病更沉了。况且,她身体抽的劲儿很大,他根本控制不住。

孩子上姥姥家了,没有帮手。

要是小李还没走多好。傍晚,小李登门请他辅导功课,准备考会计进修班。现在——都晚上十一点半了,人家能不走吗?

找邻居?住进新楼房半年了,他从未到邻居家里去过,只晓得男主人的姓氏、工作单位,见面点点头,仅此而已。他主张关起门过自己的日子,和睦相处,并不深交。他想,除非万不得已,绝不深更半夜砸人家的门。这不是什么光彩事儿。

他在屋里撞了几个来回,再看妻子,脸色青紫,嘴角流出了白沫儿。情况似乎更严重了。完了!现在去找邻居大概也来不及了——医院离家有五站地,这钟点儿早没汽车了,也没有三轮车。唉!

他猛然想:此刻没有别人在场,到时说不清啊!

肖以观最怕别人的嘴。

昨天,小李嘲弄他后,他心里想:你认为可笑?小李,你太年轻呀,人的嘴,能圆能方。有些事儿,别看不大,到时拿不出证据来,弄得你多少年甚至一辈子都人不人鬼不鬼的!

赶紧记下来!

他拿起笔,想了想又扔了:不足为凭呀。假如小李没走,就有第三者在场了,让她签个字……“第三者”?不行!到时更说不清。这几天,单位里已经有我和小李暧昧关系的风言风语了。真他妈的!

肖以观在屋里又转了两个来回。哎,有了!

他看见了录音机,里面正有一盘带子。可惜,那是原声音乐带——妻子最爱听的《小雨中的回忆》。肖以观对妻子和孩子的感情不亚于大岛茂。妻子检查出心脏不好后,在家休了几天病假。他怕她寂寞,又相信音乐疗法之说,就省了抽烟钱,给她买了十多盘轻音乐带子。

肖以观咬了咬牙,管它是《小雨中的回忆》还是《冰雹中的回忆》呢!

他把录音机朝妻子身边拉，电源线扯到了极限，哆哆嗦嗦把红色录音键摁了下去。

带子转了，妻子嗓子里的呼呼声大概录上了。他冲着妻子大声说："你把痰吐出来！吐哇！吐出来就好了！"明知她没有反应，他仍旧变了声地继续喊："你刚才还睡得好好的，怎么啦？吐哇！吐哇！"

停了片刻，再录呼呼声，然后又喊……

被惊动的邻居陆续来了。最终，抢救无效。不过，医生告诉肖以观，及时把病人送来也许还有希望。太晚了。

肖以观痴呆了一会儿，突然瘫在地上，号哭起来。

邻居们问他为何不早点儿招呼他们把妻子送医院？

他醒过闷儿了，斥责自己："为什么要录音？耽误了那么多时间！"他又糊涂了：录音究竟为了什么？为了我自己？她死了，我平平安安地活着，孤零零地活着……

本想说清的事儿说不清了，更说不清了。

几天后的一个深夜，肖以观只穿着裤衩从家里跑出来了，赤着脚，身上贴了不少带字的纸片，脖子上缠了一圈圈录音带，嘴里不住地喊："刀枪不入！刀枪不入……"

（1989年发表于《新作家》）

品画

“画得稚嫩，先生多指教。”年轻人俯下身满脸笑。

“嗯？”教授将思绪从画中拉回来，“总的感觉，还不错——想法不错。”

年轻人的笑僵了一下。

青年画家身边聚了一些观众，前言旁的大照片使人很容易认出作者。几个姑娘眼中流溢着倾慕——刚二十七岁，就在国家级艺术殿堂举办个展呀！

怎么开头呢？有了。教授想起画展的名称是《写实主义作品展》。

“我认为——”待年轻人和观众目光集中后，教授才说下去，“作为一个艺术家、一个画家，必须要有两手：一个是具象，一个是抽象。两手都要搞。”他昂起头，右手举在空中，说一句，食指弹击一下。

年轻人随着节拍点头。

“一定要有两手，路子才能越走越宽。”

“是，就是。”年轻人朝教授身后指去，“我试着搞了一些盘子，跟这些画不大相同。”大厅中每根方柱上都挂了四个彩釉瓷盘，稀奇古怪，内容都很难一下看懂。

教授扭头看看：“噢——我还没注意。这很好，很好。”脸上却没什么表情。

教授身子没动，目光回到墙上的一幅《老树》。它根本不像出自一个血气方刚的青年人之手，自己可能都画不出来！

教授毕竟是教授。“我认为——我们中国人画油画，应当有自己的特点，一是讲程序，二是要有国画的笔墨功夫。外国有些画家画到精细处，用根棍子把胳膊支上，我们中国画家作画有拿棍子支胳膊的吗？”大家都笑了。

“看得出，你这方面有所注意。”教授接着说。

年轻人微笑道：“我专攻了一年多的国画。”

移动。一幅罩了厚油的肖像画。

教授眯了眯眼睛，说："我们院里一些学生到现在还没搞清楚透明色、不透明色、半透明色的特点。"

"生画？愣画？"

"嗯。"

年轻人不笑了。

教授笑了："年轻人就是年轻啊。"

移动。一组风景画。

年轻人说，这个系列还没画完。

教授沉默了一会儿，说："你一定要抓住两极：一个是广博，另一个是精美。就在这两极之间……"他右手拇指和食指捏了几下，似挨非挨，"唉，很难，很难呀。"

年轻人没吭声。

教授指着其中一幅说："这个局部不错，里面贯穿着一股气。你记住，每一笔都要有形象，都要有激情，不能信手涂抹。局部精彩了，整体才能卓越。"

年轻人点点头："先生多指教。"

教授觉得其中一幅有点儿眼熟，问："你喜欢勃吕盖尔？老勃吕盖尔？"

年轻人愣了一下，说："啊，是。原来挺崇拜，还崇拜鲁伊斯达尔、勃劳威尔和米勒。"

"对，应当多方面吸收。"

"我现在主要寻找自己的感觉。"

"对。应当创新，走自己的路子。不过，登上巨人的肩膀，视野才能宽广。哎，很难，很难呀。"

总的来看，年轻人是块材料。临走时，教授不仅给他留了名片，而且抽笔添上了家庭住址："我那儿地点很好找。家里总去一些学生。"

年轻人一副受惊若宠的样子："一定去拜访。"

送走了教授，年轻人坐到签名桌旁，放开身子闭目一仰，仿佛刚刚撂下五百斤的担子。

未想，胳膊一伸，撞倒了墨汁瓶，呼呼流出了许多。

年轻人急中生智，用硬纸片折了一把小簸箕，将墨汁一点点收进瓶里，然后将那小簸箕扔进了垃圾桶——那是教授先生刚给的名片。

一品难忘快餐店

在一片高层住宅楼小区外,毗邻大街的转角处,有一座快餐店。一天中午,从小区里走出了一男两女,在快餐店内临街的餐桌旁坐下了。两条包厢椅子与窗户垂直,青年男子坐一边,两个青年女子坐一边。他们随便点了个人所需后,青年男子便颠着腿,把头侧向窗户。街上人车稀少,没什么可看的。一个青年女子坐定后,交叉起胳膊,眼睛直盯男子的脸。另一个女子年龄稍小,她看看这个,看看那个,脸上挤出笑容,说:“这个店的名字很有创意啊,‘一品难忘’。”

另两位没人搭话。

青年男子瘦长脸,黄发,眼睛带黑圈儿。盯着他的青年女子面容有些苍白、憔悴,像是得了病,但仍能看出相貌不错。

青年女子终于说话了,问她的对面:“昨晚肯定得了‘黄钻’吧?”

青年男子扭回脸,但目光低垂:“哼,忙了一天了,晚上还不歇歇?”

“肯定又玩到深更半夜!”

青年男子把脸又转向窗外,张大嘴打了个哈欠,没说话。

“今天装修的怎么来得这么晚?”

“有事儿吧。”青年男子无精打采地仰在椅背上了。

青年女子火了:“你是怎么盯的?你不会催他们?你不定几点醒的呢!”

小青年女子赶紧劝解:“他也不容易,天天在这儿盯着……”

青年女子更火了:“是天天盯着,装修都快一个月了,我以为模样儿差不多了,所以叫你一起来看看,谁知八字还没一撇!”

小青年女子说:“现在装修的好多是大爷,上我们小区干活儿的还有半截罢工的呢……”

“就是,不好伺候哪!缺这少那的,我得一趟一趟去买;盯质量,改方案,找物业,顾了这头顾不了那头……”青年男子仿佛一肚子委屈。

饭送来了。青年女子欲言又止,但没有吃饭。

青年男子端来就吃,吃得“呱唧呱唧”直响。

小青年女子看青年女子,意思是消消气吧,该吃就吃。

青年女子长舒一口气,拿起了筷子,看看碗里,又撂下了筷子:“气都气饱了。”

小青年女子说:“我看这房型挺好的,地点也不错,不就装修慢点儿吗?慢点儿质量更好。别着急了。现在男的有几个不爱玩的?我的同事打麻将经常打到天亮,上班光打瞌睡……”

没想到青年女子声调更高了:“人家玩不怕,人家有工作,你问他现在干什么!”

“我不一直在找吗?再说现在忙装修,真要找着也上不了班呀。”

“狡辩!找多长时间了?我俩登记后他就辞职了,到现在有半年了!”

“找个合适工作那么容易?”

“对。不能累着,不能冻着,还得钱多,还得有发展,那才叫合适。”

青年男子不理她了,接着大口吞咽。手机响了,他听了一下就关了:“催命似的,下午得去还房贷。不多挣钱拿什么还贷?”

“对,你是墨索里尼,总是有理。”青年女子开始吃饭了。

青年男子已经吃完,用手抹抹嘴,点着了烟。

他问小青年女子:“最近忙吗?”

“嗯,我们出版社正筹办一个活动,准备邀请一些知名作家。挺有创意的。”

青年男子突然眼睛亮了:“你们出长篇小说吗?”

小青年女子点头。

“太好了!我打算写个长篇小说。”

青年女子说:“你瞧,本事多大。”

小青年女子停住筷子,看青年男子的表情不像开玩笑,便问道:“你写过小说吗?”

“那还不好写?小说和电视剧一样,好多都是瞎编、戏说。”

小青年女子微微一笑,继续吃饭了。

“多少字算长篇?”

“至少也得十万字。”

青年男子向上喷着烟,眯着眼算了一阵:“哇!那我半个多月就能写出来。”

小青年女子笑了:“高产作家。”

青年女子说:“我就奇怪,他爸爸妈妈都有头有脸的,怎么培养出这样一个宝贝儿?不思进取,只会吹牛。”

小青年女子笑了,而后咳嗽起来。

青年男子说:“忘了忘了,你怕烟。”他躲到了快餐店门口处。

青年女子吃了一半不吃了。小青年女子抓紧吃。

青年女子茫然地望着窗外。

“你找对象时,千万要注意。有些人别看是业余的,演小品赛过小沈阳、演魔术赛过刘谦;一开始说得天花乱坠,哄得你晕头转向,一旦得手就不是那回事了……”青年女子眼里汪出了泪水。

小青年女子也不吃了:“我想单身。”

“……不是不可考虑。”

小青年女子问青年女子:“你恢复得怎么样了?”

“就那样吧。”

“听人说技术再先进,自己也得好好调理。”

青年女子扭过了头:“身体是次要的。”

小青年女子安慰她:“现在大家对这种事儿好像都不在乎。”

“我当时也不在乎,是我要流产的。不知为什么,我现在觉得有些东西一起走了,恐怕再也回不来了。自己成了一个空壳,就算能填进什么也肯定不是原样了……”青年女子眼里又闪出了泪光。

小青年女子目光也迷离了……

服务员开始扫地,她们也到了门口。

小青年女子问他俩:“你们什么时候办?”

“办什么?”

“结婚啊!”

青年女子、青年男子相互看着,一时都没说话。

一件雨斗篷

傍晚，成千上万只蜻蜓从铁路工程段家属宿舍的上空飞过后，一大片乌云从天边黑压压地追了上来。“要下雨喽——”随着孩子们的喊叫声，宿舍大院里的职工和家属匆忙拾掇着防震棚子。

与此同时，刚从外面出差回来的工程段党委副书记老于，却在大刀阔斧地拆他家的棚子。

老于有五十多岁，脸上挂着亮晶晶的汗珠，两道粗黑的眉毛拧起个疙瘩。他攥着一把钳子，在棚子一端掐铁丝，断了的铁丝像一只只被撵飞的小鸟，“啾啾”叫着，弹了出去。

老于是嫌棚子不好想重搭吧？不是。

这间防震棚是他的儿子小于苦心搭设的。黑黝黝、闪着磷光的新油毡压茬铺了两层，连个水星都溅不进去。

那为什么要拆它呢？

事情是这样的。老于在外地早知道了家里的震情。今天他回来后，进了宿舍大院，可并没有直接奔家。他提着手提包，在职工棚子群里串悠起来，一家一户地查看着棚子，突然在一个简陋的棚子前站住了。老于看着眼前这个只有两块塑料布遮起的棚子，想到里边那个有风湿病的老工人李大刚，他的心“咯噔”一下：这怎么行！想着，老于急忙走进棚子。

坐在凳子上望着满天阴云的李大刚，一见老于回来了，立刻喜笑颜开，拉住老于的手。老于风趣地对李大刚说：“你这‘春来茶馆’的凉棚不错呀，下雨可够你喝一壶的！”

李大刚脸上掠过一丝苦笑：“我昨天刚从外边工号回来。晚了一步，料库发给队里的第一批油毡没有了……先凑合两天吧！”

“不，这不行！”老于急忙站起来走了。

李大刚深知老于的脾气，他要办的事，谁也拦不住。他望着老于的背影，不由想起了大军南下途中雨天行军的情景。那时,李大刚才参军不久,行军中发起高烧,他这个新战士却很要强,坚持冒雨前进。秋雨淋得他浑身发抖,后来抖成一团,迈出一步都很吃力。正在这时,一件雨斗篷从身后向他身上披过来,这个人还鼓励他:“坚持就是胜利!”说话的人就是排长老于,一股暖流直通李大刚的胸口……

他没有掉队。后来,他们又一起复员到了铁路系统上工作。多年来,老于一直保持着革命传统,关心每一个工人。对老于,李大刚多么熟悉他的性格啊……

老于回到家一看儿子搭的棚子,马上有了主意。

现在,他刚揭下一条油毡,他的儿子小于就回来了。

小于是房建队队长。他走到父亲身旁,眨着眼问道:“棚子搭得好好的,您拆它干吗?”老于气呼呼地没有直接回答,只是叫儿子帮自己往下拆。

小于无可奈何地一边干着一边说:“嗐!您这是……眼看就要下雨了……”

老于说:“就是因为要下雨了,才要快拆!我问你,你们队李师傅的棚子你能负责吗?”

这下子小于全明白了,急着说:“库里的这批油毡领完了,我两手空空管得了什么?”

老于用钳子敲了敲棚子:“我看你呀,不是两手空空,是脑子空空——你那脑子里没有群众!”

说话间,老于刚把油毡拆下来卷好,豆大的雨点儿就落下来了!棚子上“咚咚”擂起了大鼓,地面上“啪啪”溅出了水花……

老于拉上小于,抱起油毡就朝李大刚家跑去。

李大刚一家正为难呢!两块塑料布被风吹得乱飞,眼看棚里全湿了。老于一步跨进棚子,用手把脸上的水一抹,然后叫小于爬到棚上,把油毡苫上,用铁丝牢牢地绑住。

围到最后,油毡不够了,棚子还露着一个长洞,雨点儿像箭一样射进来。李大刚抱起一条棉褥子要朝上堵,老于一把将他拉开:“哎,这不行!”只见老于对儿子耳语了些什么,小于扭头跑了。

一会儿的工夫,小于拿来了父亲在战争年代用过的那件雨斗篷,忙爬到棚上苫了上去。老于和小于走进棚子,李大刚忙拿过一条干毛巾向老于递过来,并亲切地叫着"好排长",眼睛顿时湿润了。

小于此刻以尊敬的目光看看父亲，又抬头望着那件刚苫上去的雨斗篷,它像铁壁铜墙,抗击着阵阵凶猛袭来的风雨……

（1977年发表于《北京文艺》）

无字的丰碑

一

黑乎乎的油浸木电杆愣生出白光，像某个雄伟建筑物上的巨柱。上升,上升,愈来愈细,撑着下垂的天穹。

渐渐歪了,更歪了,要倒！我想喊,却没出声。

杆上的人照常"嘎嘎"地紧着钢芯铝导线,丝毫没感到危险。

云霭疾走造成的错觉。

那时,我是个刚挎了一个多月钳子套的电力工。

揉揉仰酸的脖颈,刚喘了口气,上边的人——五级工劳汉昌——嚷起来。

"哎——别让长头发的过来！"

未及反应,"啪！啪！啪！"面前的盐碱地炸开了水花。抬眉,一条细瀑从天而降,飘飘忽忽,风一抡,脸上、唇上无辜挨了几点湿凉。

"噗！噗！"勾得我也想排泄。

已经十一月下旬了,全班人都还穿着绒衣或毛衣。我的前胸和后背像夹了两块铁板,身子时不时抖几下。

溜达溜达吧。别走远了,还得盯着给劳汉昌拴东西。

右侧,大片大片紫红色的及膝高的黄须菜覆盖了多数旱地。没有一棵乔木。冷冰冰的几个水洼,间或起降一些白色的水鸟。两叶灰帆在远处定格。听说那边是海,怎么不见蔚蓝色?

我不愿往左看。看一眼,心上就多一分沉重,多一分焦急。

左侧,是山皮土堆出的铁路路基,高如城墙。平时,两三分钟就有一列货车或客车轰隆轰隆掠过。原木、煤炭、汽车、拖拉机、猪、马、柑橘,闯关东的齐鲁汉子、退伍军人、建设兵团的哥们儿,匆匆忙忙地南来北去。今天,火车隔老半天才来一列,老牛似的吭吭驶过。

区间信号灯通通不亮了,人工引导限速行驶。

大车们、旅客们一拨拨探出脑袋,查看我们究竟在捣什么乱。

由于铁路改线,从a站到b站的信号灯输电线路也要随之搬家。我们隔几天要一次点(临时停止使用),切成一段一段干。抢了一个月,今天是最后一段,也是最要命的一段。从清晨到现在,我们电工班二十六个人连续折腾了八个小时,滴水未进,剩下的活儿还多着呢!铁路分局电报命令:傍晚七点以前送电。我看悬。

二

实习生文璟在路基上站着,衣服被大风吹得向前荡起。她是我们班唯一的长头发,也是唯一穿毛衣毛裤的人。分给她的活儿不重——传达班长指挥紧线的手势和数据。但是呜呜乱叫的风与她作对,她不得不来回跑动。

"左边!最外边那条!一扣!多了!回一点儿!劳师傅,再回一点儿!"

她说话带着京腔,很好听,可惜分贝太小。

劳汉昌急得扯脖子:"哪条?听不清!×蛋!松哪个?真是西瓜皮擦屁股……"文璟不时咬咬下嘴唇,神情黯然。

文璟不算多漂亮,特别是今天,头发被吹成一窝草,扁平的椭圆脸苍白苍白,鼻子周围的雀斑更清晰了。她说话极少,笑也极少。

也许,今年她极少遇到顺心的事。

夏天,她在床铺底下拿鞋,吓得尖叫一声。鞋窝里赫然盘着一条褐黄色的、三角脑袋的蛇!她恶心,要吐。

她把所有的鞋拿到工棚外摔打,摔打完晒太阳。谁料被副队长在大会上影射:"啊,有人在宿舍门口摆了一大溜皮鞋!嗬,工地成了'同升和'分店!炫耀啥?这是受了资产阶级生活方式的侵蚀!"班里的老工人认识虽没那么深刻,却也说,这孩子不太朴实。实际上,她连松紧口布鞋、球鞋、拖鞋、绝缘鞋一共不到十双。只是那年头儿买皮鞋凭证,一般人过年走亲戚才穿。

三

四级工吕秋不知什么时候来了。他拉过电杆顶上垂下的棕绳，三网两套，拴好了一个紧线器，像蚂蚱一样的铁家伙“蹭、蹭、蹭”蹦上去了。吕秋龇着金牙：“上头喊了你好几声。”似笑非笑。

“啊?！”我惊悚地抬起头。

劳汉昌解着绳子，气冲冲地嚷起来：“大忙忙地，上这儿遛花园来了?”“咚”，棕绳坠下来，把地面砸了个坑。

吕秋仿佛宽慰我：“电力工都他妈是土匪！”可又告诉我：“记住，不打勤的，不打懒的，专打没眼的。”说完钳子套啪嗒啪嗒敲着屁股，走了。

我的脸颊发热，惶惧地盯着上面，寸步不动。

虽说这样，我还是佩服劳汉昌。

逆着风，他用手遮个挡墙，一根火柴就点燃了“战斗”，白烟从嘴冒出后，转瞬便消散在空中，无影无踪。他衔着烟卷儿，将安全皮带的扣眼几乎松到头儿，调了两下脚扣，从四层楼高的杆顶仰飞出去，身体几乎与导线平行。左臂将新拽上去的紧线器远远伸出，十几斤的铁家伙在他手里轻得真像只蚂蚱！右手攥着扳子，手指头、工具交替工作，互不干扰。几下，就叼死了导线。“嘎！嘎！嘎！”紧线器欢快地唱起来。

又一根松弛的导线绷紧了。文璟打来手势：停。劳汉昌旋回扭成麻花的上身，手扶安全带，悠然弹回横担旁，喷出一股浓浓的蓝雾。

全过程不过是半支烟的工夫。风还帮着抽了两口。

仅这一手，我后来干了八年的外线，也没学到家。

人们都怕跟劳汉昌干活儿。他分的活儿你就使劲儿干吧，真是撒泡尿或坐下抽支烟的工夫都没有。稍一慢，你就甭想正点回去吃饭。都说他使人像牲口，他自己干活儿也像牲口。

传闻劳汉昌写过申请书，要求加入先锋队，支部始终没将其列入重点培养对象。原因是认为他私心较重。譬如，用打井队缠铁管的棕皮编了个扫炕笤帚，用废拉线上的粗铁丝做了五个衣裳架。最不能容忍的是某一年竟往家里扛了半袋高标号速凝水泥，队里的保卫干部找他谈话，他还激愤火冒："工人弄点儿东西就当回事儿了，当头儿的用公家料整间的盖私房怎么没人管？"干部说，现在谈的是你。劳汉昌说："我家里地面塌了个大坑——我们住的城防外宿舍原来是乱坟冈子。我估摸是有棺材，年头儿一长塌了。我老娘七十四岁了，整天在坑沿儿绕来绕去，上礼拜把脚都崴了！""为什么不自己买点儿？""吃饭还紧紧巴巴呢，一月就那俩'眼珠子'！"

劳汉昌工作二十年，工资六十八块二角七分，加上施工津贴（每天四角五分），为全家总收入，得养母亲、老婆和四个孩子。那时还未恢复奖金。劳汉昌极少歇班，春节也抢着加班，回家常是头天傍晚走，次日早晨归，只为多挣几块"加发"。度荒年间，有人和劳汉昌打赌：他若吃一条柳树掉下来的大绿虫子，输他三斤全国粮票。条件很苛刻：一，必须嚼烂了，张开嘴，能看见墨绿色的黏汤儿；二，不能呕吐；三，观察五分钟。结果，劳汉昌赢了。工程队有口皆碑。

劳汉昌嘴很硬，可最后不知何故还是写了一份检查。文璟帮忙。

"噔！噔！噔！"劳汉昌吐了烟头儿，眼睛望着远处，从杆上下来。脚一甩一甩，月牙形铁脚扣在木杆上撞出了鼓点儿。

劳汉昌个子不高，头颅挺大，两肋却像搓板，体重超不过六十公斤。他解下安全带，粗粗叹了口气："现在学徒真幸福呀。旧社会我在电料行学徒，给掌柜的倒尿盔子，打豆浆，劈劈柴，抱孩子……师傅在高凳上安灯，要什么东西，得支棱耳朵听着。一走神儿，上边掉把改锥，把你脑袋砸个大包……"

我低着头，蔫儿蔫儿地替他盘安全带，盘绳子。惭愧，我还得改造世界观。

我随劳汉昌登上路基。他眯着眼打量刚紧好的线。三条高压线、两条低压线、六条信号灯专用线，黑黑的，划过灰蓝色的天幕，齐如琴弦。

劳汉昌嘴角露出一丝笑意，朝远处电杆上的黑影哼了一声，说："祁爷爷还忙乎呢。"

今天全部线路分两节紧。另一节是五级工祁佑疆负责。劳汉昌不允许任何人超过自己。吕秋说他："大伙儿一起走道儿，遇到一摊屉屉，也得让他把尖儿咬了。"

四

祁佑疆的脾气与其体形似乎不大匹配。他说话和婉、谦虚，总带着商量的口吻："我自个儿认为，不见得对……""我想……中不中？""我出个馊主意，供你们参考……"脸上总带着微笑，以致眼角的皱纹很深。

他秃顶，走路慢吞吞地，初见面，我以为他该退休了，实则不足五十岁。

电工活儿分内线、外线。我们班四级工及以下者都认为祁佑疆内线技术最好。比较复杂的高压开关柜、低压配电屏，以及电梯、塔吊、天车的电气部分，多数由他领着干。晚上，他常戴上花镜，趴在炕席上看图纸。有的图线段和符号密密麻麻，拐来拐去，还纵横交错，仿佛诸葛亮的八卦阵，一般人进去就出不来了。祁佑疆以前当过教员，写得一手好楷书，文化在老师傅中最高。他每弄清一张颇费脑筋的图纸，就用红铅笔点着它，轻轻地晃起头，哼哼京剧。"我们是，工农子弟兵，来到深山……""狱警传，似狼嚎，我迈步出监……"跑不出那八个样板戏。偶尔酒后微醺，他躺在铺上也哼几句别的。唱词我一句也听不懂。

他常慨叹："电工这行儿，无尽无休啊。"他教诲我："莽原啊，趁着没牵没挂，好好钻技术，到多会儿都有用。"我鸡啄米似的点头。团支部让我写篇黑板报稿子，我把祁佑疆宣传了，题目为《向老工人学习，努力做到又红又专》。不料捅了篓子。

二级工、复员军人丁满堂神色紧张地把我叫到无人处："你知道老祁是什么人吗？"

丁满堂在工程总队的"清理阶级队伍办公室"助过勤。他说，祁佑疆之前上交过一部军用电台！据祁佑疆讲，自己年轻时酷爱国剧，交了一伙票友。有个姓甄的票友曾托他保管一个皮箱子。好多天没来取。后来听人说姓甄的去了台湾。天儿热，自己怕箱子里的东西发霉，也惦着看看里面究竟是何物。打开，原来是个像收音机的玩意儿。他很害怕，马上把东西交给了城市军管会。总队保卫科多年来一直将祁佑疆列为工作对象，设有专档。

我的心怦怦直跳，过了片刻，问："问题定性了吗？"

丁满堂歪头"嘁"了一声："这事儿谁能说清楚？电台究竟是谁的，只有他自己知道。"

丁满堂半是规劝半是命令地对我说:“以后宣传先进典型,写谁,最好提前向党小组、党支部汇报。”

从此,我不敢再接近祁佑疆。他似乎有所察觉,目光中多了一层东西。惶惑?幽怨?悲凉?惋惜……我说不清。后来我注意到,班里人喝酒虽爱聚群结伴,你买酒,我买菜,喝痛快了还划两拳,可很少有人与祁佑疆凑合。班里只有两位五级工,班长若不在,便委托劳汉昌负责。看来,大伙儿早有耳闻,阶级阵线很分明。

我们这一段瓷瓶都快绑完了,祁佑疆才紧好那一段的线;质量也不如劳汉昌。

我琢磨,即使祁佑疆的外线技术能与劳汉昌媲美,今天他们那一组也绝对拿不了冠军。清晨班长一分工,我就遵照劳汉昌的密嘱将好使的工具提前挑走了。

我背着脚扣皮带,跟劳汉昌走到祁佑疆面前。祁佑疆正坐在地上,脱了鞋隔着袜子抠脚趾。

劳汉昌问:“不嫌凉?”

“有啥法呢——痒痒得钻心。”祁佑疆苦笑。

“多抹点儿药水。”

“不中,大概不是脚气。”

我心里有些愧疚,问:“您到铁路医院看了吗?”

祁佑疆投来感激的一瞥:“嗐,哪有工夫呀。”

也是,我们班自接受这项任务后,没特殊情况不准请假。大伙儿整整一个月除了丁满堂谁也没休过班。铁路医院距工地一两百里,往返少说得多半天时间,谁好意思头疼脑热、腿麻脚痒就请假往那儿跑?工地有保健站,有“赤脚医生”。

突然,附近有人喊:“来人!快来人!”

五

早晨刚从家回来的丁满堂惹上了麻烦。

前几天,他要结婚。班长和班里好多人对此不满意。

“非得这阵儿‘发昏’?往后推推不行?”

“不行。我当兵时推过一次,到这儿又推了一次。不能再推了——家里老人早定好了。”

“你瞅不见这忙劲儿？一个萝卜一个坑。”

“打我来咱们就没闲着。到年底更忙。”

…………

回来后又有人诘问：“为什么超了一天假？”（法定婚假三天，队里按地图上的距离加了两天路程，结果他去了六天。）

“冤枉！我在家拢共待了四十五小时零十分钟，出来时慌慌张张，棉袄还忘了拿。”

丁满堂复员时，西北和东北两个军工厂让他挑，他都嫌远，暂回老家。铁路工程部门招人，他舅舅是公社武装部部长，没问他就给弄了个名额，告诉他：“大铁路！待遇高，多神气！”他也觉得应该不错。然而一报到，他马上惊呼：“上当了！”

荒山僻野中趴着几座圆拱工棚，几栋活动板房，里面钻出一群穿着杂旧工作服，腰里扎根绳子的黑不溜秋的汉子，根本没有火车站人员、列车员那种干净利索劲儿。他不由想起上学时念过的诗：“天苍苍，野茫茫，风吹草低见牛羊。”老师傅们却还羡慕，说：“你算赶上好时候了。我们入路那光景，经常躺在站台上数星星，在仓库里听耗子打架，后来睡帐篷，清早胡子眉毛落一层白霜……”

住下了，刚习惯点儿，卷铺盖挪了窝。沿着铁路线打游击，他离家越来越远。他不想干了。只是想。再孬，也比在家嚼地瓜干、啃玉米强。

这趟回家，他坐了四个小时快车；下来，蹲两个小时，换乘另一条线的慢车，又坐了三个小时；下来，在候车室蜷了一宿，天亮后，颠四个小时长途汽车；下来，又翻了三道山梁，蹚了一条沙河，才依稀望见自己家用石头片子码的院墙。

丁满堂风尘仆仆一进工棚，人们就观察他的气色。蜡黄。脸成锥子了。

班长周永炎沉吟一阵后决定：“超的一天算出勤吧。特殊情况，照顾一次。以后注意——加强纪律性，革命无不胜。”记工员劳汉昌拉着脸，在考勤表上给丁满堂挑了勾：“往后别人也早来晚走。”挑勾，说明工资照发。丁满堂并不领情：“有的规定不合理，一点儿人情味儿都没有！”

工作，不能含糊，得将功补过。“别忘了，咱是……”党小组长暗示他。

丁满堂只得拣重活儿干。干着干着，开始腰酸，腿软，冒虚汗。

没人问他，他也抹不开面儿讲。

…………

我随劳汉昌跑过去。丁满堂的模样活像十字架上受难的耶稣。

杆上的东西从底下看不显大，等爬上去一比，那个最小的高压瓷瓶都和人脑袋差不多了。丁满堂正往杆上横担举一台小型变压器。下边的人用绳子借横担当滑轮，帮他吊到身旁。变压器有八十多斤，平日问题并不大，丁满堂干过庄稼活儿，有干巴劲儿，但此刻，他说什么也托不上去了。碰巧绳子被横担磨断了，下边的人干着急。

丁满堂似抱非抱，两腿剧烈地抖动，仿佛随时要折。脑门儿不断淌着大汗，面色如土，五官移位。

他绝对不敢扔下来。变压器摔烂了，今晚七点以前送电？猴年马月吧！

“挺住！”劳汉昌迅速蹬上了脚扣。

丁满堂没吭声。要坏！变压器似乎在向下滑。

劳汉昌犹豫了一下，眼瞄着上方，还是上去了。

我的心要蹦出胸腔了。

六

周永炎早就不想当这个“豆饼官儿”了，滋味儿实在难受。

总是一个工程刚扫尾，又去看新的工点。都急得像火上房，哪个都得按期竣工。“五一”献礼，“七一”献礼，“国庆”献礼，献一次礼都得累得脱一层皮。他感到累了，从里到外地累。再说，六级工也没什么奔头了。自一九六二年到眼下始终拿这个钱，光长胡子了。不过，自己是个党员，他不敢向组织上提，怕领导批评：“船到码头车到站。”

上个月，他头晕得厉害，心颤，四肢无力，脚像踩棉花。到医院一查，高血压动脉硬化，心脏冠状动脉缺血。医生开了速效救心丸。

哎，交代啦。他在医院的大椅子上歪了两个多小时，回来后跟队长透风：“班长，我不想干了。”队长露出难色：“这个节骨眼儿……”他把喜人又逼人的大好形势讲了，把这次信号灯输电线路任务的政治意义、经济意义讲了，把其对工程总队完成全年三千一百万元投资额的具体影响又讲了；并且诉苦，他自己也犯过心绞痛。队长最后建议:“过过再说,怎么样?你少跑点儿,多动嘴儿。”周永炎苦笑一下,只好点头。他就怕看见上级嚼苦黄瓜的样子。

说起来容易,安排每天工作量,催材料,与运输单位联系,开碰头会,管几十人的吃喝拉撒睡……光动嘴行吗?更何况经常需要加班加点,当班长的能往后撤吗?这个月,周永炎没睡过一天好觉,太阳穴总砰砰跳。他有预感,用不了多久……

然而,他没打退堂鼓。他有三个孩子,两个在插队一个在农场。老婆也是个药罐子,日子过得比劳汉昌强点儿。可他连公家一个螺丝钉都没拿过。老婆总埋怨他:“胳膊折了掖袄袖里。”新近听说总队要从知青中招一批新工人,他喜出望外。若有个孩子做工,负担就轻一块;将来有机会往家门口一调,还能照顾家里。有人在悄悄送礼。他不干那种事儿,他想通过正当渠道解决。他觉得,领导肯定会考虑生产骨干的。

幸亏没退下来,不然人走茶凉。

静夜思,有时他又骂自己:“你浑蛋呀,忘本了。过去吃糠咽菜,共产党的恩情你三世也报答不尽啊,怎么能把工作和个人问题搅在一起呢?”想起铁人王进喜,他脸上又麻又热。

可是,家里的具体困难……唉,日子怎么总过得缺盐少醋呢!

不管怎样,也得站好最后一班岗。任务一落实到班组,他就将领导精神和班组决心概括为四句话:“学习大庆拼命干,速度超过帝修反,两月任务一月完,送电以后再穿棉!”最后的要点施工之前,他又作诗一首:“时代列车奔向前,不能在这晚了点,艰苦奋斗为人民,掉肉十斤心也甜。”

今天上午,进度不理想,主要是因旧线路上的铁件螺丝锈了,有些得使喷灯烧才能拧下来。周永炎想,有吗办法呢?废物利用,节约投资。下午——现在估计都快两点了,已经下午了。待会儿吃饭把人召集起来,再敲打敲打,必须按时送电。推迟送电一分钟,运输上就损失几万元。

七

炊事员破例给我们送饭来了。往常若是连轴转,都是吃早饭时捎俩馒头或烤饼，夹点儿咸苤蓝条或咸辣椒。因为今天是关键一战，领导蹲伙房。自行车驮来了一箩筐油饼，走了七八里，当然凉了。

风弱了些。太阳在云层里时隐时现，出来也只耀眼，身上暖和不了多少。

这地方最大的特点是刮不起尘土，风湿湿的，地也湿湿的。我们聚到路基坡下，铺好手套，一屁股砸在上面。

异口同"唉"一声。

我肚子早饿了，眼前不断飘来花花绿绿的蝌蚪。咬了一口油饼，嚼了半天，才压进食道——舌头干硬，口腔旱得要裂缝，嗓子眼儿似堵了个疙瘩。班里买水壶的报告打一个多月了，一式五份。队里有关部门说劳保文件上没有规定，需要开会研究，并请示工程总队，至今没有下落。我走到一个水洼，用手指蘸了点儿，一舔，又咸又苦，怨不得地下水那么难喝呢。我们生活用水来自附近一个村子的土井。那水搓着滑溜，喝起来却挺涩。文璟冲了一次奶粉，成了豆腐块。不少人闹过肚子，不知水里有什么成分。

勉强咽了几口，再咬，油饼的缺口一圈殷红。舔舔牙床，吐了几口，都是红的。别人好像吃得比较顺当，看来我缺乏锻炼。

吕秋说："再来点儿汤就好了。"

"美得你！"劳汉昌白了他一眼，"以为到了'全聚德'呢。"劳汉昌那张脸盆大的油饼只剩个"月牙"了。

周永炎说："不管怎么样，领导心里有咱们。"

劳汉昌说："现在口味都刁了。旧社会，我老家的地主平常都舍不得吃……"他说半截儿停住了，大概油饼韧性大，一使劲儿，咬着肉了。

文璟把一只胳膊横在腹部，身子向前躬，低着头，小口小口地吃着；有时突然停住，皱起眉，似乎也不舒服。

丁满堂的脸色恢复了蜡黄，他一个劲儿地捶腰。他说，劳汉昌如果晚去两秒钟，变压器就报销了。劳汉昌落地后赠他两个字："糠了！"

周永炎边吃边作战地动员。

丁满堂问文璟："听队里技术室说，这活儿囔囔好长时间了，为啥也拖到这阵儿凑热闹？下半年把人忙死。"

文璟愣了一下，抬起头："队上的活儿得总队定，总队的活儿得局里定……

每年最快也得三四月份下来年度任务,然后再做计划,做预算。征地、拆迁、测量、搭临时设施……一系列工作呢,可不前紧后松。”

“黄金季节清理材料,搞卫生,三伏三九倒忙了。”

文璟淡然一笑:“这是规律。再不忙,到年末钱还花得出去吗?”

“花不出去,明年再花呗。细水长流,反正没跑国外去。三天两头儿抽风,人受得了吗?”

“赶明儿让你当领导。”

丁满堂脸上腾起一抹暗红:“祖坟上没长那棵蒿子。”

文璟又归于沉默。操那份闲心呢,谁能左右形势?受不了不也得受吗?有本事就换个单位。

她素来对圈外的事就不感兴趣,今天心情又莫名地烦躁。

周永炎决定:下午劳汉昌、吕秋、丁满堂等主攻杆上活儿;祁佑疆、文璟、我,安装杆下的配电箱。尾音刚落,劳汉昌就说:“杆儿上的,跟我走!”人们陆续撑起身子,结束了懒声怠气的闲话,戴上磨得露出手指头的再生布手套。丁满堂拉着长声:“跟头儿走——”“什么头儿?萝卜头儿。”劳汉昌嘴上这么说,眼里却闪出亮光。

“吕秋!”劳汉昌厉声招呼。

吕秋在路基斜坡上躺着,脸上遮只手套,没吭声。人们说他耳朵有点儿聋。

“吕秋!你娘们儿偷人儿!”

吕秋触电般坐起来,眼睛瞪得像灯泡:“你娘们儿才偷人儿呢!”

滑稽得很。人们只咧咧嘴。

劳汉昌板着面孔:“再装傻充愣,把你今天的勾儿直过来,信吗?”

吕秋打了个哈欠:“春困秋乏夏打盹,睡不醒的……”

“回家搂你娘们儿睡去吧!”劳汉昌刚说完,“哇!”翻出一口酸水。他泪汪汪地揉了揉胃部。

八

跟祁佑疆干活儿是另一种劲头。

自丁满堂介绍内部材料后，我心里总不踏实，脑海里浮现出过去看过的电影《羊城暗哨》。特务在万能表里暗藏了定时炸弹，企图在国庆节那天炸毁发电厂，使广州一片黑暗；而电是生产运输的命脉。丁满堂透露，重要施工能否让祁佑疆参与，总队专门做了研究。大约因为有些技术活儿离了他玩不转，才给他开了绿灯。

祁佑疆微笑着和我们协商："几个配电箱一个一个地干，中不中？"

文璟随口"嗯"了声，转而又提议："祁师傅，分着干更快点儿吧？"看意思她对这个活儿并不怵头，中专毕业嘛。

祁佑疆解释："以前这种活儿接触少，最好慎重些。一块儿干，碰到问题有个商量。中不中？"

"好吧。"文璟很明智，不愿多费口舌。

如此，就成了一个主角、一个配角、一个跑龙套的。

配电箱是一个双路电源自动互投系统。线路某一段如出了故障，通过它，另一段会自动接替供电，铁路旁的信号灯不致熄灭。但是倘若接错了线，两路电源就会顶牛，变压器爆炸、线路烧毁都有可能，也难怪得慎重些。

祁佑疆掏出一个蓝塑料皮小本，翻开一页，搭在配电箱底上，戴上花镜，瞄了瞄本上画的接线图，开始剪线。祁佑疆告诉我们哪根线接哪儿，我们就接哪儿，一点儿脑筋不用动。他忙不过来时，我们也只能等着。几十条线都接完后，他亲自一遍一遍地捋来捋去，反复核对，最后将线捆成把儿。干了好一阵，第一个配电箱才完活。

"嚓嚓嚓"，班长周永炎过来了。他身体敦实，像台推土机，一着急脸就红，走路总是风风火火。祁佑疆从眼镜片上方撩起眼皮，看清来者后，急忙把小蓝本合上掖进口袋了。

班长是外线起家，对此不甚精熟，祁佑疆大概防他窃艺。我琢磨，劳汉昌要来，他也会同样对待。

"有问题吗？"

"唔——干着看吧。"祁佑疆答得也含糊。

周永炎环视了一下，说："手头抓点儿紧。""嚓嚓嚓"，走了。看来，他对祁佑疆不是百分之百放心。

祁佑疆的脚又开始痛了。他龇牙咧嘴,咝咝地吸气。

文璟说:“祁师傅,要不您歇会儿?我和小莽先干着,完事儿您检查。”祁佑疆连连摆头:“歇着还中? ”

他把鞋都脱了,袜子也扒了,脚直接在地上蹭来蹭去。

哎哟! 脚指头怎么这种颜色? 灰里透黑,还蹿上一股臭气。

听丁满堂讲, 祁佑疆儿子和女儿的单位最近都来总队搞外调——入团、入党必须政审,了解社会关系有无历史问题及现实表现。

祁佑疆也许在竭力证明什么。

九

文璟一直咬牙忍着。剪线,削皮,拧螺丝,缠胶布……她感谢班长,下午的活儿轻得不能再轻了。

临上工时,肚子坠痛,有点儿生理期的迹象。她草草垫了一沓纸走了。单位在这方面没有照顾类规定。女职工少,形不成气候。

午饭吃得也凉,下午肚里开始搅拌,仿佛一团冷雾在里面撞来撞去,疼得她总想蹲下来。她一度想请假,很快又打消了念头。

文璟接受“工人阶级再教育”快一年了,到年底如果顺利,该定职到技术室了。不过,得过两道关:班组鉴定和领导意见。

老师傅们不大喜欢她。他们喜欢下班也穿工作服,干活儿与男的不相上下,与男的嘻嘻哈哈、推推搡搡、喝群酒也掺和两口的“假小子”。尽管他们可能不希望自己的女儿是“假小子”。文璟分析,遇到正事,工人们还不至于为难她。关键在第二关。

春天,她在队部帮着抄写稿件,副队长凑到她身边说话。声音越来越低,越来越柔和:“女孩子,独身在外,真不容易……”说着,对方的手竟然在她手背上摩挲起来。她断然抽了回来,再不去队部帮忙了。副队长大为恼火,对班组说她政治觉悟不高。

因此,才有了夏天和秋天的报复。

工地流传着一个没头没尾的故事:一个铁路电力学校毕业的女实习生,过去是插队知青。她没结过婚，却在农村生过一个孩子。孩子的父亲不详，孩子的结局不详。

副队长觉得有机可乘，会不会利用“定职”再做文章呢？

“哇！哇！哇！”一只银白色的鸟在水洼上空叫起来。它顶着风，连扇翅膀，但咫尺不前。它在寻找妈妈，还是寻找归宿……

咬牙吧。工作上绝不能让人抓住把柄，这是最后一块阵地。

迈腿就扯着疼，还憋得慌。她为了减少麻烦，每天早晨少喝水，不喝稀粥。可今天时间太长了。她又打量一下周围，四野无遮拦，路基两侧都有人。

“哇！哇！哇！”可怜的鸟还定在那里，叫得人心特烦。

快点儿飞走吧！

文璟眼眶里顿时涌满泪水。

十

吕秋磨磨蹭蹭，只爬了两根杆。

完不成，活该！他心口像堵了一团沾满铁锈渣滓的棉纱。

一年前，他制造后代的工具出了毛病。有一次，他两个月没休班，进家后，大白天就把正在切菜的老婆拽到床上。老婆刚进入状态，他就完活了。晚上，第二回合，他觉得对不住老婆，嘱咐自己沉住气，要使两人都快活。不知是注意力不集中还是过分集中，这次比第一回结束得更快。老婆叨咕起来，还哭了。之后他一上床如临大敌，心里念叨：“稳住，稳住……”谁想越来越糟。吃“六味地黄丸”，不管用。没听说哪个医院治这种病。即使有，他也要寻思半天，未必敢去。

于是，每次回家他不断干活儿，比在工地还卖力气，还捎点儿外地土特产，哄老婆高兴。

但担心的场面还是出现了。半年前，他在大街上看见老婆给一个男的翻眼皮，翻完了还掏出花手绢给他擦。审！没审出名堂。最近一次回家，老婆晚上未归，捎信儿说要值夜班。他跑到单位一查，人影都没有。他咚咚咚咚，灌了多半瓶“直沽高粱”，吐了满床铺……审！跪下！你个臭娘儿们！他抡圆了电工牛皮带，抽得胳膊都抬不起来了。老婆号着跑回娘家去了。他晕头涨脑，坐夜车回了工地。

他开始独自喝闷酒，有时呜呜哭起来。他什么都不说，打算烂在肚里。

“你娘们儿偷人儿！”“你娘们儿……”这句话今天总在耳朵里嗡嗡。他恨劳汉昌，恨老婆，恨自己，恨这工作……

剩下的电杆都在水里，躲不开。他骂了一句，穿上班里唯一的一条胶皮裤，企鹅一般扭进去了。

周永炎早晨说过，水里的电杆上去之前要检查一下。由于地形困难且工期太紧，水里的电杆坑多数挖得不够深度，应当用片石加固，但片石还没运来，等不及了。

吕秋上杆前忘了晃一晃就爬上去了。他系好了安全带，腿机械地迈着，眼前出现了老婆那微黑的滚圆的富有弹性的胴体。

“砰！”头顶撞上了铁横担。横担歪了，得正正。他偏到一侧，狠狠往下压。“嘿！嘿！”第三个“嘿”折在喉咙里了——电杆歪了，吕秋失去了平衡。开始歪得稍慢，过了十五度角，骤然加速。“轰！”电杆和吕秋一同摔进水里，砸出一丈多高的白浪。

见到的人均目瞪口呆。吕秋怪叫一声，自己并不晓得。

全完了！周永炎突然瘫倒。

十一

吕秋实在幸运，电杆没压着他，臀部先撞地，来了个后仰。大伙儿跑过去。吕秋撑起湿淋淋的上身，喘着大气，直勾勾地瞅着身旁汩汩翻出的气泡。

安全带的主带仍然绕在电杆上，可系腰的副带——一寸多宽的新牛皮被吕秋挣断了。他也不知道。我惊讶，人在恐惧时能爆发出如此大的力量。

大家把吕秋扶起来。他站不住，说腰以下没知觉。

与此同时，人们用改锥撬周永炎的嘴，撬松了两颗牙齿，才将药片塞进去。

劳汉昌很镇定，主动代替班长指挥。搞工程的，生生死死见多了。他马上派人回宿营地叫汽车，拉病伤者去医院，同时带来立杆工具。

“越忙越出乱子。”他望着两个倒下的同事，心里自然浮出悲悯之情：别看平时相处磕磕碰碰的,真遭了大难,感觉不一样。好赖在一个班组混了一二十年,一起走了多少工地,在一起睡觉的时间比老婆、孩子都多。嗐,成天登梯爬高,和电老虎打交道,谁知道谁哪天横着回来……

蓦然,他心里又升起一丝喜悦,自己都吃惊。

机会来了!劳汉昌精神亢奋,频频发令。

汽车来了。跳下来的人中有队长。

周永炎和吕秋被送走了。队长问:“送电还有把握吗?”

劳汉昌问:“几点了?”那时班里多数人不戴手表。

“四点过八分。”有人回答。

劳汉昌略一思索:“看怎么干了。”

队长掏出一盒“恒大”,劳汉昌眼一亮说:“好烟。”队长让他自己拿。劳汉昌嘻嘻笑着拽了两根,一根叼在嘴上,一根夹在耳朵上。

立杆工具扛来了。劳汉昌说:“集中兵力打歼灭战——先把倒的杆儿立起来!”他吩咐我:“把人都喊来!快点儿!”

“祁师傅那拨儿也喊?”

劳汉昌迟疑了一下,说:“让文璟留下。”

十二

旱地立杆就很费劲儿,更何况在水里,主要是工具太原始。班里向上级提出想改进工具,让文璟画过草图。技革组半年没给做出模型。一帮大老粗、病号,没人走这脑子。周永炎跟总队干部开玩笑:“干脆买台进口吊车吧。”答曰:“没钱。”我倒觉得这样也好。凡事都有两面性,真要现代化了,我们班年底写总结,像“蚂蚁啃骨头”“愚公移山”“挥汗如雨”之类体现工人阶级气魄的词汇便用不上了,先进班组的称号该同我们绝缘了吧?

劳汉昌把裤子三下两下挽到大腿根儿,嘴里冒着烟,带头冲进水里。别人谁敢迟留?胶皮裤让吕秋摔破了,只能看谁的脂肪厚了。水真凉!我一伸脚便打个冷战。蹚了几步,寒针就刺进了骨髓。到达工作位置后,腿已不像自己的了。

劳汉昌弯下身子挖坑，前胸和袖子全湿了，他看也不看。电杆顺好后，他大声发令：“抄手！”壮汉们自动靠前，躬身，憋足劲儿。“嗨！”一千多斤的庞然大物被抬起一头。

“嗨！”电杆被抱在怀里。“嗨！”电杆上了肩膀！弱汉们闪电般插进了立杆工具。嗬，今天配合得格外默契。

紧接着，劳汉昌瞪圆了双眼，嗓子发出劈音：“一嘞！二嘞！”

“三嘞！”众人爆出一个炸雷。几声霹雳，电杆就翘成了大炮。人们疯了一般使劲儿。

我几乎不敢相信，这是已经工作了十几个小时的人们，这是被别的班谑称为“二十六个人、七十八个心眼儿”的电工班。

立杆工具扎进泥里越来越深。我们将电杆向高处拱一次，就得像鲁智深，奋力拔一次垂杨柳。

大伙儿挽的裤腿儿早散了，脸上、胳膊都是泥，脚下直打滑，但劲头一点儿没松。

我去帮着拽晃绳，发现文璟不知何时也来了。她嘴唇冻得青紫，看样子在水里站的时间不短。

很久后，电杆才立起来。

贴身的湿衣服吸走热量，牙齿咯咯直响，身体不停地哆嗦。我们咬住牙接着干。手颤得连钳子都拿不稳了，依然坚持。

我们一直干到看不清手里的东西了。

天，黑蓝黑蓝，似乎没有星星。海上有几个黄点，大家没心思去猜是渔火还是航标灯。

亮了！

路基上的信号灯亮了！

绿的，所有绿色中最漂亮的一种，无法形容。

队长高声宣布：“提前两分钟！”

没有回声。

激动的只有我。

老师傅们吃了半辈子工程饭。其他人也久经沙场。

火车隆隆开过来。速度越来越快。是客车。

明亮的窗户。花瓶、酒瓶。餐车正在营业。

旅客们神情怡然。没人注意窗外。

信号灯已经变成红色。没问题了。

我们扛着工具，拖着拉不开栓的两条腿，朝七八里外的宿营地蹭去。深一脚，浅一脚，有人跌了跟头。

半道儿，路过一个发电机棚子。劳汉昌栽进去，裂开怀，趴在冒着热气的柴油机上，一动不动。

领导的确没忘记我们。年底，一人奖了一条洗脸的毛巾。当时就这样。

一个月后，劳汉昌成了名正言顺的"头儿"；转年，涨了一级工资；又一年，死于胃癌。

两年后，周永炎死于心肌梗死。

三年后，丁满堂死于尿毒症。

四年后，祁佑疆的大腿溃烂到了无法再锯的地步。

吕秋还在。两条腿成了柴火棍，高位截瘫。

文璟如愿调回了北京。一年中至少五个月穿皮裤和大头棉鞋。

多年后，我得了哮喘，极端害怕冬天。

唯一没有大变化的是那趟信号灯输电线路，我跑通勤时常能看见它。经历了飓风、地震，忍受着碱性水土腐蚀，它仍然牢固地站在那里，毫不间断地输送安培与瓦特。

在我眼中，每一个黑得泛光的身躯都是我的一个伙伴，是一座座无字的纪念碑。

（1990 年发表于《路魂》）